Rêver en Égypte

DE LA MÊME AUTRICE AUX ÉDITIONS J'AI LU

Escapades amoureuses

1 – *Gentleman et vaurien*
2 – *Aimer à Venise*

Secrets de famille

1 – *Un prince de rêve*
2 – *Un séducteur de rêve*
3 – *Un soir de folie*

VICTORIA
ALEXANDER

ESCAPADES AMOUREUSES – 3

Rêver en Égypte

Traduit de l'anglais (États-Unis)
par Maud Godoc

J'AI LU

POUR elle

Si vous souhaitez être informée en avant-première
de nos parutions et tout savoir sur vos autrices préférées,
retrouvez-nous ici :

www.jailu.com

Abonnez-vous à notre newsletter
et rejoignez-nous sur Facebook !

Titre original
THE LADY TRAVELERS GUIDE TO DECEPTION
WITH AN UNLIKELY EARL

Éditeur original
Harlequin, Toronto

On a toujours besoin d'amis pour nous aider
à traverser le désert – que ce soit en Égypte ou ailleurs.
Ce livre est dédié à Lizzie, April, Mary, Jenn et Laura,
avec toute ma gratitude. Merci pour votre générosité,
et pour continuer à m'aider à sillonner le désert.

1

Londres, janvier 1892

— L'une d'entre vous pourrait-elle avoir l'obligeance de m'expliquer à quoi rime tout cela ?

Sidney Althéa Gordon Honeywell leva les yeux des coupures de presse étalées devant elle sur la table de sa petite salle à manger.

— Alors ?

Assises de l'autre côté, les trois vieilles dames les plus chères à son cœur la dévisageaient de leurs grands yeux candides, incarnant l'image même de l'innocence.

— Allons, mesdames, les pressa Sidney. Qui se dévoue ?

— Ces articles parlent d'eux-mêmes, me semble-t-il, se lança lady Guenièvre Blodgett d'un ton vaguement réprobateur. Je ne vois pas ce qu'il y a à expliquer davantage.

Mme Perséphone Fitzhew-Wellmore acquiesça d'un signe de tête. Malgré le demi-siècle ou presque qui les séparait de Sidney, toutes deux avaient longtemps insisté pour que celle-ci les appelle par leurs petits noms, Poppy et Gwen – leurs patronymes surannés leur donnaient, selon elles, un sacré coup de vieux, ce qui leur déplaisait au plus haut point.

La dernière du trio, Mme Ophélia Higginbotham – tante Effie pour les intimes –, eut la sagesse de tenir sa langue.

Sidney plissa les yeux d'un air soupçonneux en regardant cette dernière.

— Et vous ? N'avez-vous rien à dire ?

— Pas pour l'instant, répondit avec un sourire aimable celle qui avait été la meilleure amie de sa grand-mère et était devenue sa tante de cœur. Je préférerais d'abord entendre ton point de vue.

— J'imagine.

Sidney étudia les coupures de journaux, bien que ce ne fût pas nécessaire. Les mots s'étaient gravés dans son esprit dès la première lecture.

— Il semble que nous ayons là une série de lettres adressées au *Times* par... (elle prit un article) un certain comte de Brenton dans lesquelles ce monsieur allègue que je ne sais pas ce que j'écris, que mes histoires sont de la pure fiction, que je n'ai jamais mis les pieds en Égypte... Bref, que je suis une mystificatrice. Ce qui est bel et bien le cas, comme nous le savons toutes les quatre, conclut-elle avec un soupir résigné.

— Fadaises, objecta tante Effie avec vigueur. Tu n'as jamais prétendu que tes histoires étaient autre chose que de la fiction.

— Vous n'y êtes pour rien si le public a décidé que vos aventures étaient réelles, ajouta Poppy.

— Quoi qu'il en soit, j'aurais dû m'employer à corriger cette fausse impression dès l'instant où j'en ai pris conscience.

Sidney s'en voulait encore de s'être laissé convaincre de faire précisément l'inverse : lorsqu'elle avait commencé l'écriture de ses *Chroniques d'une aventurière en Égypte* pour tenter d'arrondir des fins de mois difficiles, peu après la mort de sa mère, quatre ans auparavant, elle ne se doutait pas que ses récits seraient un jour publiés, et encore moins qu'ils deviendraient populaires. Décédé treize ans plus tôt, son père leur avait laissé, à sa mère et elle, une maison confortable près de Portman Square, ainsi qu'une rente correcte, fruit d'une petite fiducie. Il pensait sans doute que son épouse finirait par se remarier ou au moins que sa fille trouverait un parti convenable. Or, l'occasion ne s'était jamais présentée. Mère ne s'était jamais remise d'avoir perdu l'amour de sa vie, et son chagrin avait peu à peu miné sa santé. Dès lors, c'était à Sidney qu'il avait incombé de tenir les rênes de leur modeste foyer et de prendre soin de sa mère. Une responsabilité à laquelle elle ne s'était jamais soustraite, pas plus qu'elle n'en avait pris ombrage.

— Votre popularité nous a toutes prises au dépourvu, ma chère. Quand votre livre a été publié, compilant l'ensemble des épisodes déjà parus en feuilleton dans le *Daily Messenger*, les exemplaires se sont arrachés comme des petits pains et le public en réclamait davantage. À l'époque, il était déjà trop tard, argumenta Gwen avec un haussement d'épaules. Difficile de faire machine arrière dans ce genre de situation. Personne ne croirait à une simple inadvertance. Nous trois, qui vous connaissons, savons fort bien que vous n'avez tout bonnement pas prêté attention à votre succès grandissant. Quand vous écrivez, vous avez tendance à vous enfermer dans votre petite bulle, chère Sidney.

Avec le recul, Sidney se sentait un peu stupide, mais Gwen disait la vérité : l'écriture l'emportait dans une autre dimension, un monde d'aventures et de romance qui lui semblait parfois plus réel que le Londres dans lequel elle vivait.

— Et puis nous trouvions tout cela très exaltant, intervint Poppy, les yeux brillants d'excitation. C'est vrai, vous êtes devenue célèbre. On vous surnomme tout de même la Reine du Désert.

Sidney fit la grimace à l'évocation du titre ridicule dont la gratifiaient ses lecteurs.

— Et votre M. Cadwallender n'était-il pas plutôt satisfait que vos lecteurs croient vos histoires véridiques ? fit remarquer Poppy.

— Je pense bien. Le directeur du journal était ravi ; il affirmait que mes récits n'en deviendraient que plus populaires et je me suis laissé embobiner. J'aurais dû deviner que cette affaire finirait par mal tourner.

Sidney s'efforçait de rester stoïque, alors que son avenir et ses rêves s'effondraient autour d'elle comme un château de cartes. Elle ne comprenait toujours pas comment ce malentendu avait pu se produire. Après tout, l'héroïne de ses récits, Millicent Forester, une charmante jeune veuve doublée d'une aventurière intrépide qui avait perdu son époux peu après leur arrivée en Égypte, était un personnage tout droit sorti de son imagination. Une femme pleine d'assurance et de courage, tout ce que Sidney n'était pas. Certes, ses récits faisaient quelques emprunts au journal de sa grand-mère, Althéa Gordon. Mais Sidney n'hésitait pas à prendre une bonne dose de liberté et, à chaque épisode, ses intrigues tendaient à s'en écarter de plus en plus. En outre, elle n'avait jamais connu cette aïeule, et, sans tante Effie, n'aurait jamais rien su d'elle.

C'était peu après la mort de son père que Sidney avait fait la connaissance d'Ophélia Higginbotham. Elle était l'épouse d'un militaire devenu explorateur et aventurier une fois libéré de ses obligations envers la Couronne. Effie avait rencontré la grand-mère de Sidney par le biais de connaissances communes. L'une comme l'autre avaient eu l'impression de se découvrir une sœur dont elle ignorait l'existence. Une profonde amitié était née, qui avait perduré jusqu'à la disparition d'Althéa. Cette dernière avait passé une grande partie de son existence en Égypte avec son époux,

Alfred, à localiser et à fouiller des sites antiques dont ils exhumaient des artefacts ensevelis. Elle entretenait une correspondance régulière avec Effie, dans laquelle elle relatait ses aventures et tenait scrupuleusement son journal qu'elle confiait à sa chère amie lorsqu'elle repartait avec son mari en expédition dans le désert.

C'était par les lettres de sa grand-mère à Effie que Sidney avait découvert le fossé qui s'était peu à peu creusé entre sa mère et ses grands-parents. Jusque-là, cette brouille était demeurée un mystère pour elle et, bien que la jeune fille ait reçu en deuxième prénom celui d'Althéa, sa mère avait toujours refusé la moindre discussion à son sujet. Les Gordon avaient disparu en mer lorsque Sidney était encore toute petite et elle ne les avait jamais connus. Mais à chaque lettre de sa grand-mère, l'histoire familiale se dévoilait un peu plus. Si, dans son enfance, la mère de Sidney accompagnait ses parents lors de leurs expéditions en Égypte, elle avait fini au fil des années par détester les voyages en général, ainsi que le climat, le désert et tout ce qui avait trait à l'Égypte. Lorsqu'elle fut en âge de se débrouiller, elle obtint de ses parents l'autorisation de rester en Angleterre en pension, même si, à en croire les lettres de sa grand-mère, abandonner sa fille unique derrière elle avait été une décision déchirante. Malgré les visites des Gordon en Angleterre, Althéa et sa fille s'étaient éloignées l'une de l'autre. Mère ne manquait jamais une occasion de fustiger l'Égypte et ne remit plus jamais les pieds au pays des pharaons.

Effie devint l'amie de Sidney et, à bien des égards, son mentor. Aucune d'elles ne jugea bon d'informer la mère de la jeune fille de ce rapprochement, un mensonge par omission qui n'était guère correct, mais nécessaire. Nul doute que Mère l'aurait mal pris et, compte tenu de sa santé fragile, Sidney tenait à lui épargner toute contrariété. Ce qui aurait été encore plus douloureux aux yeux de sa mère, c'était la passion qu'elle s'était découverte : un amour inconditionnel et irrévocable pour les voyages, l'exploration de contrées étrangères, et par-dessus tout pour l'Égypte.

Dès lors, Sidney dévora tout ce qui lui tombait sous la main à propos de ce pays, de son passé et de son actualité. Elle s'inscrivit à des cours du soir au Queen's College sur l'histoire et la civilisation égyptiennes, les hiéroglyphes, les fouilles et toutes sortes d'autres sujets fascinants. Elle assistait à des conférences et visitait des expositions, souvent accompagnée de tante Effie et de ses amies.

Lorsque sa mère décéda, Sidney comprit que la fiducie continuerait certes de lui assurer un toit, mais guère plus. Son rêve de voyager à travers le monde et de voir enfin l'Égypte de ses propres yeux demeurerait lettre morte, à moins qu'elle ne trouve un moyen de se procurer des revenus supplémentaires. Tante Effie l'avait non seulement encouragée à écrire, mais avait aussi porté ses premiers écrits à l'attention de M. James Cadwallender, directeur du *Daily Messenger*, le journal qui publiait désormais ses récits sous forme de feuilleton.

— Il n'y a vraiment aucun moyen d'y échapper, lâcha-t-elle. Ce comte a raison. Je suis une mystificatrice, une arnaqueuse, une pauvre charlatane.

— Ne sois donc pas absurde, rouspéta Effie. Que ces aventures ne soient pas tout à fait les tiennes en théorie...

— Bien que vous soyez la propriétaire légitime du journal dont vous vous êtes parfois inspirée, la coupa Poppy. Par voie de conséquence, d'un point de vue strictement juridique, on pourrait aisément argumenter que ces aventures sont bel et bien les vôtres.

— ... ne les rend pas moins véridiques, tout au moins à l'origine, reprit tante Effie comme si elle n'avait pas été interrompue. En réalité, il y a deux points à considérer.

Elle plaça les paumes vers le haut tels les plateaux d'une balance.

— D'un côté, expliqua-t-elle en levant la main gauche, tu n'as jamais prétendu avoir vécu ces aventures en personne. De l'autre, continua-t-elle en baissant la main gauche et en levant la droite, il s'agit plus ou moins d'histoires vraies.

— Même si au cours de son union avec Alfred, j'imagine qu'Althéa n'a pas connu autant de beaux et fringants messieurs que Sidney ne le raconte, murmura Poppy.

— Millicent Forester est une jeune veuve, Poppy, lui rappela Gwen. Ses aventures seraient beaucoup moins divertissantes si de beaux et fringants messieurs ne croisaient pas son chemin de temps à autre.

— Bref, ce sont plus ou moins des expériences véridiques, mais ce n'est pas toi qui les as vécues, voilà tout, conclut Effie.

— C'est justement là le problème, dit Sidney en fouillant parmi les coupures de presse. Du moins l'un des problèmes, rectifia-t-elle. Car, si je ne m'abuse, les lettres de ce monsieur ne sont pas le plus grave, n'est-ce pas ?

Dans son désarroi face aux commentaires cinglants du comte, elle avait complètement ignoré le reste du désastre.

— Ces courriers sont épouvantables, s'indigna Poppy. Tout bonnement épouvantables.

— On frôle la grossièreté, renchérit Gwen avec un reniflement scandalisé.

— Pourtant, il y a pire, fit remarquer sévèrement Sidney en isolant quelques coupures du reste.

— Voici les courriers du comte. Quant aux autres, ce sont les réponses soi-disant rédigées de ma main.

Les vieilles dames eurent la sagesse de garder le silence.

— Or, c'est très étrange, car je ne les ai pas écrites, dit Sidney, l'œil soupçonneux. D'où la question : qui en est l'auteur ?

Les trois amies échangèrent un regard un peu affolé. Effie prit une profonde inspiration.

— C'est de ma faute, j'en ai peur. C'est moi qui ai commencé. Quand le premier courrier de cet infâme personnage a été publié, j'aurais dû tout simplement l'ignorer.

— Il n'empêche que ce brûlot était d'une inconvenance sans nom, insista Gwen.

— Ce monsieur donnait l'impression de te défier en duel. Alors j'ai relevé le gant, expliqua tante Effie avec une moue penaude.

Sidney haussa le ton.

— En prétendant lui répondre en mon nom ?

— Sur le moment, la riposte semblait appropriée, se défendit Effie d'une petite voix. Réflexion faite, c'était peut-être une erreur.

Poppy acquiesça.

— Il est vrai que cette réaction a paru l'encourager. De toute évidence, ce monsieur n'a aucun sens de la pondération. Comme vous l'avez constaté par vous-même, la deuxième lettre est encore plus agressive.

— Il compare mes histoires à des romans de gare, se lamenta Sidney, la mine renfrognée. Quelle injustice ! Cet homme raconte n'importe quoi. Certes, il y a de l'aventure dans mes récits, mais rien d'aussi loufoque et mélodramatique que dans une vulgaire histoire à quatre sous !

— Oui, il a fait preuve d'une injustice criante, approuva Gwen. Vous comprenez donc pourquoi nous avons toutes ressenti le besoin de riposter.

— C'est vrai, nous avons aidé Effie à rédiger celle-ci. Enfin, c'était sans doute davantage qu'une aide, je suppose. « Collaboration » serait un terme plus approprié, expliqua Poppy avec une grimace contrite. Et puis il y a eu la suivante. Celle-là, c'est la goutte qui a fait déborder le vase. Il fallait bien que quelqu'un prenne votre défense. Ce goujat poussait le vice jusqu'à critiquer votre style !

— Nous ne pouvions laisser passer un affront aussi odieux sans réagir, tenta de se justifier Effie.

— Et vous n'avez jamais songé à m'en parler ?

— Nous ne voulions que vous protéger, ma chère, répondit Gwen avec un sourire presque maternel.

— Nous pensions avoir cloué le bec au comte et qu'il en resterait là, dit Effie. Enfin, au bout d'un moment.

Sidney foudroya le trio du regard.

— Mais il n'en est pas resté là, n'est-ce pas ? Oh, non ! En fait, ce monsieur me met désormais au défi de me rendre en Égypte et de prouver que je sais de quoi je parle. Et si j'échoue, il compte demander ma radiation de la Société des Antiquités égyptiennes !

Sidney n'accordait guère d'attention aux éloges et à l'attention dont ses récits faisaient l'objet, mais son adhésion à la Société des Antiquités égyptiennes voici quelques mois était un honneur qui lui tenait à cœur. Ses grands-parents faisaient partie des membres fondateurs et si elle n'avait encore assisté à aucune manifestation, appartenir à cette illustre organisation était le plus beau trophée que lui valait son tout nouveau succès.

— Heureusement, nous avons beaucoup réfléchi à une solution, tenta de la rassurer Poppy. Nous n'avons même pensé à rien d'autre depuis ce matin.

— Et nous nous sommes précipitées ici au plus vite pour vous mettre au courant de… enfin, de tout ceci.

D'un geste vague, Gwen désigna les coupures de journaux.

— Au plus vite, c'est relatif. Il est midi passé, bougonna Sidney en soupirant profondément.

Voilà, elle tenait l'explication du message laconique de M. Cadwallender déposé une heure plus tôt, lui demandant de se rendre de toute urgence dans les bureaux du *Daily Messenger*.

— M. Cadwallender demande à me voir et je soupçonne que c'est à propos de cette histoire. Quel micmac épouvantable ! Que dois-je faire ?

— Vous devez absolument vous rendre au journal, répondit Poppy avec fermeté.

Gwen acquiesça.

— Sans perdre une seconde, si vous voulez mon avis.

— Et ensuite ?

La voix de Sidney laissait transparaître une affreuse note d'impuissance, elle qui détestait au plus haut point se sentir désemparée.

— Ensuite ? répéta tante Effie qui se leva avec une énergie combative. Ensuite, tu iras en Égypte.

*

* *

— Je trouve que c'est une brillante idée.

M. James Cadwallender trônait derrière son bureau installé au cœur de la salle de rédaction du *Daily Messenger*, qui évoquait toujours à Sidney le plus déchaîné des asiles d'aliénés. La pièce en elle-même était entourée de cloisons lambrissées surmontées de vitrages qui s'élevaient jusqu'au plafond et permettaient au directeur d'avoir son petit monde à l'œil tout en le préservant de la cacophonie perpétuelle qui était apparemment l'environnement naturel de journalistes en quête du dernier scoop.

Sidney fixa son interlocuteur avec sidération. Ne se rendait-il pas compte de la complète impossibilité de la chose ?

— Brillante ? Cette idée n'a rien de brillant. Au contraire, elle est effroyable, je ne vois pas d'autre mot.

M. Cadwallender s'esclaffa. Il était vraiment bel homme avec ses cheveux bruns soigneusement pommadés en arrière et ses yeux d'une teinte ambrée envoûtante. Sidney l'avait toujours trouvé très séduisant ; enfin, peut-être pas aujourd'hui.

— Voyons, mademoiselle Honeywell, en quoi le fait d'envoyer mon autrice préférée prouver qu'elle sait de quoi elle parle ne serait-il pas une idée brillante ? Sapristi, j'aurais aimé y penser moi-même.

— Monsieur Cadwallender, dit Sidney d'une voix posée, vous n'avez pas oublié que je suis une autrice de fiction, n'est-ce pas ?

— Bien sûr que non, je n'ai pas oublié, mais le public, lui, croit dur comme fer que toutes ces histoires sont réelles. Il est persuadé que Millicent Forester est une version à peine retouchée de vous-même, ou plutôt de Mme Gordon. Et qui suis-je pour me permettre de détromper nos fidèles lecteurs ? ajouta-t-il avec un sourire triomphant.

Tante Effie acquiesça avec gravité. Elle avait insisté pour chaperonner Sidney, même si cette dernière n'était pas dupe : la bienséance était pour la vieille dame la dernière des préoccupations. Elle tenait juste à ne pas perdre une miette de l'entrevue, pressée par ses amies de la leur rapporter dans ses moindres détails.

— Et nous ne voudrions pas briser leurs illusions, intervint-elle d'un ton grave.

— Exactement, chère madame, approuva M. Cadwallender.

— Leurs illusions auront tôt fait d'être brisées en mille morceaux lorsque le comte aura prouvé qu'il a raison, répliqua sèchement Sidney.

— Ce qui n'arrivera pas, parce que vous ne lui en laisserez pas l'occasion, assura M. Cadwallender en se penchant sur son bureau et en plantant son regard droit dans celui de la jeune fille. Mademoiselle Honeywell, Sidney, nous savons vous et moi que vous n'êtes jamais allée en Égypte. Nous savons que vos histoires sont librement inspirées de la vie de votre grand-mère. Mais tous ces gens qui les lisent, qui en redemandent, qui boivent comme du petit-lait chaque mot que vous écrivez, qui se sont pris d'affection pour Millicent Forester, ignorent que vous n'êtes pas elle et que vous n'avez jamais quitté l'Angleterre. À leurs yeux, vous menez la vie dont ils ont toujours rêvé. Ils comptent sur vous, Sidney, pour les arracher à leur quotidien banal et ennuyeux et les emmener fouler les sables de la mystérieuse Égypte, découvrir des tombeaux antiques et autres curiosités fascinantes. Vous ne voudriez tout de même pas les priver d'un pareil bonheur ?

— Euh... non, je suppose que non. Mais...

— Les gens se moquent de savoir si vos récits sont véridiques ou non.

— Alors pourquoi ne pas leur dire simplement la vérité ?

C'était précisément ce que Sidney avait eu en tête lorsqu'elle avait commencé à prendre conscience du malentendu.

— Parce qu'ils vous en voudront s'ils pensent que vous leur avez menti, répondit M. Cadwallender. C'est dans l'ordre naturel des choses.

— Et donc le mensonge continuera de prospérer ?

Sidney était incapable de réprimer le ton buté qui perçait dans sa voix, tant cette tromperie lui semblait malhonnête.

— Pas du tout. Avec supériorité et condescendance, ce comte a mis en doute votre connaissance de l'Égypte et tout ce qui s'y rapporte. Pourtant, vous êtes l'une des personnes les mieux informées sur le sujet que j'aie jamais rencontrées. Vous avez les réponses à des questions que la plupart des gens ne penseraient même pas à poser. N'est-ce pas, madame Higginbotham ?

— C'est vrai, monsieur Cadwallender, approuva Effie avec empressement. Durant des années, Sidney a suivi les cours d'éminents érudits au Queen's College. Je serais bien en peine de compter le nombre de conférences sur l'égyptologie auxquelles elle a assisté. Elle connaît tous les artefacts égyptiens exposés au British Museum ou ailleurs à Londres. Et elle a lu tout ce qui a été publié sur le sujet. Bref, je n'hésite pas à affirmer que personne n'est aussi versé que Sidney dans tout ce qui touche à l'Égypte, ancienne et contemporaine, conclut-elle avec un trémolo de fierté dans la voix.

— Merci, tante Effie, dit Sidney en esquissant un sourire reconnaissant. Toutefois, malgré mes études et toutes ces connaissances, il n'en demeure pas moins que je ne suis jamais allée en Égypte.

— Une broutille, assura M. Cadwallender en balayant l'objection d'un revers de main. Vous vous en sortirez avec maestria, je n'en doute pas. Vous avez toute ma confiance, Sidney. À votre retour...

— Je n'ai pas souvenir d'avoir dit oui.

Effie se pencha vers elle et lui tapota la main.

— Allons, ma chère enfant, je n'ai pas l'impression que tu aies le choix.

— Ce n'est pas tout à fait vrai, nuança M. Cadwallender en étudiant la jeune femme un long moment. Plusieurs options s'offrent à vous. Vous pouvez choisir d'admettre publiquement que le comte a raison, que vous ne savez pas de quoi vous parlez...

— Et laisser ce goujat l'emporter ? s'offusqua Effie en se redressant sur sa chaise. Jamais !

— Dans ce cas, il y aurait un vilain scandale. Vous perdriez vos lecteurs, qui se sentiraient trahis. Les Éditions Cadwallender et le *Daily Messenger* ne seraient plus en mesure de publier vos chroniques. Nous avons une réputation à sauvegarder.

Sachant que le *Daily Messenger* semblait miser en grande partie sur les scandales et potins pour remplir ses colonnes, c'était franchement l'hôpital qui se moquait de la charité.

— C'est vous-même qui m'avez convaincue de me taire lorsque ce malentendu est survenu, fit remarquer Sidney.

M. Cadwallender esquissa de nouveau un revers de main.

— De l'eau a coulé sous les ponts, mademoiselle Honeywell. Inutile de se préoccuper du passé. Nous devons aller de l'avant, voilà tout. Comme je vous l'expliquais, vous avez le choix. Avouer la vérité et affronter les conséquences...

Effie frémit.

— Faire mourir Millicent et mettre fin à ses aventures...

La vieille dame en sursauta d'horreur.

— Ou vous rendre en Égypte et faire manger son chapeau au comte de Brenton. C'est lui qui a lancé les hostilités après tout, battez-le donc à son propre jeu. Prouvez-lui, et au reste du monde, qu'il a tort sur toute la ligne. Ce serait une bonne leçon pour ce monsieur. Certes, vous n'avez jamais mis les pieds en Égypte, mais ne me dites pas que votre esprit, votre cœur, votre âme elle-même n'en sont pas imprégnés au plus profond.

— C'est la quintessence de son être, acquiesça Effie d'un hochement de tête.

— Exactement. Sidney, dit M. Cadwallender en plongeant son regard droit dans le sien. *Carpe diem* – saisissez l'instant présent. N'est-ce pas là l'occasion dont vous rêviez ?

— Oui, mille fois oui ! s'exclama Effie en se levant d'un bond. Et elle compte bien la saisir !

Pour toute réaction, Sidney la fixa avec de grands yeux.

M. Cadwallender afficha un sourire de matou repu.

— Bien sûr. Je n'en ai pas douté un seul instant.

Sidney les dévisagea tour à tour. Il avait raison, elle avait le choix. Elle tenait sa chance de corriger le tir. De vivre des aventures sur le terrain, d'être enfin l'héroïne intrépide pour laquelle la prenaient ses lecteurs.

Pour la première fois depuis que cette catastrophe lui était tombée sur la tête, l'idée d'un voyage en Égypte lui semblait non seulement envisageable, mais tentante. Pourquoi pas ? Encore célibataire à trente-deux ans, elle n'avait ni perspective de mariage, ni famille à proprement parler, à l'exception de tante Effie et de ses amies. Et absolument aucune bonne raison de ne pas suivre enfin son cœur. Elle n'avait rien à perdre et, au minimum, l'aventure d'une vie à gagner.

Elle tenta d'avaler la boule qui s'était formée dans la gorge.

— Très bien. Alors j'accepte.

Le sourire de M. Cadwallender s'élargit.

— Excellent. Le *Daily Messenger* paiera tous vos frais et vous fera bien entendu accompagner d'un journaliste.

Effie se tassa sur son siège.

— Un journaliste ?

Sidney écarquilla les yeux.

— Est-ce bien nécessaire ?

— Absolument. Ce sera le feuilleton de l'année, ma chère. Avez-vous entendu parler de Nellie Bly ? demanda-t-il après un bref silence.

Elle fit non de la tête.

— Tu as vraiment besoin de sortir davantage, lui souffla Effie.

— Nellie Bly est une journaliste américaine qui s'est lancée dans un tour du monde en moins de quatre-vingts jours voici quelques années. Elle l'a bouclé en soixante-douze jours seulement, expliqua M. Cadwallender, le regard pétillant. Son histoire a fait la une de tous les journaux, en Amérique et presque partout ailleurs. Je m'attends à ce que celle du retour de la Reine du Désert en Égypte se révèle tout aussi profitable.

Sidney haussa un sourcil interrogateur.

— Profitable, monsieur Cadwallender ?

— Profitable, en effet, mademoiselle Honeywell, répondit-il avec assurance. Cette histoire ne manquera pas de gonfler notre lectorat et générera par là même davantage de bénéfices. Ce genre d'aventure fait vendre du papier. Certes, notre mission consiste à éclairer et informer nos lecteurs, mais nous ne pouvons pas remplir cette dernière sans financement suffisant. Et pas davantage nous permettre d'envoyer sans bonne raison nos correspondants en reportage dans le désert égyptien.

— D'accord, mais ne trouvez-vous pas risqué qu'un observateur supplémentaire surveille mes moindres faits et gestes ?

— J'ai toute confiance en vous, mademoiselle Honeywell. Sinon, je ne financerais pas ce voyage. En fait, la présence d'un de mes meilleurs reporters à vos côtés est dans votre intérêt. Si je n'envoie pas quelqu'un couvrir vos pérégrinations, croyez-moi, le *Times* s'en chargera à ma place. J'ose espérer que vous préférez un journaliste qui travaille pour moi plutôt qu'un concurrent qui ne demande qu'à discréditer notre maison.

— C'est logique, je suppose, fit Sidney en soupirant.

Décidément, cette histoire devenait de plus en plus compliquée.

— Votre journaliste connaîtra-t-il la vérité ? Au sujet de mon absence d'expérience en Égypte, je veux dire.

Le regard de M. Cadwallender se fit incrédule.

— Absolument pas, mademoiselle Honeywell. Jamais je ne permettrais à un membre de ma rédaction de tromper notre lectorat.

— En d'autres termes, ce sera à moi de l'induire activement en erreur, ainsi que le comte.

— Rassurez-vous, le comte ne sera pas du voyage. S'il est prêt à dénigrer vos chroniques dans la presse, il n'est pas disposé à mener en personne ce défi à son terme. Il envoie un représentant, un neveu, je crois. Un certain M. Harry Armstrong. Apparemment, M. Armstrong a visité l'Égypte dans sa jeunesse et se considère aujourd'hui comme une sorte d'expert.

— Génial, maugréa Sidney entre les dents.

— Je soupçonne fortement ce neveu d'avoir influencé le comte dans ses critiques, lui confia le directeur, pensif. Quoi qu'il en soit, c'est à ce M. Armstrong qu'il faudra prouver votre légitimité. Si d'après lui vous y parvenez, il présentera des excuses publiques. Si vous échouez, j'ai accepté de publier son livre.

Sidney écarquilla les yeux.

— Il a écrit un livre ?

— Un recueil de récits prétendument véridiques sur ses expériences en Égypte. Qu'ai-je fait au ciel !

— Un instant, monsieur Cadwallender, intervint Effie, les sourcils froncés. Vous dites que l'homme censé décider du sort de Sidney a tout à gagner en l'accusant d'être une affabulatrice ? Selon moi, c'est extrêmement subjectif et pas du tout équitable.

— Équitable ou pas, voici le défi. Le refuser reviendrait à admettre qu'il a raison, argumenta le directeur du *Daily Messenger* en plongeant encore une fois son regard droit dans celui de Sidney. Vous y arriverez, j'en suis persuadé. Faites-lui visiter l'Égypte. Emmenez-le voir les pyramides et peut-être un tombeau ou deux. Juste assez pour asseoir votre expertise.

Ce n'est pas comme si vous deviez découvrir le trésor d'un pharaon.

— Ce qui serait pourtant parfait, murmura Effie.

— Vous possédez le savoir et, je n'en doute pas, le courage nécessaire pour entreprendre une aventure de cette nature. Devenir l'héroïne de votre propre histoire. Vous *êtes* Millicent Forester, surtout ne l'oubliez à aucun moment. Nous avons l'un et l'autre beaucoup à perdre dans cette histoire, ajouta-t-il d'un ton radouci. Ma famille a fondé les Éditions Cadwallender voici près d'un siècle. Je ne voudrais pas être celui qui provoquerait leur faillite.

Sidney l'étudia un long moment. Avait-elle réellement le courage de mener à bien une équipée de cette envergure ? Possédait-elle le bagage nécessaire pour convaincre au moins deux personnes qu'elle connaissait l'Égypte alors qu'elle n'y avait jamais mis les pieds ? Cependant, au-delà de l'imposture à laquelle le défi du comte la condamnait, ce voyage n'était-il pas précisément ce qu'elle ambitionnait depuis des années ? Ne devait-elle pas à ses lecteurs au moins une vaillante tentative de se conformer à l'image qu'ils se faisaient d'elle ? Et il n'y avait pas que son propre avenir en jeu. Elle redressa les épaules.

— Je saurai me montrer digne de la confiance que vous me témoignez, monsieur Cadwallender.

— Excellent, s'exclama Effie, radieuse. La Société des Voyageuses va prendre sans tarder les dispositions nécessaires. Quelle joyeuse petite troupe nous allons former !

— Nous ? releva M. Cadwallender en secouant la tête. Je crains que vous ne vous mépreniez, madame Higginbotham. Il n'est pas question pour moi d'aller en Égypte, ajouta-t-il, un brin narquois. J'ai un journal à faire tourner.

— Cela va sans dire, monsieur Cadwallender. Personne n'attendrait d'un homme avec vos responsabilités qu'il abandonne ses fonctions, même pour une mission aussi capitale que celle-ci. Je crains que ce ne soit vous qui ayez mal compris, rétorqua Effie avec, dans le regard, un éclat qui démentait l'onctuosité de sa voix. Mes amies et moi ne pouvons laisser notre chère Sidney se rendre au pays des pharaons sans une escorte digne de ce nom. Nous ferons office de chaperons, si vous préférez.

Le front de M. Cadwallender se plissa.

— De chaperons ?

— Oui. Lady Blodgett, Mme Fitzhew-Wellmore et moi-même accompagnerons Sidney dans ses pérégrinations.

— Ce ne sera pas nécessaire, madame Higginbotham, objecta le directeur d'un ton faussement guilleret. Nellie Bly a fait son tour du monde toute seule de bout en bout.

Effie renifla avec dédain.

— On peut s'attendre à ce genre d'attitude de la part d'une Américaine. Les sujets de Sa Majesté ne se permettraient jamais pareil relâchement des règles de bienséance.

— Permettez-moi de vous faire remarquer que Mme Honeywell écrit sous le pseudonyme de Mme Gordon, une veuve, et qu'à ce titre, elle n'a nul besoin de chaperons, rétorqua M. Cadwallender avec un petit sourire triomphant.

— Et je me permets de souligner que vos concurrents les moins sérieux pourraient présenter cette entreprise – une jeune femme sans attaches, veuve ou non, qui voyage à l'étranger en compagnie de deux hommes – comme potentiellement inconvenante ou pire, la taxer de scandaleuse, riposta Effie, l'air navrée. Même si le *Daily Messenger* semble mettre un point d'honneur à révéler tous les détails juteux du moindre scandale porté à sa connaissance, vous ne voudriez pas voir votre cher journal subir lui aussi ce triste sort.

M. Cadwallender la gratifia d'un regard exaspéré.

— Non, je suppose.

— La présence de chaperons éliminera tout risque. De plus, mes amies et moi-même avons toutes été mariés à des hommes ayant passé beaucoup de temps en Égypte. Ils étaient aussi d'honorables membres du Club des Explorateurs. Nous avons donc une certaine crédibilité en tant qu'observatrices. En outre, Sidney aura besoin de soutien pour mener à bien cette entreprise. Nous ne voudrions pas que quiconque découvre le pot aux roses, n'est-ce pas ?

— Non, en effet, confirma le directeur en pianotant du bout des doigts sur son bureau. Vous attendez de moi que je finance également votre voyage, je suppose.

— Il me semble que nous vous rendons un immense service en accompagnant Mlle Honeywell.

Effie sourit avec, au fond des yeux, une lueur de triomphe.

— Le terme « chantage » me paraît plus approprié que celui de « service ».

— Simple question de sémantique, monsieur Cadwallender, répliqua Effie en balayant la remarque d'un revers de la main. Un mot en vaut souvent un autre; tant que le résultat est le même.

— Tant que le résultat vous convient, dirais-je plutôt.

Effie lui décocha un sourire amène.

M. Cadwallender poussa un soupir résigné.

— Fort bien, dit-il avant de se tourner vers Sidney. Quand estimez-vous pouvoir être prête ?

Sidney réfléchit un instant. Elle n'avait aucun projet en cours. Rien ne la retenait à Londres. Le temps de faire ses malles, elle espérait pouvoir partir tout au plus d'ici un jour ou deux.

— Dès que les dispositions seront prises, je dirais.

— Excellent, se félicita le directeur en se levant, imité par tante Effie et Sidney. Je ne doute pas que cette entreprise sera extrêmement fructueuse pour vous, mademoiselle Honeywell – et pour nous tous.

— Merci, monsieur Cadwallender.

Il leur ouvrit la porte et Effie sortit la première, Sidney sur ses talons. Les deux femmes se frayèrent un passage à travers le dédale de bureaux et la cohorte de messieurs survoltés aux doigts tachés d'encre. Plongée dans ses pensées, Sidney atteignit le hall d'entrée sans vraiment remarquer cette hystérie collective.

— L'entretien s'est bien passé, je trouve, dit tante Effie après avoir demandé un taxi.

— Sans doute M. Cadwallender n'avait-il encore jamais affronté la veuve d'un colonel, fit remarquer Sidney d'un air un peu goguenard.

— La capacité à se battre pour obtenir ce qu'on veut dépend avant tout de la façon dont on se perçoit et, bien sûr, de l'objectif à atteindre, répliqua Effie avec un petit sourire satisfait. Être la veuve d'un colonel, c'est juste la cerise sur le gâteau.

Sidney hésita.

— Êtes-vous sûres d'être partantes pour ce voyage, vos amies et vous ?

— Parce que nous ne sommes plus dans la fleur de l'âge ?

— Euh... oui.

— Je t'assure, Sidney, que nous sommes toutes les trois en pleine forme.

Face à son air sceptique, tante Effie marqua une pause.

— Il y a deux sortes de femmes dans ce bas monde, ma chère. Celles qui saluent les autres en partance pour de grandes aventures et celles qui leur rendent leurs saluts de la fenêtre d'un train ou du pont d'un bateau, reprit-elle, le menton levé avec défi. Il est grand temps que Gwen, Poppy et moi nous rangions dans cette seconde catégorie. Nous devons vivre dans l'instant, nous aussi. C'est peut-être notre dernière chance.

— Et pour moi, peut-être la seule.

— Alors il faut en profiter au maximum, conclut Effie, radieuse. Comme c'est M. Cadwallender qui règle la note, à nous de faire en sorte qu'il en ait pour son argent.

Sidney ne put s'empêcher de rire. Bon sang, quelle chance ! Grâce à une sale carne d'aristocrate aussi guindé qu'arrogant et à son neveu qui devait être du même acabit, elle allait enfin se rendre en Égypte. Certes, vu l'ampleur de la supercherie, la situation ne serait pas facile à gérer. Mais il était grand temps de réaliser son rêve. Désormais, son avenir était en jeu. À bien des égards, il semblait que sa vie – son histoire – n'en était qu'à son prologue.

Et il lui tardait de tourner la page.

2

— Cette Mme Gordon est une mystificatrice, je te l'affirme.

Harold Armstrong, le nouveau comte de Brenton, arpentait l'impressionnante largeur du salon que ses prédécesseurs avaient utilisé comme bureau dans le prestigieux hôtel particulier de Mayfair qui lui appartenait désormais. Harry n'était pas enclin à faire les cent pas, ou du moins ne l'avait jamais été jusqu'à présent, mais sa vie entière avait été bouleversée ces derniers mois et il avait beaucoup de soucis en tête. En outre, les événements du jour ne lui avaient pas apporté la satisfaction attendue, ce qui jetait un doute sur le bien-fondé de ses actions. Or Harold Armstrong n'avait pas pour habitude de douter.

— Et je compte bien dénoncer l'imposture totale à laquelle elle se livre.

Lord Benjamin Deane, l'ami de Harry depuis leur rencontre à l'université de Cambridge, se prélassait dans un des fauteuils à oreilles placés devant la cheminée.

— Surtout ne retiens pas tes coups, Harry. Dis-moi ce que tu penses vraiment d'elle.

Harry marqua un temps d'arrêt.

— Cette affaire n'a rien d'humoristique, Ben.

— Au contraire, mon vieux. C'est peut-être l'histoire la plus amusante que j'ai entendue depuis bien longtemps.

— Ah oui ? Et qu'est-ce qui t'amuse, exactement ?

— Le simple fait que tu n'y voies pas une once d'humour est déjà très amusant en soi. Ces derniers temps, tu parais plus tendu qu'un ressort de coucou suisse.

— C'est absurde.

— Mais lorsqu'on devient comte du jour au lendemain - un comte encore célibataire et donc un parti très convoité - sans avoir imaginé une seconde qu'il s'agissait d'une possibilité même lointaine, je suppose qu'on a tendance à perdre son sens de l'humour.

— Fadaises, je ne l'ai nullement perdu, dit Harry, qui se trouvait toutefois plus sérieux depuis quelque temps.

Mais comme il ne l'avait jamais particulièrement été jusqu'à présent, peut-être le moment était-il venu d'évoluer.

— C'est vrai, je trouve la façon alambiquée dont ce titre m'est tombé dessus sacrément hilarante.

Et tout à fait inattendue. Harry avait toujours su que l'homme qu'il considérait comme son père, sir Arthur Armstrong, était en réalité le second époux de sa mère et un cousin éloigné de son père biologique, décédé avant sa naissance. Durant son enfance, Harry avait maintes fois entendu l'histoire d'Arthur, qui s'était follement épris au premier regard de la jeune et charmante veuve. Malheureusement, les deux tourtereaux n'avaient passé que quelques années ensemble avant qu'elle succombe à la grippe. Harry se souvenait à peine de sa mère et soupçonnait depuis longtemps que les anecdotes que lui racontait Arthur à son sujet avaient pour seul but de garder sa mémoire vivace dans leurs cœurs.

Les deux hommes avaient conscience de partager un lien familial avec le dixième comte de Brenton, bien qu'il ne leur ait jamais paru d'une importance notable. Arthur était un érudit, spécialiste de l'histoire et des civilisations disparues. Expert très réputé de l'Égypte ancienne et de ses artefacts, il avait été anobli voici plusieurs années en reconnaissance de ses recherches académiques, ainsi que de ses efforts pour faire progresser la réputation et les collections du British Museum. Il n'avait pas élevé Harry comme un futur comte, mais plutôt comme le fils d'un homme perpétuellement le nez dans les livres et l'esprit plus souvent qu'à son tour dans un siècle depuis bien longtemps révolu. Ce n'était qu'au destin, fortement influencé par le décès du comte en titre et par la supériorité numérique des femmes dans la lignée directe de celui-ci, que Harry devait d'être devenu le quatorzième comte de Brenton environ onze mois plus tôt.

— Et puis l'argent ne nuit pas, ajouta-t-il avec un sourire impénitent à son ami, qui lui donna l'impression de redevenir le Harry Armstrong d'autrefois.

— Un avantage certain, approuva Ben, hilare.

Fils cadet d'un riche marquis, Ben n'avait jamais manqué d'argent, allant jusqu'à financer leur première expédition en Égypte, près de vingt ans auparavant.

De son côté, Arthur possédait une fortune familiale importante, bien que l'argent n'ait jamais beaucoup compté à ses yeux. Quant à Harry, il avait grandi dans un environnement modeste. Aujourd'hui, en plus du domaine à la campagne qui accompagnait son titre, il avait hérité d'un vaste hôtel particulier à Londres et, après de longues discussions, convaincu son père adoptif de changer de résidence. Malgré la réticence initiale d'Arthur à l'idée de voir sa vie bouleversée, il s'était laissé séduire par l'imposante bibliothèque et les pièces spacieuses de la maison de Mayfair. Le domicile d'Arthur débordait de livres, reliques et diverses collections accumulées au fil des ans. Et puis même à trente-huit ans, avait argumenté Harry, un homme pouvait toujours faire bon usage de la compagnie et de la sagesse de son père.

— Quoique je trouve un peu pénible d'être devenu un beau parti dont le titre et la fortune attirent toutes les convoitises.

Harry était bien plus habitué à poursuivre une femme de ses assiduités que l'inverse. Il gratifia son ami d'un regard accusateur.

— Tu aurais pu m'avertir.

— Où aurait été l'amusement ?

Harry frémit.

— Jamais je n'aurais imaginé que les mères ayant des filles à marier puissent se montrer aussi farouches et impitoyables.

— Ce n'est que le début, le prévint Ben. Estime-toi prévenu. Lorsque tu n'étais que le fils d'un érudit, ces mères redoutables en quête d'un beau parti ne t'accordaient pas un regard. Désormais, tu es devenu une proie de choix.

— Je ne suis pas sûr d'aimer être une proie, même de choix.

— Aucun de nous n'apprécie ça.

Harry se dirigea vers la carafe de brandy que Jeffries, le majordome, avait judicieusement placée sur un guéridon tout proche.

— Pour toi, c'est plus facile. Tu as une mère et des sœurs pour te guider dans l'imbroglio des absurdités imposées par la haute société.

Harry servit deux verres et en tendit un à Ben.

— On pourrait croire que cela faciliterait les choses, dit Ben en levant le sien à la santé de son ami. Mais ce serait une erreur.

Ben était au moins plus accoutumé que lui aux exigences de la vie mondaine. À l'époque où tous deux rentraient à Londres après leurs séjours en Égypte, Ben était aussitôt entraîné dans l'orbite de sa terrible famille et dans d'incessantes obligations sociales, tandis que Harry passait en général ces intermèdes au calme en compagnie de son père.

— Sur ce point, tu devrais t'estimer heureux. Dans ma famille, ce sont les femmes les plus déterminées à me voir convoler. Par chance, j'ai trois frères aînés, dont le futur marquis, qui ont su tempérer leurs ardeurs jusqu'à présent.

Il avala une grande lampée de brandy.

— Malheureusement, ils sont tous mariés désormais et comme je suis rentré au bercail pour de bon, il semble que je sois désormais la prochaine victime sur la liste.

Ni l'un ni l'autre ne jugèrent bon de mentionner la raison de ce retour définitif. Une raison qui planait toutefois entre eux, omniprésente sans être jamais exprimée.

— Tout ce qu'il te suffit de faire, c'est de trouver une épouse à ton goût et toutes ces mégères te laisseront enfin en paix.

Harry s'enfonça dans le fauteuil à côté de celui de Ben.

— Je ne peux pas dire que le mariage m'intéresse. Du moins, pas pour l'instant.

— Désolé, Harry, mais dans notre société, ce qui t'intéresse ou non est sans importance, souligna Ben d'un air sombre. L'une des principales responsabilités de tout aristocrate digne de ce nom est de se marier, d'engendrer un héritier – et de préférence un deuxième fils au cas où – afin de garantir la pérennité du titre.

— Dans mon cas, il s'agit d'un titre que je n'ai jamais cherché à obtenir, envers lequel je ne ressens aucune loyauté particulière et qui ne me tient pas particulièrement à cœur. Sauf pour l'argent, bien sûr, ajouta Harry après un silence. L'argent est plutôt agréable.

Il balaya du regard l'élégante pièce aux murs lambrissés, avec ses rayonnages qui s'élevaient jusqu'au plafond, presque hors d'atteinte, et les portraits d'ancêtres inconnus qui semblaient le contempler d'un air furibond.

— Et aussi la maison.

— Considère la maison comme une compensation des inconvénients du titre, *lord* Brenton.

Harry exhala un long soupir.

— Oui, je suppose que c'est ma triste destinée.

Harry ne s'était toujours pas fait à l'idée d'être un lord. Lorsque Ben, Walter et lui avaient abandonné leurs études à Cambridge pour partir en quête d'antiquités précieuses dans le désert égyptien, il avait supposé, tout comme ses amis, qu'il reviendrait au pays en ayant fait fortune. Leurs proches n'avaient pas été aussi confiants : beaucoup étaient prêts à parier que le trio connaîtrait une fin funeste et qu'on n'entendrait plus jamais parler d'eux. Par moments, le destin avait été à deux doigts de leur donner raison. Ce à quoi personne ne s'attendait, c'était que Harry et ses compagnons se découvriraient une passion mêlée de respect pour l'Égypte et les énigmes de son passé qui, combinée avec l'influence de son père, les ferait passer du statut de chasseurs de trésors peu recommandables à celui d'archéologues relativement respectables. Harry ne se rappelait même pas la dernière fois où il avait volé ou passé en contrebande un artefact précieux. Certes, il y avait peut-être eu plusieurs pièces, quelques dizaines tout au plus, obtenues ces dernières années pour le compte du British Museum par des moyens douteux, parfois même illégaux. Ça n'avait été ni aussi amusant, ni aussi rentable qu'à la grande époque de leurs débuts, mais ils en avaient tout de même tiré une certaine satisfaction.

Puis Walter était mort d'une fièvre qui n'aurait sans doute été qu'un mal bénin en Angleterre. La logique et la raison voulaient que ce ne soit la faute de personne ; Harry en avait conscience, mais il savait que

Ben s'en voulait tout autant que lui-même. Sans doute leur retour avait-il pris son origine dans le décès de Walter. Ou peut-être leur goût de l'aventure au pays des pharaons avait-il fini par s'émousser. À moins qu'ils n'aient tout bonnement enfin mûri. Nul doute que la disparition d'un ami aussi proche changeait un homme. Walter avait perdu la vie depuis plus d'un an quand Harry avait été informé de son héritage et avait décidé de regagner définitivement l'Angleterre. Ben, lui aussi, était alors prêt à regagner ses pénates.

Harry ne savait trop à quoi s'attendre, mais les premiers mois après son retour avaient été occupés par une multitude de documents à signer, de formalités légales à accomplir et mille et un détails concernant sa nouvelle vie. Il avait dû engager un secrétaire pour gérer ses affaires, car il se retrouvait non seulement en possession d'un domaine à la campagne, mais aussi avec la responsabilité d'un régisseur et de métayers. Son père et lui avaient résidé plusieurs mois à Brenton Hall, à quelques heures de Londres par le train, le temps que Jeffries se charge du déménagement des possessions d'Arthur et prépare la maison de Londres.

Aussi loin que remontaient les souvenirs de Harry, Jeffries avait toujours été le majordome de son père ; plus qu'un domestique, il était davantage le meilleur ami de ce dernier et un deuxième père pour Harry. À eux trois, ils avaient toujours formé un foyer de célibataires. Harry l'avait installé dans leur nouvelle résidence, ainsi que le reste de leur modeste personnel de maison. L'hôtel particulier de Mayfair avait apparemment été peu utilisé, l'ancien comte préférant la solitude de la campagne. L'endroit était ensuite resté vacant plus d'un an en raison des complexités des règles de succession, ainsi que du temps nécessaire à l'identification et à la localisation de son héritier, et les domestiques en poste avaient été obligés de trouver une place ailleurs. Jeffries avait eu bien du mal à dissimuler sa joie de superviser la remise en ordre de l'imposante demeure et d'engager le personnel supplémentaire indispensable à la bonne marche de la maisonnée.

Le rythme effréné des premiers mois n'avait pas préparé Harry, qui avait toujours été un homme d'action, à l'ennui qui avait suivi. Son prédécesseur avait engagé des professionnels compétents – avocats, administrateurs de biens et divers autres hommes de confiance – qui occupaient leurs postes depuis des années, une organisation bien rodée qui, selon Harry, n'exigeait pas de changement. Son nouveau secrétaire gérait sa correspondance et ses obligations professionnelles et mondaines – depuis son arrivée à Londres, les invitations affluaient. Et le jeune homme n'avait aucun intérêt particulier pour la politique. Tout cela l'amenait à se demander si Ben et lui n'avaient pas commis une erreur en décidant de rentrer définitivement au pays. Désormais, la vie était plutôt morne et il craignait qu'elle ne finisse par déteindre un peu sur lui. Mais en y réfléchissant – et ce n'était pas le temps qui lui manquait pour cela –, il se rendait compte qu'il n'avait plus le cœur à la vie d'aventure qu'il adorait autrefois. Le passé était le passé et le moment était venu d'aller de l'avant.

Pourtant, pourquoi gâcher l'expérience de toute une vie ? Il était intelligent et compétent. Pourquoi ne pas partager avec le monde les exploits qu'il avait accomplis en presque vingt ans ? Pourquoi ne pas coucher ses aventures sur le papier ? Et pas uniquement les siennes, mais aussi celles de Ben et Walter. Si Henry Rider Haggard, qui était loin de posséder le parcours de Harry et de ses amis, pouvait réussir dans l'écriture, alors lui aussi. Il avait moins besoin d'argent que de célébrité, ou plutôt de *reconnaissance* – pour l'œuvre d'une vie consacrée à faire progresser le domaine de l'égyptologie. Et un minimum de respect serait aussi plutôt plaisant. Feu son ami Walter ne le méritait-il pas ?

— Je trouve les histoires de Mme Gordon plutôt bien tournées, dit Ben, ramenant la conversation sur l'objet de la colère de Harry. Ses *Chroniques d'une aventurière en Égypte* sont, ma foi, très divertissantes.

— Tu n'as aucun goût.

— Et toi, aucune indulgence, riposta Ben en saisissant sur un guéridon installé entre les deux fauteuils l'exemplaire du jour du *Daily Messenger* avec le dernier épisode en date. Les récits de cette dame sont très amusants, Harry. Il y a de l'aventure, une pointe de romance et même un peu de mystère. Je les apprécie beaucoup.

— Ils sont d'une inexactitude crasse.

— Elle a certainement laissé de côté quelques-uns des aspects les plus désagréables de la vie en Égypte…

— Quelques-uns ? ironisa Harry. On ne trouve pas la moindre mention des puces de sable ou autre vermine qui pourrit la vie des explorateurs du désert dans ses histoires. Tout est beau, propret et plaisant.

— Peut-être parce que les lecteurs n'ont pas franchement envie de s'infliger de telles horreurs. Moi, en tout cas, je m'en passe fort bien.

— Les détails comptent, insista Harry. On ne peut les omettre sous le simple prétexte qu'ils sont désagréables.

Cependant, avec le recul, il se pouvait qu'une précision excessive ait été justement le gros défaut de ses récits. Il avait écrit plusieurs chapitres, presque un recueil entier pour ainsi dire, avant de soumettre son manuscrit à des éditeurs. À chaque tentative, il avait essuyé un refus poli, mais ferme. Si les commentaires étaient aimablement formulés, ils n'en étaient pas moins toujours peu amènes sur sa capacité à raconter une histoire de manière intéressante. À ses yeux, tout cela n'avait aucun sens. Pis encore, comme on le lui avait fait comprendre avec tact, tant que Mme Gordon écrirait ses chroniques sur l'Égypte encensées par le public, il n'y aurait pas de place pour ses textes plutôt pointus et trop peu divertissants. Pourtant, il ne se contentait pas d'inventer des histoires – les siennes étaient authentiques. Parvenu à la conclusion que ces lecteurs qui n'avaient jamais quitté Londres étaient incapables d'apprécier le réalisme cru de son écriture, il demanda à son père, un sommet d'érudition, et à Ben, qui avait vécu ces aventures à ses côtés, de lire ses écrits.

Leurs réactions furent moins enthousiastes que Harry ne l'avait escompté. Son père demeura évasif sur la qualité de son écriture, jurant en guise de commentaire qu'il n'aurait jamais fermé l'œil une seule nuit s'il avait été au courant de toutes les activités de son fils durant ses années en Égypte. Quant à Ben, il se contenta de marmonner que les récits de son ami étaient plutôt plus ennuyeux que ses souvenirs.

Apparemment, Harry Armstrong, qui n'avait jamais manqué de confiance en lui et réussissait tout ce qu'il entreprenait, était certes capable de rédiger une phrase correcte d'un point de vue grammatical, mais sans le moindre intérêt littéraire. Il s'était promis d'y travailler.

— Indépendamment de ce que les gens veulent, ou pensent vouloir, lorsqu'on prétend décrire par le menu des expériences factuelles, on ne peut laisser de côté les aspects les moins reluisants. Ce sont les détails qui donnent vie à une histoire et les faits que je relate sont incontestables, argumenta Harry d'un ton hautain.

Ben ne put s'empêcher de rire.

— Il n'y a rien de drôle, bougonna Harry, la mine renfrognée. C'est ainsi que j'ai l'intention de passer le restant de mes jours. J'ai atteint un âge où gaspiller mon temps et mon argent en plaisirs futiles me semble absurde et, curieusement, n'a pour moi plus aucun attrait...

— Qui l'eût cru ?

— Et puis je suis beaucoup trop jeune pour me complaire dans l'oisiveté. Or, personne ne s'intéresse à mes récits, qui décrivent cependant une vérité sans fard et une réalité dénuée de tout sentimentalisme, parce que cette femme, s'agaça-t-il en arrachant le journal des mains de Ben et en l'agitant sous le nez de ce dernier, nourrit le public d'histoires mièvres de vaillants chefs du désert, de bandits plus fringants que terribles, de vertueux chasseurs de trésors uniquement motivés par la grandeur des anciennes civilisations !

Ben sourit.

— Voilà une description assez précise de nous-mêmes, je dirais. J'ajouterais même « séduisants et audacieux ».

— Les histoires qu'elle invente sont tout droit sorties d'un pays imaginaire fait d'illusions et de fantasmes ridicules, sans plus de substance qu'un conte de fées. Ce n'est rien qu'un ramassis de sentiments écœurants où les faits avérés n'ont pas droit de cité.

— Il n'y a rien de mal à éprouver des sentiments et Mme Gordon a admis prendre parfois quelques libertés avec les faits au bénéfice de l'intrigue.

— Parfois ? Quelle bonne blague ! s'exclama Harry, le regard noir. Comme tu le sais, les chameaux n'ont rien de nobles vaisseaux du désert glissant avec majesté sur le sable. Non, ce sont de grossières créatures, désagréables et repoussantes, dont l'unique qualité est leur capacité d'adaptation au climat désertique. Tout le reste n'est qu'un tas d'âneries que les gens gobent sans se poser de questions.

— Dans l'ensemble, les gens ne sont pas très futés.

— Savais-tu qu'on la surnomme la Reine du Désert ?

— Oui, tu l'as déjà mentionné, me semble-t-il, répondit Ben en pinçant les lèvres pour se retenir de rire. À plusieurs reprises, d'ailleurs.

— C'est plutôt la reine de la duperie, des fables mal ficelées et de la mystification pure et simple !

Harry lâcha le journal sur le guéridon, puis avala son brandy d'un trait, ce qui ne lui fut pas d'une grande aide.

— Et tu n'as pas hésité à t'exprimer en ces termes précis dans tes courriers au *Times*.

— Bien sûr. Je ne pouvais pas faire moins. Les gens méritent de savoir qu'ils se font embobiner, affirma Harry avec vigueur, ignorant ce qu'il aurait pu interpréter comme un minuscule pincement de regret.

Il s'était toujours montré plutôt galant envers les femmes et celles-ci le lui rendaient bien. Il se demandait maintenant si l'ennui dans lequel l'avait plongé sa nouvelle vie, lié à sa frustration de ne pas réussir à se faire publier, n'avait pas joué un rôle dans l'envoi de ses lettres au *Times*. Non qu'il ait eu tort d'attirer enfin l'attention sur les déformations de la réalité qui semblaient presque pathologiques chez Mme Gordon : il ne regrettait pas non plus de l'avoir menacée de la faire radier de la Société des Antiquités. Toutefois, il avait conscience d'avoir ouvert la proverbiale boîte de Pandore.

— Et puis l'Égypte mérite mieux. Ces contrées grandioses et glorieuses, aussi intemporelles que dangereuses, sont dignes du plus profond respect. L'endroit est déjà envahi par les touristes. Les fadaises telles que celles de Mme Gordon, qui dépeint le pays comme une vulgaire station balnéaire de pacotille à l'ombre des pyramides, ne font qu'encourager la ruée de visiteurs qui, au lieu de s'émerveiller sur cette contrée qu'ils sont venus découvrir, insistent pour y imposer leur propre mode de vie. Avec ses inexactitudes et ses descriptions à l'eau de rose, cette femme contribue à la ruine d'un empire millénaire.

— Je ne suis pas en total désaccord avec toi sur ce point, j'en conviens.

— Pis encore, ceux qui gobent ses sornettes et affluent en Égypte, persuadés qu'il est aussi facile et peu risqué de partir à la recherche des trésors anciens que d'écrire quelques paragraphes, doivent affronter une brutale prise de conscience.

— N'est-ce pas ce qui nous est arrivé ?

— Nous étions jeunes et stupides. Et puis c'était une autre époque. Au final, nous avons payé le prix pour être tombés sous le charme de ce pays.

Ben observa un long silence.

— Quoi qu'il en soit, tu aurais pu te montrer un peu plus diplomate dans tes critiques.

— Oui, je suppose, concéda Harry avec un soupir de frustration. Je me rends compte maintenant qu'il aurait été plus sage, et certainement plus courtois, d'être moins véhément dans ma condamnation des écrits de Mme Gordon.

— Tu as donné un coup de pied dans la fourmilière.

— J'en suis bien conscient.

Si la pertinence de sa première lettre au *Times* était contestable, il comprenait désormais que poursuivre ses attaques contre cette femme par courriers interposés n'avait pas été une idée plus judicieuse. Cela n'avait fait qu'envenimer leur différend, au point qu'il l'avait mise au défi de se rendre en Égypte et de prouver qu'elle savait de quoi elle parlait. De toute évidence, l'indignation justifiée qui le dominait annihilait toute possibilité de réflexion sensée : si la prudence et la discrétion n'avaient jamais été les points forts de Harry Armstrong, lord Brenton devrait faire mieux.

— Compte tenu de ton attitude à l'égard du titre que tu as récemment acquis, j'ai été plutôt surpris que tu signes tes lettres « lord Brenton » plutôt que « Harry Armstrong ».

— Au début, il ne me semblait pas très juste, voire franchement mesquin, de me présenter en tant que comte. C'est une femme, après tout, et veuve de surcroît : je ne voulais pas l'intimider, même si, à en juger par ses réponses, un peu d'intimidation ne lui aurait pas fait de mal. Cependant, plus je relisais ses écrits – et plus les miens étaient rejetés –, plus je comprenais qu'écrire au *Times* sous le nom de lord Brenton donnerait du poids à mes accusations.

Ben prit le journal et le feuilleta jusqu'au dernier épisode des *Chroniques d'une aventurière en Égypte.*

— As-tu lu ses histoires avec attention ou ton indignation t'a-t-elle rendu aveugle ?

— Je n'en étais pas loin, je l'avoue.

— J'en doute. As-tu remarqué que sa représentation de l'Égypte est, disons, quelque peu désuète ?

— Quelque peu ? ricana Harry. Elle pourrait tout aussi bien écrire à l'époque même des pharaons ! À l'évidence, ses chroniques sont basées sur des récits fictifs mal documentés.

— Elle ne mentionne jamais les hordes de touristes qui se sont multipliées ces vingt dernières années grâce au chemin de fer et au canal de Suez, ni les réglementations gouvernementales qui ne servent qu'à compliquer les fouilles et omet bien d'autres détails.

— Nous avons déjà pu remarquer qu'elle n'apprécie guère la précision, acquiesça Harry. Et pas uniquement au sujet de la faune qui peuple le désert, ajouta-t-il après un silence.

Ben se plongea un moment dans l'épisode du jour.

— J'ai l'impression qu'il pourrait s'agir de quelqu'un qui n'a pas mis les pieds en Égypte depuis un certain temps. Peut-être même des décennies. Je suis prêt à parier que l'objet de ton courroux est une vieille dame, conclut-il en relevant la tête avec un sourire narquois.

— Certainement pas, protesta Harry. Tu as lu ses réponses. Le ton est agressif, d'une effronterie inconvenante, à la limite de l'impolitesse, bien qu'elle ne fasse jamais preuve d'un manque de courtoisie flagrant. Quand elle m'a traité d'arrogant personnage, elle est restée très polie.

— Je l'ai noté, en effet.

— J'avoue que je m'attendais à ce qu'une femme écrivant des histoires d'aventurière en Égypte – qu'elles soient véridiques ou non – défende son point de vue, même si je trouve qu'elle va un peu loin en insinuant qu'une partie de ma colère envers son succès vient du fait qu'il s'agit d'une femme.

— Je l'ai remarqué aussi.

Harry plissa les yeux.

— Elle est toujours polie.

— En effet. Voilà qui doit être agaçant au possible.

— Tu n'as pas idée, approuva-t-il. Mais je ne crois pas une seconde à ton hypothèse. Ces lettres ne peuvent être l'œuvre d'une vieille dame fragile. Elles sont bien trop affirmatives et percutantes.

Ben le dévisagea, amusé.

— Tu ne connais pas de vieilles dames, je me trompe ?

Harry fronça les sourcils.

— Non, mais...

— Mon bon ami, ce que je vais te dire ne va pas te faire plaisir, mais te voilà engagé dans une bataille épistolaire avec une gentille mamie, pouffa Ben. Et jusqu'à présent, tu n'en es pas sorti vainqueur.

Harry se renfrogna carrément.

— En es-tu sûr ?

— Tu devrais rencontrer ma grand-mère, lui répondit Ben en jetant un coup d'œil au journal. C'est exactement le style de lettres qu'elle écrirait, et le ton à la fois mordant et doucereux qu'elle emploierait. Le tout avec une immense jubilation.

Harry le fixait avec un brin de sidération. L'idée que Mme Gordon soit une femme d'un certain âge ne l'avait effleuré à aucun moment. Si Ben avait raison...

— Bon sang…

— Je te suggère de laisser tomber, Harry, dit Ben en sirotant son verre. Mets un terme à cette absurdité sans perdre un instant de plus. Je ne crois pas que tu puisses gagner cette guerre.

Malgré tout, Harry se sentit obligé de se justifier.

— Son mépris inconséquent pour la vérité balaie toute once de crédibilité qu'elle pourrait posséder. Ses chroniques ineptes sont une insulte envers ceux d'entre nous qui maîtrisent le sujet. À bien des égards, elle est ma rivale directe – c'est d'ailleurs ce qu'on m'a laissé entendre à plusieurs reprises. La discréditer…

— L'exposerait sans doute publiquement : à l'évidence, elle tient à rester discrète. On ne voit jamais de photo d'elle et on n'entend pas davantage parler d'apparition publique d'aucune sorte. Je n'arrive pas à croire que tu veuilles infliger ce sort à une gentille vieille dame…

— Gentille ? La pertinence de ce qualificatif m'interroge, bougonna Harry.

— Il n'empêche qu'une fois connue du public, avec ses cheveux blancs et ses rides, appuyée sur une canne…

— Tu n'en sais rien.

— Non, mais il est probable qu'elle ressemble plus ou moins à cette description. Eh bien, les gens se rallieront unanimement à son côté. Une pauvre petite vieille victime des attaques de l'arrogant comte de Brenton. Non seulement tu passeras pour un imbécile, conclut Ben en secouant la tête avec une compassion un peu forcée, mais aussi pour le méchant de l'histoire.

— Ce que je préférerais éviter.

Ben avait peut-être raison au sujet de l'âge de Mme Gordon et des répercussions négatives sur sa réputation, si l'affaire devait aller plus loin.

— Je comprends ton point de vue. Malheureusement…

Son ami haussa les sourcils.

— Malheureusement ?

— Tu sais que je l'ai mise au défi d'aller en Égypte et d'y faire la démonstration de sa légitimité.

— Bon Dieu, gémit Ben. Elle a accepté, n'est-ce pas ?

— Le *Daily Messenger* l'a fait en son nom, répondit Harry avec une grimace. J'ai été prévenu ce matin. Ils envoient aussi un journaliste. Nous embarquerons pour l'Égypte dès que les dispositions seront prises.

Cette idée de défi, qui lui avait semblé judicieuse sur le coup, lui paraissait maintenant plutôt stupide.

— Tu ne peux pas te désister ?

— Pas sans avoir l'air d'être encore plus idiot que je ne le suis déjà.

— Une de ces situations où on est perdant quoi qu'on fasse.

— C'est ce qu'il semble, en effet.

Harry réfléchit aux options qui s'offraient à lui : il ne semblait pas y en avoir.

— Et si tu m'accompagnais ? J'aurais bien besoin d'un ami à mes côtés. Ce serait comme au bon vieux temps.

— C'est absolument impossible, refusa Ben avec fermeté. Même si j'adorerais assister à cette débâcle, mon père a décidé de me faire travailler dans une des sociétés familiales. Le transport maritime, je crois, bien que l'affaire soit encore vague. Mes frères et lui s'efforcent de déterminer où je ferai le moins de dégâts, ajouta-t-il après avoir bu une gorgée.

— Ne dis donc pas de bêtises. Ils essaient plutôt de trouver le secteur d'activité où tes talents seront les plus appréciés.

La famille de Ben n'avait jamais été enchantée de ses choix de vie – en dépit de la légitimité qu'il avait acquise sur le terrain, errer dans le désert à la recherche d'un trésor antique n'était pas ce qui avait été envisagé pour le plus jeune fils d'un marquis. Cependant, Ben était bien plus compétent et capable que sa famille ne le soupçonnait. Il avait sauvé la peau de Harry plus d'une fois.

— J'ai décidé de ne pas tirer parti de mon titre pour cette entreprise, dit celui-ci. En fait, le comte a déjà informé le *Daily Messenger* qu'il envoyait un représentant à sa place pour accompagner Mme Gordon en Égypte. Un certain Harry Armstrong, son neveu, ajouta-t-il avec une grimace.

— Son neveu ? répéta Ben qui faillit éclater de rire.

— Il faut que ce soit quelqu'un en qui le comte ait confiance.

Ben secoua la tête, incrédule.

— Bien sûr. Pourquoi ne pas simplement utiliser ton titre ? Il a le pouvoir d'ouvrir de nombreuses portes, tu sais.

— Tu te prévalais rarement du tien en Égypte.

— Le mien est honorifique.

— Pour commencer, je n'ai pas l'intention d'écrire sous mon nom de comte. Mes livres auront pour thème les aventures de Harry Armstrong : lord Brenton n'a jamais mis les pieds dans le désert.

— Te rends-tu compte que Harry Armstrong et lord Brenton sont une seule et même personne ?

— Ce n'est pas mon impression ; je ne me sens pas à ma place, comme si je portais des habits qui ne me vont pas ; comme si j'essayais d'être quelqu'un que je ne suis pas. J'étais juste le seul héritier masculin sur la bonne branche de l'arbre généalogique : ce titre, je ne l'ai pas voulu, même si je m'y suis résigné, je suppose. Et puis je souhaite éviter toute attention exagérée qui pourrait me valoir une publicité déplaisante, voire un scandale.

— Vraiment ? ricana Ben. Tu as bien changé, mon vieux.

— Quel dommage, n'est-ce pas ? répondit Harry en allant chercher la carafe de brandy. La conduite passée de Harry Armstrong doit être aussi éloignée que possible de celle du comte de Brenton. Je suis désormais à la tête de la famille, rôle qui implique certaines responsabilités évidentes, comme un représentant de ladite famille me l'a très clairement exposé. Non que ses membres soient très intéressés d'avoir affaire à moi, ce qui me convient tout à fait par ailleurs.

— Il fallait s'y attendre, commenta Ben en lui tendant son verre vide. Tu es l'intrus venu faire valoir ses droits sur leur héritage familial.

Harry resservit Ben, puis remplit son propre verre et reprit place dans son fauteuil.

— Pas par choix, crois-moi. Apparemment, il y a dans la famille bon nombre de femmes encore célibataires qui, du fait de la succession, se trouvent désormais sous mon aile. Mon implication dans quelque événement fâcheux, passé ou présent, ternirait leur réputation, entravant ainsi leurs chances de faire un beau mariage. Ce dont on ne manquerait pas de me rendre responsable. Tu comprends mieux ma situation maintenant, n'est-ce pas ? demanda-t-il à son ami avec une moue agacée.

— Comme je l'ai déjà souligné, ce magnifique hôtel particulier, le vaste domaine à la campagne et, bien entendu, ta toute nouvelle fortune compensent largement ce désagrément.

— Nous verrons, fit Harry, même s'il jugeait que son ami n'avait pas tort. Je me retrouve avec toutes sortes de responsabilités sur les bras que je n'avais jamais envisagées. Ce n'est pas une véritable obligation, dit-il en glissant un coup d'œil à Ben, mais on attend de moi que je siège à la Chambre des lords. Or, je ne connais rien à la gestion d'un pays.

Harry laissa échapper un profond soupir en guise de conclusion.

— À ta place, je ne me tracasserais pas trop, s'esclaffa son ami. Là, au moins, je suis sûr que tu t'intégreras sans peine.

*
* *

Il n'existe rien de plus délicieux et de plus exaltant que de poser le pied sur le pont d'un navire en partance pour les côtes égyptiennes. Alors que l'on tourne son visage vers le soleil levant et la terre des pharaons, le cœur s'emplit d'une enivrante impatience et de frissons d'excitation à la pensée des aventures passionnantes qui nous attendent.

Chroniques d'une aventurière en Égypte

Aujourd'hui, le bateau à vapeur est le moyen de transport le plus efficace pour une traversée entre Londres et Alexandrie. Avant de monter à bord d'un navire, il est cependant toujours sage de se renseigner sur son historique afin d'éviter les mauvaises surprises dues à l'éventuelle incompétence du capitaine et de l'équipage.

Mes aventures en Égypte.
Récits authentiques de Harold Armstrong

3

Trois semaines plus tard

La richesse avait de nombreux avantages.

Dès l'arrivée de Harry sur le Royal Albert Dock, ses bagages avaient été prestement emportés pour être défaits dans la cabine de première classe qu'il occuperait durant la traversée de presque deux semaines jusqu'à Alexandrie. Première classe sur l'*Ancona*, navire de la prestigieuse compagnie P&O : habitué à voyager d'ordinaire dans les conditions les plus modestes, Harry ne put réprimer un sourire satisfait. Non, assurément, il n'aurait aucun mal à s'adapter à sa toute nouvelle aisance financière.

Il jeta un regard à la ronde sur les quais trépidants d'animation et ignora l'impatience qui commençait à le titiller. Quelques jours plus tôt, il avait reçu un mot de James Cadwallender l'informant que le patron du *Daily Messenger* le retrouverait sur place aujourd'hui, afin de faire les présentations et dire au revoir au petit groupe. Selon Cadwallender, celui-ci comprendrait non seulement le journaliste du *Daily Messenger* et Mme Gordon, mais aussi plusieurs amies de cette dernière. Quelques vieilles dames supplémentaires ? N'était-ce pas là ce qu'il manquait encore à cette expédition ? L'idée même lui faisait grincer des dents. Il avait envisagé de protester auprès de Cadwallender, mais, pour une fois, était parvenu à contenir son impulsion. Il s'était résolu à suivre le conseil de Ben et de son père : se montrer aussi charmant et aimable que possible. Ou en tout cas, s'y employer de son mieux.

De même, il avait décidé, toujours sur la recommandation d'Arthur et de son ami, ainsi que sur l'insistance de sa propre conscience, de ne pas évoquer en public le manque de crédibilité de Mme Gordon et de lui épargner critiques et ridicule. Une fois qu'il tiendrait la preuve indubitable de son incompétence sur le terrain, il aurait une discussion sérieuse en tête-à-tête avec elle, lui ferait remarquer l'erreur qu'elle avait commise en fourvoyant ses lecteurs et lui suggérerait fortement d'adjoindre « fictives » au titre de ses chroniques. Comme il avait l'intention d'intituler ses propres écrits *Mes aventures en Égypte. Récits authentiques de Harold Armstrong* – enfin, lorsqu'il aurait trouvé un éditeur – il lui semblait que cette distinction clarifierait les choses et éviterait ainsi une rivalité directe. Certes, la solution n'était pas parfaite et certains lecteurs pourraient malgré tout préférer les affabulations à l'eau de rose de Mme Gordon, mais Harry avait mauvaise conscience depuis que Ben avait évoqué la probabilité que celle-ci soit une vieille dame. Après avoir relu toutes ses chroniques, il était parvenu à l'inéluctable conclusion que son ami avait raison : si, à bien des égards, l'Égypte était aussi immuable que les sables du désert eux-mêmes, personne ayant voyagé dans le pays au cours des vingt dernières années ne le décrirait comme elle l'avait fait. Toutefois, il concédait qu'en faisant abstraction du langage fleuri, des débordements sentimentaux et des inexactitudes massives, ses historiettes avaient un petit côté divertissant.

Oui, c'était l'attitude la plus raisonnable à adopter. Puisqu'il s'agissait d'une veuve âgée, elle avait sans doute des revenus limités et dépendait de ses droits d'auteur pour joindre les deux bouts. Lui qui était désormais si soucieux de donner un nouveau sens à sa vie, au moins pouvait-il se montrer généreux pour une fois. Au fil des ans, Harry était devenu de plus en plus conscient de la nécessité d'agir avec bonté d'âme, même quand cela lui coûtait. Il en tirait une certaine satisfaction morale qui faisait de lui un homme meilleur, ce dont il se réjouissait.

Toutefois, l'impatience commençait à l'emporter sur sa résolution et il résista à l'envie de tapoter du pied, pressé que les autres se décident enfin à arriver. Il lui tardait d'en finir avec les présentations et de se retirer dans sa cabine. Mais que pouvait-on attendre d'un groupe de femmes ? Certes, il n'avait guère d'expérience avec les dames d'un certain âge, mais assurément bien davantage avec leurs cadettes. Quelle que soit leur nationalité, elles étaient d'universelles pipelettes, sujettes à des gloussements horripilants et presque toujours en retard. Pourtant, il devait admettre qu'il leur arrivait aussi parfois de se montrer plutôt charmantes et amusantes. Il exhala un soupir résigné. Amusante, l'expédition à venir ne le serait pas ; il ne se faisait aucune illusion là-dessus.

Conformément aux instructions de Cadwallender, Harry avait pris position près de la passerelle de l'*Ancona*. Il surveillait maintenant les quais encombrés par les provisions et les marchandises destinées à être chargées sur les navires, ainsi que par une foule de passagers en proie à l'excitation du départ vers des contrées inconnues.

— Monsieur Armstrong ?

Un homme d'une quarantaine d'années s'avança dans sa direction, le sourire aux lèvres. À quelques pas suivaient trois dames âgées et une jeune femme plutôt quelconque – sans doute une petite-fille venue leur dire au revoir.

— Oui ?

Harry plaqua sur son visage un sourire avenant. L'homme lui tendit la main, qu'il serra.

— Enchanté. Je suis James Cadwallender. Belle journée pour partir en voyage, ne trouvez-vous pas ?

— Meilleure que prévu, en effet, répondit Harry.

Il faisait plutôt froid, mais l'inévitable pluie de janvier avait fait une pause pour l'occasion et le soleil s'efforçait péniblement de briller. Le beau temps et la chaleur de l'Égypte lui manquaient.

— J'apprécie que vous ayez pris le temps de venir nous saluer avant notre départ, ajouta-t-il.

— Je n'aurais manqué l'événement pour rien au monde, répondit le directeur du *Daily Messenger* avec une lueur malicieuse au fond des yeux. Permettez-moi de vous présenter vos compagnes de voyage.

Il se tourna vers ces dames.

— Inutile, monsieur Cadwallender, l'interrompit Harry qui, prenant son courage à deux mains, afficha son plus charmant sourire et s'avança vers la plus proche des trois vieilles dames, qui était aussi la plus petite.

Elle était exactement comme il s'était imaginé Mme Gordon, jusqu'aux cheveux blonds, presque blancs, qui s'échappaient d'un ridicule chapeau à plumes et d'une étole en fourrure. Il lui prit la main et s'inclina légèrement.

— Je vous aurais reconnue n'importe où, madame Gordon.

— Ah oui ? fit-elle avec une lueur d'amusement dans le regard. Quel homme perspicace vous êtes.

Elle se pencha vers lui et baissa la voix.

— Mais vous avez tout faux.

— Mes excuses, bafouilla-t-il, surpris.

Il lui lâcha la main et recula d'un pas. *Bon sang de bois !* Comme elle était la plus proche de Cadwallender, il avait pensé que sûrement…

— Nous, en revanche, nous vous aurions reconnu n'importe où, intervint sa voisine aux cheveux grisonnants, coiffée d'un chapeau aussi ridicule que la première. Juste à votre air arrogant et à cette impatience aristocratique qui ne vous quitte pas. Le portrait craché de votre oncle, sans doute.

Avec ses manières autoritaires, elle lui faisait penser à un dragon sur le point de cracher des flammes et son regard empli d'un dégoût flagrant n'arrangeait rien.

— J'y travaille, répondit-il sans se départir de son sourire un peu forcé. Dans ce cas, vous devez être Mme Gordon.

Elle renifla avec dédain.

— Nouvelle erreur, monsieur Armstrong. Mais j'imagine que, comme votre oncle, vous avez l'habitude de vous tromper sur les gens.

Il fronça les sourcils, agacé de se faire battre froid.

— Écoutez, je...

— Monsieur Cadwallender, intervint la troisième – forcément Mme Gordon – avec autorité, comptez-vous enfin mettre ce pauvre homme sur la bonne voie ou ce petit jeu vous amuse-t-il trop ?

Cadwallender s'esclaffa.

— Je ne m'en lasse pas. Excusez-moi, dit-il en se tournant vers Harry, mais c'était très divertissant de voir une autre victime tomber dans les filets de ce trio de choc. Permettez-moi de vous présenter lady Blodgett.

— Quel garnement vous êtes, monsieur Cadwallender. Heureusement, vous êtes plus intelligent que vous n'en avez l'air, dit lady Blodgett en tendant la main à Harry. Enchantée de vous rencontrer, monsieur Armstrong.

Il prit ses doigts entre les siens et s'inclina avec égard au-dessus de sa main.

— Mes hommages, lady Blodgett.

— Voici Mme Higginbotham, l'informa Cadwallender.

— Monsieur Armstrong.

Le dragon se contenta d'un hochement de tête sans ôter les mains de son manchon en fourrure.

— Et Mme Fitzhew-Wellmore, continua le directeur du *Daily Messenger*, désignant la première que Harry avait abordée.

— Monsieur Armstrong, s'exclama celle-ci, radieuse. Je ne saurais vous dire combien nous nous réjouissons de vous accompagner, vous et notre chère Mlle... Mme Gordon, dans cette passionnante expédition.

Harry la fixa avec perplexité.

— Et je vous présente Mme Gordon, dit Cadwallender, terminant par la jeune femme.

Ben se trompait sur toute la ligne.

La véritable Mme Gordon l'observait avec un amusement non dissimulé.

— Bonjour, monsieur Armstrong.

— Vous n'êtes pas vieille, dit-il sans réfléchir.

Elle ne pouvait pas avoir plus de trente ans.

— Pas encore, en effet, répondit-elle avec un petit sourire en coin, la main tendue. Désolée de vous décevoir.

— Pas du tout, lui assura-t-il, tout gêné de sa bourde.

Il lui prit la main et plongea son regard dans les plus jolis yeux qu'il ait jamais vus, clairs et limpides, bleus comme le ciel par une belle journée dans le désert. Des vrilles de cheveux blond pâle s'échappaient de son chapeau à la mode et voltigeaient autour de son visage en forme de cœur. Ses joues étaient rosies par la fraîcheur du jour et, sous l'effet du vent, ses lèvres avaient pris une jolie teinte rouge cerise. Des lèvres très appétissantes, ma foi. Comment avait-il pu la trouver quelconque ?

— Je suis ravi de vous rencontrer enfin en personne.

Elle libéra sa main.

— Ravi ? Vraiment, monsieur Armstrong ? Je dois vous avouer ma surprise. J'étais persuadée que vous ne seriez pas le moins du monde ravi de faire la connaissance de... Laissez-moi réfléchir. Comment votre oncle l'a-t-il formulé, déjà ?

— « La reine de la duperie, des fables mal ficelées, de la mystification pure et simple », récita le dragon avec un regard assassin. Il a ajouté que vous aviez aussi peu de considération pour la vérité qu'un poisson pour un carrosse.

— Et qualifié votre prose de « fleurie et douceâtre, au point que tout être doué de raison s'étoufferait dans ces débordements de sentimentalisme comme dans un sirop de sucre », renchérit Mme Fitzhew-Wellmore avec un air de reproche. Votre oncle devrait avoir honte, monsieur Armstrong.

Harry en avait la gorge nouée. C'était une chose d'écrire au *Times* pour émettre des critiques - soit dit en passant, tout à fait justifiées -, mais se retrouver confronté à l'autrice en personne et à une bande de harpies à sa solde était une tout autre histoire.

— Oui, eh bien, il n'est pas impossible qu'il ait exprimé son opinion en des termes vaguement approchants.

— Mot pour mot, vous voulez dire ! le corrigea lady Blodgett. Des propos outranciers et inacceptables qui, selon moi, appellent des excuses.

— Je comprends, approuva-t-il avec un hochement de tête. Veuillez accepter mes plus...

Qu'est-ce qui lui prenait ? Bigre ! Trois minutes en compagnie de ces mégères et elles lui avaient déjà retourné l'esprit ! Il inspira un grand coup, s'efforçant de reprendre ses esprits.

— Vous avez raison, lady Blodgett, et je m'excuse pour mon oncle si ses propos manquaient de tact. Ce qui ne signifie pas pour autant que son jugement à votre sujet ne soit pas exact, ajouta-t-il en se tournant vers Mme Gordon qu'il regarda droit dans les yeux.

— Vous êtes donc d'accord avec lui ?

Il hocha la tête.

— En effet.

— Avez-vous lu mes chroniques ?

— Oui.

Les beaux yeux de la jeune femme s'étrécirent.

— Il prétend que je suis trop inepte pour qu'on me laisse tenir un stylo. Êtes-vous de cet avis ?

— Vous l'avez tout de même traité de crétin arrogant, madame Gordon, lui rappela-t-il sèchement.

— Monsieur Armstrong, murmura lady Blodgett, surveillez votre langage, voyons.

Le dragon en eut le souffle coupé.

— Dans le *Times* ? Jamais elle ne traiterait quelqu'un de crét...

— Effie ! la coupa lady Blodgett.

— ... de ce mot-là dans le *Times*. À la différence du *Daily Messenger*, le *Times* ne tolère pas ce genre d'écart. Tout approprié que soit le terme. Il y a des moments, ma chère Gwen, où il faut appeler un chat, un chat.

— Je crois qu'elle a aussi qualifié votre oncle de « bouffon prétentieux et mal luné », intervint Mme Fitzhew-Wellmore d'un ton amusé. Si vous préférez choisir un autre nom d'oiseau, libre à vous, monsieur Armstrong. Vous êtes assurément mieux placé que nous pour le décrire.

— Lady Blodgett a raison. Des excuses s'imposent aussi de mon côté et c'est avec plaisir que je vous les présente, assura Mme Gordon avec un sourire que démentait l'étincelle furibonde dans son regard. Je suis infiniment désolée d'avoir ignoré la susceptibilité des bouffons du monde entier et de les avoir injustement insultés en les associant à votre oncle et à vous-même.

— Écoutez, madame Gordon...

— Bonjour, monsieur Cadwallender. J'espère ne pas être en retard.

Un homme presque aussi grand que Harry, et plus jeune de quelques années, rejoignit le petit groupe.

— Pas du tout, Corbin, assura l'éditeur qui peinait à réprimer son hilarité. M. Armstrong et ces dames faisaient justement connaissance. Mesdames, je vous présente un de mes journalistes les plus talentueux, M. Daniel Corbin. Il aura l'honneur d'être présent sur place pour rendre compte du triomphe de Mme Gordon.

— Ou de sa défaite, siffla Harry entre ses dents.

— Il nous fera parvenir ses dépêches au fur et à mesure sur les nouvelles aventures de Mme Gordon en Égypte, expliqua Cadwallender, qui réfléchit ensuite un instant avant d'ajouter : Voilà un titre accrocheur, il faudra que je m'en souvienne. Corbin, permettez-moi de vous présenter lady Blodgett.

Le journaliste prit la main de celle-ci et la porta à ses lèvres.

— Lady Blodgett, c'est un honneur et un privilège de vous rencontrer. J'étais, madame, un grand admirateur de votre époux.

— Le défunt mari de lady Blodgett, sir Charles Blodgett, était un explorateur très connu, souffla Cadwallender en aparté à Harry.

— Bien sûr, murmura celui-ci.

Lady Blodgett inclina légèrement la tête et dévisagea le journaliste.

— C'est très gentil à vous, monsieur Corbin.

— Et voici Mme Fitzhew-Wellmore, continua l'éditeur.

Corbin se tourna vers elle et lui baisa également la main.

— M. Cadwallender avait omis de me dire que je me trouverais en si auguste compagnie. Ravi de faire votre connaissance, madame Fitzhew-Wellmore. La réputation de votre époux parmi ses collègues explorateurs était légendaire.

Harry fit de son mieux pour se retenir de ricaner. Il était prêt à parier une somme rondelette que Corbin savait précisément qui composait le groupe et qu'il s'était renseigné au préalable sur les antécédents de chacune.

— Merci, monsieur Corbin, répondit Mme Fitzhew-Wellmore en se fendant de son légendaire sourire à fossette. Malcolm serait très heureux de savoir qu'il n'a pas été oublié.

— J'ose espérer qu'il ne le sera jamais, lui assura Corbin avec conviction.

— Et Mme Higginbotham.

Cadwallender désigna le dragon.

— Vous avez sans doute aussi une amabilité à dire au sujet de mon mari, je suppose.

Malgré le regard soupçonneux de Harry, elle tendit la main au reporter qui la saisit, les yeux plongés au fond des siens.

— Enchanté, madame Higginbotham. Mon oncle préféré a servi sous les ordres de votre époux en Crimée. Il affirmait souvent qu'il n'y avait pas meilleur officier que le colonel Higginbotham et que s'il avait survécu à ce conflit, c'était grâce à lui. Permettez-moi de vous en remercier au nom de toute ma famille.

Le dragon parut quelque peu décontenancé.

Harry n'aurait pas cru ce miracle possible. Sous ses yeux incrédules, la vieille dame sourit et, l'espace d'un instant, il entrevit la très belle femme qu'elle avait dû être dans sa jeunesse.

— C'est très aimable de votre part, monsieur Corbin.

Le journaliste s'inclina avec respect et se tourna vers la plus jeune du lot.

— J'en conclus donc que vous êtes Mme Gordon.

Celle-ci lui tendit la main à son tour.

— Vous possédez un sens aigu de la déduction, monsieur Corbin.

— Je ne saurais vous dire le plaisir que j'éprouve à vous rencontrer enfin. Je suis un fervent adepte de vos chroniques.

Sans jamais détacher son regard du sien, Corbin porta sa main gantée à ses lèvres en un témoignage aussi absurde que bien rodé de galanterie déplacée.

— Mais je n'imaginais pas que l'autrice de ces aventures passionnantes serait une jeune femme aussi charmante.

Harry se retint de lever les yeux au ciel.

— À quoi vous attendiez-vous donc, monsieur Corbin ? répliqua Mme Gordon avec un sourire un peu trop aguicheur à son goût.

Corbin persistait à la regarder droit dans les yeux. Cet homme n'avait-il donc aucune retenue ?

— Je ne sais pas exactement, mais pas à une jeune personne aussi pétillante et spirituelle. Puis-je vous avouer combien j'admire vos récits ? Vous avez un style exceptionnel et vos intrigues sont tout bonnement captivantes. Vous possédez ce talent rare d'emmener vos lecteurs dans de merveilleux voyages, riches en aventures et en émotions.

Cette fois, Harry ne put s'empêcher de ricaner.

— Malheureusement, monsieur Corbin, tout le monde ne partage pas votre opinion, fit remarquer Mme Gordon avec un signe de tête en direction de son rival.

— Ah oui, dit Corbin, qui lâcha la main de Mme Gordon à contrecœur et porta son attention sur Harry. Monsieur Armstrong, je présume.

— Monsieur Corbin.

Harry le salua du chef et accepta la main tendue. La poignée de main du journaliste était encore plus ferme que celle de son employeur. Voire trop ferme, comme s'il tentait de prouver quelque chose. En réponse, Harry resserra sa prise d'un cran. Si Corbin voulait jouer à ce petit jeu, il était partant. À malin, malin et demi.

Corbin libéra ses doigts et Harry réprima l'envie de détendre ses articulations.

— Vous êtes vous-même plutôt bien connu des archéologues et égyptologues, monsieur Armstrong.

Apparemment, Corbin n'avait pas uniquement effectué des recherches sur ces dames. Il n'avait pas poussé son investigation très loin toutefois, puisqu'il ne fit aucune référence à son récent titre de noblesse. Une chance.

— J'ai passé un certain nombre d'années en Égypte.

— M. Armstrong se considère comme un expert sur tout ce qui concerne l'Égypte, déclara Mme Gordon, glaciale.

Harry plissa les yeux.

— Tout comme vous, me semble-t-il.

Mme Gordon haussa les épaules avec désinvolture, comme si son savoir ne pouvait être mis en cause, et se tourna de manière ostensible vers Cadwallender.

— C'était très aimable de votre part de venir nous voir embarquer, monsieur Cadwallender. Sachez que nous apprécions grandement votre geste.

— Je vous souhaite une excellente traversée et un séjour réussi, répondit-il avant de lui prendre la main dans un sourire. J'ai toute confiance en vous, madame Gordon.

— Merci, monsieur Cadwallender.

La jeune femme glissa un rapide coup d'œil en coin à Harry, puis sourit à l'éditeur.

— Vous ne serez pas déçu, je vous assure.

Elle se tourna ensuite vers son trio d'amies.

— Mesdames, embarquons, voulez-vous ?

— Nous verrons-nous au dîner ? s'enquit Corbin avec un empressement des plus agaçants.

— J'en doute. Je préfère passer la première soirée à bord dans ma cabine. Mais demain, oui, certainement, répondit-elle avec un sourire étincelant au journaliste.

Elle prit congé de l'éditeur avec un signe de tête.

— Au revoir, monsieur Cadwallender.

Celui-ci souleva son chapeau.

— Bon voyage, madame Gordon.

— Monsieur Armstrong, lança-t-elle d'un ton sec en guise de salut avant de se diriger d'un pas décidé vers le navire.

Les trois duègnes firent leurs adieux à Cadwallender, puis emboîtèrent le pas à Mme Gordon avec une effervescence toute féminine. Celle-ci s'engagea sur la passerelle, sa petite cour à sa suite.

— Excellent travail, Sidney.

La voix de lady Blodgett parvint aux oreilles de Harry. Il avait déjà remarqué un détail au sujet des trois chaperons : que ce soit intentionnel ou juste l'effet de l'âge, ces dames parlaient toujours un peu plus fort que nécessaire.

Le menton de Mme Gordon se releva d'un cran avec une sorte d'inexplicable fierté. Il n'aurait pas imaginé qu'elle puisse se tenir encore plus droite : à l'évidence, il se trompait.

Cadwallender s'esclaffa.

— Cette équipée ne devrait pas manquer de sel. Je regrette presque de ne pas vous accompagner. Bon voyage, monsieur Armstrong. Je ne doute pas que Mme Gordon réussira à prouver que les allégations de votre oncle sont tout à fait infondées. J'aimerais vous souhaiter bonne chance, mais vous comprenez, j'en suis certain, pourquoi je m'en abstiens. Mon petit doigt me dit pourtant que vous en aurez bien besoin, ajouta-t-il avec un coup d'œil au petit groupe qui atteignait presque le pont. Corbin, un mot, je vous prie, avant de monter à bord.

Le directeur du *Daily Messenger* tourna les talons et s'éloigna.

— Oui, monsieur, dit le journaliste en jetant un regard admiratif en direction du bateau. Superbe spécimen de ce que l'Angleterre a de meilleur à offrir, commenta-t-il.

Harry n'était pas sûr d'être tout à fait d'accord.

— Certes, ce navire me semble en parfait état de naviguer...

— Je ne parlais pas du navire, monsieur Armstrong, le coupa Corbin, arrachant son regard à l'objet de sa contemplation avant de décocher au comte un sourire plein d'assurance et de se hâter de rejoindre son employeur.

À l'évidence, ce reporter était un coureur de jupons invétéré, incapable d'imaginer qu'une femme ne se pâme pas à l'idée d'être à son bras ou dans son lit. Arrogant, égocentrique, charmeur, un homme tel que ce Corbin considérait la séduction et la conquête comme son dû. Harry connaissait ce genre d'énergumènes. Une grande partie de sa vie, il en avait lui-même été un. Peut-être l'était-il encore. Depuis son retour en Angleterre, les occasions de batifoler s'étaient faites plus rares, voilà tout.

Son regard s'égara sur Mme Gordon, accueillie sur le pont par le capitaine. Non qu'il eût en cet instant une quelconque velléité de la séduire, mais ces dernières minutes, ses intentions avaient bel et bien changé. Maintenant qu'il savait ne pas avoir affaire à une gentille vieille dame, ses raisons de la ménager n'étaient plus valables. Loin d'être une petite violette fragile, la jeune femme avait son franc-parler, du tempérament à revendre et semblait prête à se battre. Ou plutôt à continuer. L'affrontement avait débuté lorsqu'il avait envoyé sa première lettre au *Times* et qu'elle y avait répondu. Désormais, ce serait une guerre totale qu'ils mèneraient l'un contre l'autre dans les rues du Caire et les sables de la Vallée des Rois. Malgré sa petite armée de vieilles chipies à ses côtés, pas question de laisser Mme Gordon gagner la partie.

Ce n'était pas seulement sa future carrière d'écrivain, la reconnaissance de ses accomplissements en Égypte ou la mémoire de son ami Walter qui étaient en jeu, mais la vérité elle-même. Il ne pouvait ni ne voulait permettre à une romancière frivole et superficielle de se mettre en travers de cette dernière.

Quand bien même elle avait les plus jolis yeux du monde.

4

Sidney eut toutes les peines du monde à empêcher sa main de trembler lorsque le capitaine l'accueillit à bord de l'*Ancona*. Elle ne savait trop si c'était le froid ou l'excitation de monter sur un navire pour la première fois de sa vie qui était en cause. À moins qu'il ne s'agisse du bonheur de faire enfin le premier pas vers la réalisation de son rêve. C'était plus probablement le fait de s'être retrouvée face à face avec M. Harold Armstrong, l'homme qui avait le pouvoir de ruiner son avenir. Elle se sentait galvanisée d'avoir tenu bon, même quand il l'avait regardée de haut, un acte de bravoure qui avait réclamé toute sa volonté. Tenir tête à un homme avait un côté revigorant en diable qui lui donnait confiance en elle. À part quelques professeurs et marchands, elle n'avait pas la moindre expérience des hommes. Or, pour le meilleur ou pour le pire, deux fringants messieurs feraient partie de la grande aventure qui l'attendait. Peut-être M. Cadwallender avait-il raison. Peut-être aurait-elle le courage d'aller au bout de cette supercherie après tout. Millicent l'aurait assurément eu.

Et elle *était* Millicent.

Le capitaine leur présenta le steward des premières classes, M. Gilmore, qui leur fit visiter le navire. Il leur montra le salon réservé aux dames, le foyer où seraient organisés les divertissements en soirée, la bibliothèque et la salle à manger, puis les conduisit aux cabines, expliquant qu'elles étaient au nombre de quatre-vingt-onze en première classe et trente-deux en seconde. Les cabines se répartissaient de part et d'autre de longues coursives d'une surprenante étroitesse. Si l'on souffrait de claustrophobie, se dit Sidney, il était sans doute plus sage d'éviter les voyages en mer.

— N'est-ce pas excitant ? s'exclama Poppy, un pas derrière elle. Je n'avais jamais été à bord d'un vrai bateau.

— Nous sommes trois dans ce cas, ma chère, lui murmura lady Blodgett.

En effet, à l'exception de Poppy qui avait passé du temps à Paris dans son enfance, personne parmi elles n'avait jamais quitté les rivages de leur belle Angleterre. Un fait peu connu de la plupart des gens, même si ces dames affirmaient qu'il ne s'agissait pas vraiment d'un secret ; on ne leur avait tout simplement jamais posé la question. Toutefois, si elle venait à être éventée, cette information serait du plus mauvais effet : ce serait au mieux embarrassant, au pire dévastateur pour les membres fondateurs de la Société des Voyageuses.

Les trois veuves l'avaient créée quelques années plus tôt pour rendre service aux femmes qui souhaitaient planifier leurs futurs voyages à l'étranger. Malheureusement, si elles excellaient à donner des conférences, rédiger toutes sortes de brochures et prodiguer de sages conseils – fondés sur les expériences de leurs époux –, elles n'étaient pas aussi douées pour l'organisation concrète de ces voyages. En fait, la seule sociétaire pour laquelle elles avaient préparé un grand tour d'Europe avait disparu – un incident dont elles n'étaient nullement responsables, comme il s'était révélé par la suite. Et puis il y avait eu certaines accusations de fraude et autres soucis juridiques. Ainsi, lorsqu'un entrepreneur américain avait proposé d'acquérir la société et de garder Gwen, Effie et Poppy comme égéries, conférencières et consultantes, elles avaient accepté de bonne grâce tant cette offre paraissait idéale. La toujours très efficace Mlle Charlotte Granville, une autre Américaine qui dirigeait désormais la Société des Voyageuses et son agence d'aide au voyage, avait planifié ce séjour en Égypte et personne ne doutait qu'il se déroulerait sans anicroche. Du moins en ce qui concernait l'organisation.

— J'étais assez surprise, je dois dire, de découvrir à quel point ce monsieur est séduisant, dit Poppy, autant pour elle-même que pour ses amies.

— Lequel ? lui demanda Gwen. M. Armstrong ou M. Corbin ?

— Les deux, en fait, mais je parlais de M. Armstrong, répondit Poppy avec un soupir attendri. J'ai toujours eu un faible pour les blonds aux cheveux un peu trop longs et indisciplinés. Ce genre de crinière vous donne envie d'y plonger les doigts et de l'ébouriffer encore plus.

— On peut supposer que ses épaules ne doivent rien au talent de son tailleur, lâcha Gwen dans un souffle. Cet homme a un physique d'athlète. Très séduisant, en effet.

— Pour un bouffon arrogant surtout, ajouta Effie. Oui, c'est un beau bouffon, concéda-t-elle après un bref silence.

Sidney s'arrêta net et pivota sur ses talons.

— Avec tout le respect que je vous dois, mesdames, pourriez-vous attendre, s'il vous plaît, que nous soyons dans un lieu plus discret pour discuter de l'apparence de M. Armstrong et de M. Corbin ?

— Oui, bien sûr. Nous sommes impardonnables, mais l'excitation du départ est en cause, répondit Gwen, le regard pétillant. C'est notre toute première aventure, une occasion que nous attendions depuis très longtemps.

Poppy acquiesça.

— Et jamais nous n'aurions imaginé y participer avec non pas un, mais deux beaux messieurs. Doux Jésus, comme c'est exaltant !

— Même si l'un d'eux est un crétin, insista Effie, force est d'admettre qu'il s'agit d'un crétin extrêmement séduisant.

Gwen toussota.

— Tante Effie !

D'un regard appuyé, Sidney désigna le steward qui se tenait à quelques pas devant elles par souci de discrétion, faisant à l'évidence tout son possible pour ne pas écouter, ou tout au moins ne pas rire.

Effie fit la grimace.

— Saperlipopette, je ne me rendais pas compte. Eh bien, se reprit-elle en redressant les épaules, j'imagine que ce n'est pas la première fois que ce genre de commentaire parvient à ses chastes oreilles. N'est-ce pas, monsieur Gilmore ? lança-t-elle, penchée pour l'apercevoir derrière Sidney.

— Tout à fait, madame, lui répondit M. Gilmore avec un sérieux que démentait la lueur d'amusement dans ses yeux. Il m'est même arrivé d'entendre bien pire.

Effie l'observa avec curiosité.

— Bien pire ? Vraiment ?

— Cependant, soyez assurée qu'il n'existe pas plus discret qu'un steward de première classe. Il est de mon devoir de respecter l'intimité de mes passagers. Je ne divulgue rien de ce que je vois ou entends au cours d'une traversée.

— Cela va de soi, répondit Effie d'un air franchement déçu. Message reçu, ma chère Sidney, glissa-t-elle à la jeune femme.

— C'est le cas pour vous trois, j'espère.

Bon sang, ces chaperonnes se comportaient comme des écolières ! Sidney les dévisagea tour à tour d'un air sévère, et chacune eut la bonne grâce de prendre un air contrit. La jeune femme soupira, puis se retourna vers le steward et toutes les quatre le suivirent de nouveau le long de la coursive.

Elle ne pouvait guère blâmer ses amies. Malgré son costume à la mode, M. Armstrong semblait tout droit sorti d'une de ses histoires, et n'était pas du tout comme elle l'avait imaginé. Pour une raison qui lui échappait, Sidney l'avait cru plus âgé, avec une canne ornée d'un pommeau d'argent en forme de cobra – ou d'une autre bestiole tout aussi menaçante –, un air supérieur et pour unique joie le souvenir de ses exploits passés. Elle ne s'attendait pas à un beau trentenaire de haute stature, à la chevelure dorée comme le sable du désert et aux yeux gris intenses et perspicaces. M. Armstrong lui faisait ainsi penser à un de ses personnages qui aurait pris vie. Pas son héros, bien sûr : plutôt un méchant.

Le steward les escorta jusqu'à leurs cabines respectives, commodément toutes contiguës.

— Vos bagages ont été défaits et vos malles rangées pour la durée de la traversée, expliqua M. Gilmore devant la cabine de Sidney.

Il ouvrit la porte et l'invita à entrer.

— Si vous avez besoin de quoi que ce soit, madame Gordon, je suis à votre service.

Il se retira avec un salut de la tête respectueux et ferma la porte.

Sans être particulièrement spacieuse, sa cabine de première classe était plus grande que ce à quoi Sidney s'attendait, avec un lit en laiton, un petit canapé, un bureau, une penderie et un meuble de toilette – non sans une once de perfidie, elle se demanda si celle de M. Corbin était aussi agréable. M. Armstrong devait être bien installé, lui aussi, puisque son voyage était financé par son oncle fortuné. En tout cas, malgré les oursins que M. Cadwallender avait dans les poches, il n'avait pas regardé à la dépense pour les quatre femmes. Effie, Gwen et Poppy l'avaient rencontré à plusieurs reprises, censément sur leur projet de séjour organisé par la Société des Voyageuses. C'était du moins le discours qu'elles avaient servi à Sidney. Était-ce vrai ? En réalité, elle ignorait les détails de ce qui s'était dit lors de ces mystérieux entretiens ; ses amies s'étaient montrées d'une inhabituelle discrétion sur le sujet, ce qui était déjà suspect en soi. Peut-être M. Cadwallender n'était-il pas venu sur le quai par courtoisie, mais pour s'assurer que le trio infernal quittait bel et bien le pays et qu'il ne l'aurait plus sur le dos.

Sidney ôta son chapeau et ses gants qu'elle jeta sur le couvre-lit. Malgré son impatience à la perspective d'explorer le navire et de rencontrer les autres passagers, elle s'était résignée à prendre le dîner dans sa chambre sur la recommandation de la Société des Voyageuses. Leur brochure sur les traversées en mer conseillait en effet de toujours passer la première soirée à bord en privé dans sa cabine, surtout si on n'avait encore jamais voyagé sur un bateau ; nul ne savait comment l'organisme d'un passager réagissait et tout le monde n'avait pas le pied marin, précisait le fascicule avec une sage délicatesse. Bien sûr, ils n'atteindraient le large qu'après avoir parcouru soixante milles et Sidney se demandait si les sensations seraient comparables à celles éprouvées lorsqu'on naviguait sur la Tamise.

Elle contempla un instant son nouveau chez-soi et sourit. Cette cabine lui conviendrait à merveille, même si elle était prête à se satisfaire de peu. Elle partait à la découverte du monde, une grande aventure qui, même si elle se terminait mal par la faute de M. Armstrong, n'en demeurerait pas moins une magnifique expérience. Et il n'y avait aucune raison pour qu'elle ne commence pas dès maintenant par une promenade sur le pont. Sidney avait très envie de voir l'est de Londres et la campagne défiler jusqu'à l'arrivée à l'embouchure du fleuve. Elle attrapa son chapeau et ses gants, puis ouvrit la porte.

— Sidney chérie ! s'exclama gaiement Effie, qui s'apprêtait à frapper. Pouvons-nous entrer ?

— Bien sûr.

Sidney réprima une brève pointe de déception : la traversée jusqu'à Alexandrie durerait près de deux semaines, ce qui lui laisserait largement le temps de profiter de tout ce que le navire avait à offrir.

— Nous avons encore beaucoup à discuter, dit la vieille dame en passant devant elle, suivie de près par Gwen et Poppy.

Cette dernière jeta un coup d'œil à la ronde.

— Incroyable. Cette cabine est identique à la mienne.

— Mon petit doigt me dit qu'elles sont à peu près toutes semblables, fit remarquer Gwen en s'installant sur le sofa.

— Avez-vous noté que presque tout est boulonné au plancher ? C'est très curieux, n'est-ce pas ? continua Poppy en s'asseyant à côté de Gwen.

Effie leva les yeux au plafond et prit la dernière place sur le sofa.

— À la différence d'un hôtel, une cabine a tendance à tanguer au gré des vagues.

— Je le sais bien, se défendit Poppy avec indignation. Je trouve la chose singulière, voilà tout.

— Et tout à fait prévisible, intervint Gwen avec sa diplomatie coutumière.

— Y a-t-il quelque chose en particulier dont vous souhaitiez discuter ? s'enquit Sidney qui referma la porte, ôta son manteau – prestement rangé dans la penderie avec son chapeau et ses gants –, puis se percha sur le bord du lit. Je pensais que nous avions fait le tour.

— On ne peaufine jamais assez le personnage qu'on s'invente, affirma Effie avec autorité.

Il semblait pourtant bien à Sidney qu'elles avaient déjà eu d'interminables discussions sur la façon de la présenter comme une spécialiste incollable sur l'Égypte, bien qu'aucune d'entre elles ne sache précisément comment tempérer l'enthousiasme bouillonnant qu'elle ne manquerait pas de laisser transparaître. La seule véritable décision sur laquelle elles étaient tombées d'accord, c'était de prendre cette aventure au jour le jour – une étape à la fois.

— Le sujet est un peu délicat, continua Effie en jetant un regard aux autres avant d'inspirer un grand coup. C'est à propos de votre mari.

Sidney ouvrit de grands yeux.

— Pardon ?

— Votre mari, répéta Poppy. Votre *défunt* mari.

Sidney pouffa.

— Je n'ai pas de défunt mari.

— Nous le savons bien, ma chère. Nous n'aurions pas cette conversation sinon, soupira Gwen. Nous avons compris ce matin que nous n'avions pas discuté de votre époux – ce cher... quel que soit son nom.

— Il devrait au moins avoir un prénom et ne pas s'appeler juste M. Gordon, souligna Effie. Quelqu'un – M. Corbin, le bouffon ou n'importe qui d'autre – pourrait vous poser des questions à son sujet.

— Vous êtes censée être veuve, fit remarquer Gwen. Et en général, les veuves ont été mariées au moins une fois dans leur vie.

— Pas vous, bien sûr, intervint Poppy, mais la plupart des veuves. Comme nous trois.

— J'avais oublié le détail du défunt mari, murmura Sidney.

Cette histoire devenait de plus en plus compliquée, mais comme elle écrivait sous le pseudonyme de Mme Gordon, elle ne pouvait sans doute pas y couper. Ce n'était pas la première fois qu'elle regrettait d'avoir pris un nom de plume. Elle avait fini par céder face à l'insistance de M. Cadwallender qui avait d'abord proposé, au lieu de son nom officiel de Mlle Sidney Honeywell, celui de *M.* Sidney Gordon, ce qu'elle avait considéré comme une trahison de la gent féminine. Ils étaient donc tombés d'accord sur Mme Gordon et, bien qu'elle n'en ait jamais rien dit, le public supposait depuis qu'elle était veuve.

— Tu ne dois jamais oublier ton défunt époux, la prévint Effie. Il lui faut un prénom dont tu te souviendras.

Sidney se rembrunit.

— Je suis certaine d'être tout à fait capable de me rappeler un prénom.

— Vous n'êtes pas très douée pour retenir les noms, ma chère, et avez tendance à vous disperser un peu, la gronda gentiment Poppy. Quel était le prénom de votre père ? Celui-là devrait vous rester en tête.

— Mon père s'appelait Charles.

Effie glissa un regard à Gwen.

— Sauf objection de ta part…

— Parce que mon mari s'appelait aussi Charles ? Ne sois donc pas absurde. Il y a des Charles à foison en ce bas monde, dont un bon nombre ne sont plus parmi nous. Si j'étais attristée à chaque fois qu'un Charles passe l'arme à gauche, je serais le plus clair de mon temps au trente-sixième dessous.

Elle gratifia Sidney d'un sourire empreint d'affection.

— J'ose croire que mon époux serait honoré de prêter son prénom à votre mari imaginaire. À condition qu'il ait été séduisant et fringant, cela va de soi, ajouta-t-elle avec un pétillement taquin dans le regard.

— Cela va de soi, acquiesça Effie en se tournant vers Sidney. C'était le cas, n'est-ce pas ?

— Évidemment ! s'exclama Poppy. Elle ne l'aurait pas épousé sinon. Non que l'apparence d'un homme compte autant que son caractère, s'empressa-t-elle d'ajouter. Mais puisque nous sommes libres de l'inventer, autant le rendre aussi séduisant que nous le désirons. Ou plutôt que Sidney le désire.

— Pourquoi nous en priverions-nous, en effet ? approuva Effie. Alors, Sidney, à quoi ressemblait-il ?

Celle-ci croisa les bras sur sa poitrine.

— Je n'en sais rien. Et je ne vois pas le but de cet exercice.

— Quelqu'un pourrait vous poser des questions sur son physique et il faut vous y préparer. Dans un plan tel que celui-ci, ce sont les détails qui font la différence entre convaincre et être démasquée, répondit Gwen avec fermeté. Et maintenant, racontez-nous tout. À quoi ressemblait-il ?

Sidney soupira, trouvant cette précaution ridicule. Cependant, ses amies n'avaient peut-être pas tout à fait tort.

— Eh bien, je suppose qu'il était grand.

Elle avait toujours trouvé les hommes grands particulièrement attirants.

— Avec de larges épaules, ajouta-t-elle.

— Le résultat d'une passion pour les activités de plein air, je n'en doute pas, approuva Effie. Continue. De quelle couleur étaient ses cheveux ? Et ses yeux ?

Sidney réfléchit un instant.

— Des yeux bleus, je crois. Non, encore mieux – gris. Une teinte qui pourrait paraître quelque peu terne, mais ne l'est en réalité pas du tout. Oui, c'est bien. Et ils s'illuminaient quand il souriait. Il avait un sourire magnifique. Quant à ses cheveux...

On n'imaginerait pas qu'inventer un faux mari puisse être aussi difficile.

— Châtains, peut-être ? Châtain clair. Non, pas châtains. Quelle teinte s'accorde bien avec les yeux gris ? Ah oui, je sais : un beau blond foncé. Couleur sable. Oui, c'est mieux. Qu'en pensez-vous, mesdames ?

Les trois femmes la fixaient d'un air bizarre.

— Qu'y a-t-il ? s'inquiéta Sidney, le front plissé. Il n'est pas assez séduisant à votre goût ?

— Si, si, il est parfait, assura Poppy avec un pâle sourire.

Que diable lui arrivait-il ?

Gwen s'éclaircit la gorge.

— Et maintenant, parlez-nous de votre vie commune.

— Nous en avions aussi discuté, me semble-t-il. Il avait été décidé que mon histoire ressemblerait à peu près à celle que j'ai créée pour Millicent. Ils n'ont pas eu à proprement parler de vie commune, poursuivit Sidney avec un soupir. J'ai épousé M. Gordon – Charles – à dix-huit ans.

Poppy hocha la tête.

— Il a fait chavirer votre cœur.

— Comme il était un jeune archéologue prometteur, nous sommes aussitôt partis pour l'Égypte...

— Un excellent endroit pour une lune de miel, approuva Effie.

— Et j'étais déterminée à rester à ses côtés.

— Ce qui était très courageux de votre part, commenta Gwen. Continuez.

— Nous n'avons passé que quelques mois ensemble avant son décès tragique. Suis-je censée savoir comment il est mort ? demanda-t-elle après un bref silence.

— Pourquoi l'ignoreriez-vous ? Vous étiez son épouse, fit remarquer Poppy qui glissa un regard interrogateur à ses amies. Alors, comment allons-nous nous débarrasser de Charles ?

— Écrasé par un chameau ? suggéra Gwen.

— Ou mort noyé dans le Nil, proposa Poppy, toute guillerette. Oui, excellente idée. Emporté par le courant, son corps n'a jamais été retrouvé, ajouta-t-elle en faisant voleter ses doigts.

— Encore mieux, approuva Effie en adressant un sourire triomphant aux autres. L'Égypte grouille d'ignobles créatures. N'est-ce pas, Sidney ?

— Mon Dieu, oui. Il existe plusieurs espèces de serpents venimeux, ainsi que des scorpions, des crocodiles...

— C'est ça ! la coupa Effie avec excitation. Le malheureux M. Gordon, ce cher homme, a été dévoré tout cru par un crocodile !

Poppy se renfrogna.

— Voilà une fin qui ne paraît guère agréable.

— Elle n'a pas à l'être, s'agaça Effie. On lui demande juste d'être fatale.

— Je sais, se défendit Poppy. Je pense juste qu'il n'y aurait rien d'évident à tourner la page après la mort d'un mari dévoré par un crocodile. Ce n'est pas du tout le genre de drame qu'une épouse peut aisément surmonter.

Elle frémit à cette seule idée.

— C'est précisément la raison pour laquelle Sidney préfère ne pas en parler, expliqua Effie d'un ton patient, Elle ne s'est jamais vraiment remise de sa disparition, tu comprends ?

Gwen haussa un sourcil étonné.

— Au bout de presque quinze ans ? Ils n'ont pour ainsi dire pas été mariés.

— Ce qui rend la situation d'autant plus tragique, insista Poppy. Après tout, il était l'amour de sa vie et, malgré le temps qui passe, elle est toujours en deuil, comme Sa Majesté.

Sidney fronça les sourcils.

— Ne devrais-je pas porter du noir, dans ce cas ?

— Bon, d'accord, lâcha Effie en gratifiant Poppy d'un regard exaspéré. Pas tout à fait comme la reine. On ne va quand même pas pousser le détail jusqu'à la toilette de grand deuil !

— Je pleure encore la disparition de M. Gordon, murmura Sidney avant de hocher la tête. Voilà qui me semble parfaitement raisonnable. Cependant, malgré cette tragique perte, j'ai décidé de rester en Égypte parce que je ne pouvais supporter de rentrer seule à Londres et j'estimais important de poursuivre son œuvre. Et puis je suis tombée sous le charme du pays, de son histoire et de ses habitants.

Cette partie-là, au moins, était véridique.

— Ce fut le début de mes aventures.

— Excellent ! s'exclama Poppy, radieuse.

— Pas mal, en tout cas, la tempéra Gwen avec un sourire encourageant.

— Cela fera l'affaire, décréta Effie en réfléchissant un instant. Tout bien considéré, je pense qu'il serait préférable dans la mesure du possible de ne jamais te laisser seule avec le bouffon ou M. Corbin.

Sidney la dévisagea d'un air outré.

— Vous ne me croyez pas capable de m'en sortir ?

— Bien sûr que si, ma chère, s'empressa de la rassurer Poppy. Nous avons juste remarqué qu'en dépit de votre talent pour l'écriture, vous n'êtes pas très douée pour embobiner les gens...

— Disons plutôt que vous êtes trop honnête pour les faux-fuyants ou la mystification, la reprit Gwen, toujours prête à arrondir les angles.

— Cessez donc de tourner autour du pot, mesdames : Sidney, tu es une piètre menteuse, voilà tout, intervint Effie sans ménagement. Dans la plupart des situations, c'est une admirable qualité. Toutefois, conclut-elle avec une moue, il ne s'agit pas ici d'une situation ordinaire.

— J'en ai bien conscience, concéda Sidney. J'y ai déjà beaucoup réfléchi. En fait, je n'ai pas pensé à grand-chose d'autre depuis que j'ai accepté de participer à cette mascarade. Et oui, j'en conviens, je suis quelqu'un d'honnête, ce dont je me suis toujours enorgueillie.

Elle demeura songeuse un instant.

— Je vous suis reconnaissante à toutes les trois pour votre aide et il est fort probable que, sans vous, je ne m'en sortirais pas. Ne croyez pas cependant un seul instant que je ne saisisse pas l'importance de cette entreprise. Ma réputation et mon avenir sont en jeu. Et à bien des égards, la faute en incombe à moi seule et à personne d'autre.

— C'est quand même nous qui avons répondu aux courriers de lord Brenton, objecta Poppy d'une voix penaude.

— Il n'empêche que là n'est pas l'origine du problème, répondit Sidney en inspirant un grand coup. Si j'avais été plus attentive, j'aurais compris que mes lecteurs prenaient mes histoires pour argent comptant. J'aurais dû réagir à l'époque, quelles qu'en soient les conséquences.

Effie fronça les sourcils.

— Mais M. Cadwallender...

— Ce sont ma vie et mes histoires, tante Effie. J'aurais dû les défendre. Je me suis laissé convaincre par M. Cadwallender que révéler la vérité serait un désastre. Comme il est mon éditeur, et un homme de surcroît, j'ai bêtement supposé qu'il était mieux placé pour le savoir. Et aujourd'hui, je paie les pots cassés. Ce que j'aurais dû faire n'a plus guère d'importance. Maintenant, j'ai une réputation à protéger et des torts à réparer, déclara Sidney, le menton levé. Aux yeux de mes lecteurs, je suis Millicent Forester, la Reine du Désert. Et à ce titre, je ne les trahirai pas.

— Excellent ! s'exclama de nouveau Gwen, rayonnante.

— Je ne permettrai pas à un crétin arrogant...

— Doublé d'un bouffon, la coupa Poppy qui semblait trouver ce qualificatif tout de fait approprié.

— ... de gâcher ma vie, mon avenir et mon gagne-pain, poursuivit Sidney en redressant les épaules avec détermination. J'ai la ferme intention de remporter la bataille, et je me retrouve avec un rôle à jouer, mesdames : M. Armstrong paraît bien décidé à prouver au monde que je ne suis pas celle qu'on croit. Eh bien, ce petit monsieur n'a qu'à bien se tenir. Je vais lui prouver, moi, qu'il a tort. Ce sera un jeu d'enfant !

5

— À ce que je vois, je ne suis pas le seul à apprécier le lever de soleil sur l'océan, remarqua Harry du ton le plus cordial possible.

Ce n'était pas facile. C'était la première aube de la traversée et la cordialité était la dernière chose qu'il ressentait ce matin face à cette présence importune.

— Bonjour, monsieur Armstrong.

Le regard de Mme Gordon resta fixé sur l'horizon.

— Je ne vous aurais pas prise pour une lève-tôt.

Peut-être se hâterait-elle de regagner sa cabine dès qu'elle aurait profité pleinement du spectacle.

— Quelle incroyable coïncidence, monsieur Armstrong, rétorqua-t-elle, glaciale. Moi non plus, je n'aurais pas imaginé vous rencontrer à cette heure aussi matinale. Surtout pas avec une bouteille de champagne à la main, ajouta-t-elle avec un bref regard dans sa direction.

— Si j'avais su que vous seriez là, j'aurais apporté deux coupes.

— Sachez que je ne bois jamais d'alcool avant le petit déjeuner, monsieur Armstrong.

— Vous devriez peut-être essayer, madame Gordon.

Harry marqua un silence. Depuis près d'un an, il s'efforçait d'être le genre d'homme qu'on attendait qu'il soit – le comte qu'il était censé être – et même si elle ignorait son titre, il avait décidé de ne pas en dévoiler trop sur son passé douteux. Mais ce qu'il s'apprêtait à lui confier n'était qu'une anecdote tout à fait anodine.

— Lorsque mes amis et moi avons effectué notre traversée inaugurale vers l'Égypte, voici presque vingt ans, nous avons célébré le lever de soleil du premier jour avec une bouteille du meilleur champagne que nous permettaient nos maigres ressources mises en commun. Par la suite, à chaque voyage, que nous soyons seuls ou tous les trois, nous avons toujours gardé cette habitude. Cette bouteille a été livrée dans ma cabine par l'un de ces amis avant notre départ.

— C'est tout à fait charmant, répliqua Mme Gordon en l'observant d'un air pensif. Je ne vous aurais pas imaginé aussi sentimental.

Fadaises.

— Je ne crois pas que « sentimental » soit le qualificatif approprié.

— Une sorte de petite manie, alors.

— J'ai tendance à penser qu'il s'agit davantage d'une tradition.

— Quoi qu'il en soit, loin de moi l'idée de vous déranger. Je vous laisse à votre tradition, lui dit-elle avec un sourire pincé avant de tourner les talons.

— Joignez-vous donc à moi, proposa-t-il sans réfléchir.

Elle lui fit face de nouveau, les yeux plissés.

— En quel honneur ?

— En quel honneur ? s'étonna-t-il d'un air amusé. Êtes-vous toujours aussi soupçonneuse ?

— Pas du tout. En vérité, je fais plutôt confiance à la plupart des gens. En ce qui vous concerne, en revanche… Vu les circonstances, il serait négligent de ma part de ne pas mettre vos motivations en doute.

Harry tiqua, même s'il avait conscience que cette prévention à son égard était méritée.

— Je vous l'accorde. Voilà ce que je vous propose : mettons notre différend de côté quelques instants et faites-moi l'honneur de trinquer avec moi en guise de prélude à ce qui nous attend. Je ne connais rien de plus inspirant qu'un lever de soleil sur la mer.

— D'accord, accepta-t-elle, le regard pétillant. Mais vous n'avez qu'une seule coupe.

— Que je sacrifierai volontiers au plaisir de votre présence.

— Quelle galanterie de votre part.

— Je sais me montrer très galant. Vous devriez en prendre bonne note.

Harry fit sauter le bouchon, remplit la coupe et la lui tendit, puis leva la bouteille vers le soleil naissant.

— À ce jour nouveau et aux aventures qu'il nous réserve, proclama-t-il.

Et à ceux qui ne sont plus parmi nous, ajouta-t-il dans sa tête.

Il avala un long trait au goulot et adressa une prière de remerciement à Ben. C'était un excellent millésime, même bu directement à la bouteille.

— Aux aventures qu'il nous réserve, répéta Mme Gordon qui leva son verre, goûta une gorgée du précieux nectar, puis plissa le nez.

— Il n'est pas à votre goût ?

— Si, il est délicieux, mais les bulles me picotent les narines, ce qui fait peut-être partie du plaisir, je l'ignore. Je bois rarement du champagne, je vous avoue, et jamais le matin. Mais je le trouve très bon.

— Il n'y a pas meilleure façon de commencer un voyage qu'avec un verre du plus délicat vin mousseux français.

— Et il y a quelque chose d'optimiste et de revigorant à regarder le soleil faire son apparition au-dessus de la mer, je suis d'accord avec vous, monsieur Armstrong, dit Mme Gordon en sirotant une gorgée et en reportant son attention sur les premiers rayons du soleil. Le champagne rend l'instant encore plus agréable. Il faudra que je m'en souvienne. C'est en effet une excellente façon de commencer une grande aventure.

— Je suis impressionné, je dois dire. À la lecture de vos récits, on pourrait supposer que l'aube d'une nouvelle expédition en Égypte serait plutôt banale à vos yeux. Pourtant, vous paraissez très enthousiaste.

— Vous préféreriez que je me montre blasée et cynique comme vous ?

— À mon avis, il s'agit plutôt de la sagesse de l'âge, la corrigea-t-il froidement. Et je ne voulais pas insinuer que vous...

— Monsieur Armstrong, permettez-moi de vous faire remarquer que vous ne savez rien de moi, à l'exception des détails que je glisse dans mes histoires. Or, sachez que je m'emploie à ne pas m'appesantir sur ma petite personne.

— Pourquoi ? voulut savoir Harry, soudain curieux. Après tout, ce sont vos aventures personnelles que vous racontez, n'est-ce pas ?

Elle se tourna vers lui.

— C'est très simple. Quelles que soient ces aventures, mon but n'est pas d'amener les lecteurs à en admirer l'autrice, mais qu'ils deviennent eux-mêmes le héros ou l'héroïne de mes histoires. C'est justement pour cette raison que j'ai choisi de donner à mon personnage un nom différent du mien. Les lecteurs ne peuvent se plonger dans une intrigue s'ils sont trop concentrés sur l'autrice. Que celle-ci soit une lève-tôt ou préfère le citron au lait dans son thé est sans importance. Tout ce qui compte, c'est que les gens qui lisent mes récits oublient l'ennuyeux train-train de leur vie quotidienne et se perdent dans un autre univers le temps d'une heure ou d'un après-midi.

Harry la dévisagea un long moment, incrédule.

— Ce que vous dites n'a aucun sens, Mme Gordon. Vous n'êtes pas sérieuse.

— Bien sûr que si.

— Les lecteurs ne veulent pas se perdre dans un autre univers, voyons. Ils veulent être informés, éduqués et éclairés.

La jeune femme se mit à rire.

— Mon Dieu, quelle absurdité ! S'il est vrai que certaines personnes lisent des journaux et des livres pour être informées, éduquées et éclairées, la grande majorité des lecteurs ne recherchent rien d'autre que le plaisir et le dépaysement.

Elle se retourna vers le spectacle du soleil levant.

— Grossière erreur, madame Gordon. Les gens veulent des faits, proclama-t-il avec autorité. Des faits indiscutables.

— Croyez-vous sérieusement qu'ils tiennent à savoir que la grande pyramide de Gizeh mesure quatre cent quatre-vingts pieds et neuf pouces de hauteur sur une base d'un carré presque parfait de sept cent soixante-quatre pieds de côté ?

— Pour ma part, je trouve cette information extrêmement intéressante.

Elle l'ignora.

— Ou préféreraient-ils lire que la grande pyramide se dresse vers les cieux, éclipsant ses voisines comme si elles n'étaient que d'insignifiantes gêneuses et projetant une ombre toujours plus imposante sous le soleil de la fin d'après-midi, tels les doigts noueux des pharaons de jadis qui, par-delà la mort, refusent de desserrer leur emprise sur leur terre, leur peuple et le Nil lui-même ?

— Je dois admettre que votre style est sans conteste plus inventif. La précision, toutefois, laisse franchement à désirer.

— Ah oui ?

La jeune femme poussa un soupir résigné, contempla un long moment le lever de soleil avec nostalgie, puis fit de nouveau face à Harry et lui tendit la coupe.

— Dites-moi, monsieur Armstrong, les pyramides ne projettent-elles pas une ombre qui s'allonge vers le Nil pour finir par l'atteindre au couchant ?

— On peut dire cela, je suppose, confirma-t-il en remplissant son verre.

Elle haussa un sourcil avec défi.

— J'admets que le Nil se situe à l'est des pyramides, reconnut-il avant d'avaler une longue gorgée de champagne au goulot. Tout comme il est vrai que le soleil couchant projette une ombre significative.

— Et la grande pyramide ne domine-t-elle pas les autres ?

— Si, bien entendu.

— Alors, où voyez-vous de l'imprécision, exactement ?

— « Imprécis » n'est peut-être pas le qualificatif adéquat, concéda Harry en crispant les mâchoires. « Fantaisiste » est davantage le mot qui convient. Les pyramides sont des tombeaux, pas les doigts des pharaons jaillis tout droit de l'au-delà.

— Bigre, dans le genre guindé, vous en tenez une couche.

Il la fixa sans un mot, puis se mit à rire. Peut-être n'avait-elle pas tort.

— Qu'y a-t-il de drôle ? s'étonna-t-elle.

— Personne ne m'avait encore traité de « guindé ».

Elle haussa les épaules.

— Peut-être personne n'en a-t-il eu le courage.

— Tout à fait possible.

Il ne s'était jamais considéré comme guindé, peut-être juste un peu moralisateur, mais il n'avait jamais été non plus comte auparavant, avec le domaine, la fortune et les responsabilités liés à ce titre.

— Malgré les manières menaçantes de votre oncle et la déplaisante rhétorique de ses lettres au *Times*, vous ne me faites pas peur, monsieur Armstrong.

— Et mon oncle ?

Elle planta son regard au fond du sien avec fermeté.

— Non plus.

— Je ne crois pas que ni lui ni moi n'ayons eu l'intention de vous effrayer.

Bien qu'il se soit attendu à ce qu'elle batte en retraite, ou tout au moins ignore ses lettres au lieu de riposter à ce qu'elle avait interprété – à ce qu'il constatait maintenant – comme une tentative d'intimidation.

Mme Gordon lui adressa un sourire entendu qui le mit un peu mal à l'aise – que savait-elle exactement ? – puis reprit sa contemplation. En dépit de son envie de solitude, il admettait apprécier cette petite prise de bec avec la jolie veuve. Il but une nouvelle gorgée au goulot. Tout bien considéré, c'était sans doute une bien meilleure façon de commencer ce voyage que de boire seul sur le pont, avec pour unique compagnie les souvenirs d'amis qui n'étaient plus là ou qui avaient tourné la page. Le passé était le passé et mieux valait laisser les bons comme les mauvais moments derrière soi, à leur place.

— Vous devez vous réjouir de retourner en Égypte, dit Harry de but en blanc.

— Ah oui ?

— Si je désapprouve votre manière d'écrire, ainsi que vos descriptions de… presque tout, en réalité, je ne peux nier que vous semblez éprouver une certaine passion pour ce pays. D'où ma supposition logique que vous êtes heureuse d'y revenir.

— En effet. Mon dernier séjour là-bas remonte à un certain temps.

— Combien ?

— Des années, en fait.

— Combien d'années ?
— Un certain nombre.
— Plus précisément ?
— Voyons, monsieur Armstrong, s'agaça Mme Gordon, il est évident que vous tentez de me soutirer des informations, même si, pardonnez-moi de le dire, vous n'êtes guère doué.
Il fronça les sourcils.
— Me suis-je trop dévoilé ?
Elle le gratifia d'un regard incrédule.
— Oui, en effet.
— Pas très subtil, n'est-ce pas ?
— Pas le moins du monde. La subtilité est un art, monsieur Armstrong.
— Un art dont je dois encore améliorer la pratique, semble-t-il. Même si, ajouta-t-il après un silence, il n'était pas du tout dans mon intention de vous soutirer des renseignements. Je souhaitais juste une conversation à bâtons rompus, comme on peut en avoir avec tout autre passager. Le genre d'échange que l'on a quand on partage un lever de soleil et qu'on fait plus ample connaissance.
— Je n'ai aucune envie de faire plus ample connaissance avec vous et nous ne « partageons » pas un lever de soleil.
— Oh, je crois bien que si, la corrigea-t-il avec un signe de tête vers l'orient.
— Quoi qu'il en soit, comme votre objectif déclaré est de ruiner ma réputation, je me refuse à vous confier ne serait-ce que le détail le plus insignifiant à mon sujet. De plus, le soleil est maintenant complètement levé. Inutile donc que je reste pour que vous m'incitiez à boire, lança-t-elle d'un ton hautain.
Il approuva d'un signe de tête et la resservit.
— Complètement inutile, en effet.
— Toutefois, c'est un excellent champagne.

— Aujourd'hui, j'ai les moyens de m'en offrir.
— Avez-vous beaucoup d'argent ?
— Suffisamment.
— Mais vous n'en avez pas toujours eu, n'est-ce pas ? insista-t-elle en l'observant avec curiosité. Vous avez évoqué vos maigres moyens lors de votre première traversée.
— Exact.
— Or, aujourd'hui, vous êtes un homme riche. Est-ce en Égypte que vous avez fait fortune ?
— Maintenant, c'est vous qui tentez de me soutirer des informations.
— Quelle coïncidence troublante, plaisanta-t-elle avec un sourire aimable. Mais ce n'est que justice, ne trouvez-vous pas ?
Harry réfléchit un instant. Ses questions étaient plutôt inoffensives.
— Très bien. La réponse à votre première question est oui et celle à la seconde est non.
— Ah.
Elle le dévisagea d'un air pensif.
— D'après M. Corbin, vous êtes bien connu parmi les égyptologues. Pourtant, je n'ai jamais entendu parler de vous.
Il se hérissa.
— Mais avez-vous entendu parler de *tous* les égyptologues ?
— Oui.
— J'en doute fort.
Elle haussa les épaules avec désinvolture.
— On peut dire que vous n'avez pas votre langue dans votre poche, madame Gordon.
— Vraiment ? s'étonna-t-elle.
— Et comment !
Soudain, le visage de Sidney s'éclaira d'un sourire ravi.
— Merci.

Il l'observa, un peu perdu.

— En quel honneur ?

— Pour m'avoir si bien cernée, mieux que je ne l'aurais fait moi-même. Je suis très flattée. C'était bien un compliment, n'est-ce pas ?

Pourquoi pas ?

— Bien sûr.

— Vous êtes un piètre menteur, monsieur Armstrong. C'est bon à savoir. Mes plus sincères remerciements pour le champagne.

Elle se pencha vers lui dans une attitude de confidence, si proche qu'un discret soupçon de parfum à la fois exotique et d'une simplicité chaleureuse flotta jusqu'à ses narines.

— Vous ai-je dit que je n'ai pas du tout l'habitude du champagne ?

Il retint un sourire.

— Pas ouvertement, mais je m'en doutais. Même si j'ai du mal à croire que la célèbre Mme Gordon ne soit pas habituée à se voir porter de nombreux toasts.

— Fadaises, je ne suis pas du tout célèbre. Juste un peu connue, peut-être.

— Vous êtes quand même la Reine du Désert.

— Oui, c'est vrai, concéda-t-elle en sirotant une gorgée. Cependant, je m'efforce de faire preuve de retenue.

— Et vous êtes membre de la Société des Antiquités.

— Je n'ai pas encore eu l'occasion d'assister à la moindre réunion. Et si votre oncle a gain de cause, cela n'arrivera jamais.

— C'est pourtant une institution prestigieuse, insista-t-il, ignorant sa dernière remarque.

Si prestigieuse qu'on ne lui avait jamais proposé d'en devenir membre.

— J'ai conscience du grand honneur qui m'est fait, mais je suis bien trop absorbée par mon travail pour perdre mon temps dans les soirées mondaines.

— Comment ? Pas de réceptions dans les salons littéraires ? Pas de grands bals en votre honneur ? J'attendais mieux de la Reine du Désert, je dois dire.

— Désolée de vous décevoir, grommela la jeune femme. Et si vous pouviez éviter de m'appeler ainsi.

— Pourquoi ? Vous n'aimez pas ?

— Pas spécialement.

Voilà qui était intéressant.

— Si vous ne consacrez pas votre temps aux soirées mondaines, à quoi l'occupez-vous, madame Gordon ?

— J'écris, figurez-vous, monsieur Armstrong. Je n'ai pas de temps pour autre chose. Et vous, que faites-vous de vos journées ? lui demanda-t-elle, le regard planté avec sévérité dans le sien. À part jouer au factotum pour votre oncle, ce qui me semble être la marque d'un homme plutôt désœuvré.

— Détrompez-vous, j'ai un emploi du temps chargé, affirma-t-il avec conviction.

— Par exemple ?

— Je ne suis pas rentré en Angleterre depuis très longtemps. J'ai de nombreuses idées sur la façon d'occuper mon temps. Il me reste juste à décider quelle voie emprunter.

— Allons, monsieur Armstrong, objecta-t-elle, sceptique. Vous êtes le riche neveu d'un comte encore plus riche. Rien ne vous oblige à une quelconque occupation productive.

— Une vie d'oisiveté n'a rien d'une vie. C'est bien trop ennuyeux.

— Pour ma part, je ne saurais le dire, fit-elle remarquer avant de l'étudier, la tête inclinée. À combien de temps remonte votre dernier voyage en Égypte ?

— Un certain temps, répondit-il avec un sourire en coin.

— Pourquoi en êtes-vous parti ?

— Et vous ?

— Je crois que vous cachez des choses, monsieur Armstrong.

— Encore une coïncidence, madame Gordon. Vous aussi, je le sais.

— Ah oui ?

Elle l'observa de nouveau un long moment en silence, puis sa bouche se releva lentement en un petit sourire espiègle.

— Voilà qui promet d'être plaisant, monsieur Armstrong.

Malgré lui, le regard de Harry s'égara sur les lèvres de la jeune femme. En cet instant, il soupçonnait leurs définitions respectives de ce qualificatif de diverger résolument. Il s'éclaircit la gorge.

— Vraiment ?

— Oh que oui, assura-t-elle, une étincelle de défi au fond des yeux. Il n'y a rien de plus plaisant que de remettre un homme arrogant à sa place.

— Alors, que la partie commence. En fait, vous avez raison, madame Gordon.

Il se pencha vers elle, s'efforçant d'ignorer son parfum et ses cils longs et fournis. Ainsi que sa troublante proximité.

— Ce sera plaisant, ajouta-t-il. Même si je n'ai aucun doute sur l'identité du vainqueur.

— Moi non plus, monsieur Armstrong.

Il soutint son regard et, l'espace d'un instant, une étincelle jaillit entre eux, comme une prise de conscience. Celle-ci était tout à fait inattendue, et inespérée. Mais Harry Armstrong avait toujours été prêt à s'adapter aux circonstances, quelles qu'elles soient.

— Ah, vous voilà ! fit une voix flûtée derrière eux.

Avant qu'il ait le temps de se retourner, Harry se retrouva bouté de sa place par un petit bout de femme aussi efficace qu'un colley séparant un mouton du troupeau. Aussitôt, les trois redoutables gardes du corps en jupons entourèrent Sidney.

— Bien le bonjour, ma chère ! s'exclama gaiement Mme Fitzhew-Wellmore. Et M. Armstrong est là aussi. Quelle charmante surprise !

— Et vous célébrez le jour nouveau au champagne, remarqua lady Blodgett avec un regard appréciateur vers la bouteille qu'il tenait à la main. Jamais je n'y aurais pensé moi-même, mais c'est une idée charmante.

— Comme c'est gentil à vous, dit le dragon en lui prenant la bouteille et en lui adressant un sourire innocent. Une seule coupe ?

— J'en ai peur, oui, répondit Mme Gordon avec un haussement d'épaules.

— Alors je ne vois pas d'autre solution, fit mine de regretter le dragon. Allons dans la cabine de Mme Gordon. Nous demanderons des verres supplémentaires à l'adorable M. Gilmore.

La jeune femme réprima un sourire. Elle avait toutes les raisons de se réjouir : elle avait bousculé la tranquillité de son rival – il ignorait qu'elle se trouvait déjà sur le pont à son arrivée –, lui avait gâché son rituel et s'apprêtait à déguerpir avec son champagne.

— Merci encore, monsieur Armstrong, dit-elle d'un ton faussement amène. Profitez bien du reste de votre matinée.

Sur ces mots, elle glissa un bras sous celui du dragon et les deux femmes s'éloignèrent sur le pont sans se presser.

— Nous vous proposerions bien de vous joindre à nous, monsieur Armstrong, mais la cabine de Sidney n'est pas assez grande pour accueillir tout le monde. À peine pouvons-nous déjà nous y serrer à quatre, même s'il s'agit d'une cabine magnifique. De toute façon, poursuivit lady Blodgett avec un sourire, il me semble qu'il reste à peine assez de champagne pour deux ou trois coupes tout au plus et c'est très aimable à vous de nous les offrir.

Que pouvait-il dire ?

— Je vous en prie, madame. Avec mes compliments les plus sincères.

— J'étais sûre que vous accepteriez. Et c'est une merveilleuse idée d'inaugurer un voyage au champagne au lever du soleil. Peut-être devrais-je l'inclure dans une brochure de la Société des Voyageuses.

Lady Blodgett était sur le point de partir quand elle se retourna vers lui.

— Oh, comme il me semble, à nous toutes en réalité, que le but de votre voyage soit à l'opposé complet de celui de Mme Gordon, il serait peut-être sage pour toutes les parties concernées que vous évitiez dorénavant les tête-à-tête avec elle. Vous savez comment sont les gens : ils ont tendance à juger sur les apparences. Vous comprendrez, j'en suis certaine.

— Craignez-vous que je ne tente de faire boire votre amie dans le but de lui arracher des aveux ? lança-t-il sur le ton de la plaisanterie. Ou pensez-vous que mes intentions puissent être encore plus déshonorantes ? Une tentative de séduction peut-être ?

Aussitôt, l'image de la bouche délicieusement appétissante de la jeune femme s'imposa dans l'esprit de Harry.

Lady Blodgett glissa un regard à Mme Fitzhew-Wellmore, puis se pencha vers le jeune homme.

— Monsieur Armstrong, mon époux et ses amis étaient des explorateurs et des aventuriers. J'ai passé la plus grande partie de ma vie à côtoyer ce genre d'hommes, tout comme Poppy et Effie. Des hommes qui vous ressemblaient beaucoup. Je puis vous assurer que nous sommes plutôt douées pour faire la différence entre un gentleman honorable et quelqu'un qui ne l'est pas.

— Et où me situez-vous à cet égard ? s'enquit-il avec circonspection.

— Je ne l'ai pas encore décidé.

Elle lui adressa un sourire aimable, bien que la lueur d'acier au fond de ses yeux ne laisse aucun doute sur sa détermination. Qu'elle le considère comme un honorable gentleman ou comme un méprisable goujat, les occasions pour lui de se retrouver de nouveau seul en compagnie de Mme Gordon, en particulier avec du champagne, seraient inexistantes. Ces dames s'efforçaient-elles de préserver ses secrets ou juste de la protéger ? Il pouvait assurément concevoir la première hypothèse, si, comme il le pensait, il avait raison au sujet de l'écrivaine, mais la seconde n'avait aucun sens : une veuve n'avait nul de besoin de chaperons et après sa brève conversation avec Mme Gordon – Sidney – il était clair qu'elle savait se défendre seule.

— Bonne journée, monsieur Armstrong, le salua lady Blodgett qui s'en alla rejoindre les autres.

Mme Fitzhew-Wellmore adressa un signe de tête à Harry et emboîta le pas à son amie.

— Vous déplacez-vous toujours ensemble, madame Fitzhew-Wellmore ? demanda-t-il d'un ton amène.

Elle se retourna vers lui.

— Mon Dieu, non, monsieur Armstrong. Pas toujours, répondit-elle avec un sourire amical qui ne le convainquit qu'à moitié. Seulement lorsque c'est nécessaire.

Le pétillement amusé dans son regard avant qu'elle rattrape ses amies eut raison des ultimes doutes de Harry : la partie n'était pas simplement engagée entre Sidney et lui ; il faisait face, semblait-il, à une redoutable coalition.

*
* *

La renommée des Chroniques d'une aventurière en Égypte *de Mme Gordon s'étend bien au-delà de l'Angleterre. Même à bord du navire qui l'y emmène, bon nombre de passagers ont lu ses récits et reconnu l'influence de ces derniers sur leur désir de découvrir les rivages de cet envoûtant pays, espérant y voir se réaliser leurs rêves d'aventures.*

« Le retour de la Reine du Désert »,
Daniel Corbin, correspondant à l'étranger

6

— Monsieur Armstrong, que faites-vous, voyons ? lui souffla Mme Gordon, le visage dissimulé derrière le loup distribué aux passagers pour le bal masqué organisé ce soir-là.

Une soirée aussi barbante qu'on pouvait l'imaginer, même si c'était apparemment le genre de divertissement prisé des passagers de première classe. C'était leur première danse ensemble depuis l'ouverture du bal, au grand dam de Harry.

— Nous dansons, me semble-t-il, répondit-il d'un ton doucereux tout en dirigeant leurs pas de valse vers la coursive.

Il jeta un bref coup d'œil par-dessus son épaule ; personne ne parut remarquer leur départ. Depuis le premier matin à bord, il n'avait plus eu la moindre occasion de se retrouver seul avec elle et avait dû faire preuve d'un brin de créativité.

— Nous *dansions*, le corrigea-t-elle, et maintenant vous m'entraînez à l'extérieur…

Il ouvrit une porte.

— Sur le pont.

— Puis-je savoir en quel honneur ? lui demanda-t-elle, amusée.

De toute évidence, elle n'était pas agacée par cette habile manœuvre.

Il lui sourit.

— La nuit est magnifique, madame Gordon, répondit-il en ôtant son masque avec soulagement – il détestait ce maudit machin plaqué sur sa figure. Je me suis dit qu'il serait dommage de ne pas en profiter.

— C'est une belle nuit, vous avez raison, approuva la jeune femme en enlevant également son loup. Mais je suppose que nous ne sommes pas ici simplement pour admirer les étoiles.

— Elles sont pourtant superbes.

— Oui, c'est vrai, acquiesça-t-elle en jetant un regard à la myriade de points lumineux qui se reflétaient sur la mer infinie. Je pourrais décrire cette beauté de bien des façons, mais je crains que vous ne les appréciiez pas.

Il s'esclaffa.

— Sans doute que non, en effet.

— On ne voit jamais d'étoiles si brillantes, ni un ciel d'un noir d'encre si profond.

Elle observa le ciel un long moment et Harry se rendit compte qu'il y avait aussi de multiples façons de décrire le dessin parfait de son visage qui se profilait sur ce fond étoilé. La plupart étaient beaucoup trop sentimentales à son goût, voire carrément romantiques.

Il ignora cette idée absurde.

— Sauf, bien entendu, si vous avez déjà été sur un bateau de nuit, en pleine mer.

— Oui, cela va de soi.

Elle se tut un instant, puis exhala un soupir légèrement mélodramatique.

— Cela remonte à si longtemps que j'avais presque oublié...

Il ne crut pas un instant à son numéro, mais jugea préférable d'ignorer cette nouvelle démonstration de sa duplicité.

— Je pensais juste que vous seriez encore plus ravissante sous les étoiles. Et je ne me trompais pas.

Elle arqua un sourcil sceptique et ricana avec une absence de délicatesse bien peu féminine.

— Par pitié, monsieur Armstrong, vous attendiez-vous à ce que cette tactique fonctionne ?

— Oui, assura-t-il avec un sourire narquois. Pourquoi ?

— Une nouvelle preuve de votre arrogance.

— Je préfère y voir de la confiance en soi.

— Pensez ce que vous voulez. De toute façon, vous n'en ferez qu'à votre tête, je me trompe ?

Elle posa les mains sur le bastingage et contempla la nuit.

— Alors, quelle est la véritable raison de notre présence ici ?

— Hormis les étoiles et la douceur de la nuit ?

Le rire cristallin de la jeune femme fit vibrer une corde en lui, et ce n'était pas la première fois.

— Oui, monsieur Armstrong, à part pour admirer ce décor incroyablement romantique, pourquoi m'avez-vous entraînée dehors ?

— Je souhaitais simplement vous parler. En tête-à-tête, ajouta-t-il après un silence.

— Ceci explique cela.

Malgré tous ses efforts depuis une semaine et demie qu'ils étaient à bord, il n'avait pas pu ne serait-ce qu'échanger quelques mots sans témoins avec Mme Gordon. Son trio d'anges gardiens y veillait, sans une once de subtilité, d'ailleurs. À chaque instant, il y avait toujours au moins une de ces dames à ses côtés ou dans les parages. Cette présence constante aurait pu se révéler très agaçante, sauf qu'elle empêchait aussi Corbin d'être seul avec la jeune femme. La première impression de Harry quant à la flagornerie pour le moins déplaisante de ce monsieur envers la gent féminine ne s'était pas démentie, bien au contraire : le journaliste flattait Mme Gordon à longueur de temps, la couvrant à la moindre occasion de compliments dithyrambiques sur son talent de romancière. On se demandait bien ce qu'il lui disait d'autre lorsqu'il se penchait vers elle et lui glissait quelques mots tout bas à l'oreille – même si le rouge qui montait alors aux joues de la jeune femme pouvait en donner une idée. C'était de ce journaleux que ses amies et elle feraient mieux de se méfier, se dit Harry, pas de lui : à l'évidence, l'homme avait d'autres objectifs qu'une simple série d'articles. Et cet hypocrite ne ménageait pas non plus ses efforts pour passer la brosse à reluire aux trois chaperons, sans nul doute dans le but de gagner leur confiance et de les convaincre d'être bien intentionnées à son égard.

Si Corbin voulait jouer à ce petit jeu, il trouverait un adversaire à sa hauteur. Même si son expérience en la matière remontait à un moment, Harry n'aurait aucun mal à retrouver ses marques.

Aujourd'hui, il comprenait qu'il avait été quelque peu mélancolique depuis le décès de Walter, deux ans auparavant. Assurément, ce qu'il avait fait de plus intéressant depuis son retour en Angleterre, c'était mettre Mme Gordon au défi de prouver sa légitimité. Elle avait osé le traiter de guindé. *Guindé*, lui ? C'était à mille lieues de son caractère. Certes, le comte de Brenton pouvait avoir un côté vaguement collet monté et, avouons-le, même un peu rébarbatif. Mais Harry Armstrong était un homme audacieux et aventureux, bien loin de se laisser abattre. Ne se sentait-il pas un peu plus redevenu lui-même depuis qu'il s'était lancé dans cette entreprise ? Rien ne résistait à Harry Armstrong quand il se fixait un objectif. Et gagner l'amitié – sinon l'affection – de la jeune femme et de son gang de veuves vigilantes était exactement le genre de défi qu'il avait toujours aimé relever. Les vieilles dames étaient plutôt sympathiques et il s'était pris d'une certaine tendresse pour elles, à l'exception de Mme Higginbotham qui continuait à le traiter avec le plus complet dédain, ce qui l'encourageait à redoubler d'efforts. Après tout, avec l'amitié viendraient les confidences et, avec un peu de chance, la vérité sur la Reine du Désert.

À compter de cet instant, Harry s'employa à se trouver aux côtés de Mme Gordon le plus souvent possible, ne manquant jamais une occasion d'être son voisin de table au dîner – même s'il lui fallait parfois déjouer les manœuvres de Corbin, et l'insistance du capitaine qui appréciait la présence de la Reine du Désert à bord. Il se trouvait que cet enquiquineur avait lu son stupide bouquin ; y avait-il quelqu'un à y avoir cependant échappé ?

Harry s'efforçait de son mieux de suivre les conseils de son père et de Ben. Sincèrement, pouvait-il se montrer plus charmant ? Le soir, il rejoignait Mme Gordon et ses amies dans le foyer pour assister aux divertissements prévus quotidiennement. Il n'avait jamais apprécié les activités organisées, mais sur un navire de croisière, elles faisaient partie du folklore et il était, semblait-il, impossible d'y échapper. Les distractions allaient de la danse à des jeux absurdes qu'il considérait comme de bêtes passe-temps pour enfants, en passant par des soirées musicales faisant appel aux talents douteux de certains passagers et des heures de parties de cartes enthousiastes et acharnées. Il devait avouer que ces dernières étaient plutôt amusantes.

Harry avait toujours aimé les cartes et se considérait comme un joueur accompli. À bord, les passagers ne misaient que quelques piécettes, engager davantage étant mal vu, même s'il subodorait que les amies de Mme Gordon n'auraient pas été contre des enjeux plus élevés. Toutes trois jouaient avec une énergie teintée de roublardise aussi surprenante qu'efficace. Le seul pari intéressant était la loterie quotidienne qui permettait aux passagers de miser une somme ridicule – dans un esprit d'amusement auquel le jeune homme ne souscrivait pas – sur leur estimation de la distance parcourue la veille par le navire. Ils se trouvaient à mi-chemin entre Londres et Alexandrie lorsque Harry découvrit que la plupart des hommes à bord s'adonnaient à de substantiels paris privés, ainsi qu'à des parties de cartes sérieuses dans le fumoir qui leur était réservé. L'une des véritables satisfactions de cette interminable traversée fut de délester Corbin d'une coquette somme.

S'il n'eut guère l'occasion de s'entretenir avec Mme Gordon en tête-à-tête, il put l'observer tout à loisir. Cette femme était une énigme, un mystère insondable avec ses yeux bleus étincelants, son enthousiasme débridé pour presque tout et une attitude de défi qui ne cessait de susciter sa perplexité : plus il l'étudiait, plus il la trouvait déroutante. Très au fait de l'Égypte ancienne, tout comme des recherches archéologiques actuelles, elle était pour ainsi dire un guide vivant. En dépit de ses efforts, il ne parvenait pas à la prendre en défaut ; c'était absurde, même lui commettait des erreurs à l'occasion. Soit elle était la menteuse la plus douée de toute l'humanité – et il en avait rencontré, des femmes versées dans l'art de la duperie –, soit elle était l'honnêteté incarnée – mais son opinion à ce sujet n'avait pas changé –, soit elle luttait pour sa survie. Il était presque certain que cette dernière hypothèse était la bonne, car c'était la seule qui avait du sens. Harry se targuait depuis longtemps d'avoir le donc de juger les gens, et malgré le stratagème avec lequel elle avait trompé ses lecteurs, Mme Sidney Gordon lui faisait l'impression d'être au fond une bonne personne.

Ce ressenti rendait son objectif d'autant plus embarrassant : doué d'un sens inné de l'équité et d'une conscience qui, du coup, lui pesait, Harry se sentait plutôt mal à l'aise dans sa volonté de la démasquer. Sans qu'il y fût pour quelque chose, il avait tout ce qu'un homme pouvait désirer : un père qui l'aimait, une fortune, un domaine et même une place dans la vie politique de son pays si l'envie lui en prenait. Et de son côté, pour autant qu'il pût en juger, Sidney n'avait qu'une famille de substitution forte de trois vieilles dames et son travail d'écriture pour tout moyen de subsistance. Quel homme pourrait avoir l'arrogance et l'égoïsme de l'en priver ?

— Je suis prêt à vous proposer une sorte de marché, lui annonça-t-il d'un ton qu'il voulait agréable et amical. Un compromis, si vous préférez.

— Un compromis ? Comme c'est intrigant. Quel genre de compromis ?

— Avant notre rencontre en personne, un ami bien intentionné m'avait convaincu que Mme Gordon était une veuve âgée.

Sidney réprima un sourire.

— Voilà donc pourquoi vous m'avez confondue avec Mme Fitzhew-Wellmore et, pire encore, avec Mme Higginbotham.

Harry frémit.

— Cette femme ne m'aime pas.

Elle lui glissa un regard amusé.

— Ce n'est pas tout à fait exact. Je dirais plutôt qu'elle vous déteste. Enfin, c'est une question d'appréciation, ajouta-t-elle en haussant les épaules. Mais je reconnais que vous avez fait tous les efforts possibles pour gagner son amitié, ainsi que celle de lady Blodgett et de Mme Fitzhew-Wellmore. Non sans succès, d'ailleurs. Maintenant, vous leur êtes juste antipathique.

— Il nous reste encore trois jours avant d'accoster à Alexandrie. D'ici là, il n'est pas impossible qu'elles se prennent d'affection pour moi.

— Je ne parierais pas un penny là-dessus, se moqua la jeune femme. Alors, monsieur Armstrong, dites-moi en quoi consiste votre marché.

— Comme je vous le disais, persuadé que Mme Gordon était une femme d'un certain âge, j'ai fini par être confronté, comment dire... à un cas de conscience, si vous voulez. J'en ai discuté avec mon oncle et ni lui ni moi n'avions envie de détruire l'unique moyen de subsistance d'une vieille dame.

— Très aimable de votre part.

— Nous sommes alors convenus que si elle acceptait une infime modification du titre de ses chroniques dans le *Daily Messenger* et de ses livres à venir en y incluant le mot « fictives »...

Les yeux de Mme Gordon se plissèrent légèrement. Il marqua un temps d'arrêt.

— Poursuivez.

— Alors toute dénonciation publique de la supercherie deviendrait inutile, conclut-il d'un geste théâtral. Elle pourrait continuer à écrire ses histoires et gagner sa vie en toute quiétude.

— Et ?

— Et c'est ce même marché que je suis prêt à vous soumettre aujourd'hui.

Quelle idée brillante, se félicita-t-il intérieurement.

— Vraiment ?

Sidney n'avait pas l'air aussi satisfaite qu'il l'aurait espéré. En fait, elle n'avait absolument pas l'air enchantée. Mais peut-être était-ce dû à la faible luminosité sur le pont à cette heure-ci.

— Euh... oui, vraiment.

Elle l'observa, songeuse.

— Vous ne dites rien ? s'inquiéta-t-il.

— J'essaie de trouver les mots justes, répondit-elle après réflexion.

— Rien de plus normal, approuva-t-il avec un sourire. C'est une excellente offre qui ne se refuse pas.

— Dites-moi, monsieur Armstrong…

Bizarre, son ton était bien plus chaleureux tout à l'heure.

— Pourquoi cette proposition, puisque contrairement à ce que vous supposiez, je ne suis pas une vieille dame ?

Il s'esclaffa.

— Aucun doute à ce sujet.

— Alors pourquoi ?

— Pour vous épargner l'humiliation et le scandale, bien sûr.

Il y avait dans sa propre voix une note pontifiante qu'il choisit d'ignorer.

Sidney fronça les sourcils.

— Je ne comprends pas. Nous n'avons pas encore débarqué en Égypte. Pourquoi maintenant ?

— C'est très simple. Durant notre séjour à bord, j'ai eu tout le loisir de vous observer.

— Pardon ?

— Ne le prenez pas mal, Sidney…

— Mme Gordon.

— Va pour Mme Gordon. À l'évidence, vous n'êtes pas une voyageuse aguerrie. Je ne serais pas le moins du monde surpris qu'il s'agisse de votre première traversée. Ce qui signifie que vous n'êtes jamais allée en Égypte, ajouta-t-il avec un sourire peut-être un brin trop suffisant.

— Sur quoi basez-vous cette conclusion ?

— Eh bien, je n'ai jamais vu quelqu'un d'aussi ravi de tous les aspects du voyage, même les plus banals. Il est flagrant, tout au moins à mes yeux, que tout cela est nouveau pour vous.

Sans réfléchir, il lui prit la main.

— Votre enthousiasme sans limite n'est pas seulement attachant ; il est presque contagieux.

— Et cela vous amène à croire qu'il s'agit de mon premier voyage ?

La jeune femme libéra sa main d'un geste brusque et Harry en conçut une incompréhensible impression d'abandon.

— Il n'est pas aisé de feindre ce genre d'exaltation.

— Quel fatras d'absurdités, rétorqua-t-elle avec dédain. Vous vous targuez d'être un amoureux des faits et de la vérité, monsieur Armstrong. Or, jusqu'à présent, vos conclusions ne se basent sur rien de plus que des impressions et des conjectures. Vous avez sûrement des faits plus convaincants pour étayer votre hypothèse.

Il la dévisagea avec incrédulité. Elle devrait plutôt le remercier pour cette offre qui sauverait sa réputation et son gagne-pain et mettrait fin à cette farce. Au lieu de cela, cette maudite Mme Gordon exigeait des preuves de sa propre culpabilité !

— Fort bien, comme il vous plaira, dit-il d'un ton durci. Pour commencer, chaque instant de cette traversée vous enchante. Vous passez des heures à admirer la côte qui défile, que ce soit l'Espagne, l'Afrique ou l'Italie.

— Suis-je censée rester cloîtrée dans ma cabine à pianoter du bout des doigts avec impatience en attendant de débarquer ?

Il ne releva pas sa question narquoise.

— Lors de notre escale à Gibraltar, vous étiez captivée en apercevant à l'aide d'une paire de jumelles un singe sur le rocher. Jumelles dont vous ignoriez par ailleurs totalement le fonctionnement.

— Les singes du rocher de Gibraltar constituent un spectacle des plus divertissants, quel que soit le nombre de fois qu'on y assiste. D'autre part, ces jumelles ne m'appartenaient pas : il n'est donc guère étonnant que je n'en maîtrise pas tout à fait le maniement, expliqua-t-elle avec un haussement d'épaules. Quoi d'autre ?

— Lorsque nous avons accosté à Brindisi et en avons profité pour faire une brève promenade, vos amies et vous étiez fascinées, alors que c'est l'un des endroits les plus déplaisants et mal famés que je connaisse.

— Ce qui ne le rend pas moins fascinant, quel que soit le nombre des visites. D'habitude, on change de bateau à Brindisi, ajouta la jeune femme après une pause. J'ai trouvé très intéressant que nous ne l'ayons pas fait.

— C'est parce que notre destination est Alexandrie, et non Port-Saïd, prit-il un malin plaisir à lui expliquer. Quiconque est muni d'un guide touristique digne de ce nom le sait.

Elle connaissait une foule de détails mineurs qui ne prouvaient strictement rien, hormis le fait qu'elle était bien informée sur les voyages en Égypte.

— Tout vous impressionne, de la vue de Tunis et du port de l'antique Carthage...

— Selon Edmund Burke, ceux qui ne connaissent pas l'histoire sont condamnés à la répéter, le coupa-t-elle d'un ton moralisateur.

— ... au fonctionnement du navire et aux bancs de dauphins dans son sillage.

— Et vous, ne trouvez-vous pas ces remarquables créatures fascinantes ? Comme c'est triste, soupira-t-elle en dodelinant du chef d'un air compatissant.

Elle le plaignait ? C'était le monde à l'envers !

— Pas du tout, voyons, protesta Harry avec indignation. J'étais tout aussi fasciné que vous la première fois que je les ai vus. Mais maintenant...

— Ce magnifique spectacle est devenu terriblement familier, n'est-ce pas ? Sachez que je trouve votre détachement bien affligeant ; j'en suis désolée pour vous.

— Je n'ai nul besoin de votre pitié, lâcha-t-il sèchement, agacé de sentir la conversation lui échapper.

Il inspira un grand coup, s'efforçant de retrouver son calme.

— Revenons à nos moutons, voulez-vous ? Vous avez encore une fois détourné notre discussion sur une tout autre voie.

— Vraiment ? fit-elle avec un sourire malicieux. Voilà qui est très futé de ma part.

— Futé ou non, vous ne pouvez recourir indéfiniment à cette ruse.

— À moins que ce n'en soit pas une. Bon, alors, d'autres reproches ?

— Votre enthousiasme est sans limite et presque contagieux.

— Vous l'avez déjà dit.

— Je suis bien obligé de me répéter, puisque vous ne semblez pas tenir compte de ce que je vous dis !

Cette femme écoutait-elle au moins ce qu'elle lui racontait ?

— Très bien. Je suppose que le moment est venu de faire des aveux.

Enfin !

Mme Gordon se pencha vers lui.

— Alors voilà, commença-t-elle sur le ton de la confidence, mes amies ne sont pas les voyageuses aguerries que l'on pourrait imaginer et je juge important de partager mes observations avec elles, tout comme leur enthousiasme débridé : après tout, elles ont quitté leurs douillets cocons londoniens pour nous accompagner.

— Les observations sont une chose ; l'exaltation permanente en est une autre, répondit-il, même s'il ne jugeait pas cette explication franchement convaincante. Je pourrais poursuivre, mais tout ce que j'ai vu prouve une naïveté et un manque d'expérience évident de votre part.

— Vraiment, monsieur Armstrong ? Il me semble plutôt que votre très gracieuse offre pour sauver ma réputation et mon gagne-pain n'est rien d'autre qu'un stratagème évident pour vous sauver vous-même.

— Me sauver ? De quoi, diable ?

Il en bafouillait presque, alors que cela ne lui arrivait jamais, encore moins d'indignation. Cette femme lui avait-elle jeté un sort ?

— De la certitude absolue qu'une fois en Égypte, je serai capable de prouver que je sais de quoi je parle et que votre oncle et vous serez contraints de reconnaître votre erreur.

— Jamais !

Elle s'approcha un peu plus.

— Certitude *absolue*, monsieur Armstrong.

Il ne pouvait détacher le regard de son visage. Dieu qu'elle était têtue et agaçante. Mais elle était aussi terriblement ravissante sous la voûte étoilée...

— J'éprouve le désir absurde de vous embrasser, madame Gordon, lâcha-t-il tout de go.

— Et moi, le désir pas du tout absurde de vous gifler, monsieur Armstrong, rétorqua Sidney du tac au tac. Et pas de main morte, je puis vous l'assurer.

— Dois-je en déduire que mon baiser ne serait pas le bienvenu ?

— Quelle perspicacité.

— Permettez-moi de vous dire que c'est vraiment dommage.

Elle l'observa un long moment.

— Je vous le permets, finit-elle par répondre avant de le saluer d'un signe de tête et de se tourner vers la porte de la coursive.

— Était-ce si inconvenant de ma part ?

— En effet, lança-t-elle par-dessus son épaule.

— Pourtant, je ne le regrette pas.

Elle s'arrêta sur le seuil.

— Tant mieux.

— Comment ça, *tant mieux* ? voulut-il savoir, mais déjà la porte se refermait derrière elle.

Harry n'en revenait pas. Qu'est-ce qui lui avait pris ? Il se retourna vers le bastingage et cala les mains sur le laiton froid, le regard perdu dans la nuit indigo. Il avait demandé à l'embrasser ! Jamais il n'avait fait une telle requête à une femme. Comme s'il était du genre à avoir besoin d'une permission ! Et puis Sidney Gordon n'était pas du tout son genre d'ordinaire. Voilà peut-être ce qui arrivait quand on passait son temps en compagnie d'une femme intelligente, spirituelle et bien plus séduisante qu'elle ne l'imaginait. Ou peut-être était-ce justement à cause de son enthousiasme débordant. Quoi qu'il en soit, même si elle possédait un pouvoir d'attraction insoupçonné, ce n'était pas une raison pour...

— Comment avez-vous réussi ce tour de force ? demanda Corbin en le rejoignant sur le pont. J'ai moi-même essayé pendant des jours de lui parler en tête-à-tête.

— Vraiment ?

Harry n'avait aucune envie de discuter de Mme Gordon avec le reporter.

— Eh oui ! s'esclaffa Corbin. Elle est plutôt charmante, vous ne trouvez pas ?

Harry haussa les épaules.

— Je n'avais pas fait attention.

— Allons donc. Je n'exagère pas en affirmant que tous les hommes à bord de ce navire l'ont remarquée. Cette femme est une bouffée d'air frais doublée d'une romancière bourrée de talent. Je ne crois pas avoir déjà rencontré quelqu'un comme elle.

— Oui, on peut dire qu'elle est unique.

— Tout comme ses compagnes de voyage, ajouta Corbin, qui en frémit. Comment avez-vous réussi à leur échapper ?

À l'évidence, Corbin ne comptait pas s'en aller sans réponse.

— Elles font partie du comité d'organisation du bal masqué de ce soir et ont été appelées pour régler un problème inattendu, une histoire de boîte de masques manquante.

— Ah oui, elles en discutaient justement tout à l'heure, dit le journaliste, pensif. Lady Blodgett et les autres assuraient ne pas se rappeler s'être inscrites à ce comité.

— Elles ne sont plus toutes jeunes. À leur âge, il faut s'attendre à certains oublis.

Corbin le dévisagea d'un œil inquisiteur.

— C'est vous le coupable, n'est-ce pas ? Vous avez signé à leur place et dissimulé les masques en question.

Harry n'était pas prêt à avouer quoi que ce soit, mais il ne put réprimer un petit sourire satisfait.

Corbin fut obligé de rire.

— Excellent, Armstrong. J'aurais aimé y penser moi-même. Alors ? s'enquit-il d'un ton désinvolte. Votre conversation a-t-elle été fructueuse ? Mme Gordon est-elle passée aux aveux complets ?

— Pourquoi cette question ? Je croyais que le sujet de votre reportage était le retour de la Reine du Désert en Égypte.

— C'est le cas et je réfute complètement votre théorie sur sa légitimité. Je trouve ses écrits tout à fait crédibles.

Harry ricana.

— Mais j'admets pouvoir me tromper, s'empressa d'ajouter le journaliste. Et si je suis dans l'erreur, je tiens à le savoir.

— Je doute que le directeur de votre journal apprécierait votre attitude.

— La vérité ne correspond pas toujours à ce qu'on veut entendre, Armstrong. Si vous avez raison à son sujet, eh bien, c'est ce que je rapporterai dans mes articles. En réalité, cette histoire-là est bien plus intéressante. Elle pourrait bouleverser une carrière.

— Ah oui ?

— Pour un petit journal comme le *Daily Messenger*, ce serait gâcher son temps et son énergie, mais une enquête pareille permettrait peut-être à un journaliste plein d'initiative de décrocher un poste dans une publication plus impressionnante. Le *Times*, par exemple ?

— Pour Mme Gordon, cela signifierait la ruine pure et simple.

— Comme je l'ai dit, toute désagréable qu'elle soit, la vérité demeure la vérité, philosopha Corbin avec un haussement d'épaules. Je dois avouer être surpris par votre préoccupation à son égard ; après tout, votre oncle et vous êtes à l'origine de cette affaire.

— Oui, je suppose.

Et Harry le regrettait de plus en plus.

— Reconsidérez-vous votre avis ?

— Pas du tout, répondit-il d'un ton cassant. Nous serons en Égypte d'ici trois jours. Nous connaîtrons alors la validité des écrits de Mme Gordon et vous aurez votre histoire. Enfin, l'une ou l'autre version.

— Pour être franc, j'espère qu'elle joue franc-jeu, confessa Corbin, le regard tourné vers le ciel piqueté d'étoiles. C'est une femme pleine d'esprit, amusante et douée d'un pouvoir de séduction plutôt subtil. Sincèrement, je la trouve merveilleuse. Avec le succès qu'elle a, elle ferait un excellent parti pour un homme tel que moi.

— Un homme débordant d'ambition, voulez-vous dire ?

— J'ai toujours eu un faible pour les jeunes veuves, répondit Corbin avec un petit sourire. Si Mme Gordon prouvait que vos soupçons étaient infondés, ce ne serait pas le meilleur scénario, mais cela demeurerait une relativement bonne entrée en matière pour conquérir son affection.

— Vous profiteriez de vos articles pour vous attirer ses faveurs ?

— Je ne vois pas pourquoi je m'en priverais, surtout si j'écris la vérité.

Harry le dévisagea longuement, ne sachant trop que dire. Cependant, une certitude s'imposa à lui : il lui fallait à tout prix protéger Sidney de ce sale type.

— Il est temps que je regagne le salon, dit-il en se dirigeant vers la porte.

— Excellente suggestion, Armstrong, approuva Corbin en lui emboîtant le pas. Peut-être aurai-je droit à une autre danse dans les bras de la charmante Mme Gordon.

— Peut-être, marmonna Harry.

Sauf si je la rejoins le premier. Malgré l'éclat sur lequel s'était conclue leur conversation, il était hors de question pour lui de laisser la jeune femme entre les mains de Corbin. Harry était au moins d'accord sur un point avec le reporter : Mme Gordon était charmante. Sa proposition d'échanger un baiser l'avait autant choqué qu'elle, et il ne comprenait pas d'où lui venaient les doux sentiments qu'elle lui inspirait. L'avait-elle ensorcelé ?

La plus singulière des batailles se livrait en lui : d'un côté, Harry savait qu'il avait raison à propos des histoires de la jeune femme et était déterminé à en apporter la preuve. De l'autre, cette victoire, toute flatteuse qu'elle soit pour son amour-propre, signifierait la fin de la partie pour elle.

La question cruciale était désormais de savoir si cela en valait la peine ou non.

7

— Que cherchons-nous à apercevoir, exactement ? demanda Gwen en scrutant le lointain.

— L'Égypte, répondit Effie avec une pointe d'agacement. Quoique je soupçonne toute cette côte plate, terne et brunâtre que nous voyons depuis un moment d'être déjà le pays des pharaons.

— Plutôt décevant, non ? murmura Poppy.

— On ne voit encore rien, fit remarquer Sidney en résistant à l'envie de sautiller d'impatience.

Harry avait raison : elle était bien en peine de contenir son enthousiasme bouillonnant, surtout maintenant que l'Égypte était en vue.

— Le littoral égyptien est plat, expliqua-t-elle. Tout au moins cette partie. Nous guettons l'apparition du phare.

Elles n'étaient pas les seules. La plupart des passagers s'étaient rassemblés du même côté du navire pour être les premiers à apercevoir la cité antique. On leur avait dit qu'Alexandrie serait bientôt en vue, mais M. Gilmore avait prévenu les dames qu'il n'y aurait pas grand-chose à voir.

— Ce n'est pas le phare d'origine, expliqua Sidney. Celui qui était considéré comme l'une des sept merveilles du monde. Le phare d'Alexandrie s'est effondré voici des siècles et ses pierres ont été en partie utilisées pour des projets de construction locaux. C'est bien dommage.

— Ce qui est dommage, c'est qu'il n'y ait rien d'intéressant à voir. Je m'attendais à ce que voyager soit un peu plus passionnant. Jusqu'à présent, c'est plutôt ennuyeux, ronchonna Effie en jetant un regard à la ronde. Je me demande où est passé M. Corbin. Il est toujours si spirituel.

La plupart du temps, le reporter était en effet animé et de bonne compagnie, Sidney ne le niait pas. Il ne les avait pour ainsi dire pas quittées durant la majeure partie de la traversée. Toutefois, son absence en cet instant ne la dérangeait point ; elle était au contraire un soulagement. Quoique flatteuses, ses attentions incessantes étaient aussi un brin déconcertantes ; la jeune femme ne pouvait se départir de l'étrange impression qu'il avait une idée derrière la tête. Sans doute était-ce simplement sa nature de journaliste, habitué à percer des secrets. Sidney ignorait où se trouvait M. Corbin, mais M. Armstrong, lui, se tenait plus loin, près du bastingage. Soit la foule l'empêchait de les rejoindre, soit il préférait garder ses distances. Sage résolution.

Sidney avait parlé à ses amies de la proposition absurde de M. Armstrong, mais pas du baiser qui n'avait pas eu lieu, et si toutes admettaient la validité du raisonnement de leur adversaire, elles étaient aussi persuadées qu'il n'était pas trop tard pour redoubler d'efforts et garantir la réussite de leur subterfuge. Certes, les trois vieilles dames reconnaissaient ne pas avoir l'habitude de ce genre de tromperie, mais elles avaient la certitude qu'elles s'amélioreraient avec la pratique.

Sidney jeta un coup d'œil vers M. Armstrong et surprit son regard posé sur elle. Il lui sourit avec cette suffisance qui l'horripilait et inclina son chapeau. Elle répondit d'un signe de tête poli, puis reporta son attention sur le paysage qui défilait. Depuis leur altercation sur le pont, elle lui avait fait clairement comprendre qu'elle préférait la compagnie de n'importe qui à la sienne.

Jamais Sidney n'aurait imaginé se retrouver dans l'obligation d'éviter à longueur de journée un homme qui aurait fort bien pu être le héros de ses récits. Assurément, Harry Armstrong avait le physique de l'emploi, avec ces cheveux dorés et légèrement ébouriffés, cette mâchoire volontaire perpétuellement ombrée d'un voile de barbe et ces yeux gris si pénétrants. Grand et bien bâti, il avait une allure de baroudeur qui faisait de lui, sinon l'homme de ses rêves, du moins l'incarnation de Richard Weatherly. Ce dernier était le héros idéal de toutes ses intrigues, le partenaire occasionnel de Millicent dans ses aventures, celui qui s'efforçait de conquérir son cœur, même si ses multiples défauts tendaient toujours à les séparer : avec ce voyage, Sidney n'essayait-elle pas d'être enfin l'héroïne de sa propre histoire ?

Quel dommage qu'à la différence de Richard, M. Armstrong se montre si souvent collet monté et d'une arrogance exaspérante. S'il avait sans nul doute de nombreux défauts, il était néanmoins évident que ce côté guindé ne lui était pas naturel – ce qui n'était pas moins sûr pour son arrogance. Lorsqu'un homme refusait absolument de vous lâcher des jours durant, prenait tous ses repas en votre compagnie et insistait pour être votre partenaire dans des jeux stupides, une telle omniprésence vous donnait largement l'occasion de cerner son tempérament.

Malgré son peu d'expérience de la gent masculine, Sidney se voyait comme une excellente juge de la nature humaine. Après tout, les personnages qui naissaient sous sa plume étaient considérés comme réels par ses lecteurs. Si elle faisait abstraction du fait que Harry et son oncle essayaient de lui gâcher la vie, il lui semblait toutefois discerner chez lui une certaine bonté d'âme.

Et puis, il était amusant et doté d'un goût certain pour l'audace : un cocktail presque irrésistible.

Fort heureusement, elle avait ses amies pour la protéger... ou peut-être était-ce bien regrettable.

Cet homme avait tout de même voulu l'embrasser. Elle, l'ordinaire Sidney Honeywell. Ni jolie ni laide, mais quelque part entre les deux. Enfin, peut-être la balance penchait-elle un brin du côté de la beauté – à moins qu'il ne s'agisse d'un vœu pieux de sa part. Certes, sa mère avait coutume de louer ses jolis yeux bleus et ses cheveux blonds comme les blés mûrs, mais il s'agissait du genre de compliments qu'une maman était censée faire, n'est-ce pas ?

Cependant, M. Armstrong n'était pas le seul à s'intéresser à sa personne ; elle suscitait également l'attention flatteuse de certains officiers et passagers célibataires. Voilà qui, sans nul doute, décuplait son assurance et suffirait à donner la grosse tête à une jeune femme moins raisonnable et posée qu'elle. Bien entendu, la motivation de M. Armstrong était évidente. Cependant, il y avait des moments où il se mettait à rire et oubliait sa prétention de façade pour se montrer charmant ou lui murmurer une remarque délicieusement ironique à l'oreille, ce qui l'amenait à se demander s'il n'avait pas autre chose en tête que son stupide défi. Et puis, il y avait l'histoire du baiser.

À l'évidence, il n'appréciait pas l'attention que Daniel Corbin lui portait : une lueur orageuse fort intéressante couvait au fond de ses yeux dès que le journaliste lui baisait la main, plongeait son regard dans le sien ou lui faisait le plus absurde des compliments – qui devait pourtant déjà avoir envoûté plus d'une femme. Avec ses cheveux châtains et ses yeux chocolat, l'homme était séduisant en diable. Mais son charisme faisait à Sidney un effet trop peu naturel, exagérément étudié, et son petit doigt lui soufflait qu'on ne pouvait lui faire tout à fait confiance. Non qu'elle ait le moindre reproche concret à lui faire, qui aurait pu confirmer ce qui demeurait un vague soupçon. Néanmoins, ses amies semblaient l'apprécier et elles avaient assurément davantage d'expérience qu'elle-même avec la gent masculine.

— C'est ça ? s'écria presque Poppy, surexcitée.

La côte n'était pas différente de ce qu'elle était quelques moments plus tôt : plate, sans la moindre colline ni quelconque élévation, les vagues venant se briser sur une étendue infinie de sable. Cependant, des bâtiments bas étaient apparus, leur couleur d'un brun grisâtre se fondant dans le décor comme s'ils faisaient partie de la terre elle-même. Puis, émergeant de la poussière, se dressa le phare, d'une telle banalité que Sidney réprima un léger pincement de déception.

— Il est très ordinaire, n'est-ce pas ? commenta M. Armstrong, qui s'était approché.

— C'est normal, répondit-elle avec froideur. On ne peut s'empêcher de le comparer au colosse légendaire qui surplombait jadis le port.

À peine les mots étaient-ils sortis de la bouche de Sidney que le premier spectacle véritablement attendu se présenta à sa vue sous la forme d'une ligne à l'horizon, ténue mais reconnaissable. Elle lâcha l'air bloqué dans ses poumons et s'efforça de demeurer impassible.

— Mais bien entendu, l'aspect banal du phare est oublié dès que l'on voit la colonne de Pompée s'élever vers les cieux.

D'origine romaine, et donc plutôt récent en comparaison des antiquités égyptiennes, le pilier de granit n'en était pas moins l'emblème d'Alexandrie, du moins aux yeux de la jeune femme. Plus que n'importe quoi d'autre, sa vue lui indiquait qu'elle était enfin arrivée à destination.

— Vous comprenez qu'il ne s'agit pas d'un monument égyptien, n'est-ce pas ?

— J'allais vous poser la même question.

Elle redressa les épaules et le gratifia d'un regard peu amène.

— Que faites-vous donc ici ?

— Je ne voulais pas me montrer cavalier en restant à l'écart du groupe alors que nous allons bientôt débarquer. Et puis je tenais à m'excuser, ajouta-t-il après une pause.

— Et pour lequel de vos commentaires grossiers souhaitez-vous me présenter vos excuses ?

Il se mit à rire.

— Il n'y en a pas eu tant que cela. C'est vrai ! insista-t-il face à son haussement de sourcils sceptique. Je me suis efforcé de mon mieux d'être un compagnon de voyage agréable.

— Eh bien, vous devriez faire davantage d'efforts.

— Je n'y manquerai pas, comptez-y. En fait, je souhaitais vous parler seul à seul.

— Nous sommes loin de l'être pour l'instant.

— Non, mais une foule est souvent un endroit plus discret qu'une pièce close.

— Alors, allez-y. Je suis tout ouïe.

Il ne semblait pas savoir par où commencer et son air contrit avait un côté touchant, même si elle commençait à s'agacer légèrement qu'il tourne ainsi autour du pot. Par bonté d'âme, elle décida de l'aider un peu.

— Bon, eh bien, puisque nous sommes compagnons de voyage, j'accepte vos excuses et suggère que nous n'abordions plus le sujet.

— Excellente idée, approuva-t-il avec un soupir de soulagement. Franchement, je ne sais pas ce qui m'a pris. Je puis vous assurer que, de ma vie, je n'avais jamais demandé à une femme l'autorisation de l'embrasser.

Derrière Sidney, une des vieilles dames pouffa.

— Je n'ai jamais eu à le faire, poursuivit-il. Je ne sais d'où m'est venue cette étrange impulsion. Enfin, je vous présente mes plus plates excuses.

— Pour m'avoir demandé l'autorisation de m'embrasser ?

Elle n'en croyait pas ses oreilles.

— Oui.

— Pas pour votre offre condescendante et insultante ?

Il ouvrit de grands yeux.

— Pardon ?

— Votre proposition de renoncer à ce défi si j'acceptais de qualifier mes chroniques de « fictives ». Je supposais que c'était pour cette raison que vous me présentiez vos excuses.

— Ne soyez pas absurde. C'est une excellente idée et il serait stupide de votre part de ne pas y souscrire.

— Alors nous n'avons plus rien à nous dire.

D'un air buté, Sidney reporta son attention sur le port alors que le navire approchait du quai. Pour l'instant tout au moins, elle était bien trop agacée par l'homme à ses côtés pour avoir besoin de dissimuler l'enthousiasme qui aurait dû la submerger en débarquant dans le pays de ses rêves : la seule présence de cet outrecuidant personnage suffisait à lui gâcher tout son plaisir.

Il garda le silence un long moment, puis soupira avec une patience à toute épreuve.

— Voulez-vous que je m'occupe de notre transport jusqu'à la gare ferroviaire pour la suite du voyage jusqu'au Caire ?

— Parce que je ne l'ai jamais fait, c'est ça ? lui lança-t-elle d'un ton cassant.

Il crispa les mâchoires.

— Non. Parce que c'est le genre de chose que fait un gentleman. Ce sera beaucoup plus efficace si l'un de nous s'en charge plutôt que de laisser le groupe s'égailler dans tous les sens comme une volée de moineaux.

— Ainsi, nous profiterons en toute liberté de nos premiers instants en Égypte, se réjouit Gwen en passant devant Sidney. Quelle efficacité, monsieur Armstrong, et quelle offre généreuse. Voici nos documents de débarquement et nos billets de train, ajouta-t-elle en lui fourrant une pochette entre les mains.

— Vous vous occuperez aussi des bagages ? demanda Sidney.

Sa malle et sa garde-robe étaient neuves et elle préférait qu'elles ne soient pas égarées. Elle avait aussi emporté son matériel d'écriture, le nouveau manuscrit sur lequel elle travaillait et le dernier volume du journal de sa grand-mère, qu'elle considérait à la fois comme un talisman et un réconfort.

— Oui, bien évidemment.

M. Armstrong donna l'impression de vouloir ajouter quelque chose, puis se ravisa.

— Et n'oubliez pas M. Corbin : il fait partie du groupe, lui aussi, intervint Effie avec autorité.

Sidney n'était pas la seule à avoir remarqué l'antipathie du jeune homme envers le journaliste.

— Cela va de soi, répliqua M. Armstrong un peu sèchement. Encore faudrait-il qu'il daigne se montrer.

— Juste derrière vous, Armstrong ! lança celui-ci au milieu de la foule. Bonjour, mesdames. Désolé pour le retard. J'interrogeais d'autres passagers sur leurs projets. Des détails de fond destinés à enrichir le contexte de mes articles, voyez-vous.

— Enrichir ? C'est un bien grand mot, fit remarquer M. Armstrong avec une pointe de dérision. Il n'y a pour ainsi dire que de simples touristes à bord.

— Tout comme Mme Higginbotham, Mme Fitzhew-Wellmore et moi-même, rétorqua Gwen en le gratifiant d'un regard lourd de reproches.

Harry eut la décence d'afficher un air penaud.

— M. Armstrong a gentiment proposé de se charger des formalités de débarquement et du transport pour tout le monde, annonça Poppy, radieuse. Quelle générosité de sa part, n'est-ce pas ?

— Un geste très généreux en effet, et grandement apprécié, approuva Daniel Corbin. Comme il s'agit de mon premier séjour en Égypte, je risquerais d'être perdu sinon. Cerise sur le gâteau, cela me permet d'escorter sur la terre ferme les quatre passagères les plus charmantes de ce navire. Madame Gordon, dit-il en offrant son coude à Sidney, me ferez-vous cet honneur ?

La jeune femme glissa un coup d'œil en coin à M. Armstrong. Si son expression demeurait à peu près amène, il avait le regard glacial et les mâchoires crispées : parfait.

— J'en serais ravie.

Bien qu'elle n'eût aucune envie de se pendre au bras du reporter, Sidney s'y résolut donc. Après une inspection officielle sommaire, des hordes de porteurs envahirent le bateau. Vêtus de pantalons bouffants et coiffés de turbans ou de fez rouges à glands noirs, ils interpellaient les passagers dans une cacophonie de langues inconnues ponctuée de grands gestes inquiétants, apparemment dans le but de se faire engager. M. Armstrong communiqua avec une aisance et une compétence qu'elle aurait dû pressentir mais qui la laissèrent agréablement surprise.

Sidney ne savait à quoi s'attendre lorsqu'elle eut descendu la passerelle et foulé la terre ferme. L'endroit n'était guère différent des escales précédentes, mais c'était l'Égypte : la civilisation à laquelle elle avait consacré toutes ses lectures et ses études, au point de s'y laisser engloutir. Elle avait du mal à ne pas sourire aux anges à chaque instant, et partout où se posait son regard, elle découvrait une nouvelle scène semblant tirée d'un livre, d'un tableau ou d'une photographie. Il y avait des voyageurs, des marchands et des marins aux tenues bigarrées et aux teints variés qui s'exprimaient dans des langues à la fois vaguement familières et tout à fait inconnues ; des montagnes de balles de coton empilées attendaient d'être chargées sur des navires ; des files de chameaux et d'ânes conduits par des marchands en galabeya se frayaient un chemin dans ce joyeux désordre. Sidney, qui voyait pour la première fois des chameaux en dehors d'un jardin d'acclimatation, avait bien du mal à contenir son ravissement.

L'air lui-même avait quelque chose de magique. Pas vraiment par son odeur, qui n'était guère différente de celle des autres ports où ils avaient fait escale, mais par sa sagesse en quelque sorte : une sagesse ancienne, subtile et indéfinissable – néanmoins présente –, qui enveloppait son âme comme un cadeau imprévu, un compliment inattendu ou la caresse d'un amant. Sidney choisit d'ignorer cette dernière comparaison ; n'ayant jamais eu d'amant, elle ne comprenait pas d'où lui venait cette idée saugrenue, bien qu'intrigante.

C'était l'Égypte, le berceau d'une grande civilisation prospère des millénaires plus tôt. Il en restait des trésors uniques et des monuments remarquables ensevelis sous le sable implacable du désert, redécouverts et célébrés par des pionniers tels que ses grands-parents, qui avaient voué leur existence à faire renaître ce monde antique.

Ils passèrent la douane où les formalités se limitèrent à décliner leur identité et régler une modeste taxe pour les bagages. M. Armstrong fit preuve d'une efficacité impressionnante : en un rien de temps, ils se répartirent dans deux taxis et prirent le chemin de la gare. Sidney évita ostensiblement celui dans lequel le jeune homme avait pris place et monta avec Effie et Gwen.

— Il a demandé à t'embrasser, c'est vrai ? la pressa tante Effie dès l'instant où la voiture démarra. Cet homme ne manque pas d'audace.

— Oui, c'est vrai, intervint Gwen. La plupart des hommes auraient d'abord agi, quitte à s'excuser ensuite, en fonction de la réaction de la dame.

— Et qu'as-tu répondu ? voulut savoir Effie.

— Non, bien évidemment. Imaginez le culot de ce monsieur, persuadé que j'accepterais de l'embrasser juste parce qu'il me l'avait demandé.

Sur le moment, Sidney avait refusé par réflexe. Après coup, elle s'était demandé quel effet cela lui aurait fait d'échanger un baiser avec Harry Armstrong. Ou n'importe quel homme, d'ailleurs, car elle n'avait jamais eu l'occasion d'être embrassée auparavant. Mais par M. Armstrong… L'idée, qui lui semblait étonnamment tentante, lui restait collée à l'esprit.

— Il a quand même présenté ses excuses, ajouta Gwen, pensive. Et il y a plutôt mis les formes, j'ai trouvé. Je ne crois pas voir un jour M. Armstrong le moins du monde déconcerté…

Effie renifla avec dédain.

— Il n'a pas non plus l'habitude d'admettre ses torts.

— Mais il a fait preuve d'une certaine gentillesse.

— Il a paru un peu moins arrogant qu'à son habitude, concéda Sidney.

Gwen l'observa un moment.

— Moi, je l'ai trouvé tout à fait sincère.

— Quoi qu'il en soit, j'ai accepté ses excuses, la discussion est donc close, décréta Sidney avec une autorité inhabituelle avant de tourner son attention sur ce qui se passait au-dehors.

Alexandrie avait une apparence européenne inattendue. En réalité, ils auraient pu se trouver dans n'importe quelle capitale. À chaque carrefour, elle s'efforçait en vain d'apercevoir quelque chose d'intéressant. Réprimant une vive déception, elle reporta toutes ses attentes sur Le Caire.

Le voyage en train lui offrit déjà un aperçu attrayant de cette Égypte tant rêvée : ils longèrent le lac Mariout survolé par des nuées d'oiseaux aquatiques, l'eau clapotant par-dessus la berge qui venait lécher les rails par endroits ; ils traversèrent des villages aux maisons en briques de terre crue au milieu desquelles se dressaient de temps à autre minarets, clochers et coupoles ; des ponts modernes en fer enjambaient les bras principaux du Nil qui formaient le delta, à Rosette et Damiette ; et des felouques aux gracieuses voiles incurvées glissaient sur le fleuve et ses affluents dans le lointain.

Au bout de quelques heures, ils s'enfoncèrent dans les vastes plaines du delta, aux nombreux champs de coton et autres cultures entrecoupées de canaux et de digues. Sidney entrevit des palais et des ruines d'origine égyptienne, grecque ou romaine. Peu avant leur arrivée au Caire, les grandes pyramides de Gizeh apparurent au loin, vision d'un empire disparu depuis la nuit des temps sous les sables brûlants du désert : l'émotion suscitée par tout cela avait de quoi faire monter les larmes aux yeux.

Près de six heures après avoir débarqué du navire, Sidney se retrouva enfin devant l'Hôtel Shepheard. Tandis que les autres montaient les larges degrés du perron menant à l'imposante bâtisse, elle ne put s'empêcher de s'arrêter pour contempler l'établissement légendaire avec sa terrasse surélevée et sa façade de pierre étincelante. Dans son journal, sa grand-mère décrivait le grand hôtel avec affection, affirmant que si l'on restait assez longtemps assis en terrasse, on pouvait voir le monde entier défiler. Sidney avait inclus l'hôtel dans ses récits, mais si le bâtiment en lui-même était assez monumental, il n'en demeurait pas moins banal – à l'exception des sphinx anciens en pierre qui flanquaient la large porte d'entrée –, et ne ressemblait guère au luxueux palace que la jeune femme avait imaginé.

— C'est différent de ce à quoi je m'attendais, murmura-t-elle.

— De l'image que vous en gardez dans votre souvenir, voulez-vous dire, la corrigea Harry, qui l'avait rejointe.

Même lorsqu'elle se croyait seule, ce maudit fureteur s'accrochait à ses basques, toujours prêt à relever le moindre faux pas qui étaierait son verdict final. Sans doute avait-il un carnet dans lequel il les consignait tous.

— En effet. Les souvenirs ne sont pas toujours aussi fiables qu'on pourrait l'espérer. Et je ne suis pas venue depuis un certain temps, tenta-t-elle de se justifier.

— Je dirais même un temps *certain*.

Elle lui jeta un regard acerbe, mais il paraissait sincère.

— On s'attend toujours à ce que nos souvenirs soient fidèles à la réalité. Dommage que ce ne soit pas le cas.

Il se tut un instant.

— Rassurez-vous, ce n'est pas votre mémoire qui est en cause. L'hôtel a été démoli et reconstruit peu après mon départ d'Égypte.

— Ceci explique cela.

Sidney résista à l'envie de le remercier, même si cette information était plutôt aimable de sa part.

— Entrons, voulez-vous ?

Il lui tendit le bras.

— Ce n'est pas nécessaire, vous savez. Je suis tout à fait capable de monter cet escalier par mes propres moyens.

— Je n'en doute pas une seconde.

— Merci, monsieur Armstrong.

Elle glissa un bras sous le sien. Se rendait-il compte que sa gratitude dépassait le simple fait qu'il l'escorte à l'intérieur ?

Ensemble, ils gravirent le perron ; les portiers qui encadraient l'imposante porte d'entrée s'inclinèrent, puis ouvrirent les battants d'un seul geste une seconde avant que les deux jeunes gens l'atteignent. Lorsque les voyageurs pénétrèrent dans le grand hall, puis le lobby, la majesté du lieu laissa Sidney sans voix.

M. Armstrong fut obligé de rire.

— Il y a eu beaucoup de changements, on ne peut le nier.

— C'est le moins qu'on puisse dire, acquiesça-t-elle d'une petite voix.

Des colonnes de pierre massives surmontées de chapiteaux sculptés en forme de frondes de palmier s'élevaient jusqu'à un plafond haut d'au moins deux étages. Un grand escalier s'élançait vers le niveau supérieur, gardé par des statues en bronze représentant des danseuses grandeur nature. Avec les palmiers dans des pots ornementés, les riches tapis orientaux et les sols carrelés aux motifs sophistiqués, c'était la quintessence de l'Égypte que Sidney avait toujours imaginée. Un pharaon se serait senti chez lui dans ce décor digne d'un palais - s'il n'avait pas vu d'inconvénient à partager sa demeure avec une foule d'étrangers, pour la plupart anglais ou américains, mais aussi allemands, français ou d'autres nationalités encore.

— Madame Gordon !

Un homme distingué et vêtu avec élégance se précipita vers elle, sa tante Effie et ses amies sur les talons. Il lui prit la main.

— Je ne saurais vous dire à quel point j'ai été ravi d'apprendre par lady Blodgett que vous faisiez partie de son groupe. Votre dernière visite remonte à très longtemps.

— Bien trop longtemps, approuva Sidney, un peu dépassée.

— Vous vous souvenez de M. Chalmers, bien sûr, lui dit Gwen. Le directeur de l'hôtel.

— Voyons, comment aurais-je pu oublier M. Chalmers ? s'exclama-t-elle en adressant un sourire figé au directeur et en se demandant comment Gwen avait réussi ce miracle. Quel bonheur d'être de retour !

— J'espère que vous trouverez les nouveaux aménagements à votre goût. Nous avons apporté un certain nombre d'améliorations afin de rendre le séjour de notre estimée clientèle mémorable, expliqua l'homme, le regard brillant de fierté. Sachez que nous sommes le seul hôtel d'Égypte – que dis-je, de toute l'Afrique – à être entièrement éclairé à l'électricité. À grands frais, me dois-je de préciser. Il y a également un téléphone à chaque étage.

— Très impressionnant, monsieur Chalmers, le complimenta Sidney en adressant un regard émerveillé à la ronde.

— Vous constaterez aussi que la nourriture s'est considérablement améliorée. Les cuisines sont désormais dirigées par un chef français.

Il se pencha vers elle.

— J'admets que la qualité de notre restaurant a fait l'objet de quelques plaintes par le passé, chuchota-t-il.

M. Armstrong tenta de dissimuler son hilarité par une quinte de toux.

Le regard de Chalmers se posa sur lui.

— Monsieur Armstrong ? s'exclama-t-il, surpris. Vous êtes de retour ?

— Eh oui ! C'est bon de vous revoir, Chalmers.

Les yeux du directeur se plissèrent.

— J'ignorais que vous comptiez parmi les compagnons de voyage de Mme Gordon.

— Maintenant, vous le savez, lui répondit le jeune homme avec un sourire aimable.

— Je ne m'attendais pas à vous revoir de sitôt.

L'évidente expérience du directeur en matière d'accueil lui permit de conserver une voix posée, mais une lueur qui pouvait passer pour de l'antipathie venait de s'allumer au fond de ses yeux.

— Allons, Chalmers, dit M. Armstrong, diplomate, cela ne fait qu'un an après tout. Je n'avais jamais quitté l'Égypte aussi longtemps auparavant.

— Et nous redoutions que vous soyez parti pour de bon.

Malgré son ton onctueux, le directeur crispait les mâchoires.

Sidney glissa un regard à Daniel Corbin qui suivait l'échange avec un intérêt flagrant : à l'évidence, elle n'était pas la seule à s'étonner de la réaction de M. Chalmers.

— Comment aurais-je pu rester loin d'ici ? répliqua M. Armstrong avec son sourire enjôleur.

Chalmers reporta ostensiblement son attention sur Sidney.

— Je regrette de ne pouvoir vous accompagner en personne jusqu'à vos chambres. D'autres tâches m'attendent.

Il leva le bras d'un geste impérieux. Aussitôt, un employé en livrée apparut à ses côtés.

— Je vous laisse entre les mains expertes de M. Durning. Il va vous conduire à vos chambres et vos bagages suivront immédiatement.

Le bonheur d'être enfin à l'Hôtel Shepheard, au Caire, prit Sidney au dépourvu.

— Merci, monsieur Chalmers. Vous ne pouvez imaginer à quel point je suis ravie de me trouver à nouveau ici.

— Tout le plaisir est pour moi, madame Gordon, répondit le directeur. Je ne saurais vous dire le nombre de clients qui ont mentionné votre livre et sa description flatteuse du Shepheard. Nous vous en serons éternellement reconnaissants.

M. Durning s'avança.

— Madame Gordon ? Mesdames ? Messieurs ? Si vous voulez bien me suivre.

— Avant que vous ne montiez, monsieur Armstrong, intervint Chalmers, je souhaiterais m'entretenir brièvement avec vous dans mon bureau, s'il vous plaît.

— Je m'en doutais, répondit Harry qui se tourna vers le groupe. Il n'y a pas meilleure façon de faire connaissance avec l'Égypte que de prendre le thé sur la terrasse du Shepheard. Pas pour Mme Gordon, bien sûr, ajouta-t-il. Elle connaît bien Le Caire, mais pour vous autres, ce sera très divertissant. Mesdames, Corbin, je vous rejoins plus tard.

Harry salua le groupe d'un signe de tête et traversa le grand hall en compagnie de Chalmers.

— Voilà qui est intéressant, commenta Daniel Corbin à voix basse.

Bien que Sidney soit de cet avis, mieux valait selon elle ne pas alimenter la curiosité du journaliste.

— Ah oui, vous croyez ? J'ai l'impression qu'il s'agit tout bonnement de retrouvailles entre simples connaissances.

— Vous avez sans doute raison.

M. Corbin jeta un dernier regard intrigué vers M. Armstrong et le directeur qui s'éloignaient, puis gratifia Sidney de son sourire le plus éclatant. Bon sang, cet homme n'en avait-il pas assez de sourire ainsi tout le temps ? Elle, oui. Il lui prit le bras et emboîta le pas à Durning et au trio de vieilles dames.

— Si j'ai hâte de dormir de nouveau sur la terre ferme, je suis à peu près certain que ma chambre ne sera pas aussi luxueuse que la vôtre. M. Cadwallender n'a pas pour habitude d'offrir un hébergement de première classe à un simple reporter.

— Je ne doute pas qu'un jour vous serez davantage qu'un simple reporter, répondit-elle avec légèreté.

— J'en ai bien l'intention, madame Gordon, lui assura-t-il, amusé.

La suite de Sidney était tout ce dont elle pouvait rêver, à la fois européenne par son confort et d'un style égyptien reconnaissable à son mobilier aux sculptures sophistiquées : un lit à baldaquin ornementé de riches fioritures, des fauteuils confortables, de luxueuses étoffes aux couleurs chatoyantes. L'ensemble, commodément situé près des sanitaires, se composait d'un spacieux salon, dont les épais tapis orientaux à franges et aux motifs complexes étouffaient agréablement les pas, et d'une alcôve juste assez grande pour accueillir un lit imposant, accessible par une entrée voûtée qui pouvait se fermer par des rideaux si un peu d'intimité était nécessaire.

La jeune femme se hâta de se rafraîchir, puis rejoignit ses amies, qui avaient pris place autour d'une table en osier sur la terrasse surplombant la rue. Harry avait raison : c'était l'endroit rêvé pour une première découverte de la capitale. Des âniers et leurs bêtes attendaient de décrocher une course. De petits singes gambadaient autour de leurs maîtres dans l'espoir de charmer les touristes et de leur soutirer quelques pièces. Des artistes de rue divers et variés rivalisaient avec les marchands ambulants qui proposaient des tas d'objets prétendument antiques : amulettes ou peintures sur papyrus de l'époque des pharaons, perles de verre provenant de tombeaux princiers.

— Oserai-je demander pourquoi M. Chalmers m'a accueillie comme si j'étais une amie qu'il se réjouissait de revoir après une longue absence ?

— Puisque vous étiez restée en arrière, j'ai profité de l'occasion pour lui raconter qu'à une époque vous aviez été une habituée et qu'il se souvenait sûrement de vous. Et Effie lui a fait comprendre que dans le cas contraire, ajouta Gwen avec un sourire malicieux, il serait sans doute dans l'intérêt de l'établissement de faire comme si.

— Le fait que la remarque vienne d'une lady s'est avéré très utile, dit l'intéressée avec un sourire. Apparemment, les directeurs d'hôtel sont tout aussi impressionnés par les titres que le roturier moyen.

— Et nous avons aussi mentionné votre livre si populaire, ajouta Poppy. Quel dommage ce serait si le Shepheard n'y était plus décrit avec autant de bienveillance que par le passé.

Sidney les dévisagea avec incrédulité.

— Vous adorez ce petit numéro, n'est-ce pas ?

— Oh que oui ! s'exclama gaiement Effie.

Sidney n'en revenait pas.

— Vous êtes vraiment sidérantes, toutes les trois. Ce n'était qu'un vague soupçon avant notre départ, quand je voyais avec quel enthousiasme vous étiez prêtes à vous lancer dans cette mascarade. Mais j'ai toujours subodoré qu'il y avait quelque chose de pas tout à fait net chez vous, mesdames.

— Merci, ma chère.

Gwen sirota son thé avec jubilation.

— Faire preuve d'une honnêteté inébranlable et d'une droiture horripilante n'est pas toujours aussi agréable qu'on pourrait le penser, fit remarquer Poppy avec un sourire des plus espiègles. La vertu apporte une certaine satisfaction, je suppose, mais avec le temps, celle-ci finit par devenir affreusement ennuyeuse.

— Et puis s'il s'agit de desserrer les lacets de son corset moral pour une bonne cause, eh bien, je n'ai absolument aucun mal à faire ce qui doit être fait, ajouta Effie avec un haussement d'épaules. Et à m'en délecter.

— Je me réjouis que mon dilemme vous offre quelques gratifications, dit Sidney avec ironie.

Gwen haussa un sourcil.

— Quelques ? Bien plus que cela, je dirais.

— Tu es en Égypte, Sidney, dit Effie. Et nous aussi. Le pays que tu as toujours voulu visiter. La terre légendaire de tes rêves que tu as tant étudiée, et sur laquelle tu écris.

— Nous avons déjà vu des chameaux, des singes et tout ceci, intervint Poppy avec un large geste vers le spectacle permanent de la rue dans laquelle passait un homme avec un crocodile empaillé sur la tête. On ne voit jamais rien de tel à Bloomsbury.

— Tout est déjà passionnant et le séjour n'a pas encore véritablement commencé, dit Gwen. Selon le programme que la très efficace Mlle Granville nous a concocté, demain nous visiterons Le Caire, et après-demain, ce sera au tour des pyramides.

— Mon Dieu, voilà qui promet d'être exaltant.

La suite du babillage animé des vieilles dames se perdit dans un bourdonnement indistinct.

Les pyramides : un frisson d'excitation parcourut Sidney. Elle les avait aperçues depuis le train, puis avait entrevu leurs majestueuses structures durant le trajet jusqu'à l'hôtel. Elles demeuraient lointaines et indistinctes, tenant davantage du mirage que de monuments réels. Harry, lui, les avait sûrement vues, et en avait d'ailleurs beaucoup parlé sur le bateau. Mais bon, n'importe qui pouvait faire des commentaires à leur sujet sans les avoir jamais observées de près. Comme elle.

— Sidney ?

À quel point Harry connaissait-il l'Égypte, de toute façon ? M. Cadwallender affirmait certes que celui-ci y avait passé du temps dans sa jeunesse – ce qui n'était apparemment pas exact, puisque Harry avait déclaré à M. Chalmers y avoir été présent un an plus tôt – et Daniel Corbin le prétendait bien connu des égyptologues, quoi que cela signifiât. Elle ne savait pourtant rien du tout de lui. Ses amies et elle avaient été si appliquées à éviter qu'il n'en découvre davantage sur elle, qu'elles n'avaient rien appris d'important à son sujet.

— Sidney !

Celle-ci se tourna avec un sursaut vers Effie qui venait de l'interpeller.

— Tu as l'esprit ailleurs. À quoi penses-tu ?

— Avez-vous l'impression que nous ignorons tout de Harry Armstrong ?

— C'est quelque peu exagéré, objecta Gwen. Nous savons qu'il est le neveu du comte de Brenton.

— Et ?

Le front de Gwen se plissa.

— Je ne l'avais pas vraiment remarqué, mais…

— Maintenant que tu le dis, la coupa Effie, je crois que tu as raison.

— Je n'ai en tête qu'une seule confidence d'ordre personnel : son habitude de boire du champagne lorsque le soleil se lève pour la première fois à bord du navire. Sinon, cet homme est d'une discrétion absolue à propos de lui-même.

— Une attitude plutôt rafraîchissante, je trouve, nota Poppy. Daniel Corbin, lui, parle rarement d'autre chose que de sa petite personne.

— N'agissons-nous pas à peu près de la sorte ? souligna Gwen avec une grimace. Toutes autant que nous sommes, nous nous appliquons à éviter de révéler le moindre détail sur la vie de Sidney afin de minimiser tout risque de bévue : nous pouvons difficilement lui reprocher d'agir de même.

— Oui, mais nous le faisons dans un but noble, objecta Effie en plissant les yeux. Quel est celui de M. Armstrong ? Nous sommes en droit de nous poser la question : que cache cet homme ?

— Aucune d'entre vous ne veut savoir pourquoi le directeur de l'hôtel souhaitait lui parler en privé ? demanda Sidney en faisant le tour de la table du regard.

— C'était curieux, en effet, dit Gwen avec un hochement de tête.

Poppy haussa les épaules.

— À mon avis, c'est sans doute sans importance. Il y a toutes les chances pour qu'il s'agisse simplement d'une question de passeport ou de bagages.

Sidney n'était pas d'accord.

— Avez-vous vu la tête du directeur ? J'ai déjà décrit ce genre d'expression. Bien loin de signifier « bienvenue », elle veut plutôt dire « oh non, pas vous ».

Gwen s'alarma.

— Pensez-vous que M. Armstrong ait des ennuis ?

— Je le soupçonne d'être en réalité *l'origine* des ennuis, avança Poppy, songeuse. Et pas seulement parce qu'il essaie de prouver les accusations de son oncle au sujet de Sidney. De temps à autre, sur le bateau, j'ai surpris de vagues allusions, de subtiles suggestions...

— Quoi qu'il en soit, je ne m'inquiète pas pour M. Armstrong ; il est tout à fait apte à se défendre. Je propose que nous demandions à Daniel Corbin ce qu'il sait, ou peut découvrir, sur les antécédents de ce monsieur.

Sidney hésita, mais ses amies devaient être informées de ses réserves.

— En toute discrétion alors. Certes, il travaille pour M. Cadwallender et on pourrait en conclure que nous sommes dans le même camp : je ne suis pas certaine cependant de pouvoir entièrement lui faire confiance.

Poppy laissa échapper un soupir de soulagement.

— Nous ne lui faisons pas confiance non plus. Ce garçon est beaucoup trop...

— Charmant, termina Gwen.

— Et toujours à plaisanter, ajouta Effie. Du genre qui en fait un peu trop.

— Je pourrais aussi essayer de voir ce que je trouve du côté de M. Chalmers, proposa Gwen. En toute discrétion, ajouta-t-elle avec un sourire malicieux. Il s'est montré excessivement serviable tout à l'heure et s'il n'est pas l'ami de M. Armstrong, il pourrait se montrer disposé à divulguer toutes sortes de secrets intéressants. Quant à Armstrong...

— Je m'occuperai personnellement de son cas, la coupa Sidney avec autorité.

Cet homme cachait quelque chose, elle n'en doutait pas une seconde. Si son imposture à elle lui avait été imposée par son innocente étourderie, celle de M. Armstrong, par contre, était délibérée.

Qui était-il exactement et quel était son secret ?

8

Chalmers s'assit à une imposante table de travail en acajou massif, dans son bureau un peu trop ornementé pour un directeur d'hôtel, et plissa les yeux d'un air intimidant.

— Harry.

— Léo, répondit Harry en prenant place dans le fauteuil placé de l'autre côté du bureau - un siège inconfortable, au dossier dur, sans doute choisi pour créer le plus grand malaise chez celui qui devait s'y asseoir et affronter le courroux du maître des lieux.

— En fait, je préfère Léonard maintenant.

— Un nouveau nom assorti à votre accent raffiné ?

— Vous avez remarqué ?

— Difficile de passer à côté, ricana Harry. Vous paraissez plus britannique que la reine en personne.

— Merci. J'y travaille : il importe d'avoir de la prestance quand on est le directeur du plus luxueux hôtel d'Égypte.

Harry l'observait avec curiosité.

— Vous avez fait votre chemin dans le monde, *Léonard*. Et plutôt rapidement, je dois dire. Lorsque je suis parti, vous n'étiez guère plus qu'un réceptionniste de nuit qui faisait du trafic de fausses antiquités ou de toute autre marchandise susceptible de se vendre.

Léo balaya le commentaire d'un revers de la main.

— Cette vie appartient au passé, mon vieux, j'ai découvert les avantages d'une existence honorable. Aujourd'hui, je suis un autre homme.

— Et le directeur de cet hôtel.

— Je perçois le scepticisme dans votre voix, Harry, mais l'avancement est rapide pour qui est intelligent, déterminé et sait se rendre indispensable, se vanta Léo avec un sourire dégoulinant de fatuité. L'ancien directeur a su reconnaître mon potentiel et, quand il est parti à la retraite, il m'a recommandé pour son poste.

Harry haussa un sourcil.

— À la retraite ?

— Inutile de me regarder ainsi, s'agaça Léo. Il ne lui est rien arrivé de fâcheux. Je l'aimais bien, d'ailleurs : il s'est juste retiré dans un petit village près de Bristol. J'ai entendu dire qu'il avait renoué avec un amour de jeunesse et qu'aujourd'hui il nage dans le bonheur. Tout a bien tourné pour lui.

— Pour vous aussi.

Léo sourit.

— Sans aucun doute.

— Et c'est tout à fait...

Harry chercha le mot juste.

— ... légitime ?

Léo fut obligé de rire.

— Vous avez du mal à le croire, je sais. Moi aussi. Mais j'apprécie de diriger un établissement tel que celui-ci ; chaque jour présente un défi stimulant.

— Et lucratif.

Léo esquissa un nouveau sourire.

— Extrêmement.

— J'imagine.

— Il semble que vous ayez fait votre chemin, vous aussi. Vous voyagez en intéressante compagnie : de vieilles Anglaises distinguées, une romancière et même un journaliste. Que mijotez-vous donc, Harry ?

— Rien qui vous concerne et ne soit parfaitement légal. Une sorte de pari, pourrait-on dire.

Légales, les affaires de Harry l'étaient plus ou moins depuis un certain temps, mais une certaine réputation lui collait à la peau, ce qui était tout autant un avantage qu'une malédiction.

— Je me trouve ici comme simple touriste, sachez-le.

Léo s'esclaffa.

— Pardonnez-moi d'avoir du mal à y croire.

— Croyez ce que vous voulez, bougonna Harry. Ainsi, vous avez déjà rencontré Mme Gordon ici ? demanda-t-il après un silence.

— Mme Gordon est une cliente de longue date appréciée de cet établissement.

— À quand remonte son dernier séjour ?

Léo dodelina du chef.

— Harry, mon ami, la confidentialité et la discrétion constituent le fonds de commerce d'un grand hôtel. Je ne peux révéler les allées et venues de mes clients, dont beaucoup sont prêts à se montrer très généreux pour que leurs secrets restent bien gardés.

Harry fronça les sourcils.

— Les trois harpies vous ont-elles graissé la patte ?

Le directeur écarquilla les yeux, outré.

— Bien sûr que non ! Mes principes ne sont peut-être pas des plus nobles, mais j'en possède. Jamais je ne prendrais l'argent d'une dame âgée, surtout si elle ne donne pas l'impression d'en avoir les moyens.

Il fut un temps, pas si lointain, où Léo Chalmers agissait précisément ainsi. Cependant, Harry ne pouvait guère lui reprocher son passé, compte tenu de sa propre situation à l'époque.

— Comme je l'ai dit, j'ai changé. Aujourd'hui, je suis un homme tout à fait respectable. Enfin, presque, ajouta-t-il avec un petit sourire.

— Félicitations, dit Harry en se levant. Bon, ravi d'avoir eu de vos nouvelles et d'avoir pu évoquer le bon vieux temps ; j'aimerais qu'on me conduise à ma chambre maintenant.

Léo tiqua.

— Vous n'avez pas compris le but de cette conversation, j'en ai peur. Il ne s'agit pas d'un simple échange de courtoisie.

— Ah bon ?

— Vous vous rappelez peut-être la petite soirée qui a eu lieu ici la veille de votre départ.

Harry se rassit.

— Vaguement. C'était au bar, n'est-ce pas ?

— La mémoire vous revient, à ce que je vois. Une fête de tous les diables.

— Très divertissante, en effet, acquiesça Harry sans conviction.

— Malheureusement, elle a occasionné aussi des dégâts considérables.

— Ah oui ?

Après réflexion, peut-être avait-elle été animée, même si son souvenir de cette nuit-là – la dernière en Égypte pour Ben et lui – était, sans surprise, plutôt flou.

Léo ouvrit un tiroir de son bureau et en sortit un document qu'il fit glisser vers Harry.

— De quoi s'agit-il ?

Question stupide. Il le savait déjà.

— De votre facture.

— Vous la gardiez dans votre bureau depuis tout ce temps ? fit remarquer Harry avec légèreté en prenant la feuille.

Le montant était impressionnant, et sans doute plus qu'un peu gonflé.

— Je suis un éternel optimiste, répondit Léo en se calant contre le dossier pour observer son interlocuteur. En toute franchise, je pensais plutôt que Deane, ou devrais-je dire lord Benjamin Deane, réapparaîtrait tôt ou tard au Caire.

Harry afficha un air insondable, mais son estomac se noua. Les origines aristocratiques de Ben n'avaient jamais été un secret et s'étaient même révélées utiles de temps à autre, mais il avait pour principe de ne jamais s'en prévaloir. Et la dernière personne qu'il aurait souhaité informer de son rang de fils de marquis était Léo Chalmers.

Celui-ci fixait Harry avec curiosité.

— En ce qui vous concerne, je n'en étais pas si sûr.

— Et pourtant je suis là, répondit Harry en agitant la facture du bout des doigts. Que suis-je censé faire de ceci ?

— Payer, bien évidemment.

— Pourquoi le ferais-je ? demanda le comte posément. Ces dégâts n'étaient pas entièrement de mon fait.

Toutefois, sa culpabilité était peut-être bien réelle en grande partie. Il lui semblait vaguement se rappeler un lustre et une grande statue... Ce soir-là, Ben et lui faisaient leurs adieux à l'Égypte et, à bien des égards, à leur jeunesse. Walter n'était plus, Le Caire était envahi par les touristes, la famille de Ben se faisait de plus en plus insistante pour qu'il rentre en Angleterre et lui-même avait hérité d'un titre inattendu. Il était temps – plus que temps, même – d'endosser les responsabilités qu'ils avaient longtemps évitées. Cette soirée au bar du Shepheard avait été une façon de tirer un trait sur leur passé, même si les détails demeuraient très nébuleux.

Il lâcha la feuille sur le bureau et la glissa vers Léo.

— En outre, l'hôtel entier a été démoli peu après mon départ, argumenta-t-il. On pourrait dire que je vous ai apporté une contribution non négligeable dans l'avancement du chantier : vous devriez plutôt me rétribuer.

— Bien tenté, Harry, ironisa Léo avec un sourire en coin. Mais je veux cet argent ; autant je détesterais embêter ces gentilles mamies, autant je n'aurais aucune hésitation avec la charmante Mme Gordon. Vu votre apparence de parfait homme du monde, je suppose qu'elle n'a pas la moindre idée de votre passé dans ce pays. Pourtant, certains épisodes sont loin d'être à votre avantage. Il pourrait être scandaleux pour elle d'être vue en compagnie d'un homme tel que vous, quel que soit le nombre d'honnêtes vieilles dames qui l'entourent. J'imagine que cela pourrait aussi entraver vos projets, quels qu'ils soient.

— Je me demande comment elle réagirait, s'interrogea Harry à voix haute.

Intéressante question.

— Nous avons les moyens de le découvrir.

Bon sang. L'ancien Harry s'en serait moqué comme d'une guigne et n'aurait jamais été sensible au chantage de Léo. De toute évidence, le nouveau comte de Brenton n'était ni aussi audacieux, ni aussi impulsif. Il était incroyablement difficile d'essayer d'endosser une nouvelle personnalité alors que la précédente était si agréable.

— Ce ne sera pas nécessaire.

Il sortit de la poche de son gilet sa lettre de créance et les documents afférents qu'il tendit à Léo.

— Votre passeport également, s'il vous plaît.

Les mâchoires crispées, Harry s'exécuta.

Léo étudia les papiers avec soin, puis reporta son regard sur son interlocuteur.

— À mon tour de vous poser la question, tout ceci est-il légal ?

— J'en ai peur, oui.

— Comment diable avez-vous réussi un tour de passe-passe pareil ?

— Mettez cela sur le compte des complexités du droit de succession en Angleterre, répondit Harry avec un haussement d'épaules. Croyez-moi, la surprise a été aussi brutale pour moi qu'elle l'est pour vous.

— Intéressant. Si ma mémoire est bonne, vous n'avez jamais apprécié les titres. Je crois vous avoir entendu dire un jour qu'un homme qui n'a rien fait pour mériter son rang ne vaut pas mieux que…

— Oui, oui, l'interrompit sèchement Harry. Il n'est pas impossible que j'aie fait ce genre de commentaire.

— Deane était aussi de cet avis. Imaginez ma stupéfaction lorsque mes efforts pour vous retrouver ont révélé qu'il était le fils d'un marquis. Le benjamin, certes, mais quand même… Dommage que je ne l'aie pas su plus tôt. L'information aurait pu avoir son utilité.

— Deane ne s'est jamais prévalu de son titre en Égypte. Pas plus que je n'ai l'intention de le faire, d'ailleurs.

— Pourquoi ? s'étonna Léo. Moi, je ne m'en priverais pas.

— Une différence de plus entre nous.

Léo s'esclaffa.

— Mon cher Harry ! Toujours la même noblesse d'âme.

— En a-t-on terminé ?

Le directeur de l'hôtel hocha la tête.

— Je vous rendrai ces documents dès que j'aurai retiré la somme appropriée. Milord, le salua-t-il après une pause.

— Avec un reçu, bien entendu.

— Cela va de soi.

Harry se leva.

— Je suppose que votre silence me vaudra également une facture ; je préfère que personne ici ne soit informé de ma situation.

— Pas pour l'instant, répondit Léo, amusé. J'aime assez l'idée qu'un comte me soit redevable.

— Je m'en doutais.

Léo alla ouvrir la porte.

— Bon après-midi à vous, monsieur. Et si vous avez besoin de quoi que ce soit, une sonnette est à votre disposition dans votre chambre. Il vous suffit de l'actionner et le garçon d'étage se fera un plaisir de vous servir.

— Vous appréciez vraiment cette nouvelle vie, n'est-ce pas ?

— Pour être franc, je n'ai jamais rien aimé davantage. Il y a un moment dans l'existence de tout homme où il se rend compte que regarder en permanence pardessus son épaule n'est plus aussi drôle qu'avant. J'ai conservé mes amusements et on peut toujours avoir besoin de fonds supplémentaires, mais oui, je suis satisfait de ma vie.

— Que demander de plus ? Rien, je suppose, commenta Harry.

Il prit congé, mais les paroles de Léo restèrent gravées dans son esprit. Que lui faudrait-il pour être, lui aussi, satisfait de sa vie ?

*

* *

Harry s'assit avec un verre d'excellent whisky écossais dans le nouveau Long Bar, bien plus confortable et élégant que l'ancien. Mieux encore, les femmes n'y étaient pas admises : rejoindre ces dames en terrasse pouvait attendre et il avait besoin de calme pour réfléchir.

S'il lui fallait une preuve supplémentaire au sujet de Mme Gordon – ce qui n'était pas le cas –, celle-ci lui avait été servie sur un plateau. Si la jeune femme n'avait pas mis les pieds en Égypte depuis des années, elle ne pouvait connaître Léo. Sans nul doute leur rencontre avait-elle été orchestrée par l'un de ses chaperons. Probablement lady Blodgett ou même le dragon. Ni l'une ni l'autre n'avaient la moindre hésitation à invoquer les noms de leurs défunts maris pour parvenir à leurs fins et, à ce qu'elles avaient dit, sir Charles, le colonel Higginbotham et M. Fitzhew-Wellmore avaient tous passé du temps en Égypte. Une erreur plutôt significative de la part des trois veuves.

Cependant, Léo n'avait rien confirmé. Et Mme Gordon trouverait toujours une explication plausible au fait qu'elle ait salué le directeur de l'hôtel comme si elle le connaissait. Elle excellait dans ce genre de faux-fuyants. Non, il avait besoin de preuves tangibles et indiscutables.

Et après ?

Harry n'avait pas vraiment réfléchi à la suite, une fois la preuve établie. Il n'avait qu'une vague idée derrière la tête qui se limitait à pointer un index accusateur sur la jeune femme en s'exclamant de son plus beau ton triomphant : « Ah ah ! Je le savais depuis le début ! »

Mme Gordon serait radiée de la Société des Antiquités, sans compter l'humiliation publique et la perte de son unique moyen de subsistance. Pour le moment, il devait avouer que rien de tout cela ne lui procurait la moindre satisfaction. En réalité, il avait un peu honte de lui-même. Il avait laissé un étrange mélange de fierté et de jalousie dicter ses actions et s'était lancé dans cette débâcle sans réfléchir. À bien des égards, il était presque aussi méprisable que les méchants dans les histoires de la romancière. Il valait mieux que cela, tout au moins avant : en dépit d'un passé émaillé de péripéties pas tout à fait légales, d'excès de boisson et d'aventures féminines qu'il peinait à chiffrer, il s'était toujours considéré comme un homme honorable. Il commençait cependant à penser qu'il n'y avait pas grand-chose d'honorable dans le défi qu'il s'appliquait en ce moment à relever.

S'il démasquait la supercherie de Mme Gordon avant leur retour à Londres, Corbin serait ravi, ce qui était une raison suffisante pour s'en abstenir : il n'avait aucune envie de servir de tremplin à la carrière du journaliste, pas plus que de détruire celle de la jeune femme. Plus maintenant. Or, tout article qu'écrirait Corbin sur son manque d'expérience de terrain produirait cette irrémédiable catastrophe. Mieux on connaissait son adversaire, notait-il avec intérêt, plus l'image qu'on s'en faisait était susceptible d'évoluer. Harry voulait-il fonder sa propre carrière d'écrivain sur les cendres de Mme Gordon ? De là-haut, Walter le considérerait comme un mufle. Jamais il n'aurait dû se lancer dans ce défi imbécile. Apparemment, le rejet avait les plus étranges effets sur un homme, et jusqu'à ce qu'il soumette ses écrits sans succès à divers éditeurs, il n'avait pas souvenir d'avoir connu le refus. De ce fait, il avait pris la réussite de la jeune femme comme un affront personnel, envers la mémoire de Walter et tout ce que Ben et lui avaient vécu. C'était absurde, bien sûr, mais c'était pourtant vrai.

Peut-être le mieux était-il de ne rien faire, du moins pour l'instant. Il existait une infime possibilité qu'il soit dans l'erreur au sujet de la jeune femme, même s'il ne parierait là-dessus : jusqu'à présent, il ne s'était pas trompé souvent. Pourquoi ne pas laisser Mme Gordon poursuivre ses efforts pour prouver sa crédibilité, histoire de voir jusqu'où irait cette farce. Comme elle semblait incollable sur l'Égypte, elle était sans doute ravie d'être ici en personne. Et puis ce petit jeu avec elle se révélerait peut-être amusant. Il s'agissait d'une femme intelligente, à l'esprit vif, et leurs joutes verbales étaient la distraction la plus agréable à laquelle il lui avait été donné de se livrer depuis bien longtemps. Singulièrement, malgré son double jeu, il la trouvait *authentique* ; c'était le seul qualificatif qui lui venait à l'esprit. Elle représentait un défi et il n'avait jamais reculé devant aucun. Ce serait l'occasion rêvée de mieux la connaître et peut-être que, plus elle en saurait sur lui, plus elle apprendrait à l'apprécier.

Non que ce soit important, même si, tout bien réfléchi, il ne serait pas contre. Mme Gordon lui plaisait bien. Beaucoup, en réalité. Il n'avait pas souvenir d'avoir éprouvé cette sorte d'affection pour une femme auparavant. Certes, il appréciait la gent féminine et en considérait la fréquentation comme l'un des plaisirs les plus agréables de l'existence. Mais pareil élan sentimental était inédit pour lui : il serait stupide de sa part de ne pas chercher à savoir où tout cela pourrait le mener.

Harry n'avait jamais été le genre d'homme à rester les bras croisés en attendant que les choses se passent. D'ailleurs, il n'était pas tout à fait sûr d'en être capable. Mais dans sa vie actuelle, il n'était plus sûr de grand-chose. Jamais il n'aurait imaginé envier Léo Chalmers, comme cela était peut-être le cas ; après une existence de combines et d'illégalités, celui-ci semblait avoir trouvé sa place. Harry en avait une, lui aussi, mais laquelle ? Point d'interrogation. Son ancienne vie ne lui convenait plus et son nouveau titre de comte le mettait quelque peu mal à l'aise. Il misait sur l'écriture pour assurer son avenir et ne doutait pas de parvenir au succès un jour, mais il ressentait aussi le besoin d'avoir quelqu'un à ses côtés qui l'aiderait à donner un sens à sa vie.

Et si ce quelqu'un n'était autre que Sidney Gordon ?

Quelle idée fascinante. De ses multiples aventures, celle-ci pourrait bien se révéler la plus captivante, ou la plus périlleuse. Jusqu'à présent, il n'avait jamais mis son cœur en jeu ; il n'était pas sûr de courir un tel risque en ce moment, mais la situation avait quelque chose d'insaisissable et d'attirant, comme une sorte de pouvoir irrésistible : s'il ne tentait pas sa chance, son petit doigt lui soufflait qu'il le regretterait, et Harry Armstrong détestait les regrets.

Il n'était pas impossible que Sidney Gordon soit la femme auprès de laquelle il aimerait vivre jusqu'à la fin de ses jours. Cette pensée donnait à réfléchir ; sa vie avait changé et il essayait d'évoluer avec elle. Encore une pensée qui faisait réfléchir. Une pensée que même un délicieux whisky écossais ne parvenait à chasser.

9

— Je trouve cela plutôt... agréable, dit Poppy en redressant les épaules. Et la nouveauté est la définition même de l'aventure que représente un voyage.

— Je ne suis pas sûre que, dans mon esprit, l'aventure possède quatre pattes et me fixe d'un air furibond.

Effie observait avec une circonspection teintée d'horreur les ânes alignés dans la rue devant le Shepheard. En réalité, ces bêtes étaient plutôt amusantes avec leurs brides et leurs rênes ornées de cordelettes colorées et de clochettes pendantes. Enfin, peut-être pas aux yeux d'Effie.

— Ce ne sont pas les taxis qui manquent. Peut-être ferions-nous mieux d'en prendre un ?

Gwen glissa un regard vaguement inquiet à Sidney.

— Je ne suis jamais montée à dos d'âne. Une voiture ne serait-elle pas plus appropriée ?

— Pas au Caire, décréta la jeune femme avec autorité. C'est la seule façon de visiter les quartiers arabes, prochaine étape du programme de Mlle Granville et un de mes endroits favoris de la capitale.

— À moi aussi, intervint M. Armstrong.

— Il n'y a pas meilleur endroit pour se faire une idée de l'Égypte authentique que les quartiers arabes, poursuivit Sidney. Et comme M. Cadwallender ne nous a accordé que deux semaines de séjour, nous devons nous efforcer d'en voir le plus possible en un temps limité.

Effie gratifia Harry d'un regard agacé.

— Ce délai vous suffira-t-il pour abandonner vos accusations stupides envers Mme Gordon ?

— Je me plais à penser que ce sera amplement suffisant, répondit celui-ci, affable.

Il semblait se soucier de moins en moins du dédain permanent d'Effie et avait fait preuve aujourd'hui de la plus grande amabilité qu'on pouvait souhaiter.

— Même si, je dois l'avouer, je regrette de n'avoir que deux semaines à passer en si agréable compagnie, ajouta-t-il avec un sourire victorieux à Effie.

L'espace d'un instant, Sidney aurait pu jurer voir ses dents étinceler au soleil comme celles de tout héros de fiction digne de ce nom.

Les lèvres pincées, Effie se hâta de reporter son attention sur le groupe de quadrupèdes ; de toute évidence cependant, elle n'était pas complètement immunisée contre les efforts méritoires de M. Armstrong.

Pas une seule fois, celui-ci ne s'était plaint de leur emploi du temps qui, plus que chargé, semblait implacable à Sidney. Elle n'en avait pas moins étudié à fond les guides, dont un fourni par l'hôtel, et s'était préparée à mener sa petite troupe à dos d'âne là où elles souhaitaient se rendre, tant que les lieux figuraient sur le programme de Mlle Granville. Sidney détesterait sillonner Le Caire sans ses excellentes recommandations.

Ils avaient commencé la journée à la Citadelle, perchée sur une colline au cœur de la ville. Les minarets et les coupoles des mosquées dominaient Le Caire, dressés vers les cieux qu'ils semblaient aspirer à atteindre. La forteresse avait été érigée environ sept siècles plus tôt, afin de défendre la ville contre les assauts des croisés. On affirmait qu'elle avait été en partie bâtie avec des pierres provenant des petites pyramides de Gizeh, ce que Sidney trouvait un peu dommage. Toutefois, il fallait reconnaître aux Égyptiens le talent de savoir tirer parti des matériaux à disposition.

Dans l'enceinte de la Citadelle, ils visitèrent la mosquée de Muhammad Ali Pacha avec ses multiples coupoles, fontaines et jardins intérieurs. Effie et ses amies admirèrent les innombrables lanternes suspendues et les magnifiques tapis, se demandant entre elles si des objets similaires s'achetaient dans les souks. Pareilles beautés n'auraient-elles pas fière allure à Londres ? Les minarets de la Citadelle étaient considérés comme un point de repère du Caire, visible des pyramides et au-delà.

La vue à elle seule valait le détour. De là, on découvrait toute la ville et les minarets de ses quatre cents mosquées s'élevant au-dessus des toits, sans compter les clochers des églises. Au loin, aux confins de la civilisation moderne, les pyramides scintillaient sous le soleil, éternels symboles des gloires passées de l'Antiquité.

Ensuite, ils s'étaient promenés entre les plantations luxuriantes, les étangs et les grottes des jardins de l'Ezbekieh, une pause bienvenue dans le rythme soutenu de leurs pérégrinations. Le temps était presque parfait, plus frais que ce à quoi Sidney s'attendait, mais on était au début de février. Tous les guides qu'elle avait lus recommandaient l'hiver comme la saison de prédilection pour séjourner en Égypte. Elle n'osait imaginer à quel point il devait être désagréable de s'y rendre en plein été. Puis ils étaient rentrés à l'hôtel pour un rapide déjeuner. Malgré leur âge, ses vaillantes amies exprimèrent le souhait de poursuivre leurs explorations ; le petit groupe se dirigeait maintenant vers les quartiers arabes et le souk aux innombrables bazars. Effie, Gwen et Poppy peinaient à contenir leur impatience de découvrir les bonnes affaires dans les boutiques. Sidney et M. Armstrong les avaient l'un et l'autre averties de se montrer prudentes dans leurs achats, surtout quand il s'agissait d'objets présentés comme anciens ou historiques, ceux-ci n'étant souvent que de vulgaires contrefaçons pour la plupart fabriquées en Europe.

Le jeune homme avait insisté pour engager un drogman qui les guiderait, même si Sidney affirmait qu'elle était tout à fait capable de trouver son chemin dans les rues du Caire.

— Vous n'y verrez assurément pas d'objection, monsieur Armstrong, avait dit Gwen. Quelle meilleure façon pour notre chère Mme Gordon de prouver sa connaissance de l'Égypte qu'en nous montrant ces endroits où elle s'est déjà rendue et qu'elle aime ?

Cependant, Sidney ne protesta que mollement et personne ne fut plus soulagé qu'elle lorsque ses amies acceptèrent finalement les services d'un guide. Chaudement recommandé par l'hôtel, Hamad était un homme encore plus petit qu'elle, d'un âge indéterminé, à la peau couleur café et au sourire infatigable, qui s'exprimait dans un anglais passable et était soucieux de plaire avec un empressement exagéré. Comme aucune de ces dames ne parlait l'arabe, l'assistance d'Hamad était d'autant plus nécessaire, fit remarquer M. Armstrong, car le marchandage était non seulement attendu, mais aussi élevé au rang d'art.

— Mesdames, si vous êtes prêtes, leur dit-il en désignant les ânes qui attendaient.

Chaque animal avait son propre ânier et M. Armstrong aida les jeunes hommes à installer leurs clientes en amazones sur leurs selles. Une assistance qui se révéla indispensable, car les vieilles dames n'étaient plus aussi agiles qu'autrefois et il y eut beaucoup de ronchonnements sur « l'indignité » et « l'absurdité » de l'exercice. Toutefois, les âniers demeurèrent beaucoup plus patients qu'il n'était attendu d'eux et affichèrent un sourire imperturbable, songeant sans doute aux pièces qu'ils recevraient à la fin de la journée. Le temps que M. Armstrong en termine avec ses amies, Sidney avait eu de l'aide, elle aussi, et s'était hâtée de se hisser sur sa selle. Bien que l'idée de sentir les mains du jeune homme autour de sa taille l'émoustille quelque peu, elle préférait être installée sur sa monture avant qu'il ait l'occasion de noter son inexpérience. Ayant vécu toute sa vie à Londres, elle n'était encore jamais montée à cheval, ce que M. Armstrong ne manquerait pas de voir comme une preuve supplémentaire contre elle. Ce n'était que leur première journée complète au Caire et elle commençait déjà à se lasser de rester en permanence sur ses gardes pour éviter les bourdes.

— C'était vraiment amusant, lui murmura le jeune homme en s'arrêtant près de sa monture, sans doute afin de s'assurer qu'elle était correctement installée.

— Un autre de vos sarcasmes, monsieur Armstrong ?

— Pas du tout, lui assura-t-il. Je ne trouve rien de plus charmant que d'aider des vieilles dames à monter sur le dos d'un âne. D'autant que ni les dames ni les ânes n'avaient l'air particulièrement emballés à cette idée.

Sidney pouffa.

— Cela n'a rien d'amusant, vous savez. Avez-vous vu leurs têtes ?

Sidney jeta un coup d'œil par-dessus son épaule à ses amies perchées sur leurs montures, leurs mines trahissant un mélange d'appréhension et de détermination.

— Les pauvres ont l'air un peu inquiètes, c'est vrai. Elles ne sont jamais montées à dos d'âne de leur vie, vous savez.

— De votre côté, vous semblez plutôt bien vous débrouiller. Mais ce n'est pas nouveau pour vous, ajouta-t-il avec un haussement d'épaules, même si cette expérience remonte à un moment.

— Un bon moment, le corrigea-t-elle par réflexe.

— Le beau sexe est plus robuste qu'on ne l'imagine, je dois dire. Jamais je ne pourrais monter en amazone.

— Une femme fait ce qu'il faut par souci de bienséance, répondit Sidney d'un ton léger. Mais je suis d'accord : il est beaucoup plus facile et confortable de monter avec une selle normale. Franchement, je préfère.

— Vous êtes déjà montée à califourchon ?

— Il n'est pas toujours aisé de trouver une selle appropriée quand on explore les régions les plus reculées d'Égypte, fit-elle remarquer, balayant la question avec une désinvolture joyeuse.

— Oui, bien sûr, vous avez raison.

Il jeta un coup d'œil à la ronde.

— Je suppose que M. Corbin ne se joint pas à nous pour cette petite excursion ?

— Je le crains, en effet.

Daniel Corbin les avait accompagnés à la Citadelle, mais à part une remarque sur la vue, il n'avait pas paru très intéressé par l'histoire ou l'architecture, et n'avait pas davantage apprécié les mosquées ou les jardins.

— Il a reçu un télégramme de M. Cadwallender au sujet d'un éminent Américain qui séjourne à l'hôtel et a pour mission de le trouver et de l'interviewer. Cela lui prendra la majeure partie de la journée, et peut-être aussi celle de demain.

— Dommage qu'il rate notre sortie de cet après-midi.

La mine réjouie de M. Armstrong trahissait au contraire une satisfaction que Sidney partageait.

— Alors, allons-y.

Il acquiesça et s'éloigna avant de revenir sur ses pas.

— À propos, tout à l'heure, quand je parlais de leurs têtes, il n'était pas question de vos amies, lui confia-t-il en se penchant vers elle.

Il lui décocha un clin d'œil avant de rejoindre à grands pas sa monture à l'avant du groupe.

Sidney s'amusa de sa boutade. Le comportement du jeune homme avait changé depuis leur arrivée au Caire : il se montrait beaucoup plus aimable qu'avant, plus détendu, et s'il n'avait jamais fait preuve d'un manque de confiance particulier auparavant, il paraissait également plus sûr de lui, comme s'il se trouvait dans son élément naturel... Il lui fallait absolument en apprendre davantage sur cet homme. Le sourire de Sidney s'évanouit ; plus elle l'appréciait, plus elle se sentait mal à l'aise, coupable même. Sans nul doute était-ce sa conscience qui la travaillait, une conscience à laquelle elle avait rarement besoin de faire appel, mais qui se rappelait malgré elle à son bon souvenir.

Le petit groupe progressait en file indienne, M. Armstrong et Hamad en tête, suivis de Sidney, puis de ses amies. Les âniers trottaient à côté ou derrière leurs animaux, selon la circulation. Il y avait toutes sortes de choses intéressantes à voir dans les rues qui menaient vers les quartiers arabes, mais Sidney consacrait l'essentiel de son attention à rester en selle avec un air de cavalière compétente. Une prouesse ô combien difficile, d'autant que les âniers pressaient le pas des montures dès que la circulation le permettait. Elle n'osait pas se retourner pour voir comment ses amies s'en sortaient, ayant déjà toutes les peines du monde à tenir bon. Malgré sa selle, M. Armstrong n'était guère mieux loti, car ses pieds touchaient presque la chaussée en raison de sa taille : le spectacle était des plus comiques.

En quelques instants – ou une éternité, Sidney finissait par perdre la notion du temps –, ils franchirent une ancienne porte en pierre et entrèrent dans les quartiers arabes. Ici, les rues se rétrécissaient considérablement et il y avait à peine assez de place pour leurs montures au milieu de la foule mouvante. Les bêtes se mirent au pas, mais malgré la lenteur de leur progression, il était difficile de saisir les détails de leur environnement, tant il y avait à voir : hommes en galabeya, coiffés de turbans de diverses couleurs, marchands ambulants vantant leurs articles, femmes vêtues de longues robes pour la plupart dans les tons bleus, les bras chargés de bracelets et le visage dissimulé derrière un voile, à l'exception de leurs yeux soulignés de khôl. Les passages étaient couverts d'auvents placés en hauteur qui protégeaient des ardeurs du soleil l'après-midi. Des balcons occultés par des moucharabiehs saillaient au-dessus de leurs têtes, rétrécissant les rues, dissimulant des résidences familiales ou peut-être des harems. Une multitude de senteurs les assaillaient, intrigantes et mystérieuses, masculines et animales, de cuir, de tabac et de café, de parfums envoûtants et d'épices inconnues.

Le convoi progressa quelques instants dans les ruelles jusqu'à ce que l'ânier de Sidney arrête sa monture.

La voix agacée d'Effie se fit entendre derrière elle.

— J'en ai assez.

Sidney se retourna et vit sa tante se laisser glisser maladroitement de son âne. Poppy et Gwen l'imitèrent, puis le trio se dirigea vers elle.

— Il me semble que nous avancerons bien mieux à pied, déclara Effie avec fermeté. Vu que tout Le Caire semble avoir choisi de visiter le souk aujourd'hui.

— Il y a toutes sortes d'échoppes intéressantes dans lesquelles nous aimerions nous arrêter, mais à dos d'âne c'est impossible, ajouta Poppy.

— Nous avons vu d'innombrables Européens qui se baladent à pied ici, intervint Gwen à son tour. Il n'y a aucune raison de ne pas faire de même.

Il y avait sans doute des tas de raisons pour lesquelles marcher n'était pas une bonne idée, mais Sidney n'en trouva aucune. Et elle aussi préférerait se passer de leur moyen de transport à quatre pattes.

— Très bien.

Elle se laissa glisser contre le flanc de l'animal, ravie de retrouver la terre ferme mais étonnée d'être aussi courbaturée après leur courte balade.

M. Armstrong les rejoignit.

— Mesdames, imaginez ma surprise quand, en me retournant, j'ai découvert que vous aviez abandonné vos montures.

— Sachez que nous n'avons pas l'intention de remonter dessus, le prévint Gwen d'un air buté.

Poppy approuva du chef.

— Et puis, si ma mémoire est bonne, Sidney a écrit plusieurs scènes qui se déroulent dans le souk. Avec sa compagnie, celle d'Hamad et, bien sûr, la vôtre, que pourrait-il bien nous arriver de fâcheux ?

— Quoi donc, en effet ? renchérit la jeune femme sans grande conviction.

Dans les passages cités par Poppy, les péripéties ne manquaient pas, toutes plus fâcheuses les unes que les autres, y compris des enlèvements et des traques par des voleurs ou des fripouilles en tous genres.

— Soyez gentil, Harry, renvoyez ces garçons et leurs bêtes d'où ils viennent, lui ordonna Effie en désignant de la main la file des ânes à l'arrêt avec leurs maîtres impatients. Et dédommagez-les grassement pour le dérangement.

Elle se dirigea vers le guide, Gwen et Poppy sur ses talons.

— Hamad !

Incrédule, M. Armstrong les suivit du regard.

— Elle m'a appelé par mon prénom.

— Tante Effie s'adoucit à votre égard, semble-t-il.

— Quelle chance j'ai.

Sidney lui sourit.

— Je pourrais faire de même, si vous le souhaitiez.

— Je chérirais chaque instant où vous le feriez.

Cet aveu avait quelque chose de touchant.

— Alors je vous appellerai dorénavant par votre prénom, mais seulement si vous faites de même.

— Je vous ai déjà appelée Sidney à l'occasion, souligna-t-il.

— Oui, mais sans ma permission, objecta-t-elle d'un ton faussement hautain. Maintenant, vous l'avez.

— Excellent.

Il lui sourit, puis retrouva son sérieux en jetant un coup d'œil au trio.

— Est-ce vraiment une bonne idée ?

— Je n'en sais rien, reconnut Sidney. Mais je ne peux pas les en empêcher. À mon avis, tant que nous restons groupés, tout devrait bien se passer.

— Sans doute, répondit Harry, bien que son ton dubitatif exprime le contraire. Bon, je me charge de payer les âniers. Ne partez pas sans moi.

— L'idée ne me viendrait même pas à l'esprit.

Harry s'éloigna avec l'intention, semblait-il, de commencer par l'ânier le plus éloigné. Or, lorsque les hommes comprirent qu'il venait les payer, ils s'agglutinèrent autour de lui dans une bruyante cacophonie, la main tendue. L'agitation attira d'autres amateurs, mendiants ou simples opportunistes qui, voyant un Anglais distribuer de l'argent, espéraient qu'une main supplémentaire passerait inaperçue.

Sidney chercha ses amies du regard. Celles-ci s'étaient déjà un peu trop engagées à son goût dans l'étroite ruelle. Si elle hésitait quelques secondes de plus, elle risquait de les perdre de vue. Harry lui avait demandé de l'attendre, mais elle n'avait guère le choix et se hâta de les suivre. Bigre, elles étaient étonnamment véloces pour leur âge ! À l'évidence, l'attrait de marchandises insolites et de bonnes affaires n'était pas étranger à ce dynamisme. Par chance, c'étaient davantage des étals qui s'alignaient le long des passages que de véritables boutiques, de sorte qu'on ne pouvait disparaître à l'intérieur. Les marchands étaient assis sur leur comptoir ou sur des coussins à même le sol, leurs articles empilés autour d'eux.

Guidées par Hamad, les trois vieilles dames se frayaient un chemin dans la foule animée, contournant les ânes, porteurs d'eau, mendiants et vendeurs affairés en tous genres, certains transportant des ballots à bout de bras au-dessus de leur tête. Selon toute apparence, elles lui avaient donné une destination précise, car ils avançaient sans hésitation. Sidney jeta un coup d'œil en arrière, mais n'aperçut pas Harry dans la multitude bigarrée ; elle espérait qu'il parviendrait à les localiser. Sans crier gare, ses amies bifurquèrent dans un autre passage, et Sidney réussit à atteindre l'angle de la ruelle en quelques secondes. Elle savait que dans le souk les corporations étaient souvent regroupées dans une même rue. Apparemment, celle-ci était le domaine des tanneurs, car l'odeur riche et terreuse du cuir fraîchement tanné flottait dans l'air. Les étals regorgeaient de tous les modèles de selle imaginables, parfois uniques – destinés à la cavalerie militaire ou au khédive, estampés d'or ou d'argent. Les selles pour les ânes côtoyaient celles pour les chameaux, conçues en bois et en cuir. Jamais Sidney n'aurait imaginé que les peaux pouvaient arborer autant de teintes, du bronze doré très clair à l'intégralité des bruns en passant par toutes les nuances profondes et riches de rouge. Il était presque impossible de ne pas rester admirer les créations finement ouvragées, mais Sidney était certaine que si elle quittait ses amies des yeux ne serait-ce qu'un instant, ces dernières s'évaporeraient dans la foule. De nouveau, elles avaient pris un peu trop d'avance sur elle à son goût. Et où diable était donc passé Harry ? Impossible de suivre tout le petit groupe à la trace. Elle avait l'impression d'être la gardienne d'un troupeau qui s'ingéniait avec un malin plaisir à s'égailler dans tous les sens.

Bien trop loin devant, Sidney repéra la plume du chapeau d'Effie qui s'agitait au-dessus de la marée humaine, puis disparut dans la rue suivante. Sidney pressa le pas, sans succès dans le passage encombré.

Elle suivit le même chemin, mais ne put distinguer sa chère tante de cœur.

Pas de panique, tenta-t-elle de se rassurer. Millicent Forester n'y succomberait jamais en pareilles circonstances : le trio se trouvait certainement encore en compagnie d'Hamad et on pouvait lui faire confiance pour qu'il ne leur arrive rien. À moins, bien sûr, qu'il ne soit pas l'honnête homme qu'il prétendait être ; à moins que son seul but ne consiste à gagner la confiance d'Anglaises sans méfiance et à les faire disparaître comme par enchantement. Dès lors, il pouvait leur arriver n'importe quoi. Et si elles se retrouvaient prisonnières dans un harem ? *Ne sois donc pas ridicule,* se réprimanda-t-elle. Elles étaient trop âgées pour le harem. Mais elles pouvaient être retenues en otage et échangées contre une rançon. Nouvelle idée absurde : ses amies ne semblaient pas pauvres, mais n'avaient pas l'air fortunées non plus. Elles ressemblaient précisément à ce qu'elles étaient : des touristes anglaises d'un certain âge sans grands moyens. Si elle gardait son calme et restait rationnelle, la jeune femme les retrouverait à coup sûr. La veille, sur la terrasse, elles avaient parlé des achats qu'elles avaient en tête. Qu'avaient-elles dit au juste ? Sidney regrettait de ne pas avoir été plus attentive. On avait parlé de tapis, de soieries, de tapisseries ; l'une d'elles avait dit quelque chose au sujet de théières en cuivre ; une autre avait mentionné son envie de s'offrir des pendants d'oreille en argent. Il avait été question d'antiquités, de souvenirs divers et variés. Mon Dieu, elles pouvaient être n'importe où, réalisa-t-elle avec angoisse.

Sidney inspira un grand coup et continua d'avancer, sans cesse bousculée par la foule mouvante. Elle jetait un coup d'œil dans une échoppe après l'autre, ignorant la tentation de cette provision d'objets fascinants, ainsi que l'insistance des marchands qui, souvent dans un anglais approximatif, lui proposaient d'excellentes affaires.

Jamais elle ne se le pardonnerait s'il arrivait quoi que ce soit à ses chères amies. Le cœur de Sidney se serra à cette pensée : tout était sa faute, elle aurait dû suivre son instinct dès le début et, malgré l'opinion de M. Cadwallender, insister pour dissiper le malentendu. Si elle en avait assumé les conséquences, aussi dévastatrices fussent-elles, l'oncle de Harry ne lui aurait pas imposé ce défi. Et au lieu de se trouver en Égypte, Effie, Gwen et Poppy seraient en sécurité à la maison, où était leur place.

Sidney parcourait une ruelle après l'autre, passant devant des étals de babouches de couleurs vives en velours et soie, ornées de perles et de glands. Elle s'engagea dans un passage réservé aux tapis, roulés ou suspendus, aux splendides et sophistiqués motifs orientaux. Elle s'engouffra ensuite dans une allée où étaient regroupés les marchands de tabac et de cigares, puis une autre où l'on vendait des cafés et des confiseries pour finir par se rendre compte qu'elle était revenue sur ses pas. Sans doute était-elle tout aussi perdue que ses amies.

Sidney n'avait aucune idée du temps qui s'était écoulé. Assurément pas plus d'une heure ou deux. En vérité, elle aurait été bien en peine de le savoir : son univers n'était plus qu'un flou infini d'étals, de marchandises singulières et de gens captivants, de couleurs vives et de langues étrangères, d'enivrantes senteurs exotiques. À quoi bon errer en vain dans ce labyrinthe ? Ce qu'il lui fallait, c'était un plan. Peut-être serait-elle mieux inspirée de retourner à l'hôtel. Si elle parvenait à regagner la rue Muski, qui traversait le souk, elle réussirait à retrouver ses repères, et pourrait aller demander de l'aide au Shepheard.

— Où diable étiez-vous passée ?

La voix indignée de Harry dans son dos la fit sursauter. Elle fit volte-face, et le soulagement qui l'avait envahie s'évanouit à la vue de son air furibond.

— Où j'étais passée ? Et vous donc ?

— Je vous cherche depuis deux heures et demie, maugréa-t-il, les mâchoires crispées. Vous étiez censée m'attendre. Je croyais que c'était clair pour vous !

— Pour moi oui, mais ce n'était pas le cas pour tout le monde !

Il jeta un regard inquiet à la ronde.

— Vos amies ne sont pas avec vous ?

— De toute évidence, non.

— Où sont-elles ?

— Je n'en sais rien.

Harry la fixa d'un œil accusateur.

— Vous les avez perdues ?

— Ou l'inverse, je ne sais pas. Cet endroit est un vrai dédale, c'est très perturbant.

La faute pouvait aussi être imputée à Harry, après tout. S'il n'avait pas pris autant de temps pour payer les âniers, ils n'en seraient peut-être pas là. Une petite voix dans la tête de Sidney lui souffla qu'elle se montrait injuste, mais elle choisit de l'ignorer.

— Comment avez-vous pu les perdre de vue ? lui reprocha-t-il.

Elle foudroya Harry du regard, laissant la colère balayer la gentillesse qu'elle lui témoignait depuis qu'il s'était radouci.

— Moi ? Vous ne savez pas plus que moi où elles sont. Qu'étais-je censée faire ? Ce sont des adultes. Je ne peux quand même pas leur accrocher une clochette autour du cou comme à un âne !

— Vous auriez pu faire un effort !

— J'ai bien tenté de les garder à l'œil, mais elles étaient trop...

— Rapides ? ironisa-t-il. Ce sont de braves vieilles dames de presque quatre-vingts ans !

— Elles sont encore très alertes. Et déterminées.

Pour la première fois, Sidney nota qu'autour d'eux la foule s'était écartée. Les passants les contournaient, s'efforçant de mettre la plus grande distance possible entre eux et ces étrangers qui se chamaillaient.

— Et il est inutile de crier ! lui lança-t-elle, croisant les bras sur son buste.

— Il y a toutes les raisons de crier ! rétorqua-t-il avant de prendre une profonde inspiration dans l'espoir, un peu vain, de retrouver un semblant de calme.

— De toute façon, elles ne sont pas sous votre responsabilité.

— Bien sûr que si, elles le sont. Si nous rentrons sans elles, devinez qui sera tenu pour responsable ?

— Moi !

— Elle est bien bonne ! s'exclama-t-il. Vous êtes la maudite Reine du Désert ! Les gens sont pour ainsi dire en adoration devant vous. Personne ne vous fera le moindre reproche. Le fautif, ce sera moi. C'est toujours l'homme qui est tenu pour responsable.

— Peut-être que si l'homme en question avait fait plus attention…

Harry crispa les mâchoires de plus belle.

— Je vous avais demandé…

Comme jaillie de nulle part, une main lui tapota l'épaule.

— Monsieur Armstrong ?

C'était Hamad, qui lui sourit.

— Ah, vous êtes là aussi, madame Gordon. Quel soulagement de vous retrouver !

Sidney en eut le souffle coupé.

— Hamad ! Savez-vous où sont mes amies ?

Le sourire du guide égyptien s'élargit.

— Bien sûr. Elles m'envoient vous chercher.

— Bravo, Hamad, le félicita Harry avec un soulagement qui faisait écho à celui de Sidney. Elles vont bien ?

— Très bien, monsieur.

— Dieu soit loué, murmura-t-elle. Depuis combien de temps est-ce que vous nous cherchez ?

— Seulement quelques minutes, madame.

— Il connaît bien le souk, *lui*, lança Harry avec perfidie.

Elle serra les dents.

— Les choses changent avec les années !

— Pas en Égypte !

Hamad s'éclaircit la gorge.

— Si vous voulez bien me suivre. Les dames attendent.

Un mufle, voilà ce qu'était cet homme. Comment avait-elle pu imaginer, ne serait-ce qu'un instant, qu'il avait le moindre point commun avec Richard Weatherly ? Certes, il y avait une certaine ressemblance physique entre eux, mais cela n'était que pure coïncidence en réalité. Or, Richard, un homme héroïque, audacieux et fringant était le fruit de son imagination. Harry, lui, était bien trop réel. Il avait égaré un groupe de vieilles dames sans défense dans un bazar et se comportait maintenant comme si, quelque part, elle était à blâmer. Une fois de plus, la petite voix agaçante lui murmura qu'il n'était pas entièrement coupable. Et une fois de plus, Sidney l'ignora.

Ils ne marchèrent pas plus de dix minutes avant d'atteindre l'échoppe d'un marchand de café ; Hamad adressa un signe de tête à l'homme assis sereinement sur le comptoir et se dirigea vers l'arrière-boutique, écartant une lourde tenture afin de laisser Sidney le précéder. L'intérieur était sombre, tapissé de riches panneaux de tissu. Des senteurs de cardamome, de coriandre et de cannelle flottaient dans l'air.

— Oh, c'est bien, Hamad vous a trouvés, se réjouit Poppy.

Toutes trois étaient assises sur de gros coussins ventrus à même le sol, autour d'une table basse ronde en laiton ouvragé, en compagnie d'un Égyptien habillé à l'européenne.

— Vous êtes juste à l'heure pour le thé.

10

— Le thé ? fit Sidney d'une voix étranglée.

De toute évidence, ses amies allaient bien et semblaient s'amuser : elle-même était beaucoup moins détendue.

— Soyez gentil, Harry, et aidez Sidney à trouver un siège, dit Mme Higginbotham en parcourant l'espace confiné du regard. Bien que le terme de « siège » ne soit peut-être pas tout à fait adéquat.

— Je dirais plutôt un « coussin », intervint lady Blodgett. Ou un « pouf », si vous préférez. Quoi qu'il en soit, elle aura besoin d'assistance.

— Ce fut le cas pour nous, en tout cas. Ces sièges égyptiens ne sont pas conçus pour nos tenues anglaises habituelles. Mais M. Nazzal nous a été d'une grande aide, expliqua Mme Fitzhew-Wellmore avec un sourire à l'homme assis à côté d'elle.

Mustafa Nazzal se releva sans effort.

— Monsieur Armstrong, dit-il en le saluant de la tête. Le monde est petit, n'est-ce pas ?

— Il rapetisse de jour en jour.

Harry n'aurait pas dû être surpris de tomber sur l'Égyptien, même s'il ne s'attendait pas à le trouver en compagnie des amies de Sidney.

Celle-ci se pencha vers Harry.

— Vous connaissez ce monsieur ? lui souffla-t-elle à l'oreille sans quitter l'inconnu des yeux.
— En effet.
— Et c'est...
— Un gentleman passé maître dans l'exercice d'activités de tous ordres, répondit-il sans laisser transparaître le moindre sarcasme dans la voix.
— Je m'y emploie, assura l'homme avec modestie.
— Ah, fit Sidney qui l'observait d'un air soupçonneux. Il n'y a donc pas lieu de s'inquiéter ?
— Pas du tout, mentit Harry.
Il y avait toujours une raison de s'inquiéter quand Mustafa Nazzal était dans les parages. Ce petit fonctionnaire égyptien - dont les fonctions précises étaient toujours demeurées plutôt vagues - avait des liens avec le musée des antiquités égyptiennes et touchait à tout ce qui pouvait se révéler profitable, que ce soit simplement peu recommandable ou tout à fait illégal. Farouchement loyal à son pays, Nazzal était le genre d'homme à savoir tout sur tout et tout le monde. Il valait mieux ne pas l'avoir comme ennemi, mais les services qu'il rendait étaient souvent inestimables.
— Et vous devez être l'incomparable Mme Gordon, dit-il d'un air charmeur manifestement destiné à faire fondre les cœurs les plus méfiants.
Sidney esquissa un sourire circonspect.
— Incomparable ? Comme vous y allez...
— Permettez-moi de vous présenter Mme Gordon, intervint Harry. Sidney, voici M. Mustafa Nazzal.
— Un vieil ami de M. Armstrong, précisa celui-ci d'un ton onctueux avant de prendre la main de Sidney et de la porter à ses lèvres. Je suis enchanté de rencontrer une femme aussi talentueuse.
Sidney le fixait, ne sachant trop sur quel pied danser.
— Merci.

— Nous lui avons tout raconté sur vous, lui dit Gwen avec fierté, sur vos livres et vos aventures.

— Pardonnez-moi, madame Gordon, s'excusa Nazzal en plongeant son regard dans le sien, je ne me rappelais pas avoir déjà entendu votre nom. Mais ce n'était sans doute qu'un petit trou de mémoire.

— Cela arrive aux meilleurs d'entre nous, mon ami, s'empressa de le couper Harry.

Excellent. Maintenant, en plus de Corbin, il devait aussi empêcher Nazzal de découvrir la vérité sur Sidney. Une question lui traversa l'esprit : depuis quand son but n'était-il plus de la démasquer, mais de la protéger ? Il jugea préférable d'ignorer cette pensée. De toute façon, cette rencontre fortuite avec l'Égyptien n'était qu'une brève péripétie. Ils ne le reverraient sans doute plus d'ici la fin de leur séjour.

— Dites-moi, comment avez-vous rencontré mes amies ? voulut-il savoir.

Nazzal se mit à rire.

— Elles craignaient de vous avoir perdus, Mme Gordon et vous. Hamad a pensé qu'il serait plus rapide de partir seul à votre recherche et les a donc amenées ici. Hamad est un cousin de la femme de mon oncle, le propriétaire de cette boutique dans laquelle je me trouvais pour affaires.

— Figurez-vous que M. Nazzal connaissait mon époux, s'exclama gaiement Mme Higginbotham. Quelle incroyable coïncidence, ne trouvez-vous pas ?

— Incroyable, en effet, acquiesça Harry qui croisa le regard de l'Égyptien.

— Longtemps avant nos accords plus officiels avec la Grande-Bretagne, un important contingent d'officiers britanniques avait l'habitude de stationner en Égypte. Le colonel Higginbotham n'est pas le seul Anglais que j'aie connu, expliqua Nazzal en se tournant vers Effie.

Je dirais que ma rencontre avec vous est plus délicieuse qu'incroyable.

— Voyons, monsieur Nazzal, s'extasia Mme Higginbotham avec une sorte de gloussement ravi.

Harry leva les yeux au ciel, et Sidney lui flanqua aussitôt un coup de coude.

— Arrêtez ça tout de suite, je vous prie, lui souffla-t-elle.

— Désolé, s'excusa-t-il sur le même ton.

— Monsieur Nazzal, dit-elle d'un ton aimable, vous avez toute ma gratitude pour avoir eu la gentillesse d'offrir votre hospitalité à mes amies. En dépit néanmoins de mon envie de poursuivre cette conversation avec vous, il commence à se faire tard et je crains que nous ne devions rentrer.

— À mon éternel regret, déclara Nazzal.

Parfait, se dit Harry. Plus vite ils sortiraient d'ici, mieux ce serait. Si Sidney avait réellement séjourné en Égypte auparavant, Nazzal le saurait. Par chance, Corbin n'était pas là. Pas de problème avec le trio infernal qui, à n'en pas douter, était complice de la jeune femme.

— Mais peut-être accepterez-vous de vous joindre à nous à l'Hôtel Shepheard pour le dîner, continua Sidney.

— Oh, ce serait formidable, monsieur Nazzal, roucoula Mme Fitzhew-Wellmore avec enthousiasme, aussitôt imitée par ses deux acolytes.

À l'évidence, elles étaient toutes sous le charme du charismatique Égyptien.

— Malheureusement, je crains d'être pris ce soir, déplora M. Nazzal d'un air déçu.

Harry lâcha échapper une profonde expiration, réalisant qu'il avait retenu son souffle jusque-là.

— Cependant, je crois qu'il y a une soirée dansante à l'hôtel demain soir, continua l'Égyptien. Peut-être pourrais-je me joindre à vous à cette occasion.

— Fantastique, monsieur Nazzal, se réjouit lady Blodgett avec un sourire qui parut nettement aguicheur aux yeux de Harry. Je n'ai pas eu le plaisir de danser depuis longtemps, et je me hâte déjà d'y être.

Nazzal glissa un regard amusé à Sidney, comme si l'intérêt évident que lui portaient les vieilles dames avait créé une complicité entre eux deux. Une complicité qu'il n'hésiterait pas à utiliser à son avantage si nécessaire. Harry lisait précisément le fond de sa pensée et n'y voyait rien d'amusant du tout.

— Puisque nous sommes d'accord, conclut Sidney, mettons-nous en route, n'est-ce pas, mesdames ?

— Je suppose que nous le devons, soupira Mme Higginbotham. Mais il va nous falloir un peu d'aide.

Son regard passa de Nazzal à Harry avant qu'elle tende la main à ce dernier qui fut pris au dépourvu par un étrange sentiment de triomphe.

— Si vous voulez bien...

— Oui, bien sûr.

Il s'approcha d'elle, lui prit la main et l'aida à se lever avec précaution. Sidney, Hamad et Nazzal assistèrent les deux autres amies.

— Voyons, Harry, souffla Effie, inutile de me traiter comme si j'étais un bibelot en porcelaine. Je suis beaucoup plus vigoureuse que je n'en ai l'air.

Il lui sourit.

— Je puis vous assurer que je n'en ai jamais douté, madame Higginbotham.

Elle pinça les lèvres, sceptique.

— Je ne vous crois pas une seule seconde... À propos, après mûre réflexion, j'ai une offre à vous faire : je m'abstiendrai de vous traiter de « bouffon » si vous cessez de m'appeler « le dragon ».

— Oh, mais jamais je...

— Inutile de vous récrier avec des cris d'orfraie, Harry. Vous savez comme moi que c'est la vérité. Même si j'apprécie l'idée de me voir représentée en dragon – ce sont des créatures majestueuses, ne trouvez-vous pas ?

— Euh...

Mme Higginbotham leva les yeux au ciel.

— Excellente réponse, jeune homme. Bref, je préférerais que les autres ne m'appellent pas ainsi. Vous comprenez ?

Il acquiesça.

— Vous vous révélez plus supportable que prévu, lui confia Mme Higginbotham avec un signe de tête approbateur. Croyez-moi, personne n'en est plus surpris que moi.

Le groupe prit congé et Hamad trouva quelques garçons pour porter les innombrables achats des vieilles dames. Le guide les conduisit ensuite sans difficulté jusqu'à la rue Muski où il arrêta deux taxis, un pour les passagers, l'autre pour lui-même et les paquets, dont certains étaient plutôt volumineux. Qu'avaient-elles bien pu acheter ? se demandait Harry tandis que Sidney s'installait à côté de lui et les trois amies sur la banquette d'en face.

En route vers l'hôtel, il se pencha vers le trio en affichant sa mine la plus sévère.

— Mesdames, il est malavisé que vous vous promeniez seules dans cette ville ; je vous demande de l'éviter à l'avenir. De plus, si nous venions à être séparés de nouveau, nous devons décider à l'avance d'où nous retrouver. Je ne saurais trop vous mettre en garde contre ce qui aurait pu vous arriver. Les bazars du Caire n'ont rien de commun avec Bond Street ou Harrods. Mme Gordon s'est fait un sang d'encre.

Lady Blodgett rassura celle-ci d'un sourire.

— Ce n'était pas nécessaire, voyons. Après tout, nous étions avec Hamad.

— Et Mme Gordon, vous y pensez ? Elle s'est retrouvée seule.

Mme Higginbotham fronça les sourcils.

— Nous la croyions avec vous.

— M. Armstrong et moi avons également été séparés, dit Sidney.

— Je veux votre parole que si nous nous égarons de nouveau, vous retournerez immédiatement à l'hôtel, ordonna-t-il avec fermeté.

— Inutile de vous montrer aussi péremptoire, Harry, protesta Mme Fitzhew-Wellmore en reniflant, vexée.

— Nous ne sommes pas des enfants et nous vous saurions gré de ne pas nous traiter comme telles, ajouta lady Blodgett.

— Il n'empêche qu'il a raison, fit remarquer Mme Higginbotham d'un ton résigné. Nous devons rester ensemble et nous mettre d'accord sur la procédure à suivre si cette situation venait à se reproduire. Nous espérons que ce ne sera pas le cas, certes, mais qui sait ce qui peut arriver en voyage. N'avons-nous pas une brochure de la Société des Voyageuses sur la marche à suivre lorsqu'on est perdu dans un pays étranger ?

— Je n'en suis pas sûre, répondit Mme Fitzhew-Wellmore, le front plissé. Il me semble que notre recommandation était de se rendre au consulat britannique.

— Peut-être devrions-nous en rédiger une si nous nous égarons de nouveau dans les bazars du Caire, suggéra lady Blodgett en adressant un sourire approbateur à Harry. Excellente idée, mon garçon. Nous nous en occuperons dès notre retour à Londres. Avez-vous d'autres judicieux conseils ?

Les trois femmes le fixaient, pleines d'espoir.

— Pas pour l'instant.

Rien de tel visiblement pour vous prendre au dépourvu que trois vieilles dames vous dévisageant avec innocence comme si vous aviez la plus précieuse des sagesses à leur transmettre.

— Mais si une idée me vient, je ne manquerai pas de la mentionner, assura-t-il en s'efforçant de paraître ferme.

— Veillez-y, Harry, lui ordonna Mme Higginbotham avant de lui signifier d'un signe de tête que la discussion était close.

Le premier se recala contre le dossier de la banquette tandis que la seconde reportait son attention sur ses amies.

— Je suis ravie de mes achats. Jamais je n'aurais imaginé trouver des articles aussi extraordinaires.

— Oh oui !

Les yeux de Mme Fitzhew-Wellmore brillaient d'une excitation que seuls pouvaient provoquer, selon Harry, la découverte d'un artefact précieux ou l'accomplissement d'une prouesse grandiose.

Tandis qu'elles continuaient de s'extasier sur leurs achats, il pencha la tête vers Sidney.

— Pourquoi avez-vous invité Nazzal à se joindre à nous demain ? lui demanda-t-il à voix basse.

— Nous lui devons une fière chandelle, monsieur Armstrong, répondit-elle sèchement. J'ai pensé que la moindre des choses était de l'inviter à dîner. Je regrette qu'il n'ait pu se joindre à nous ce soir.

— La moindre des choses était de lui dire merci en espérant ne jamais le revoir. Alors, comme ça, nous en sommes revenus à « M. Armstrong » ? fit-il remarquer avec un soupir agacé.

— Pour l'instant, répondit Sidney. Vous n'aimez pas M. Nazzal ? s'enquit-elle après un silence.

— Je ne lui fais pas confiance.

Elle écarquilla les yeux avec, lui sembla-t-il, une indéniable délectation. Bon sang, qu'est-ce qui n'allait pas chez cette femme ?

— Il n'est pas digne de confiance ?

— Je n'irais pas jusque-là. Disons seulement qu'il a ses propres intérêts : sa loyauté va d'abord à lui-même, puis à son pays.

— Quand étiez-vous en Égypte pour la dernière fois, Harry ? demanda Sidney à brûle-pourpoint.

Après leur rencontre avec Nazzal, il ne servait à rien de taire plus longtemps la vérité.

— Il y a un an environ.

Sidney plissa les yeux.

— Vous n'avez guère été loquace sur vos aventures ici. Ou sur vous-même, d'ailleurs.

— Le présent séjour ne concerne pas mes propres expériences, mais les vôtres.

Le cocher arrêta la voiture devant l'hôtel, mais Sidney ne parut pas le remarquer.

— Malgré tout, je pense que...

— Sidney, l'interrompit Mme Higginbotham, il est presque cinq heures. Vous joindrez-vous à nous pour le thé sur la terrasse ?

— Vous n'en avez pas déjà assez bu ? s'étonna Harry en aidant les vieilles dames à descendre de voiture.

— On ne boit jamais trop de thé, jeune homme, rétorqua lady Blodgett en le dévisageant comme si elle avait affaire à un garçonnet d'une navrante stupidité.

— Nous disions hier qu'il n'y a rien de plus fascinant que le défilé permanent devant la terrasse du Shepheard : je ne voudrais manquer ce spectacle sous aucun prétexte, ne serait-ce qu'une seule fois. Nous devons faire bon usage du peu de temps dont nous disposons, lui lança Mme Fitzhew-Wellmore, le regard accusateur – à l'évidence c'était de sa faute.

Il esquissa un vague sourire.

La vieille dame jeta un regard méfiant d'un côté puis de l'autre, comme pour s'assurer qu'aucune oreille indiscrète ne traînait dans les parages.

— J'espère bien voir passer une procession funéraire aujourd'hui ; il paraît qu'elles sont fréquentes et fascinantes.

— Des gens meurent tous les jours, Poppy, il ne fait aucun doute que ton souhait sera bientôt exaucé, lui lança Mme Higginbotham qui commençait à gravir le perron de l'hôtel.

Son amie lui emboîta le pas.

— Je ne souhaite la mort de personne, mais puisque c'est inéluctable, j'aimerais assister au spectacle. Ce sera à coup sûr... instructif.

— Et nous sommes toujours ravies d'apprendre de nouvelles choses, n'est-ce pas ? ajouta lady Blodgett en s'arrêtant et en se tournant vers Harry. M. Corbin a entendu dire que le Shepheard payait les familles pour que les processions passent devant sa terrasse. Incroyable, non ?

— Je ne pense pas que les défunts y voient un inconvénient, répondit le jeune homme. Même ici, les funérailles peuvent être coûteuses et réduire les frais semble une excellente idée.

Sidney étouffa un rire.

— Excellente, en effet, approuva lady Blodgett après réflexion. Une suggestion à garder à l'esprit pour l'avenir.

Harry se retint de faire remarquer qu'elle serait sans doute difficile à mettre en œuvre à Londres. Malgré lui, il s'était pris d'affection pour le vénérable trio et commençait à considérer ces dames comme une sorte de famille, une idée qui ne lui était pas désagréable.

— Vous joindrez-vous à nous pour le thé ? lui demanda Sidney.

— Je crois que je me passerai de thé pour aujourd'hui.

— Pour le dîner alors ?

— Absolument.

Elle l'observa avec curiosité.

— Vous aimez jouer à l'homme énigmatique ?

— Je n'avais pas compris que je l'étais, mais si c'est le cas, alors je suppose que oui, répliqua-t-il avec un sourire.

— Je ne m'y habituerais pas trop, si j'étais vous.

Elle le salua d'un signe de tête et reprit sa montée des marches.

Harry rit intérieurement avec la nette impression qu'elle venait de lui lancer un défi : or, il avait toujours aimé les défis.

*

* *

... et c'est avec une immense bravoure et une détermination sans faille, et grâce à sa connaissance approfondie des méandres les plus reculés du dédale que constitue ce bazar exotique regorgeant de mille périls inconnus et dangers inattendus que Mme Gordon réalisa l'exploit d'arracher les disparues à ses entrailles les plus sinistres et de les ramener enfin en sécurité dans le plus grand hôtel du Caire.

« Le retour de la Reine du Désert »,
Daniel Corbin, correspondant à l'étranger

11

— Nous avions fait part de notre intention de partir à huit heures et demie, s'agaça Effie qui tapotait du pied avec impatience sur le trottoir de l'hôtel.

Poppy se renfrogna.

— Nous n'avons pas toute la journée et les pyramides ne sont pas la porte à côté, n'est-ce pas ?

Sidney hocha la tête.

— Il y a environ une heure et demie de trajet, me semble-t-il.

— M. Corbin n'est pas encore là non plus, maugréa Gwen. Nous avons un emploi du temps serré que nous devrions tâcher de respecter.

— Hier soir, au dîner, il a dit qu'il devait envoyer sa dernière dépêche ce matin, ce qui explique peut-être son absence, dit Poppy. Je ne voudrais pas qu'il rate les pyramides. Il a eu la gentillesse de mettre son interview entre parenthèses pour écrire un article sur notre petite aventure d'hier, ajouta-t-elle. Nous lui avons tout raconté.

Sidney fit la grimace.

— Je ne suis pas sûre de vouloir lire sa prose.

— Il avait l'intention d'expliquer par le menu comment vous nous aviez... quelle était la formule employée déjà ? Ah oui, « arrachées aux entrailles les plus sinistres de ce bazar exotique », dit Gwen en haussant un sourcil. Je ne crois pas que Daniel Corbin soit un adepte pur et dur de la vérité journalistique.

— Bonjour, mesdames, leur lança Harry en descendant le perron avec assurance.

Soudain, il s'arrêta.

— À quoi rime cet…

Gwen avait soudain plissé les yeux.

— Attention, j'espère que vous n'avez pas l'intention de faire une remarque désobligeante.

Un bref instant, Harry parut y songer, puis il se ravisa.

— Pas le moins du monde.

— Parfait, monsieur Armstrong, dit Sidney qui lui jeta un regard d'avertissement par-dessus ses lunettes neuves. C'est très sage de votre part.

Corbin dévala les marches à son tour.

— Désolé pour ce retard, mesdames. L'envoi de ma dépêche m'a causé quelques soucis.

À la vue du petit groupe, il s'arrêta net avec un large sourire.

— Dites-moi, vous êtes toutes les quatre splendides et parées pour l'aventure.

C'était aussi l'avis de Sidney. La veille, au souk, ses amies avaient acheté des casques coloniaux et des lunettes de soleil. Elles s'étaient également munies d'ombrelles. Malgré son appréhension momentanée face à la réaction peu flatteuse de Harry, c'était exactement le genre de tenue recommandée par ses guides de voyage pour les expéditions dans le désert, le genre que Millicent Forester avait l'habitude de porter. Si le temps était plutôt agréable, le soleil se révélait bien plus fort ici qu'en Angleterre, même en février, et il était sage de prendre toutes les précautions. De plus, ce casque et ces lunettes avaient un petit côté seyant qui n'était pas pour lui déplaire.

Poppy remercia le journaliste, radieuse, et Sidney résista à l'envie de défier Harry du regard ; ses trois amies, elles, n'hésitèrent pas une seconde.

— Je vais devoir m'acheter un casque, moi aussi, décréta Daniel Corbin, s'attirant une fois de plus les faveurs des dames.

Il portait un panama en paille tandis que Harry arborait un fédora en feutre à large bord qui donnait l'impression d'avoir connu des jours meilleurs et conférait à son propriétaire une allure un peu intrigante d'aventurier.

— Bon, eh bien, allons-y, décida Sidney.

Harry et Corbin aidèrent les vieilles dames à monter dans le véhicule mis à leur disposition par l'hôtel : une fois sur place, ils devraient se charger eux-mêmes d'engager des guides. Sidney ne sut comment Harry manœuvra, mais il parvint à s'asseoir à sa gauche. Gwen prit place à sa droite, tandis qu'Effie et Poppy encadraient le journaliste sur la banquette d'en face et engagaient aussitôt une conversation enjouée avec lui.

Sidney avait remarqué la nombreuse clientèle à l'hôtel ainsi que la foule d'étrangers qui se promenaient à la Citadelle ou dans les bazars. Mais ce ne fut qu'une fois sur la route de Gizeh qu'elle réalisa la forte présence des touristes.

Ce n'était pas l'Égypte telle que l'avait connue sa grand-mère et pas du tout ce à quoi elle-même s'attendait. Comment continuer à jouer la comédie si rien ne correspondait à ce qu'elle avait imaginé ? Elle soupira de frustration.

— Quelque chose ne va pas ? s'enquit Harry à voix basse.

— Pas vraiment. Je remarque juste que la foule est beaucoup plus nombreuse que lors de mon dernier séjour.

— Qui remonte à... ?

Malgré le pétillement amusé qu'elle lisait dans ses yeux, elle le foudroya du regard.

— Un certain temps.

Il hocha la tête.

— Des années, oui, je sais.

— En effet, dit-elle avec plus de vigueur qu'il n'était nécessaire.

Sincèrement, impossible de savoir si cet homme essayait de lui soutirer des informations ou s'il la taquinait simplement. Non que ce fût important : les deux hypothèses étaient tout aussi irritantes l'une que l'autre, mais ce n'était pas la meilleure façon de commencer la journée. Sidney prit une profonde inspiration et afficha son plus beau sourire.

— Même s'il n'existe pas à mes yeux pays plus fascinant que l'Égypte pour un voyage.

— Je suis d'accord.

— Vraiment ?

Harry ne put se retenir de rire.

— Inutile de vous montrer aussi soupçonneuse. Nous ne sommes pas obligés d'être en désaccord sur tout, vous savez.

— Loin de moi cette idée, rétorqua-t-elle avec une pointe de suffisance. Hier, je croyais même que nous avions forgé une sorte d'amitié. Enfin, avant que vous fassiez preuve de la plus vile goujaterie, bien entendu.

— Vous m'en voyez désolé et je vous présente mes excuses, même si je conteste l'accusation.

Elle se mit à parler à voix basse :

— Je comprendrais votre désarroi si vous aviez de l'affection pour Effie, Poppy et Gwen, mais…

De surprise, il écarquilla les yeux.

— Bien sûr que si, j'ai de l'affection pour elles, assura-t-il sur le même ton. Bon, d'accord, elles sont un brin autoritaires et n'hésitent pas à vous communiquer le fond de leur pensée, pas plus qu'à réprimander des gens qu'elles connaissent à peine. Elles veulent être traitées comme si elles avaient quarante ans de moins et n'hésitent pourtant pas à se prévaloir de leur âge véritable quand cela les arrange. Mais ce sont les femmes les plus intéressantes, les plus agaçantes et les plus charmantes que j'aie jamais rencontrées. Franchement, je ne vois pas comment vous avez déduit que je ne les appréciais pas. Même si elles ne m'ont pas facilité la tâche, ajouta-t-il, amusé.

— C'est compréhensible. Elles ne vous font pas confiance.

Un brusque silence tomba entre eux.

— Et vous ? demanda-t-il soudain en plongeant son regard au fond du sien.

Sidney se noya dans le gris insondable de ses yeux, pleins de toutes sortes de promesses inavouables.

— Je ne peux imaginer chose plus insensée que de vous faire confiance, Harry Armstrong.

— À en croire vos chroniques, vous avez pourtant une âme d'aventurière, madame Gordon. Et la première étape de toute aventure est de sauter dans l'inconnu.

Bigre ! Il n'essayait tout de même pas de la séduire avec cette voix chaude et ce regard pénétrant, ici, sous le soleil égyptien ? Dans une voiture découverte au vu et au su de tous ? Quel culot de la part de cet homme ! Elle devait arrêter ce petit manège immédiatement, quel qu'il soit.

À moins, bien sûr, qu'elle n'en ait pas envie. À moins que les promesses qu'elle devinait au fond des yeux gris de Harry ne se révèlent en réalité tout à fait merveilleuses. À moins qu'elle ne veuille tenter ce saut dans l'inconnu auquel il faisait allusion.

— Sidney !

La voix d'Effie la fit sursauter.

— Et si tu nous racontais ce que tu sais des pyramides, afin que nous puissions pleinement apprécier ce que nous allons voir ?

— Excellente idée, approuva Gwen en se penchant en avant et en gratifiant Harry d'un regard lourd de sous-entendus.

Celui-ci répondit par un sourire innocent.

Sidney maugréa intérieurement : qu'avait donc saisi Gwen de leur conversation ? Elle glissa un coup d'œil en coin à Harry, qui arborait une mine imperturbable démentie par la lueur de triomphe dans ses yeux. Décidément, cet homme l'horripilait au plus haut point. Elle s'éclaircit la gorge.

— Les pyramides les plus importantes sur le plateau de Gizeh sont au nombre de neuf. La plus grande...

Sidney pouvait se montrer intarissable sur les pyramides, l'histoire de l'Égypte ancienne, l'état actuel des fouilles, les découvertes les plus récentes et presque tout ce qui concernait le pays sans effectuer un réel effort de concentration. Une aisance qui lui était bien utile en cet instant, son esprit s'envolant sans cesse vers la jambe de Harry pressée contre la sienne.

— Euh... la plus grande, la grande pyramide, a été bâtie par...

Elle avait bien tenté de s'écarter un peu, mais la banquette n'était tout simplement pas assez large. Et quelle chaleur dégageait cet homme ! Même si elle s'efforçait d'ignorer le contact de son corps ou évitait de croiser son regard, il lui était impossible de nier cette conscience aiguë qu'elle avait de sa simple présence. Une présence encore renforcée par l'odeur discrète et masculine de son savon aux senteurs épicées et intrigantes et qui laissait entrevoir des aventures encore à vivre, ces fameux sauts dans l'inconnu : était-elle la seule à la remarquer ?

À mi-chemin, ils s'arrêtèrent pour se dégourdir les jambes et à son retour dans la voiture, Sidney découvrit qu'Effie avait pris sa place, ce qui la soulagea et la déçut à la fois.

Ils passèrent Gizeh, jadis une importante cité antique, qui aujourd'hui n'était plus que ruines, et atteignirent un endroit où la route était bordée d'un mur de chaque côté, destiné à la protéger du sable sans cesse déplacé par le vent. L'Hôtel Mena House se dressait sur leur droite et l'une des dames souligna comme il devait être pratique de séjourner dans un lieu aussi merveilleux quand on avait l'intention de passer beaucoup de temps aux pyramides. La route montait ensuite jusqu'au plateau rocheux situé à une quarantaine de mètres au-dessus de la plaine du Nil. Une fois au sommet, ils se retrouvèrent à une centaine de mètres à peine de la pyramide de Khéops, merveille d'ingénierie et symbole de la détermination de l'homme à défier la mort.

Visibles tout au long du trajet, la grande pyramide de Gizeh et ses compagnes plus petites avaient pris de l'ampleur à mesure qu'ils approchaient. Pourtant, lorsqu'ils parvinrent enfin sur le site, Sidney eut le souffle coupé par le gigantisme imposant du monument. Jusqu'à la construction de la tour Eiffel à Paris quelques années plus tôt, la pyramide de Khéops était la plus haute structure du monde érigée par l'homme. La jeune femme savait qu'elle couvrait une surface aussi vaste que Lincoln's Inn Fields – le plus grand square de Londres – et qu'elle dépassait d'une soixantaine de pieds la croix se dressant au sommet de la cathédrale Saint-Paul : cependant, la connaissance des chiffres ne préparait pas vraiment à pareille immensité. La grande pyramide dominait ses deux voisines qui, à leur tour, éclipsaient les six autres du site, dont certaines n'avaient plus guère de forme pyramidale. Jadis recouvertes d'une enveloppe en calcaire lisse et poli qui avait dû être aveuglante au soleil du désert mais avait été arrachée au fil des siècles, toutes avaient désormais l'allure d'escaliers pour géants.

À l'instant où la voiture s'arrêta, le petit groupe fut assailli de Bédouins qui proposèrent leurs services de guides. Harry et le cocher parvinrent à les disperser, du moins momentanément. Ils aidèrent les dames à descendre tandis que Sidney manqua de trébucher : il lui était difficile de se concentrer sur les banalités de l'existence alors que le symbole le plus glorieux de l'Égypte ancienne, duquel elle peinait à détacher le regard, réclamait son attention.

— Remarquable monument, n'est-ce pas ? lui glissa Harry à voix basse.

— Oui, remarquable, répéta-t-elle avec un hochement de tête enthousiaste, avant de se ressaisir. À chaque fois qu'on revoit la pyramide de Khéops, c'est comme si c'était la première. Sa vue vous coupe le souffle et vous ravit l'âme.

— Oui, je suppose que c'est le cas, acquiesça-t-il, songeur.

— Vous êtes déjà venu, je suppose ?

— Lorsqu'on vient pour la première fois en Égypte, on visite toujours les pyramides.

— Et quand était-ce ?

— Il y a un certain temps. Bien longtemps, ajouta-t-il avec un petit sourire.

Elle ignora le sarcasme.

— Vous n'aviez jamais dit que vous parliez l'arabe.

— Vous n'avez pas posé la question. En fait, je ne suis pas très doué. J'en sais à peine plus qu'il n'en faut pour se débrouiller. Vous, par contre, je m'attendais à ce que vous connaissiez la langue, fit-il remarquer avec désinvolture.

— Je suis nulle en langues étrangères, et l'ai toujours été.

Ce détail au moins était vrai. Même ses professeurs à l'école de jeunes filles de Mlle Bicklesham avaient reconnu que certaines personnes étaient destinées à ne parler que leur langue de naissance et qu'insister pour leur enseigner autre chose que « bonjour » et « merci » ne serait qu'une source de frustration pour tout le monde.

— Je sais depuis longtemps qu'il est dans mon intérêt, et celui de tout étranger souhaitant communiquer avec moi, d'engager un interprète.

— Très sage de votre part, commenta-t-il, amusé, avant de se tourner vers le reste du groupe. Mesdames, Corbin, que préférez-vous ? On monte d'abord ou on descend ?

Effie plissa les yeux derrière ses verres fumés.

— Que voulez-vous dire ?

— Eh bien, nous pouvons descendre à l'intérieur de la grande pyramide, mais les passages sont très étroits et la pente est assez raide. Et la remontée est tout aussi délicate, ajouta-t-il après un silence. Je ne le recommanderais pas à ceux qui ne se sentent pas à l'aise dans les espaces clos.

Daniel Corbin blêmit.

— Je crains d'être très légèrement claustrophobe.

— Et votre deuxième proposition, alors ? s'enquit Mme Fitzhew-Wellmore, une note d'espoir dans la voix.

— Monter tout en haut, bien sûr, répondit Harry avec un grand geste vers le sommet de la grande pyramide.

Les trois amies observèrent la pente d'un air pensif.

— Cela n'a pas l'air trop difficile, dit Gwen.

Poppy haussa les épaules.

— Ce n'est rien de plus qu'un escalier géant.

— Dommage que nous ne soyons pas des géants, lâcha sèchement Effie. Qu'est-ce qui ne va pas chez vous deux ? Vous voyez un peu ce qu'il faut gravir ? s'agaça-t-elle en brandissant son ombrelle vers la pyramide.

Le spectacle était vraiment des plus insolites. Les flancs du monument étaient ponctués d'âmes intrépides qui tentaient la redoutable ascension vers le sommet, tels de valeureux alpinistes. Certes, les blocs de pierre ressemblaient à des marches, mais chaque contremarche mesurait au moins trois ou quatre pieds de haut. Des Bédouins postés au-dessus des grimpeurs les tiraient par les mains et d'autres en dessous les poussaient par-derrière. Certains touristes masculins, en particulier les plus jeunes, n'avaient pas besoin d'autant d'aide que les femmes. C'était plutôt divertissant à observer si on n'envisageait pas l'ascension soi-même.

— Voilà un exercice qui m'a tout l'air d'être très tonifiant, souligna Gwen en faisant la moue, comme si elle ne croyait pas à ses propres paroles.

La main en pare-soleil, Poppy leva les yeux vers le sommet.

— C'est quand même affreusement haut, non ?

— C'est un défi, mesdames, commenta Corbin, qui débordait de confiance. Un défi que nous sommes assurément capables de relever.

Effie lui lança un regard noir.

— Qu'est-ce qui vous prend, jeune homme ? Avez-vous perdu la tête ? Pour vous, c'est peut-être un défi, mais pour nous, c'est hors de question !

Elle se tourna vers Gwen.

— Tu utilises une canne depuis quelque temps, Or, je constate que tu ne l'as pas apportée.

— Je ne pensais pas en avoir besoin, déclara celle-ci avec optimisme.

— Et toi, dit Effie à Poppy, tu te plains souvent de tes douleurs aux genoux.

— Seulement quand il pleut, assura Poppy en se renfrognant. Je préférerais que tu n'évoques pas ce genre de détail devant les autres.

— Ils savent que nous ne sommes plus aussi vaillantes qu'avant, j'en suis certaine, rétorqua Effie. Nous aurions sans doute pu escalader la grande pyramide, à leur âge, il y a trente ans, mais il est ridicule de penser y parvenir maintenant. Et puis, la perspective qu'un Égyptien me hisse par les mains pendant qu'un autre me soulève l'arrière-train a de quoi me refroidir.

Et je n'ai pas non plus l'intention de ramper dans les entrailles d'un tombeau de pierre, ajouta-t-elle, les bras croisés sur son buste.

— Bien sûr que non, tante Effie, se hâta de la rassurer Sidney. Personne ne vous demande une chose pareille.

— Tu es libre de monter tout en haut ou de crapahuter à l'intérieur comme tu as toujours rêvé de… recommencer, se corrigea Effie de justesse en adressant un regard inquiet à Harry. Quant à nous, mesdames, poursuivit-elle en redressant les épaules, je propose que nous louions des chameaux et que nous allions voir le Sphinx, comme le prévoit le programme de Mlle Granville. C'est à peine à quelques centaines de mètres d'ici et l'idée de me balader à dos de chameau me tente plutôt bien.

Le visage de Poppy s'éclaira.

— Je crois que ça pourrait être très amusant.

— Si tu le dis, bougonna Gwen. Excellente suggestion, même si je déteste admettre que nous ne sommes plus toutes jeunes.

— Bonne idée, madame Higginbotham, approuva Harry. Je m'occupe de ce pas de vos chameaux et de vos guides. Ensuite, Mme Gordon et moi commencerons par explorer l'intérieur de la grande pyramide. Ce serait dommage de ne pas revoir la grande galerie et la chambre du roi, n'est-ce pas, madame Gordon ? À moins, bien sûr, qu'après votre dernière visite, l'idée de ramper de nouveau dans le tombeau d'un pharaon ne vous paraisse angoissante et que vous ne préfériez vous abstenir.

— Pas le moins du monde, voyons, assura celle-ci avec une confiance qu'elle ne ressentait pas tout à fait. Au contraire, j'ai hâte. Qui sait quand je reviendrai en Égypte ? Et ensuite, nous monterons au sommet, ajouta-t-elle avec un sourire un peu forcé.

Harry s'en amusa intérieurement.

— Cher monsieur Corbin, auriez-vous l'amabilité de nous accompagner ? demanda Gwen au journaliste d'un ton qui ne tolérait pas le refus. Nous ne pouvons partir en compagnie de Bédouins sans une escorte appropriée.

— J'en serais ravi, madame Higginbotham, mais j'avais espéré gravir la pyramide, moi aussi. Et peut-être profiter de la vue avec Mme Gordon.

— Vous avez déjà eu l'occasion d'admirer les pyramides depuis la Citadelle et le panorama n'a guère paru vous impressionner, fit remarquer Effie. Il s'agit de la même vue, mais de l'autre côté.

— Oh que si, j'ai été impressionné, protesta Corbin avec véhémence. De plus, je suis chargé d'écrire un reportage sur les activités de Mme Gordon.

— Un reportage, dites-vous ? Très bien, intervint Poppy, qui réfléchit un instant avant de s'éclaircir la gorge. L'intrépide Mme Gordon est revenue sur les lieux qu'elle avait visités pour la première fois il y a si longtemps en s'aventurant au cœur des chambres funéraires cachées dans les entrailles sombres à l'atmosphère raréfiée de la pyramide de Khéops. L'aventurière a pris quelques minutes pour méditer sur... sur...

— Les temps anciens, lui souffla Effie.

— Oui, les temps anciens et ceux qui, petits ou grands, ont laissé leur empreinte sur cette terre voici des milliers d'années. À son retour à l'air libre, elle a entrepris l'ascension jusqu'au sommet où elle a pu se délecter de vues qui, à bien des égards, n'étaient pas différentes de celles dont jouissaient les pharaons en personne. Et voilà, Corbin, conclut Poppy avec un sourire satisfait au journaliste. L'essentiel de votre prochain article est déjà écrit. Vous n'avez plus d'excuse.

— Apparemment non, dit-il, mi-figue mi-raisin. Madame Gordon, pensez-vous que nous pourrions avoir une brève conversation plus tard dans la journée ?

— Je pense que ce sera possible, oui, répondit-elle avec amabilité.

Harry s'adressa à leur cocher et quelques minutes plus tard, le groupe se vit présenter les montures. Aucune des deux parties ne fit preuve d'un grand enthousiasme, mais Gwen, Effie et Poppy se montrèrent pour le moins déterminées. Corbin, quant à lui, s'abandonna à la résignation. Même si Sidney avait vu des chameaux depuis leur arrivée, ils lui semblaient beaucoup plus imposants ici, sous le ciel infini du désert. Il y eut quelques moments d'agitation, le temps que les dames soient convenablement installées sur leurs larges selles à accoudoirs en bois et que les bêtes se relèvent de leur position agenouillée. Puis, avec leurs casques coloniaux, lunettes fumées et ombrelles, elles affichèrent une sereine nonchalance, comme si elles avaient l'habitude de monter chaque jour des vaisseaux du désert. Le reporter eut un peu plus de mal, glissant par deux fois de sa selle avant de réussir à s'y caler. Il esquissa un pâle sourire tandis que ses compagnes d'excursion faisaient de grands gestes d'au revoir, et la petite caravane se mit en route.

— J'ai l'impression qu'elles commencent à m'accorder leur confiance, dit Harry en les regardant s'éloigner.

— Qu'est-ce qui vous fait croire une chose pareille ?

— Elles m'ont laissé seul avec vous.

— Hier aussi, nous étions seuls ensemble.

— C'était par inadvertance. Vous vous étiez toutes égarées.

— Peut-être vous font-elles juste davantage confiance qu'à Corbin.

— Très sage de leur part, ironisa-t-il. Allons-y ?

Sidney acquiesça.

— Je dois admettre que je suis plutôt enthousiaste, me souvenant à peine de ma première visite.

— Je suis moi-même assez impatient, avoua-t-il en riant.

Quelques minutes plus tard, Harry avait engagé deux guides recommandés par leur cocher. Ils escaladèrent le flanc de la pyramide avec l'aide des Bédouins jusqu'à l'entrée située sur la treizième rangée de pierres. Un guide portant une bougie ouvrit la voie et Harry lui emboîta le pas, au soulagement de Sidney qui préférait le savoir devant. Le deuxième fermait la marche. Le passage était plus étroit que ce qu'elle avait imaginé. C'était une chose de lire que le boyau ne mesurait pas plus d'un mètre à un mètre vingt de hauteur et une autre d'y progresser dans une quasi-obscurité, en grande partie à quatre pattes, d'autant que la pente était affreusement raide. Ils rampèrent sur une vingtaine de mètres, puis tombèrent sur un passage obstrué par d'énormes blocs de granit et s'engagèrent dans un autre couloir. Si Sidney, par ses nombreuses lectures, n'avait pas su que ces blocs avaient été placés là pour protéger la dépouille du pharaon contre les voleurs, elle en aurait été terrifiée. Malgré son goût pour l'aventure et l'exploration, elle avait une conscience aiguë des tonnes de pierre qui se trouvaient juste au-dessus de sa tête. Il régnait dans cet endroit une odeur de renfermé étouffante et le sol du boyau était glissant : la jeune femme préféra ne pas se demander pourquoi. Après ce qui lui parut une éternité, ils débouchèrent dans la grande galerie. Les guides allumèrent des lampes au magnésium, beaucoup plus lumineuses que de simples bougies.

— Prenez ma main, dit Harry en la lui tendant pour l'aider à se relever.

— Merci, murmura-t-elle.

Sidney était étonnamment ankylosée, ce qui était normal après tout, n'ayant pas l'habitude de ramper sur de longues distances. Elle lui lâcha la main, fit un pas mal assuré et perdit aussitôt l'équilibre sur le sol glissant. Harry la rattrapa dans ses bras et ils se dévisagèrent un long moment.

— Sidney, dit-il avec douceur.

Sapristi, il n'allait tout de même pas l'embrasser ? Ici, dans la grande galerie de la pyramide de Khéops ? Ce serait terriblement inconvenant… et merveilleusement romantique.

Elle leva le menton et ferma les yeux.

— Essayez de faire un peu attention.

Ses paupières se rouvrirent aussitôt.

— Je détesterais avoir à vous porter pour sortir d'ici, le sol est très glissant.

Il la lâcha et lui montra les creux irréguliers taillés dans le sol.

— Ces trous vous permettront de caler vos pieds.

— Merci du conseil, répondit-elle d'un ton cassant.

La jeune femme s'éloigna à petits pas prudents et étudia la galerie avec une attention exagérée. Les blocs de pierre étaient ajustés avec tant de précision que pas un cheveu ne pouvait passer entre les joints. Elle fit mine de se concentrer sur l'habileté de ces artisans des temps passés, résolue à ne pas s'attarder sur son embarras à l'idée de la bourde qu'elle venait de commettre.

Après la grande galerie, ils se dirigèrent vers une antichambre, puis vers la chambre du roi. Tous les objets de valeur avaient disparu depuis des siècles, sans doute ravis par les pilleurs de tombes. Seul un coffre en granit massif et tristement mutilé marquait l'endroit où devait jadis reposer la dépouille du pharaon dans son sarcophage.

Ils rebroussèrent chemin et finirent par retrouver la lumière du jour. Harry lui tendit de nouveau la main.

— Et maintenant, jusqu'au sommet, annonça-t-il, le sourire aux lèvres.

Un peu essoufflée, Sidney aurait préféré faire une petite pause, assise sur les pierres, avant d'entreprendre l'ascension, mais elle ne tenait pas à ce qu'il devine sa fatigue après cette première étape.

— Avec grand plaisir ! s'exclama-t-elle gaiement.

Ils furent rejoints par d'autres Bédouins – apparemment, il en fallait trois pour aider un touriste lambda à gravir le flanc de la pyramide. L'exercice était aussi difficile qu'il en avait l'air, mais Sidney s'en sortit simplement avec les deux Bédouins du haut qui la hissaient chacun par une main, secondés occasionnellement par le troisième. Même Harry eut besoin d'un coup de main ponctuel. Leur progression fut plus rapide qu'elle ne l'aurait imaginé, ni même d'ailleurs souhaité, mais sa détermination était sans faille. En à peine plus d'un quart d'heure, ils atteignirent le sommet, une plateforme à peu près plane de quelques mètres carrés. Les Bédouins demeuraient perchés sur les affleurements en contrebas et une poignée de touristes parvenus en haut avant eux commençaient juste à redescendre. Harry et elle se retrouvèrent seuls sur le toit du monde et la jeune femme en eut le souffle coupé.

Harry prit une profonde inspiration et contempla le panorama.

— Alors, qu'en pensez-vous, Sidney ? Spectaculaire, n'est-ce pas ?

— Oui, spectaculaire, murmura-t-elle sans rien voir avant de se laisser choir sur un bloc de pierre.

Tout ce qu'elle voulait, c'était une minute, ou plusieurs, pour reprendre son souffle.

— Vous n'êtes pas fatigué ? s'étonna-t-elle.

— Pas du tout, assura-t-il, glissant un regard vers elle. Je ne peux croire que vous l'êtes, vous, la Reine du Désert.

Elle eut un petit reniflement de dédain.

— Vous portez un pantalon, monsieur Armstrong. Vous ne seriez pas dans la même forme éblouissante si vous aviez fait cette ascension en jupe et en corset.

— J'imagine.

Il se mit à rire.

— Non, en fait je ne peux pas. Allez, venez.

Avant qu'elle puisse protester, il la releva par les mains et la fit pivoter vers la vue, restant derrière elle, les paumes posées avec légèreté sur ses épaules, sans doute pour éviter qu'elle perde l'équilibre. Ce qui était agréable.

— Bon retour en Égypte, Sidney, lui murmura-t-il à l'oreille.

Le panorama était aussi extraordinaire qu'elle s'y attendait. À l'ouest, le désert stérile scintillait sous les rayons du soleil, ombré de rouge, d'or et de brun, et barré de rares falaises. Une terre austère, impitoyable et implacable. À l'est, le Nil serpentait à travers les champs verdoyants, sillonné de canaux, ses rives bordées de palmiers majestueux. Le Caire se dessinait au loin, lumineux en cette fin de matinée, avec ses tours et ses minarets qui se dressaient vers le soleil. Et en son point culminant, posée telle une couronne, trônait la Citadelle. D'où Sidney se tenait, elle apercevait aussi le majestueux Sphinx, tout à la fois homme, bête et divinité, à moitié enterré dans le sable, symbole d'intelligence et de pouvoir. Une énigme pour l'éternité, ce monument était déjà ancien lorsque la pyramide de Khéops avait été érigée, plus de quatre mille ans auparavant. Dans le lointain, au sud, les pyramides d'Abousir, Dahchour et Saqqarah s'élevaient au-dessus des sables.

Ici, au sommet de l'une des plus grandes merveilles du monde, on pouvait presque voir l'histoire se dérouler à ses pieds. À la tête de leurs puissantes armées, les pharaons y avaient régné des lustres avant de s'éteindre. Des cités avaient été érigées sous le soleil égyptien, véritables joyaux d'architecture, pour finir en ruine et tomber dans l'oubli. Palais et temples, monuments à la gloire des dieux ou des hommes, souvent l'œuvre de vies entières, avaient désormais disparu depuis des siècles.

— À quoi pensez-vous ? lui demanda Harry.

— À la vie et la mort. À l'œuvre du temps et à l'éternité, ici même étalée à nos pieds.

— Désolé d'avoir posé la question.

Elle se tourna vers lui et croisa les bras sur sa poitrine.

— N'avez-vous donc pas d'âme, Harry ? N'avez-vous pas conscience de la magnificence de tout ceci ? De ce que l'homme a bâti il y a des milliers d'années et qui nous coupe encore aujourd'hui le souffle ? Ne sentez-vous pas la présence du passé ici même, telle une créature vivante ?

— Oh que si, je sens le passé et j'ai une âme, maugréa-t-il. C'est juste que je ne l'exprime pas comme vous, avec cette débauche de sentiments et de mots fleuris. En fait, je me disais justement que l'ombre de la pyramide donnait l'impression d'être les doigts crochus des pharaons, qui par-delà la mort…

— Arrêtez !

— … refusent de relâcher leur emprise sur leur terre, leur peuple et blablabla.

— Peut-être que si vous faisiez preuve d'une once de sensibilité dans vos écrits, vous ne seriez pas obligé de recourir au chantage pour les promouvoir.

— Au *chantage* ?

— Si vous prouvez le bien-fondé des accusations de votre oncle à mon propos, votre livre sera publié, n'est-ce pas ? Comment cela s'appelle-t-il, selon vous ?

— Eh bien, pas un « chantage », en tout cas. Je parlerais davantage de « pari », ou de « défi ». Et nul besoin de sentiments sirupeux pour se montrer précis, ou intéressant, la tança-t-il, le regard noir.

— Ah oui ?

— Vous ne pouvez émettre un jugement sur ce que vous ne connaissez pas : celui que je porte sur vos écrits se base sur la lecture que j'en ai faite, or vous n'avez jamais lu les miens.

— Les avez-vous apportés ici ?

— Pas ici, non. Mais j'ai rédigé quelques pages dans ma suite, ajouta-t-il après une hésitation. Je serais ravi de vous les montrer.

— Et je serais ravie de les lire ! lui lança-t-elle d'un ton cassant avant de s'approcher du bord, puis de lui faire de nouveau face. Dernière petite chose... La prochaine fois qu'il vous prend l'envie d'embrasser une femme, faites-le ou évitez tout signal qui pourrait prêter à confusion.

Harry resta un instant bouche bée, puis le déclic se fit dans son regard.

— Oh, je vois. Vous parlez de la grande galerie.

— Exactement, oui. La grande galerie.

— Je me suis dit que vous n'apprécieriez pas un baiser dans ce lieu. Pour être franc, je craignais de recevoir une gifle, ce qui aurait été plutôt gênant et humiliant. Je pouvais presque entendre les Anciens ricaner.

Sidney planta un index agacé sur le torse de Harry.

— Eh bien, permettez-moi de vous dire, monsieur Harry Armstrong, que j'en aurais été ravie !

Il lui décocha son petit rictus horripilant.

— Et moi donc.

— Je ne parle pas de vous embrasser, mais de vous gifler, espèce de mufle arrogant. Et vous le savez fort bien.

Elle leva les yeux au ciel, invoquant n'importe quel dieu égyptien chargé de châtier les mufles arrogants, s'il en existait un. Puis, se détournant rageusement du jeune homme, elle fit signe aux Bédouins qu'elle était prête à redescendre.

Dans son dos, Harry s'esclaffa.

— Voilà qui aurait pu être drôle aussi.

La descente ne fut pas moins éprouvante que la montée, mais Sidney ne s'en aperçut guère. Les sous-entendus désinvoltes qu'il avait faits hier et aujourd'hui lui trottaient encore dans la tête. Les soupçons de Harry étaient-ils déjà confirmés à son égard ? Elle en doutait fort, sinon pourquoi prendre la peine de poursuivre cette farce ? Peut-être profitait-il juste de ce nouveau séjour en Égypte, et s'épargnait-il ainsi de déplaisantes responsabilités en Angleterre – même si elle soupçonnait les riches neveux de comtes d'en avoir peu.

À moins qu'il ne tente de la séduire afin de lui extorquer la vérité. Ne s'était-il pas montré excessivement charmant presque depuis le début ? L'idée était absurde – cet homme avait forcément plus d'honneur que cela –, mais cette stratégie avait une certaine logique.

Et toutes ces ruses qu'il déployait ? Lui demander la permission de l'embrasser ; la couver de longs regards éloquents ; la serrer juste un peu trop quand ils dansaient ensemble ; lui murmurer des commentaires dans le creux de l'oreille, comme s'ils échangeaient des plaisanteries en toute complicité. Et le clou du spectacle, lui faire croire qu'il avait envie de l'embrasser pour mieux la séduire. Bigre, cet homme ne ménageait pas ses efforts ! Il donnait l'impression de s'être inspiré directement d'un de ces romans à l'eau de rose qu'il exécrait tant !

Tous les scrupules et doutes qui l'avaient assaillie à l'idée de continuer à feindre d'être celle qu'elle n'était pas s'évanouirent sous le soleil égyptien. À quoi bon vouloir ressembler à Millicent Forester ? Son héroïne fétiche était le fruit de son imagination nourrie par les exploits de sa grand-mère. Certes, l'aventurière faisait autant partie d'elle-même que ses bras ou ses jambes. Mais Sidney se sentait le droit de vivre ses propres aventures, et il était grand temps de se lancer.

Elle aussi pouvait devenir une aventurière courageuse et pleine d'audace. Ne le devait-elle pas à ses lecteurs, à tous ces gens qui croyaient en elle ? Ne se le devait-elle pas à elle-même ? À trente-deux ans et encore célibataire, elle ressentait le besoin de s'éloigner du monde qu'elle avait créé sur le papier et de tenter le grand saut dans la vie réelle. Pour l'instant, elle ne savait pas encore trop comment, mais elle saurait saisir l'occasion lorsqu'elle se présenterait, elle en était persuadée.

Carpe diem.

Et alors, peut-être que ce serait elle qui séduirait Harry.

S'il avait beaucoup, vraiment beaucoup de chance.

12

Il n'était pas difficile de savoir quand Sidney Gordon était énervée contre quelqu'un, car la jeune femme manquait carrément de subtilité à cet égard.

Premièrement, elle recommençait à l'appeler M. Armstrong.

Deuxièmement, elle ne s'adressait à lui qu'en cas d'absolue nécessité.

Troisièmement, elle parcourut tout le trajet jusqu'au Sphinx d'un pas résolu, le menton levé. Et bien plus vite qu'il ne l'en aurait crue capable.

Quatrièmement, elle s'assit à côté de Corbin au déjeuner et passa tout son temps à bavarder avec lui, ce qui agaça Harry au plus haut point : ce type était une menace à plus d'un titre.

Bref, lorsque Sidney Gordon prenait quelqu'un en grippe, il était impossible de l'ignorer. Non qu'il en eût grand-chose à faire, car lui aussi était plutôt remonté contre elle.

Du *chantage* ? Mieux valait entendre ça que d'être sourd ! Une fois de plus, elle n'hésitait pas à tordre la vérité. Celle-ci était pourtant simplissime : elle avait tort et il avait raison.

Avec du recul, il n'était pas certain de savoir quel était l'objet de leur dispute et comment celle-ci avait commencé. Cependant, il était sûr d'une chose : le jeune homme sentait qu'il était à blâmer. Il ignorait si Sidney avait parlé aux autres de leur différend, mais les trois vieilles dames paraissaient avoir une sorte de sixième sens à ce sujet. Harry avait beau s'efforcer d'être agréable et charmant, à tout instant, l'une ou l'autre – voire le trio au complet – se mettait à l'observer d'un air interrogateur. Il n'aimait pas ces regards.

Devant le perron de l'hôtel, il fut le premier à descendre, par galanterie. Sidney se tourna ostensiblement vers Corbin, qui lui prit la main pour l'aider. Harry n'en avait cure : qu'elle se débrouille avec le journaleux.

Lady Blodgett glissa un bras sous le sien et gravit le perron à ses côtés.

— J'espère que vous vous joindrez à nous pour le thé aujourd'hui.

— Je vais faire mon possible, n'en doutez pas.

— C'est tout ce qu'on peut espérer, Harry, répondit-elle en lui tapotant le bras.

Sidney et ses amies se dirigèrent vers leurs chambres respectives afin de se rafraîchir, convenant de se retrouver peu après sur la terrasse pour le thé. Harry avait bien l'intention de les rejoindre : malgré ses remontrances, il les croyait tout à fait capables, Sidney y compris, de filer à l'anglaise si quelque chose d'intéressant se présentait. Pas question de les perdre de nouveau dans la nature.

Il mit davantage de temps à se préparer que prévu et, dès qu'il sortit de l'ascenseur dans le lobby, le réceptionniste lui fit signe. Harry s'approcha du comptoir et l'employé lui remit un message de Nazzal, qui lui donnait rendez-vous au bar. Un coup d'œil sur la terrasse lui permit de constater que Sidney et les autres étaient déjà installés autour d'une table. Rien ne laissait présager que le petit groupe comptait prendre la poudre d'escampette. Il se dirigea donc vers le bar où seules quelques tables étaient occupées, les serveurs dépassant les clients en nombre à cette heure-ci. Nazzal l'attendait à une table à l'écart au fond de la salle.

— Alors, de quoi s'agit-il ? s'enquit Harry juste après que le serveur lui eut apporté son gin tonic.

— Vous me blessez profondément, Harry, répondit Nazzal d'un air affligé. Un vieil ami ne peut-il vous inviter à partager un moment agréable devant un verre sans être accusé d'avoir des arrière-pensées ?

— Pas vous ! rétorqua Harry en riant. Crachez le morceau, Nazzal. Qu'attendez-vous de moi ?

— Si ma mémoire est bonne, vous me devez une faveur.

Harry lui en devait sans doute un certain nombre, mais il avait aussi rendu à l'Égyptien pas mal de services en retour.

— Il me semble que nous étions à peu près quittes à mon départ d'Égypte la dernière fois.

Nazzal balaya l'argument d'un geste.

— Qui tient le compte de ce genre de choses ? Je vous aide, vous m'aidez : c'est ainsi que nous avons toujours fait affaire par le passé.

— Vous avez une vision bien à vous du passé.

— Ce qui ne la rend pas moins exacte.

Harry but une gorgée de sa boisson. On pouvait critiquer à loisir l'empire britannique, mais il garantissait un gin acceptable partout où son ombre s'étendait.

— Je ne suis plus le même homme qu'il y a un an.

Le regard inquisiteur de Nazzal se posa sur lui.

— Vous êtes mieux habillé. À ce que j'ai entendu dire, vous êtes entré en possession de fonds non négligeables.

Harry haussa les épaules. Il n'allait sûrement pas faire la moindre confidence à cet homme.

— Et vos compagnes de voyage sont plutôt inattendues.

Harry s'esclaffa.

— C'est le moins qu'on puisse dire, en effet.

— Vos fréquentations me semblent plus respectables que ce que j'aurais prédit.

— La vie est souvent imprévisible.

— C'est vrai. Vous étiez la dernière personne que je m'attendais à revoir au Caire. J'avais cru comprendre que votre départ était définitif.

— Personne n'est plus surpris que moi de me retrouver ici.

— Toutefois, vous êtes la réponse à un dilemme qui se pose à moi, dit Nazzal en choisissant ses mots avec soin. Vous et moi nous connaissons depuis très longtemps. La plupart des Anglais, comme la majorité des Européens qui viennent dans ce pays, n'ont qu'une idée en tête : faire main basse sur les richesses incommensurables de son patrimoine antique.

— Il fut un temps où personne en Égypte n'y trouvait rien à redire, souligna Harry d'un ton badin.

Nazzal se rembrunit.

— Pareille ineptie n'est plus acceptable.

Harry était au courant des dispositions gouvernementales élaborées au cours du dernier demi-siècle pour que les antiquités les plus importantes demeurent en Égypte, où se trouvait leur place légitime. Presque tous les artefacts qu'il avait découverts étaient allés au plus grand musée du pays et le reste au British Museum. Grâce à l'influence de son père, Harry était d'accord avec ce principe, ce qui n'était pas le cas de tous ceux qui cherchaient des trésors sur le sol égyptien : la contrebande y était un des secteurs économiques les plus florissants.

Nazzal se pencha par-dessus la table et baissa la voix.

— Un collectionneur d'antiquités américain, un certain M. Wallace, séjourne ici au Shepheard. Il est en possession d'un médaillon déclaré disparu qui faisait partie d'une cargaison destinée à être inspectée par les autorités pour le compte du musée du Caire.

— Dans ce pays, on ne peut guère faire un pas sans tomber sur un artefact. Qu'a donc celui-ci de spécial ?

— Pour commencer, il est en or massif. Sa pureté n'est pas parfaite, bien sûr, mais elle est tout de même impressionnante. Ensuite, l'une de ses faces est ornée de gravures qui nécessitent une étude plus approfondie. Nous pensons que ce bijou pourrait révéler le nom de la reine consort d'Amenemhat II.

— Un médaillon royal du Moyen Empire ?

Cette période de la civilisation égyptienne, qui remontait à environ quatre mille ans, demeurait enveloppée dans les limbes brumeux de l'histoire, bien que son père et d'autres érudits la considèrent comme l'âge d'or classique de l'histoire égyptienne.

— Vous comprenez son importance. Il faut à tout prix le récupérer et lui rendre sa place légitime, décréta Nazzal avec détermination. L'Américain nie l'avoir en sa possession, mais mes sources sont toujours bien informées. Il vous suffira de vous introduire dans sa chambre, de récupérer l'objet et de vous éclipser, ni vu ni connu.

— Pourquoi ne pas simplement confier cette affaire aux autorités compétentes ? demanda Harry, même s'il se doutait de la réponse.

— Hélas, dans ce pays, les autorités compétentes ne sont pas aussi efficaces qu'on le souhaiterait. Ce M. Wallace a des amis, de l'influence et de l'argent. Il serait sans nul doute informé de toute tentative d'intervention et l'artefact disparaîtrait définitivement du sol égyptien.

C'était une histoire assez courante. L'Égypte n'était pas un pays riche et même les fonctionnaires les plus loyaux étaient susceptibles de succomber à l'attrait de la corruption.

— Pourquoi ne pas vous en charger vous-même ?

— Vous êtes un client de l'hôtel. Même si vous êtes surpris dans une chambre qui n'est pas la vôtre, vous pouvez toujours prétendre vous être trompé. L'Américain m'a déjà rencontré ; s'il me croisait dans un couloir, il se méfierait aussitôt. Et puis, vous vous êtes toujours montré très compétent pour ce genre de mission.

Harry haussa les sourcils.

— Par « mission », vous voulez dire « vol » ?

— Il s'agit juste de récupérer une relique précieuse qui se trouve entre des mains malhonnêtes.

— Je n'ai pas souvenir d'avoir déjà fait ce genre de « mission ».

— Peut-être ma mémoire est-elle défaillante, mais je me rappelle très bien lorsque vous faisiez disparaître des objets de campements, d'entrepôts ou de barges. Pour vous, une chambre d'hôtel sera un jeu d'enfant.

— Sans doute. Toutefois, je me vois dans l'obligation de refuser votre proposition. Loin de moi l'intention de vous décevoir, mais je ne m'engage plus dans des affaires douteuses.

— Allons, Harry, insista Nazzal, moqueur. Je n'y crois pas une seule seconde.

— Comme je l'ai dit, je ne suis plus le même homme.

— Non ? fit Nazzal avec une moue sceptique. J'ai eu une conversation des plus intéressantes avec vos charmantes compagnes de voyage sur la raison de votre présence ici.

L'estomac de Harry se noua.

— Ce sont d'adorables vieilles dames. Oui, tout à fait adorables, le taquina Nazzal. Elles me rappellent ma chère et regrettée grand-mère. Elle aussi avait tendance à papoter de tout et de rien, alors qu'en réalité, elle savait très bien où elle voulait en venir.

— Mais encore ?

— Lorsque nous avons compris que nous avions une connaissance commune - vous -, elles m'ont semblé plutôt résolues, non sans subtilité, à en apprendre davantage sur votre compte.

— Vraiment ?

— N'ayez aucune inquiétude. Je n'ai révélé aucun de vos secrets.

— Il n'y a rien à révéler.

— Non ? Je me trompais, alors, ironisa Nazzal. Toutefois, j'ai pris la liberté de faire quelques recherches, ajouta-t-il après un silence.

La mâchoire de Harry se crispa.

— Et ?

— Là encore, je faisais fausse route. J'avais entendu parler de Mme Gordon, ou plutôt de son livre. Il est assez connu ici.

— Où voulez-vous en venir ?

— Peut-être êtes-vous déjà parvenu vous aussi à la même conclusion que moi, dit Nazzal en l'observant avec curiosité. D'après mes calculs, les prétendues aventures de Mme Gordon en Égypte auraient eu lieu voici une douzaine d'années. Or, étrangement, je n'ai jamais entendu parler de sa présence ici, pas plus que vous d'ailleurs. Pourtant, conclut-il, songeur, une jeune et jolie veuve poursuivant l'œuvre de son époux serait difficilement passée inaperçue.

— Malgré vos sources infaillibles, vous ne connaissez pas pour autant tous les étrangers vivant en Égypte, fit remarquer Harry d'un ton badin.

Nazzal rit.

— J'avais raison. Vous connaissez la vérité à son sujet. Comptez-vous la dénoncer ? voulut-il savoir après un silence.

Harry laissa échapper un long soupir.

— Mes plans sont incertains pour le moment.

— Elle ne vous laisse pas indifférent, n'est-ce pas ? Une femme, non, quatre femmes ont eu raison de Harry Armstrong ? Jamais je n'aurais cru vivre assez longtemps pour assister à ce miracle.

Harry leva son verre.

— Félicitations pour cette longue vie. Mais elles n'ont pas eu le dessus sur moi.

— Pas encore, corrigea Nazzal. Vous connaissez son secret, mais apparemment elle ne connaît pas encore le vôtre. C'est bien un secret, n'est-ce pas ? Ou sait-elle que c'est vous et personne d'autre qui l'avez mise au défi de prouver sa légitimité, *monsieur le comte* ?

Harry plissa les yeux, pas le moins du monde surpris. Malgré toute sa discrétion, Nazzal avait pu être informé par Léo, en qui on ne pouvait jamais tout à fait avoir confiance, ou par l'un des nombreux fonctionnaires qui avaient eu son passeport entre les mains depuis son arrivée.

— Je préférerais que vous gardiez ce détail pour vous.

— Jamais je ne me permettrais d'en parler à Mme Gordon si vous ne souhaitez pas qu'elle sache. Sauf bien entendu... si je n'avais pas d'autre choix, ajouta-t-il avec un haussement d'épaules, les paumes en l'air.

D'abord Léo et maintenant Nazzal.

— Le chantage est-il devenu la nouvelle monnaie égyptienne ?

— Allons, Harry, répondit le fonctionnaire avec un petit sourire. Il en a toujours été ainsi.

Harry vida son verre d'un trait et se leva.

— Je vais réfléchir à votre proposition.

— Ce soir serait l'occasion idéale. Le temps presse, Wallace est censé quitter le pays demain.

Quelle alternative avait Harry ? Aucune.

— Très bien. Ce soir, alors.

Nazzal se leva à son tour.

— Parfait. Je vous donnerai plus de détails à ce moment-là.

— Puis-je vous demander ce que vous obtenez dans cette affaire ?

— Hormis la satisfaction de savoir qu'un artefact inestimable du patrimoine de mon pays reste à sa place ? Rien d'important, répondit Nazzal avec un haussement d'épaules. Une commission d'intermédiaire, rien de plus. Une bagatelle, en réalité.

— C'est bon de voir que vous n'avez pas changé.

— Dans la vie, peu de choses changent vraiment. Il n'est pas possible de nier le passé. Il fait partie de nous au même titre que la couleur de notre peau et nous ne pouvons rien y faire.

— Et maintenant, la sagesse des Anciens, ironisa Harry.

Le jeune homme avait commis l'une de ses plus grosses bévues en pensant pouvoir revenir en Égypte sans être rattrapé par son propre passé.

— Eux aussi appartiennent à notre passé ; il est de notre devoir d'honorer leurs enseignements et ce qu'ils nous ont légué en héritage.

Nazzal jeta un regard à la ronde et s'approcha de lui.

— Vous devez savoir que certaines personnes sont au courant de votre présence ici. Simple avertissement, mon ami.

— Je vous en suis très reconnaissant, mais je n'ai aucune raison de m'inquiéter.

Il adressa un sourire confiant à l'Égyptien et prit congé.

Pourtant, il n'avait pas la conscience tout à fait tranquille. S'il ne s'était pas fait d'ennemis particuliers, il avait tout de même quitté l'Égypte sur un coup de tête. Sans doute restait-il des affaires laissées en suspens, certains détails qu'il n'avait pas pris le temps de régler.

Mieux valait ne pas rejoindre les dames pour le thé, décida-t-il. Nazzal avait sans doute raison : cette mission ne devrait pas être bien compliquée. Néanmoins, s'il devait subtiliser un objet volé à un Américain fortuné, il serait peut-être bien inspiré de réfléchir avec précision à la façon dont il allait procéder, afin d'éviter de se faire prendre.

13

— Vous dansez comme si vos pieds étaient guidés par les ailes des dieux en personne.

Nazzal sourit à Sidney qu'il tenait enlacée.

— Quel merveilleux compliment, monsieur Nazzal, répondit celle-ci avec un sourire qu'elle espérait enjôleur. Mais je mettrais plutôt ce savoir-faire au crédit de mon excellent cavalier.

— Nous sommes d'accord, madame Gordon.

Ses yeux noirs scintillèrent avec une malice à la fois déconcertante et un peu excitante.

— Tous les Égyptiens sont-ils aussi charmants ?

Il lui sourit.

— Oui.

Elle pouffa.

Quelques semaines plus tôt, le seul regard de cet homme aurait pu l'inquiéter. Mais Millicent Forester ne se serait jamais laissé impressionner par le badinage de ce séduisant Égyptien, et Sidney lui emboîtait le pas. À part la petite mésaventure au souk, son séjour avait été jusqu'ici une succession de nouvelles expériences qui avaient renforcé son assurance. Même si elle ne pouvait s'attribuer le mérite d'avoir résolu l'incident de la veille, tout s'était bien terminé : Millicent n'aurait pu faire mieux.

Ce bal au Shepheard semblait tout droit sorti d'une de ses histoires. La salle grandiose était décorée de moulures, dorures, miroirs et lustres rutilants qui n'auraient pas détonné au palais de Versailles : les imposantes portes-fenêtres s'ouvraient sur les terrasses surplombant les jardins, les étoiles scintillaient dans le ciel nocturne et une brise légère soufflait avec la douceur d'une caresse dans la salle bondée. Le cadre était parfait, son énigmatique et ténébreux cavalier qui la guidait avec expertise sur le parquet était tout aussi impeccable dans son rôle de personnage secondaire, et jamais l'héroïne ne s'était sentie aussi épanouie de sa vie.

Sidney étrennait une robe à la dernière mode d'un sublime jaune soleil avec un décolleté assez audacieux, de loin la plus belle tenue qu'elle ait possédée. Une femme de chambre de l'hôtel était venue la coiffer, remontant sa chevelure avec dextérité au sommet de sa tête en laissant retomber une nuée de boucles blondes dans son dos. Son reflet dans le miroir de sa chambre lui avait confirmé que ce soir, au moins, elle ne se trouvait pas seulement convenable, mais plutôt jolie. Ce regain de confiance lui ouvrait tous les champs des possibles, comme si elle était réellement l'héroïne de sa propre histoire.

M. Nazzal la fit tourner avec élégance et elle suivit son mouvement sans difficulté, adressant en silence une petite prière de gratitude à Mlle Bicklesham pour ses leçons de danse qu'elle n'avait jamais eu l'occasion de mettre en pratique jusqu'à ce séjour en Égypte. Ce soir, elle avait été de presque toutes les danses. Pas encore avec Harry, mais avec un certain nombre d'autres messieurs intéressants et une fois avec Corbin. Ce dernier, plutôt de mauvaise humeur ce soir – et visiblement remonté contre les chameaux qu'il traitait entre ses dents de « démons du désert » –, n'était finalement pas venu l'entretenir de ce dont il souhaitait plus tôt lui parler. Étaient-ce les aventures de la journée, l'admiration dans les yeux de ses cavaliers ou le fait que ce bal au Shepheard était exactement comme elle l'avait imaginé ? Quoi qu'il en soit, les pas appris il y a si longtemps lui revenaient comme si elle avait dansé tous les soirs de sa vie.

— Permettez-moi de vous remercier de nouveau pour votre aide l'autre jour, dit-elle à M. Nazzal avec un sourire. Et quelle chance pour M. Armstrong d'être tombé sur un ami de longue date.

— Pas autant que la mienne de rencontrer ses charmantes compagnes de voyage, répondit l'Égyptien de sa voix onctueuse.

— Dites-moi, monsieur Nazzal, connaissez-vous M. Armstrong depuis longtemps ?

— Vous êtes dans mes bras et vous me parlez d'un autre homme ? Vous me blessez en plein cœur, madame Gordon, soupira-t-il tristement.

Elle pouffa.

— J'en doute.

— Oserai-je vous demander pourquoi vous tenez à le savoir ?

— Eh bien, tout simplement, je connais très peu M. Armstrong. Nous nous sommes rencontrés pour la première fois sur le quai lors de l'embarquement. Il est bien de connaître ses compagnons de voyage, soupira-t-elle, résignée. C'est tout de même plus rassurant. Simple question de sécurité, n'est-ce pas ?

— Excellente remarque, madame Gordon. Dans l'intérêt de la sécurité, je ne vois donc aucun mal à vous apprendre ce que vous souhaitez savoir. Disons que tout cela est déjà de notoriété publique, de toute façon, ajouta-t-il avec un sourire. J'ai fait la connaissance de M. Armstrong à son arrivée en Égypte, voici presque vingt ans si mes souvenirs sont bons.

— Je vois.

Voilà qui mettait drôlement à mal la version du neveu du comte qui avait seulement visité l'Égypte dans sa jeunesse. Et Harry ne lui avait-il pas raconté s'être trouvé en Égypte pas plus tard que l'année dernière ?

— A-t-il passé beaucoup de temps ici ?

— Il y était presque toujours, en quête de trésors anciens, même s'il lui arrivait de retourner en Angleterre de temps à autre.

— Est-il égyptologue, ou peut-être archéologue ?

— Comme l'a écrit votre Shakespeare : « Qu'y a-t-il dans un nom ? » Quiconque recherche les richesses perdues des pharaons se dit égyptologue, un mot magique qui vous confère aussitôt une aura de légitimité. Dans le cas de M. Armstrong, il a mérité ce titre, les deux, même, ainsi que le respect inhérent à ces derniers. Mais je ne crois pas que l'un ou l'autre lui ait été décerné officiellement.

— Ah ?

— Comme la plupart des hommes qui découvrent l'Égypte, M. Armstrong et ses amis ont été attirés par l'excitation de la quête, le goût de l'aventure et l'occasion inespérée de faire fortune. Or, l'Égypte est une maîtresse séduisante et les sortilèges avec lesquels elle vous envoûte sont presque irrésistibles.

Sidney plissa le front.

— Je crains de ne pas comprendre.

— Au début, M. Armstrong n'était guère plus qu'un chasseur de trésors, intéressé seulement par l'argent que lui rapportaient ses trouvailles. Mais depuis une dizaine d'années, et même plus si je me souviens bien, les artefacts qu'il mettait au jour sont tous allés dans des musées – pour la plupart ici, en Égypte – en contrepartie de simples primes de recherche. Les années passées dans ce pays, ainsi que son père, il me semble, l'ont fait évoluer.

— Son père ?

— Un érudit très respecté des civilisations anciennes et un expert reconnu de l'Égypte.

— Je vois, dit-elle d'une petite voix, subitement mal à l'aise.

Si elle avait su dès le début à quel point Harry s'y connaissait, elle aurait... Oui, qu'aurait-elle fait ? Elle ne serait pas venue jusqu'ici ? Elle aurait admis qu'il avait raison ? Si elle voulait continuer à écrire, elle n'avait pas eu le choix. Et si les soupçons de Harry n'étaient à l'évidence pas dissipés, il ne paraissait pas non plus avoir trouvé de preuve tangible pour soutenir ses accusations. Tant mieux. Si elle parvenait à tirer son épingle du jeu, alors peut-être que Harry et elle... *Reprends-toi, voyons*, se réprimanda aussitôt Sidney. D'où diable lui venaient ces pensées saugrenues ? Des sentiments pour Harry ? Son pire ennemi ? Pourtant, il y avait quelque chose chez cet homme... Quoi qu'il en soit, ce n'était ni le moment ni l'endroit pour se laisser aller à ce genre d'élucubrations.

— Ses amis, disiez-vous ? Sont-ils toujours en Égypte ?

— M. Deane est rentré à Londres en même temps que M. Armstrong, répondit M. Nazzal avant de marquer une hésitation. M. Pickering, quant à lui, n'a pas eu cette chance.

— Que voulez-vous dire ?

— Il a été pris d'une mauvaise fièvre alors que tous les trois se trouvaient dans le désert occidental il y a deux ans. Malheureusement, il n'a pas survécu.

— Quelle horreur, murmura Sidney.

Harry avait-il quitté l'Égypte voici un an à cause du décès de son ami ?

— Autre chose que vous aimeriez savoir ? demanda M. Nazzal, toujours aussi onctueux.

Elle se ressaisit.

— Oui. J'ai cru comprendre que M. Armstrong avait une réputation plutôt... sulfureuse dans sa jeunesse.

— Ni plus ni moins que la plupart des hommes de ma connaissance.

— Quelle réponse astucieuse, monsieur Nazzal, fit remarquer Sidney d'un ton léger. Qui ne donne finalement aucune réponse...

L'Égyptien sourit d'un air entendu.

— Peut-être répondrez-vous à celle-ci alors, insista-t-elle en plongeant son regard au fond du sien. M. Armstrong est-il un homme honnête et honorable ?

Il la fit pivoter sur elle-même.

— Ah, ma chère madame Gordon, l'honnêteté est, comme la beauté, dans l'œil de celui qui la contemple. Si quelqu'un commet un acte illégal par définition, mais agit pour une cause supérieure, est-il malhonnête pour autant ? Ou bien n'est-ce pas là la preuve même de son honorabilité ?

— Intéressante question, monsieur Nazzal.

Sidney réfléchit un instant. L'homme venait de dissiper les ultimes doutes qu'elle aurait pu avoir au sujet de son projet pour la soirée.

— Je suis d'accord avec vous, je crois, lui confia-t-elle.

À cet instant, les derniers accords de l'orchestre retentirent et les danseurs s'immobilisèrent.

Il lui sourit.

— Parfait. Sachez, madame Gordon, qu'à mon avis, vous ne pourriez être entre des mains plus sûres que celles de M. Armstrong. En cas de nécessité, je n'hésiterais pas à lui confier ma vie.

— Merci pour cette excellente recommandation, monsieur Nazzal. Je ne manquerai pas de la garder à l'esprit.

— J'aurais aimé avoir l'occasion de vous demander une autre danse plus tard dans la soirée, mais je suis au regret de devoir prendre congé.

Il lui prit la main et la porta à ses lèvres, plongeant les yeux au fond des siens.

— Je crois que c'est à mon tour de vous inviter à danser, madame Gordon, intervint Harry.

Il s'était approché derrière M. Nazzal qu'il gratifia d'un regard appuyé.

Celui-ci lâcha la main de Sidney à contrecœur.

— Toutes mes excuses, monsieur Armstrong. Je me plie à tous les désirs d'une femme aussi charmante qu'intelligente.

— Décidément, monsieur Nazzal, que de compliments.

Elle lui décocha son sourire le plus étincelant, que l'Égyptien lui rendit.

— J'espère vous revoir, vous et vos amies, avant la fin de votre séjour.

Il se tourna vers Harry.

— J'ai une affaire importante à régler. Pourrais-je vous parler seul à seul un instant ? Avec votre permission, madame Gordon ?

— Je vous en prie, faites, répondit-elle en leur faisant signe de s'éloigner.

Elle feignit de regarder distraitement à la ronde, comme l'aurait fait n'importe quelle oie blanche insipide et obéissante : franchement, les hommes étaient absurdes.

M. Nazzal se pencha vers Harry et lui glissa quelques mots à l'oreille. Après un hochement de tête de celui-ci, il se retourna vers Sidney.

— Toutes mes excuses, mais je dois partir.

— S'il le faut, dit Harry avec cordialité.

— Je vous verrai peut-être demain, monsieur Armstrong.

— Je n'en doute pas, monsieur Nazzal, répliqua ce dernier, amusé.

L'Égyptien les salua et prit congé. La musique reprit et Sidney s'avança dans les bras de Harry.

— Des secrets, Harry ?

— L'Égypte est une terre de secrets, anciens comme nouveaux.

— Quelle réponse astucieuse et pourtant complètement vide de sens.

La deuxième à laquelle elle avait droit ce soir. Pourtant, elle ne s'attendait pas à moins.

— M'avez-vous déjà pardonné ?

— Méritez-vous de l'être ? rétorqua-t-elle avec désinvolture.

— Pas le moins du monde.

Elle pouffa.

— Ce n'est pas désagréable, un homme qui admet ses torts.

— Je n'ai pas...

Il s'interrompit et fit la grimace.

— Bref, je vous présente mes excuses.

— Excuses acceptées.

À quoi bon continuer à lui faire la tête ? Ce n'était dans l'intérêt ni de l'un ni de l'autre. Harry s'était abstenu de l'embrasser pour une raison parfaitement logique, un point c'est tout. Pourtant, on aurait pu supposer que la logique ne jouerait aucun rôle dans un baiser.

— J'ai attendu toute la soirée que vous m'accordiez une danse, se plaignit-il d'un air mécontent.

— C'est absurde, il est encore tôt, objecta-t-elle avec un sourire. Et vous ne paraissiez pas manquer de cavalières.

Harry avait eu l'élégance de danser avec Effie, Gwen et Poppy qui, de toute évidence, passaient une merveilleuse soirée. Aucune d'elles n'avait eu l'occasion d'être invitée par un partenaire aussi séduisant et fringant depuis un bon moment.

— Votre ami est tout à fait charmant, dit-elle avec insouciance.

— Nazzal a élevé le charme au rang d'art, qualité dont il faut se méfier, Sidney, la mit-il en garde sur le ton de la réprimande. Les apparences peuvent être trompeuses.

Elle écarquilla les yeux.

— Dites-moi, Harry, êtes-vous jaloux ?

— Pas impossible.

Elle lui décocha un large sourire, et Harry la dévisagea comme s'il la voyait pour la première fois.

— Vous êtes vraiment... rayonnante ce soir, Sidney, lui dit-il d'une voix grave, presque caressante.

— Mon Dieu, Harry, vous allez me faire tourner la tête avec de tels compliments.

Elle nota une respiration un peu saccadée qu'elle ne se connaissait pas, pas davantage d'ailleurs que cet emballement soudain de son cœur.

— Vous avez l'air de passer une bonne soirée, fit-il remarquer, les yeux plongés au fond des siens.

— Pas vous ?

— Maintenant, si.

Il l'attira un peu plus contre lui et l'émoi de Sidney redoubla, un étrange frisson d'anticipation remontant le long de son dos. Avec un effort minimal, il suffirait à Harry de se pencher pour effleurer ses lèvres, ici même, sur la piste de danse. Un geste d'une inconvenance totale et assurément scandaleux, mais qui serait parfait. Céderait-il à la tentation ?

Quel choc de réaliser qu'elle-même n'aurait aucune hésitation mais, plus encore, qu'elle voulait être considérée autrement que comme une adversaire cordiale. Elle avait presque entièrement rejeté l'idée qu'il espérait la séduire pour lui soutirer la vérité, car il ne lui semblait pas être ce genre d'homme. En d'autres termes, les avances de Harry et ses étranges revirements avaient toutes les chances d'être sincères : il n'était pas du tout impossible que cet homme ait des sentiments pour elle.

De toute façon, l'affection improbable qu'ils éprouvaient l'un pour l'autre ne changeait rien à la situation : si elle parvenait à réfuter ses accusations, elle vivrait jusqu'à la fin de ses jours dans le mensonge et s'il prouvait ce qu'il avançait, sa carrière et son existence seraient fichues. Comment pourrait-elle lui pardonner ? Cependant, une vague idée commençait à germer dans un coin de sa tête sur la façon de se sortir du pétrin dans lequel elle s'était fourrée, et peut-être – elle disait bien « peut-être » – de s'ouvrir les portes d'un avenir qu'elle aurait été à mille lieues d'imaginer.

— Je dois avouer que j'étais impatiente, moi aussi, de danser avec vous.

Le visage de Harry s'éclaira d'un grand sourire.

— Vraiment ? Vous m'en voyez ravi.

— Nous avons beaucoup de choses à discuter, déclara-t-elle avec un sérieux exagérément guindé, s'efforçant d'ignorer la sensation merveilleuse que lui procurait le cocon des bras du jeune homme.

Dommage que cela ne puisse durer.

— Ah oui ? fit-il avec une pointe d'amusement. À quel propos, je vous prie ?

— À mon avis, vous devriez le faire.

Elle retint son souffle.

— Faire quoi ?

— Aider M. Nazzal à récupérer l'artefact dérobé par l'Américain.

Sous le choc, Harry en trébucha.

— Pardon ?

— Voyons, Harry, vous avez parfaitement entendu.

Marmonnant un juron entre ses dents, il la dirigea vers les portes-fenêtres ouvertes, puis sur la terrasse où quelques personnes profitaient de l'air frais de la nuit, et l'entraîna jusqu'à son extrémité la plus sombre qui surplombait les jardins.

— Que vous a dit Nazzal ?

Elle se libéra de son emprise.

— Rien. Enfin, rien de vraiment important. En tout cas, il n'a pas mentionné ce qu'il vous a demandé.

Les yeux de Harry se plissèrent, lui conférant un air de mauvais garçon séduisant en diable.

— Expliquez-vous, Sidney. Comment êtes-vous au courant ?

— Oh, vous savez comment c'est...

— Non, je ne sais pas.

C'était la réaction qu'elle attendait. Décidément, cet homme était d'une prévisibilité touchante.

— Très bien. Alors voilà : lorsque je suis descendue rejoindre mes amies pour le thé, je me suis arrêtée à la réception. Je voulais savoir si j'avais reçu du courrier de M. Cadwallender. Ce n'était pas le cas, soit dit en passant.

— Continuez.

— Le réceptionniste m'a dit néanmoins qu'il y avait un message pour vous et comme nous devions nous retrouver sur la terrasse, je lui ai dit que je serais heureuse de vous le remettre. Naturellement, je l'ai lu, ajouta-t-elle avec un haussement d'épaules.

— Naturellement.

— Inutile de prendre ce ton. Il s'agissait d'un simple morceau de papier plié qui s'est ouvert sans le moindre effort de ma part, pour ainsi dire par inadvertance, je vous assure. Vous devriez dire à M. Nazzal que s'il souhaite qu'un message reste privé, il ferait mieux d'utiliser une enveloppe.

Harry crispa les mâchoires.

— Je m'en souviendrai.

— Surtout n'oubliez pas, entendu ? Enfin bref, j'ai pensé que c'était peut-être important. Vous m'aviez prévenue de ne pas lui faire confiance, mais franchement, Harry, je trouve ce gentleman tout à fait sympathique.

Harry voulut intervenir mais Sidney ne lui en laissa pas le temps, n'étant pas sûre de vouloir entendre ce qu'il allait dire.

— J'ai donc payé un serveur pour qu'il s'attarde non loin de votre table et laisse traîner ses oreilles.

— Vous avez fait quoi ? s'écria-t-il.

— Chut, Harry. Quelqu'un risque de nous entendre.

— Quelqu'un d'autre qu'un serveur, voulez-vous dire, bougonna-t-il en s'exécutant néanmoins.

— Comme vous m'aviez mise en garde contre lui, je craignais qu'il ne mijote un mauvais coup et que vous n'ayez des ennuis.

Elle redressa les épaules.

— Voilà pourquoi il m'a paru préférable d'essayer de découvrir ce que M. Nazzal avait derrière la tête, pour le cas où vous disparaîtriez dans la nuit et auriez besoin d'être secouru.

— Secouru par vous ? ironisa-t-il.

Elle ignora son scepticisme.

— Malheureusement, le serveur n'était pas un espion très doué. Son anglais était rudimentaire, il n'a pas tout entendu et n'a pas réussi à découvrir le nom de l'Américain. Moi, oui, lui confia-t-elle avec un sourire de victoire.

Il ouvrit de grands yeux.

— Comment donc ?

— Bien qu'un certain nombre d'Américains séjournent ici, la plupart voyagent en groupe. Un seul correspond à l'image que nous nous faisons d'un riche collectionneur.

— Nous ? s'étrangla Harry.

Sidney lui adressa un regard apitoyé.

— Eh bien, oui, *nous*. Voyons, Harry, je serais incapable de gérer la situation toute seule. Je ne suis pas une habituée de la combine, moi. Quoi qu'il en soit, mes amies et moi avons fait quelques recherches discrètes qui nous ont permis de découvrir son identité.

Elle lui prit la main et l'emmena jusqu'à la porte-fenêtre la plus proche.

— Il est assis à la troisième table, en partant du mur à droite. Il s'appelle M. Edgar Wallace.

L'air plutôt sidéré, le pauvre Harry glissa un coup d'œil avec docilité dans l'embrasure de la porte, puis recula d'un bond, comme s'il s'était ébouillanté.

— Il n'est pas seul !

— Conformément au plan.

— Les vieilles dames sont avec lui !

Sidney fronça les sourcils.

— Elles n'apprécient pas de se faire appeler de la sorte, étant quelque peu susceptibles concernant leur âge.

— Mais…

— Oui, je sais, elles sont avec M. Wallace. Nous avons fait sa connaissance sur la terrasse à l'heure du thé. Vous auriez vraiment dû venir, Harry, le réprimanda-t-elle avec un brin de condescendance.

— Apparemment.

— Elles se chargeront de l'occuper pendant que nous nous faufilerons dans sa chambre…

Il ouvrit de grands yeux horrifiés.

— « Nous » ? Vous voulez dire vous toutes ensemble ?

— Ne soyez donc pas absurde. Je viens de vous expliquer que mes amies occuperont M. Wallace. Prêtez attention à ce que je dis si vous voulez que le plan fonctionne.

— Mes plus plates excuses, lui souffla-t-il d'un ton cassant. Je n'ai pas l'habitude de me faire commander par un trio de mamies.

— Gardez vos sarcasmes pour vous, Harry. Même si je comprends que vous soyez quelque peu troublé par tout cela. Donc, comme je le disais, pendant que mes amies garderont un œil sur M. Wallace, vous et moi…

— Il n'est pas question que vous veniez.

Apparemment, le choc du plan génial qu'elles avaient concocté s'était dissipé.

— Bien sûr que si. Voilà exactement le genre de chose que Mill… euh… que j'aurais faite à l'époque où je venais en Égypte. Une relique importante de l'Antiquité est ici en jeu, tout de même. Et puis, ma vie a été plutôt morne ces dernières années : pour être franche, je commence à être à court d'aventures à raconter.

— Il ne s'agit nullement d'une aventure !

— Évidemment que si, ne soyez pas bête. Voulez-vous entendre la suite du plan ?

— Oh, mais je vous en prie, continuez.

— Il n'y a plus grand-chose à dire, en fait. Nous nous glissons dans la chambre de M. Wallace, qui commodément se trouve à quelques portes de la mienne. Oh, et j'ai un passe-partout.

Elle voulut plonger la main dans son corsage, mais hésita. Les yeux de Harry ne quittaient pas sa main.

— Peut-être devriez-vous vous retourner.

Il se racla la gorge et obtempéra.

— Désolé. Comment avez-vous obtenu ce passe ?

— À chaque étage, il y a un placard avec des produits et accessoires de ménage, du linge propre, ce genre de choses. Poppy a emprunté la clé qui se trouvait dedans.

Sidney tira le passe de son décolleté – la cachette idéale pour de menus objets, selon Poppy.

— Je m'étonne qu'un hôtel de cette qualité ne dispose pas d'une meilleure sécurité, même si, en toute honnêteté, la porte du placard était verrouillée.

Harry poussa un soupir exaspéré.

— Je ne suis pas sûr de vouloir savoir comment Mme Fitzhew-Wellmore s'y est prise.

— Probablement pas. Même si ce n'est pas elle qui a crocheté la serrure, mais tante Effie, avec pour tout outillage une épingle à cheveux et un tire-bouton. C'est incroyable, les compétences qu'on acquiert au cours d'une vie… Oh, vous pouvez vous retourner maintenant.

Il s'exécuta et la fixa d'un regard sévère.

— Je refuse que vous vous impliquiez davantage dans cette affaire.

— Très galant de votre part, Harry, mais je le suis déjà jusqu'au cou.

— Il faudra me passer sur le corps pour vous laisser y aller avec moi.

— Voyons, votre langage !

Elle croisa les bras sur sa poitrine et le regard de Harry se posa de nouveau sur son décolleté : la vue était terriblement satisfaisante.

— Il faudra me passer sur le corps pour vous laisser y aller *sans* moi, riposta-t-elle du tac au tac.

— Hors de question.

— Vraiment ? fit-elle avec un petit sourire de défi. Tout d'abord, j'ai encore la clé en main et si vous tentez de me la prendre, ce qui serait très mal élevé, je crierai à pleins poumons, ce qui ameutera tout l'hôtel. Ensuite, contrairement à vous je connais le numéro de chambre de M. Wallace.

Harry soupira, au bord de la défaite.

— Quelques minutes me suffiraient à le découvrir, j'imagine.

— Je n'en doute pas. Toutefois, si vous me laissiez devant la porte, je pourrais, disons, chanter à tue-tête et tirer les autres clients de leur sommeil. Et sachez-le, je chante comme une casserole, ajouta-t-elle avec une grimace.

Les mâchoires crispées, il la fixa un long moment en silence. La noirceur de son regard était si effrayante qu'il fallut à Sidney tout son courage pour résister à la tentation de lui lancer la clé et de prendre ses jambes à son cou. Elle avait néanmoins conscience de servir une noble cause : Millicent Forester ne se défilerait pas, et Sidney Honeywell non plus.

— Vous ne me laissez pas le choix.

— Oui, je sais. Plutôt brillant de ma part, n'est-ce pas ? se félicita-t-elle avec un sourire triomphant.

— Non, la contredit-il avant de capituler. Enfin, peut-être.

— Je savais que vous finiriez par me donner raison. Alors allons-y. J'imagine que notre temps est compté.

— Malgré vos affirmations, vous semblez avoir un penchant plutôt marqué pour les combines, n'est-ce pas, madame Gordon ? Apparemment, nous avons davantage en commun que je ne l'imaginais.

Mme Gordon ? Il devait être furieux. Sidney ravala sa satisfaction. Il était inutile de remuer le couteau dans la plaie.

— Je pense juste que lorsqu'on a l'occasion de récupérer un morceau d'histoire et de le sauvegarder pour l'avenir, il ne faut pas hésiter.

— Vous rendez-vous compte que nous sommes à la frontière de l'illégalité ?

— Voyons, Harry, la frontière est largement dépassée. Et cela ne fait-il pas partie du jeu ?

— Du jeu ? manqua-t-il de s'étrangler de nouveau.

— Récupérer un bien volé afin qu'il retrouve sa place légitime me paraît un acte tout à fait moral.

— Vous n'avez jamais mis les pieds dans une geôle égyptienne, n'est-ce pas, madame Gordon ?

— Bien sûr que non. Enfin, pas encore.

Harry voulut répliquer, puis se ravisa.

— On y va ? lui demanda-t-elle avec un sourire aimable.

Il l'observa un moment encore, puis soupira.

— Après vous.

Ils rentrèrent dans la salle de bal et en firent le tour avec le plus grand naturel. Le regard de Sidney croisa celui de Gwen, qui lui adressa un discret signe de tête. Lors de leur rencontre avec M. Wallace à l'heure du thé, elles avaient appris qu'il était fasciné par les récits d'explorations en Égypte et ailleurs. À elles trois, ses amies avaient plus qu'assez d'histoires sur les exploits de leurs maris pour régaler l'Américain des heures durant, et en cet instant, ce dernier semblait complètement absorbé par leur conversation. Sidney avait l'impression qu'elles lui narraient une version remaniée à leur sauce des *Mille et Une Nuits*, avec des héroïnes bien moins jeunes que Shéhérazade et un sultan au physique beaucoup moins avantageux que celui de l'original. Certes, l'enjeu pour elles n'était pas aussi dramatique que pour la conteuse, mais le risque encouru n'en était pas moins réel.

Ils prirent l'ascenseur jusqu'au premier étage et se dirigèrent vers la chambre de Sidney, le temps que l'efficace liftier ne disparaisse de leur champ de vision. Le cœur de la jeune femme tambourinait d'excitation dans sa poitrine, même si elle aurait préféré que Harry ne mentionne pas les geôles égyptiennes. Elle s'arrêta devant une suite située trois portes plus loin que la sienne.

— C'est sa chambre, l'informa-t-elle en lui tendant le passe.

Il plissa le front.

— En êtes-vous certaine ? Il n'est pas nécessaire que vous entriez. Vous pouvez rester dans le couloir et me prévenir si quelqu'un arrive.

— Quel genre d'aventure ce serait si j'acceptais ? protesta-t-elle avec bien plus d'assurance qu'elle n'en éprouvait.

C'était très attentionné de sa part d'envisager qu'elle puisse avoir des doutes. Mais quelle héroïne laissait le héros s'aventurer seul dans l'inconnu ?

— Allez-y, ouvrez.

— Fort bien, dit-il, résigné.

Harry déverrouilla la porte et la laissa entrer en premier tout en jetant un nouveau coup d'œil prudent dans le couloir. Puis il referma à clé et alluma la lumière. Décidément, l'électricité était un confort bien pratique. La suite avait une disposition similaire à la sienne, constata Sidney, même si le mobilier était un peu différent.

— Une idée de l'endroit où l'objet pourrait se trouver ?

— Dans la commode, répondit-elle en désignant le grand meuble qui flanquait le lavabo. Dans le tiroir avec les sous-vêtements et les chaussettes.

Il la regarda d'un air étonné.

— Comment diantre le savez-vous ?

— Pendant le thé, une de mes amies a évoqué sa crainte de conserver ses bijoux dans sa chambre et pensait plutôt les confier à la garde de l'hôtel. M. Wallace a déclaré qu'il cachait toujours ses objets de valeur dans le tiroir sous son petit linge, car personne ne songeait à regarder là.

— Une petite bande de gredines drôlement futées, dites-moi.

Harry traversa la pièce jusqu'à la commode et ouvrit le tiroir du haut.

— Rappelez-moi de ne jamais vous contrarier, vous et vos sbires du troisième âge.

— Dépêchez-vous, Harry.

Elle se tordait les mains, plus apeurée qu'elle ne l'aurait imaginé. Peut-être aurait-elle mieux fait d'attendre dans le couloir en fin de compte.

— Une minute.

Harry fouillait le tiroir du haut avec bien trop de méticulosité et de lenteur à son goût.

— Vous l'avez trouvé ?

— Quand ce sera le cas, vous le saurez, murmura-t-il.

Étrangement, plus il gagnait en confiance, plus elle laissait la nervosité prendre le dessus. Il finit par passer au deuxième tiroir et cessa sa fouille un instant plus tard.

— Je crois que je l'ai.

Aussitôt, l'angoisse de Sidney s'envola et elle se précipita auprès de lui.

Il sortit une chaussette noire du tiroir alourdie par quelque chose tout au fond, y glissa la main et, avec un grand geste de victoire, en exhuma l'artefact volé.

— Je vous présente le médaillon disparu de la reine consort d'Amenemhat II. Enfin, peut-être.

Elle tendit la main.

— Puis-je ?

— Certainement.

Il lui tendit le médaillon et rangea la chaussette dans le tiroir.

L'objet était plus lourd qu'elle ne l'aurait cru. Normal, il était en or massif. Le métal précieux, qui se réchauffait au creux de sa paume, avait une couleur jaune grisâtre, ce qui ne l'étonna pas. L'or ancien contenait en général une petite dose d'argent. Le bijou mesurait environ quatre centimètres de diamètre et ses deux faces étaient gravées, le dessin de l'une semblant plus complet que l'autre. C'était très intrigant.

— Voilà qui est intéressant, murmura Sidney qui orienta le médaillon vers la lumière.

— Vous lisez les hiéroglyphes ?

La surprise transparaissait dans la voix de Harry.

— Pas vous ? lui demanda-t-elle, distraite.

— Plus ou moins, répondit-il en refermant le tiroir. Bon, je dirais que notre mission ici est achevée.

— Ne devrions-nous pas fouiller encore un peu en quête d'autres reliques volées ? J'ai cru comprendre que celui-ci faisait partie de toute une cargaison d'antiquités.

— J'espère que vous avez bien payé ce serveur, maugréa-t-il. Non, pas de fouille supplémentaire. Nous devons partir.

— Cela ne prendrait qu'une minute.

— Si Wallace était en possession d'autres artefacts que ce médaillon, Nazzal m'en aurait informé. Maintenant…

Il fit un signe de la main en direction de la porte.

— Allons-y, voulez-vous ?

— Si vous…

Soudain, on frappa à la porte. Ils se pétrifièrent. Le cœur de Sidney s'emballa et son regard croisa celui de Harry. Il plaqua un index contre ses lèvres.

Nouveaux coups sur le battant. Au moins, ce n'était pas M. Wallace : ce dernier n'aurait pas frappé à sa propre porte.

— C'est la femme de chambre venue faire le lit, murmura-t-elle.

Du menton, Harry désigna l'armoire.

— Cachez-vous là-dedans.

— Elle n'est pas assez grande pour nous deux.

Sidney tenait toujours le médaillon dans le creux de la main. Sans réfléchir, elle le glissa entre ses seins, à l'abri dans son corset.

— Il n'y a qu'une seule solution, alors.

Il l'attrapa par la main, l'entraîna jusqu'au lit et rabattit les couvertures en grand.

— Grimpez.

— Vous êtes fou ?

— Il faut croire.

Le cliquetis d'une clé dans le trou de la serrure eut raison de l'hésitation de Sidney. Elle remonta ses jupes sur ses jambes et bondit pour ainsi dire sur le lit, aussitôt imitée par Harry. Il remonta les couvertures pardessus leurs têtes, puis l'entoura de ses bras. Malgré la précarité de leur situation et la peur qui l'étreignait, ce n'était pas du tout désagréable.

La poignée de la porte tourna.

— Toutes mes excuses, murmura-t-il avant de l'attirer contre lui et de plaquer ses lèvres contre les siennes.

Le monde de Sidney chavira.

Peut-être était-ce l'élément de surprise ? Le simple fait de n'avoir encore jamais été embrassée ainsi ? La terreur d'être démasquée dans une situation plus que compromettante ? Plus probablement c'était juste à cause de lui, l'agaçant, le moralisateur, l'héroïque Harry Armstrong.

Un cri retentit sur le seuil de la chambre, accompagné de ce qui ressemblait à un flot d'excuses en arabe.

Sidney le remarqua à peine. Aussitôt, le battant se referma.

Pourtant, Harry ne desserra pas son étreinte, et elle ne chercha pas à le repousser. Jamais elle n'avait imaginé la délicieuse intimité d'une bouche d'homme pressée contre la sienne. Bien sûr, il lui était déjà arrivé d'envisager l'idée d'être embrassée, mais elle avait accepté depuis longtemps que si cela ne lui était pas encore arrivé à trente-deux ans, il y avait de fortes chances qu'elle ne connaisse jamais ce plaisir. Certes, Millicent Forester avait vécu de doux rapprochements dans les bras de Richard Weatherly. Cependant, décrire un baiser sur le papier n'avait rien à voir avec l'expérience réelle, avec ces frissons qui perduraient encore au creux de son ventre sous la forme de singulières palpitations combinées au désir le plus étrange de quelque chose... de plus. Au bout d'un moment, Harry se recula et l'observa d'un air déconcerté.

— Inutile de vous excuser, lui dit-elle en esquissant un sourire tremblant. Vous avez fait ce qu'il fallait faire.

— Oui, eh bien, nous devrions...

— En effet, nous devrions. Et si vous commenciez par me libérer ? suggéra-t-elle avec une gaieté forcée.

— Bien sûr.

Il secoua la tête, comme pour s'éclaircir les idées, rejeta les couvertures et, après s'être levé, l'aida à se mettre debout. Ils refirent le lit du mieux qu'ils purent, se déplaçant aussi rapidement et silencieusement que possible, conscients du risque que la femme de chambre pouvait réaliser à tout moment que le couple affairé dans le lit n'avait rien à faire dans cette suite.

Sidney s'avança devant la psyché et rajusta les manches ballons de sa robe du soir avant de lisser de son mieux les plis de ses jupes froissées. Du bout des doigts, elle remit sa coiffure en ordre et jugea que ces quelques vagues tapotements feraient l'affaire. Derrière elle, Harry redressait son col et sa cravate. Lorsque leurs regards se croisèrent, elle se figea, ne sachant quoi dire à part : « Embrassez-moi encore, Harry. » C'était ridicule, bien entendu. Il l'avait embrassée par simple nécessité, et il s'en était excusé par avance. Tout cela n'était rien d'autre qu'une ruse. Certes, il avait demandé à l'embrasser durant la traversée, mais il n'avait plus renouvelé cette requête. Et comme lors de ce moment gênant au possible dans la pyramide, il avait gâché les autres occasions qui s'étaient présentées. Un homme sincèrement désireux d'embrasser une femme saisirait chaque chance qui se présentait, non ?

Harry paraissait tout aussi troublé qu'elle. Était-il à court de mots parce qu'il regrettait son geste, parce qu'il ne voulait pas qu'elle pense ce baiser plus important qu'il ne l'était en réalité, ou parce qu'il en voulait davantage, lui aussi ?

— Nous ferions mieux de filer, dit-il soudain.

Il alla entrebâiller la porte et jeta un coup d'œil dans le couloir avant de l'ouvrir plus grand et de lui faire signe de passer.

— Merci, murmura-t-elle avant de se faufiler hors de la suite.

Ils regagnèrent la salle de bal dans un silence presque total, en proie à un malaise évident. À quoi pensait Harry en cet instant ? Sidney n'en avait aucune idée, voyant juste qu'il était distrait et plongé dans ses réflexions.

De nombreuses questions lui trottaient dans la tête à elle aussi. Elle se demandait en particulier l'effet que lui ferait un baiser de M. Harry Armstrong qui ne serait pas motivé par la nécessité, mais par le pur désir.

Et comment elle devrait s'y prendre pour le découvrir.

14

Bon sang de bois, quelle mouche l'avait donc piqué ?

Harry tenta de se convaincre que ce n'était qu'un simple baiser, échangé de surcroît alors qu'ils étaient tout habillés. Rien de plus qu'une solution brillante à une complication inattendue, même s'il n'avait peut-être pas été tout à fait nécessaire. Quoi qu'il en soit, ce baiser n'avait pas la moindre importance. Il avait embrassé beaucoup de femmes, la plupart dans des circonstances bien plus intimes que ce soir. Malgré tout, le souvenir du corps de Sidney lové dans ses bras, ses lèvres répondant aux siennes d'abord avec une hésitation timide, puis avec un fougueux abandon, ne cessait de l'obséder. Non, il était bien forcé de l'admettre, ce baiser était bien davantage qu'un stratagème improvisé pour leur éviter d'être découverts : quoi précisément, il ne savait pas mais le doute n'était pas permis. N'avait-il pas envie de l'embrasser depuis un certain temps déjà ?

Harry accepta une coupe de champagne d'un serveur qui passait et s'attarda près de la porte, observant Sidney de l'autre côté de la salle. Dès leur retour, elle avait rejoint ses amies à la table de M. Wallace. À en juger par la mine béate de l'Américain corpulent lorsqu'il se leva et la salua d'un baisemain, lui aussi avait probablement lu son maudit bouquin.

L'attitude de Wallace avait sûrement plus à voir avec son admiration pour le travail de la jeune femme qu'avec le fait que, malgré ses efforts, cette dernière avait l'air un peu décoiffée et éminemment désirable. Harry s'efforçait en tout cas de s'en persuader car l'idée que le collectionneur puisse s'intéresser à son physique plus qu'à ses écrits l'agaçait au plus haut point. Quand Sidney l'avait accusé d'être jaloux de Nazzal et qu'il l'avait admis, il ne le pensait pas vraiment. Ou peut-être que si... Il ne savait plus trop où il en était. Cette histoire embarrassante de sentiments envers une femme se révélait des plus déroutantes.

— Elle est vraiment remarquable, ne trouvez-vous pas ?

Lady Blodgett était apparue aux côtés de Harry. Il lui lança un regard surpris.

— Je n'avais pas vu que vous aviez quitté les autres.

— Vous n'êtes pas très observateur, dites-moi.

Il s'esclaffa.

— Apparemment pas.

Elle leva les yeux au ciel.

— C'est un miracle que vous soyez encore de ce monde.

Il sirota une gorgée de champagne.

— Question de chance, lady Blodgett.

— La chance finit toujours par tourner, jeune homme.

— Ce n'est pas encore le cas pour moi.

— Vous n'avez pas répondu à ma question.

— À propos de Mme Gordon ?

Le regard de Harry se porta de nouveau sur Sidney.

— Oui, je la trouve remarquable, moi aussi.

— Vous êtes-vous occupés de votre petite course, tous les deux ? s'enquit lady Blodgett avec désinvolture, comme s'il était question d'un simple objet oublié dans sa chambre.

À l'évidence, Sidney n'était pas la seule à posséder le goût de la combine.

— C'est fait.

— Et alors ? C'est réglé ?

— Oui.

Il avait complètement oublié que Sidney avait encore le médaillon. Par chance, personne n'était au courant à part lui. Et même si Wallace remarquait la disparition de l'artefact, il ne sonnerait pas l'alerte. Un homme en possession d'objets volés déclenchait rarement un scandale public dans ces cas-là, et rien ne permettait de relier Sidney, ni lui-même d'ailleurs, à la relique. La femme de chambre n'avait qu'entraperçu deux silhouettes enlacées, presque entièrement dissimulées sous les draps. Cependant, plus Sidney et ses amies prolongeaient leur conversation avec Wallace, plus le risque grandissait que l'une d'elles commette une bévue sans le vouloir : il n'avait guère confiance en leur capacité à garder leur langue.

— Il serait peut-être prudent de souhaiter une bonne fin de soirée à M. Wallace, suggéra-t-il.

— C'est exactement ce que je pensais, fit remarquer lady Blodgett en lui glissant un regard curieux. Vous pouvez nous faire confiance, vous savez. Nous sommes bien plus intelligentes qu'il n'y paraît.

— Je n'en doute pas une seconde.

— Toutefois, lorsqu'on use d'un subterfuge – quel qu'il soit –, il est sage de pécher par excès de prudence.

— Tout à fait, lady Blodgett.

Il doutait que ces inoffensives Anglaises aient déjà trempé avec succès dans un quelconque subterfuge d'envergure, à l'exception du soutien qu'elles apportaient à Sidney dans sa mystification. Et même là, bien qu'elles ne le réalisent peut-être pas, leur tentative était pas tout à fait couronnée de succès. Il réprima un sourire.

— L'âge n'est pas synonyme de stupidité, Harry, à moins bien entendu d'avoir toujours été stupide. Je vous assure que cela n'est le cas d'aucune de nous trois.

— Je n'ai jamais...

— De plus, nous étions toutes les trois mariées à des hommes presque toujours absents, partis explorer des terres inconnues ou, dans le cas d'Effie, servir la Couronne. Ils vivaient de grandes aventures et, comme nous le soupçonnions en notre for intérieur, s'amusaient beaucoup. Savez-vous ce qui arrive aux femmes qui épousent de tels hommes ?

Elle le toisait d'un œil sévère.

— Je n'y ai jamais réfléchi, répondit-il, sur ses gardes.

— Ce qui indique que vous n'avez jamais envisagé l'idée de vous marier. C'est bon à savoir.

Avant qu'il puisse lui demander pourquoi, elle ponctua son commentaire d'un hochement de tête et enchaîna :

— Les épouses d'aventuriers deviennent soit des violettes délicates et sans défense qui peuvent à peine prendre soin d'elles-mêmes, soit des femmes fortes, indépendantes et débrouillardes. Toutes les trois, nous aurions tout donné, ou presque, afin que nos maris restent à la maison construire leur vie avec nous. Mais comme cette chance ne s'est pas présentée, nous sommes devenues telles que vous nous voyez aujourd'hui. Comprenez-vous ce que je veux dire ?

Il la dévisagea, perplexe.

— J'ai bien peur que non.

Elle soupira.

— Nous avons toujours agi en conscience, seules ou avec nos amis, quand les circonstances l'imposaient. Dans certains cas pour arranger une situation, dans d'autres parce que quelqu'un avait besoin de notre aide, sans même parfois s'en rendre compte sur le moment. Et maintenant que nous sommes entrées dans l'inévitable et ultime chapitre de notre existence, affranchies des règles agaçantes de la bienséance ou même des lois, nous continuons à faire ce que nous pensons nécessaire. Pour le bien de tous – une noble cause si vous voulez –, pas simplement pour le plaisir.

— Je vois, mentit-il.

— Vous ne voyez rien du tout, mais c'est gentil de faire semblant.

Son regard se tourna de nouveau vers Sidney et les autres.

— Je ferais mieux de rassembler mon petit troupeau.

— Bonsoir, alors. Dormez bien.

— Oh, nous n'avons pas l'intention d'aller nous coucher tout de suite. Il n'est pas encore dix heures et nous sommes en vacances. Nous regagnerons nos chambres plutôt vers minuit, j'imagine. Cet après-midi, j'ai rencontré un charmant groupe de voyageurs descendus à l'hôtel pour une visite guidée du Caire. Il ne s'agit pas d'un voyage organisé par la Société des Voyageuses, malheureusement, mais par le groupe touristique Thomas Cook. Ces gens-là sont partout, vous savez.

— Il y a beaucoup de touristes en Égypte.

— J'ai même croisé ici quelques Londoniens avec qui j'ai des connaissances communes, ce à quoi je ne m'attendais pas, il faut le dire. Bon nombre des participants au voyage Cook ont lu le livre de Sidney ou ses chroniques dans le *Daily Messenger* et souhaitent la rencontrer. Ils ne dînaient pas à l'hôtel ce soir, mais le charmant M. Chalmers a tout organisé pour que nous puissions nous retrouver dans la petite salle à manger peu après dix heures. Gentille attention de sa part, n'est-ce pas ?

— M. Chalmers est un homme des plus attentionnés.

— L'excuse parfaite pour prendre congé de M. Wallace. Encore un de nos fameux subterfuges, glissa-t-elle avec un sourire satisfait.

— Brillante initiative, lady Blodgett. Vos amies et vous ne manquez jamais de m'étonner.

— Quel aimable compliment, Harry. Mais je préfère de loin « rusée » à « brillante », ajouta-t-elle avant de prendre congé.

Harry riait encore intérieurement lorsque la vieille dame rejoignit ses amies. Le stratagème fonctionna à merveille : en quelques minutes, le petit groupe s'était excusé auprès de M. Wallace et avait quitté la salle de bal. « Rusées » était peut-être le qualificatif convenant à ces dames, en effet.

Il songea à se retirer pour la soirée, mais il savait qu'il ne trouverait pas le repos tant que le médaillon serait en possession de Sidney. Non qu'il s'inquiète de la voir courir un quelconque danger. Toutefois, comme l'avait souligné lady Blodgett, mieux valait pécher par excès de prudence. De plus, il lui semblait que le succès de leur mission méritait d'être fêté dignement. Pour cela, quoi de plus approprié qu'une coupe de champagne ? Sidney aimait le champagne, pourquoi ne pas lui en apporter une bouteille dans sa chambre ? Il pourrait y ajouter un extrait de son manuscrit, à parcourir plus tard si elle en avait envie. Cette perspective ne l'enchantait guère, mais il serait lâche de se dérober à son opinion.

Et si partager une bouteille devait les conduire plus loin... Sidney était veuve, après tout, et elle lui avait rendu son baiser avec une fougue certaine. Il n'avait pas l'intention de la séduire, mais, peut-être, une chose en amenant une autre...

Quelques minutes après minuit, il frappa à la porte de la jeune femme en toute discrétion, le champagne et deux coupes dans une main, une vingtaine des pages les plus récentes de son manuscrit sous le bras. Aucun rendez-vous galant ne l'avait jamais rendu nerveux, mais là, les choses étaient différentes : il s'agissait de

Sidney, celle qui l'avait scandalisé avec son écriture tenant davantage d'un invraisemblable flou artistique que d'un véritable talent d'auteur – même si, ce soir, elle lui avait paru ressembler de très près à sa turbulente héroïne. Celle qui l'avait ramené en Égypte, et qui était peut-être en train de se frayer un chemin jusqu'à son cœur. Aucune femme n'y était jamais parvenue, et il croyait la chose inconcevable.

Harry toqua de nouveau, plus fort. Sans doute dormait-elle déjà à poings fermés, et lui-même ressentait la fatigue de cette longue journée. Il résista à l'envie de tambouriner à sa porte : le vacarme risquait de réveiller les occupants des chambres voisines, et il n'avait aucune envie de tomber sur Wallace dans le couloir, ou qui que ce soit d'autre, d'ailleurs. Il existait aussi l'infime possibilité qu'il se soit mépris sur la réaction de Sidney à son baiser, quoiqu'il ne soit pas prêt à parier là-dessus. Il avait embrassé suffisamment de femmes pour savoir quand elles partageaient son désir.

Cependant, il ne pouvait écarter cette hypothèse, tant Sidney ne ressemblait à aucune des femmes qu'il avait connues. Il glissa les pages sous sa porte et repartit vers sa chambre, l'estomac noué. Par quoi donc ? La déception ? Ce ne serait pas la première fois qu'il verrait ses espoirs douchés, même si ce genre de déconvenue avait été rare. Et s'il se trompait vraiment, si ce qu'il ressentait n'était pas réciproque ? Que ressentait-il, d'ailleurs ?

Bon sang, Sidney l'avait transformé en un magma informe d'indécision pleurnicharde, en une créature embourbée jusqu'au cou dans la confusion, noyée dans un flot gélatineux de ces maudits sentiments qu'il exécrait tant. Jamais aucune femme ne lui avait fait cet effet-là. Sans doute ses nombreux efforts pour se comporter comme un gentilhomme, comme un comte, y étaient-ils pour quelque chose. Ou peut-être la faute en incombait-elle à Sidney, voire à l'Égypte, allez savoir. Lui qui avait toujours détesté les questions sans réponses se retrouvait maintenant avec des interrogations insolubles plein la tête, ainsi qu'avec des sentiments à ne plus savoir qu'en faire !

Impossible de fermer l'œil dans ces conditions : toute la nuit, il tourna et vira dans son lit, quand il ne faisait pas les cent pas dans la chambre. Plus d'une fois, il se retint de se précipiter jusqu'à la chambre de Sidney et d'en défoncer la porte, ce qui serait ridicule, bien sûr. Que lui dirait-il ensuite ? *Veuillez m'excuser d'avoir démoli votre porte, mais j'étais curieux de savoir si notre baiser n'était rien qu'un stratagème pour tromper la femme de chambre ou s'il comptait vraiment pour vous.* Au matin, il avait compris qu'il pouvait difficilement exiger de connaître les sentiments de Sidney avant d'avoir mis de l'ordre dans son propre esprit. Ainsi peut-être que dans son cœur.

Sidney ne parut pas au petit déjeuner, pas plus que ses amies. À la réception, il trouva toutefois un mot à son intention de la part de Mme Higginbotham, l'informant qu'elles rejoignaient leurs nouveaux amis de l'agence Thomas Cook pour une visite matinale de plusieurs mosquées, mais qu'elles reprendraient leur programme dans l'après-midi. Comme le message ne précisait pas de quels monuments religieux il s'agissait parmi les centaines qui existaient au Caire, Harry n'eut d'autre choix que d'attendre leur retour. Ce contretemps était très agaçant, la patience n'ayant jamais été son fort. Bien qu'il soit encore dans le flou quant à ses propres sentiments, il tenait à régler cette affaire avec Sidney au plus vite. Alors qu'il traversait le lobby au pas de charge, il tomba sur Corbin qui ne lui fut d'aucune aide et se réjouissait plutôt de ne pas avoir à cavaler derrière ces dames. Le reporter avait l'intention de passer la matinée à rédiger une dépêche sur la visite de Sidney aux pyramides, dont il avait apparemment appris les détails de sa bouche lors du thé : Harry se promit de ne plus jamais manquer l'heure du thé.

Il tenta d'écrire un peu dans le salon adjacent au hall principal, mais son regard ne cessait de s'égarer vers la porte et il finit par admettre que ses efforts étaient vains. En outre, alors qu'à Londres il n'avait pas eu la moindre difficulté à coucher sur le papier ses aventures avec Ben et Walter, il était ici assailli par trop de souvenirs pour se concentrer sur la précision. Ces satanés sentiments l'empêchaient de rédiger son texte correctement, et quand il ne se laissait pas émouvoir par le passé, il se surprenait à écrire des inepties sur une chevelure de la couleur de l'or filé ou une caresse sur une joue aussi douce et veloutée qu'un pétale de rose. Un *pétale de rose* ? Qu'est-ce qui n'allait pas chez lui ?

En désespoir de cause, Harry migra sur la terrasse côté rue, s'assit à une petite table près du perron et tenta de se plonger dans l'édition anglaise de *La Gazette égyptienne*. Mais son attention était mise à mal à chaque fois que quelqu'un arrivait. Il nota toutefois le départ d'un M. Wallace passablement de mauvaise humeur. Il était une heure passée lorsque ses compagnes de voyage reparurent.

Sidney n'était pas parmi elles.

— Bonjour, mesdames, leur lança-t-il en les rejoignant devant l'entrée entre les sphinx. Où est-elle ?

Les trois vieilles dames échangèrent des regards perplexes.

— Qui donc ? demanda lady Blodgett.

Les yeux de Mme Higginbotham se plissèrent.

— Pourquoi avez-vous l'air si à cran ?

— Parce que je le suis.

Il les conduisit à sa table et rongea son frein le temps que le trio s'installe.

— Je constate que Mme Gordon n'est pas avec vous. Vous êtes-vous encore perdues de vue pendant votre visite ?

Elles ne semblaient pas comprendre.

— Voulez-vous dire qu'elle n'est pas ici, à l'hôtel ? s'inquiéta Mme Fitzhew-Wellmore.

Un frisson d'angoisse chatouilla la nuque de Harry.

— Elle n'est pas avec vous ?

Lady Blodgett fit non de la tête et réfléchit un instant.

— Nous nous sommes souhaité bonne nuit devant les ascenseurs peu avant minuit, me semble-t-il, raconta-t-elle avec un regard aux deux autres qui acquiescèrent. Ensuite, nous nous sommes retirées dans nos chambres respectives.

— Il est treize heures passées, je sais, mais elle a peut-être eu une panne d'oreiller, suggéra Mme Higginbotham. Elle paraissait très fatiguée hier soir, comme nous toutes.

— Sidney est une lève-tôt, murmura Mme Fitzhew-Wellmore, partageant l'étonnement général.

— Avez-vous jeté un coup d'œil dans sa chambre, Harry ? demanda Mme Higginbotham.

— Non, répondit-il sèchement. Je pensais qu'elle était avec vous.

— Dans ce cas, j'y vais.

Mme Higginbotham se leva et disparut dans l'hôtel d'un pas déterminé : malheur à qui se mettrait en travers de son chemin.

— Et moi, je vérifie auprès de la réception, annonça lady Blodgett. Si Sidney est sortie, elle a peut-être laissé un mot.

— Je suis certaine qu'il n'y a pas lieu de s'inquiéter.

Les paroles de Mme Fitzhew-Wellmore démentaient la préoccupation qui se lisait dans ses yeux.

— Bien sûr que non.

Pourtant, l'appréhension nouait l'estomac de Harry, lui procurant une terrible sensation de nausée qu'il n'avait pas ressentie depuis un moment. Malheureusement, ce signe avait toujours été infaillible.

Lady Blodgett fut la première à revenir.

— Il y a en effet un mot de Sidney disant qu'elle rencontrait un autre groupe de lecteurs. Nous ne devons pas nous inquiéter, ajoute-t-elle, elle nous verra plus tard dans la journée. D'après le réceptionniste, le message était déjà là ce matin. Il a donc dû être déposé hier soir.

Harry croisa le regard de lady Blodgett.

— Hier soir ? Il en est sûr ?

— Sûr et certain.

— Sidney dit qu'il ne faut pas s'inquiéter, alors pour ma part je vais lui obéir, affirma Mme Fitzhew-Wellmore avec un hochement de tête catégorique, comme si elle tentait de se convaincre elle-même autant que les autres. Si quelqu'un sait se débrouiller toute seule, c'est bien notre Sidney.

— Grâce à toutes les aventures qu'elle a vécues en Égypte ? ironisa Harry d'un ton plus cassant qu'il ne l'avait prévu.

— Eh bien, oui, répondit Mme Fitzhew-Wellmore d'une petite voix. Entre autres choses...

Outre son imagination débordante, son talent pour la mystification et son goût pour la combine, il n'osa pas demander à quelles « autres choses » elle faisait allusion.

Mme Higginbotham revint et se laissa choir sur sa chaise.

— Elle n'est pas dans sa chambre et il semble qu'elle n'y ait pas dormi.

— Quoi ? s'étrangla Harry.

Mme Fitzhew-Wellmore se tordait les mains.

— Comment peux-tu le savoir ?

— La robe qu'elle portait hier soir a disparu, répondit Mme Higginbotham en poussant un profond soupir. Tout est de ma faute ; sans moi, nous n'en serions pas là.

— Que voulez-vous dire ? demanda Harry.

Mme Fitzhew-Wellmore l'ignora et tapota la main de son amie.

— Ne sois pas ridicule. Si quelqu'un est à blâmer...

Elle braqua un regard accusateur sur Harry.

— Je suggère que nous cessions de nous pointer mutuellement du doigt pour l'instant, intervint lady Blodgett d'un ton posé. Sidney est une femme intelligente et nous montons peut-être son absence en épingle. Il n'y a sans doute aucune raison de s'inquiéter. Il est tout à fait possible qu'elle revienne à tout moment avec une explication logique. Qu'en pensez-vous, Harry ?

Son calme apparent cachait mal l'inquiétude qui se lisait dans ses yeux.

Il hésita, mais il semblait inutile d'essayer de leur cacher une vérité qu'elles connaissaient sans doute déjà.

— Savez-vous qu'elle est en possession du médaillon ?

Lady Blodgett se figea.

— Non, nous l'ignorions.

— Mince alors, murmura Mme Fitzhew-Wellmore.

— M. Wallace rentrait en Amérique aujourd'hui, souligna Mme Higginbotham. Je suppose donc qu'il n'est pas une source d'inquiétude.

Mais combien d'autres personnes étaient au courant de cette affaire d'antiquités volées ? Harry choisit d'ignorer cette question alarmante.

— Harry, qu'allons-nous faire ?

Il inspira un grand coup.

— Rien.

— Comment ça, rien ? Il y a sûrement quelque chose à faire, protesta Mme Fitzhew-Wellmore.

— Rien du tout. Vous allez toutes les trois rester à l'hôtel. Pas question d'égarer l'une de vous en plus de Mme Gordon. Vous ne connaissez pas Le Caire, vous ne parlez pas l'arabe et ce genre de recherche ne vous est pas familier. Le message de Mme Gordon me semble plutôt rassurant : quelle que soit sa destination, tout porte à croire qu'elle s'y est rendue de son plein gré. Je sais que vous ne m'appréciez guère, mais maintenant je vous demande de me faire confiance, d'accord ?

— Nous n'avons pas vraiment le choix, n'est-ce pas ? Alors oui, je suppose que nous allons vous faire confiance.

— Ce n'est pas une adhésion enthousiaste, mais je m'en contenterai. Comme vous, je pense qu'il ne s'agit sans doute de rien de grave.

À en juger par les regards des trois amies, il était évident qu'elles n'étaient pas plus dupes que lui.

— Je vais localiser Mme Gordon, je vous assure, et nous en rirons tous ensemble après coup.

— Si vous nous interdisez de bouger d'ici, nous avons quand même le droit de savoir ce que vous avez l'intention d'entreprendre.

— C'est bien normal, approuva Harry. Il me semble que…

— Monsieur Armstrong, mesdames.

Nazzal apparut près de la table et leur sourit en guise de salut. Harry avait conscience qu'il venait récupérer le médaillon, comme ils en avaient discuté la veille, mais l'Égyptien tombait bien. Si quelqu'un pouvait retrouver une Anglaise disparue au Caire, c'était bien lui.

— Vous êtes toutes très en beauté aujourd'hui, mesdames. Oh, mais je vois que vous n'êtes pas au complet. Où est la charmante Mme Gordon ?

Elles s'interrogèrent du regard. Harry espérait qu'elles auraient la bonne idée de tenir leur langue.

Pour obtenir l'aide de Nazzal, il ne suffisait pas de la demander. Être en possession du médaillon était un atout qui lui conférait pour l'instant un certain pouvoir de persuasion.

— Elle a disparu ! s'exclama Mme Fitzhew-Wellmore.

Lady Blodgett fit une grimace.

— Nous ne savons pas où elle se trouve.

— Elle est partie depuis hier soir et nous sommes très inquiets, ajouta Mme Higginbotham.

Pour la discrétion, on repassera, fulmina intérieurement Harry.

L'Égyptien se tourna vers lui, des interrogations plein les yeux.

— Vraiment ? Vous en êtes sûrs ?

— Malheureusement, oui. J'espérais que vous pourriez nous apporter votre aide.

— Je ferai tout mon possible, lui assura Nazzal. Mais d'abord, monsieur Armstrong, j'aimerais avoir un mot en privé, si vous le voulez bien. Au bar, peut-être ?

Harry se leva.

— Il n'a pas votre médaillon, si c'est ce que vous comptez lui demander, lâcha en toute innocence Mme Higginbotham.

— Pardon ?

— Madame Higginbotham ! grommela Harry.

— Oh, où avais-je la tête ? se reprit-elle, se penchant vers l'Égyptien avec une mine de conspiratrice. Il n'a pas votre *objet*, lui souffla-t-elle en aparté.

Harry laissa échapper un grognement excédé. Nazzal braqua un regard aiguisé sur lui.

— Que veut-elle dire ?

— C'est une histoire assez amusante, commença Harry.

— Vous deviez m'avertir immédiatement si vous échouiez à récupérer… *l'objet*, dit-il après un coup d'œil aux vieilles dames.

Harry fit une grimace.

— Je l'ai bel et bien récupéré. C'est juste que je ne l'ai pas en ma possession pour l'instant.

— C'est Mme Gordon qui a... *l'objet,* précisa Mme Fitzhew-Wellmore avec un talent de comédienne que Harry était loin de soupçonner.

On se serait cru dans une pièce de théâtre de boulevard.

— Comment est-ce possible ? s'étonna Nazzal, en proie à une profonde perplexité. Et comment le savez-vous ?

Il n'avait pas encore l'habitude du trio infernal. À l'évidence, leur première rencontre ne l'avait pas assez préparé à leurs excentricités. Harry se disait qu'il devait, lui aussi, avoir bien souvent ce regard égaré.

— Vous feriez mieux de vous asseoir, monsieur Nazzal, dit lady Blodgett en lui désignant le siège de Harry à côté d'elle et en faisant signe à un serveur d'en apporter un autre. C'est avec plaisir que nous allons tout vous expliquer.

Après un regard dubitatif à Harry, l'Égyptien obtempéra.

Une fois tous installés, lady Blodgett raconta comment Sidney avait appris l'existence de *l'objet,* la contribution de Mme Fitzhew-Wellmore qui s'était approprié le passe pour ouvrir la chambre de Wallace, l'habileté de Mme Higginbotham à crocheter une serrure et leurs efforts conjugués pour distraire l'attention de l'Américain.

— Toutefois, quand elle nous a appris le succès de la mission, elle n'est pas entrée dans les détails et n'a jamais mentionné être en possession de... ce que vous savez, conclut-elle avec un regard agacé à Harry.

— Oui, comment se fait-il qu'elle l'avait ? exigea de savoir Mme Higginbotham, le regard noir.

— C'est vrai, Harry, enchaîna Nazzal, comment Mme Gordon en est-elle venue à avoir... *l'objet* entre les mains ?

À un moment, durant les explications de lady Blodgett – quelque part entre l'idée de Sidney de payer un serveur pour les espionner au bar, Harry et lui, et l'admiration de Wallace pour ses chroniques –, son agacement s'était mué en amusement.

— Nous avons failli nous faire surprendre par une femme de chambre et Mme Gordon l'a caché sous sa robe.

Pas question pour Harry de divulguer tous les détails de ce qui s'était passé dans la chambre de l'Américain.

Mme Higginbotham ne cacha pas sa surprise.

— Cette robe de soirée ne permettait pas de dissimuler quoi que ce soit.

Mme Fitzhew-Wellmore s'éclaircit la gorge avec une discrétion toute relative et baissa les yeux sur son buste. Après quelques secondes de confusion, le déclic se fit dans l'esprit de son amie.

— Je vois. Oui, c'est l'endroit idéal pour dissimuler un petit objet. C'est ce que j'ai toujours dit.

Nazzal réprima son hilarité.

— Qu'est-ce qui vous amuse autant, monsieur Nazzal ? La cachette privilégiée par Mme Gordon ou notre absence d'embarras à la mentionner ? demanda Gwen.

L'Égyptien lui prit la main et la porta à ses lèvres.

— Lady Blodgett, je vous trouve tout bonnement prodigieuses, vos amies et vous.

Elle le dévisagea un instant, puis hocha la tête.

— Vraiment ? Eh bien, nous nous y employons de notre mieux.

Harry observait Nazzal avec curiosité.

— Vous n'êtes pas du tout inquiet, n'est-ce pas ?

— L'absence de Mme Gordon est un sujet de préoccupation, mais je ne suis pas foncièrement inquiet.

Quoi qu'il en soit, je doute que cela ait le moindre rapport avec notre affaire. J'aurais préféré qu'elle ne s'en mêle pas - c'était à *vous* que j'avais confié cette mission -, mais je ne pense pas non plus que quelqu'un puisse savoir que l'objet est en sa possession. Quant à vous, vous étiez depuis longtemps sorti du jeu et, à mon avis, personne ne pourrait faire le rapprochement. Durant son séjour ici, M. Wallace a été surveillé : il n'a eu aucun contact avec la personne qui lui a vendu l'objet et n'a pas non plus passé d'appels téléphoniques. Et d'après mes informations, il était il y a quelques heures dans le train à destination de Port-Saïd.

— Je l'ai vu quitter l'hôtel, confirma Harry.

Sans être tout à fait convaincues, les trois vieilles dames eurent l'air soulagées, tout comme lui. Son regard croisa celui de l'Égyptien.

— Vous allez nous aider.

C'était autant une affirmation qu'une question.

— Tout pour un ami, Harry, répondit Nazzal en se levant. Je vais me renseigner et je reviendrai dès que j'aurai du nouveau.

— Faites vite, je vous en prie, monsieur Nazzal, le pressa Mme Fitzhew-Wellmore avec un pâle sourire.

— Oui, bien sûr.

Il salua les trois amies avec galanterie et prit congé. Harry reprit sa place.

— Alors, mesdames, quels sont vos projets pour le reste de la journée ?

— Croyez-vous vraiment que le retour de Sidney prendra autant de temps ? s'inquiéta Mme Higginbotham.

Il plongea son regard dans le sien avec gravité.

— Madame Higginbotham... Effie. Je sais que vous avez entendu des histoires de femmes occidentales enlevées et disparues à jamais. Mais je vous assure qu'une veuve de plus de vingt ans ne constitue pas une cible aussi tentante qu'on serait amené à le croire.

Elle écarquilla les yeux d'indignation.

— Quelles sont donc ces fadaises, Harry ? Sidney est une jeune femme très séduisante et n'importe quel ravisseur la trouverait grandement désirable.

— En plus, elle est brillante, enchaîna Mme Fitzhew-Wellmore. Et on ne pourrait trouver plus gentille et généreuse qu'elle.

— Ce serait épouvantable si nous ne réussissions pas à la retrouver, dit lady Blodgett d'une voix blanche. Elle nous manquerait terriblement, n'est-ce pas, Harry ?

— Cela va sans dire.

Cette horrible sensation proche de la nausée était de retour.

— Malgré votre différend d'ordre littéraire, nous avons cru remarquer un net rapprochement entre vous deux, se lança Mme Higginbotham. En tant que compagnons de voyage et peut-être aussi en tant qu'amis ?

— Eh bien, oui, je suppose.

— Ou même encore un peu plus ? hasarda Mme Fitzhew-Wellmore.

Les visages des trois femmes trahissaient la même impatience derrière un voile d'innocence. Comme si elles espéraient qu'il leur fasse part de sentiments dont il ne niait pas l'existence, certes, mais qu'il aurait été bien en peine d'expliquer.

— Ce n'est ni le moment ni le lieu pour discuter d'un sujet qui, par ailleurs, ne vous concerne en rien.

Leur espoir se mua en indignation.

Lady Blodgett se leva, aussitôt imitée par ses amies.

— Puisque c'est ainsi, je crois que je vais monter dans ma chambre. Et ensuite, j'irai peut-être passer un moment dans la bibliothèque.

— Excellente idée. Nous avons un certain nombre de brochures à rédiger pour la Société des Voyageuses sur la base de nos expériences récentes, déclara Mme Higginbotham.

— Dont une sur la nécessité de laisser des messages indiquant sans malentendu possible si on s'est fait enlever ou non.

Les deux autres approuvèrent du chef avec vigueur. Effie planta un regard sévère dans celui de Harry.

— Faites-nous savoir si vous avez du nouveau. Sans perdre une minute, c'est compris, jeune homme ?

— C'est on ne peut plus clair. Et puisque nous en sommes à mettre les choses au point, riposta-t-il sur le même ton, il est hors de question que vous quittiez cet hôtel sous aucun prétexte, seules ou à plusieurs.

Il n'excluait pas la probabilité qu'elles tentent de retrouver Sidney par elles-mêmes.

— À quoi riment ces soupçons ridicules, Harry ? s'indigna lady Blodgett. Je vous ai dit hier soir que nous n'étions pas stupides. Je vous assure que notre intelligence n'a pas diminué depuis.

Avec un bel ensemble, elles le gratifièrent d'un regard outré, à la limite du désobligeant, puis tournèrent les talons et disparurent dans l'hôtel. Tant qu'elles ne se mettaient pas en tête de se lancer à la recherche de Sidney de leur côté, il se moquait pas mal de la façon dont elles le regardaient. La dernière chose dont il avait besoin, c'était qu'elles ne s'égaillent toutes dans la nature.

Un message de Mustafa Nazzal arriva enfin peu avant l'heure du thé. Harry repéra le coursier et le rejoignit immédiatement à la réception : à peine avait-il ouvert l'enveloppe que les amies de Sidney l'entourèrent, telle une volée de pigeons. Tout comme lui, elles n'avaient pas dû perdre le comptoir de vue un seul instant.

Le message allait droit au but :

Mme Gordon a été localisée dans un harem.

15

Dans un pays dont il ne parle pas la langue, le voyageur étranger s'expose toujours à des tas de malentendus.

De retour dans sa chambre après le bal et la rencontre avec les participants au voyage Cook, Sidney découvrit une lettre officielle rédigée sur du papier à en-tête royal glissée sous sa porte. La missive l'invitait à rendre visite à la princesse Naile, une tante du khédive, le vice-roi d'Égypte. Apparemment, la princesse avait beaucoup apprécié son livre et souhaitait la rencontrer. Sidney en fut, bien sûr, flattée et ravie. Et puis, comment refuser une telle requête ? Celle-ci précisait qu'une escorte était prévue jusqu'à l'une des résidences royales et qu'elle devait suivre le porteur de la lettre. La jeune femme n'avait pas regagné sa chambre depuis le début de la soirée : comment savoir quand cette invitation était arrivée ? À cette heure, l'escorte avait sûrement renoncé à l'attendre. Cependant, il aurait été impoli de ne pas s'en assurer.

Le concierge de nuit l'orienta vers un Égyptien en galabeya qui arpentait le lobby d'un pas impatient, à l'évidence de méchante humeur. Il parlait assez bien l'anglais, mais si vite qu'il n'était pas possible de saisir tout ce qu'il disait. Sidney eut beau expliquer qu'elle ne pouvait aller nulle part à cette heure – il était presque minuit –, l'homme ne voulut rien savoir : il avait pour instruction de la ramener au palais, alors il la ramènerait. Avant qu'elle ait le temps de cligner des yeux, il l'avait entraînée à l'extérieur de l'hôtel et fait monter dans une voiture qui attendait. Elle en éprouva une grande contrariété et, pendant tout le trajet, se demanda pourquoi elle n'était pas du tout effrayée. Au contraire, elle ressentait plutôt une sorte de griserie. Quelle fascinante aventure de faire la connaissance d'une véritable princesse égyptienne au beau milieu de la nuit. Dans un coin de sa tête, elle se demandait quand même si elle n'était pas victime d'un enlèvement, mais cette théorie lui semblait un peu tirée par les cheveux. L'homme qui l'escortait était déterminé, certes, mais pas le moins du monde menaçant. Il ne faisait aucun effort pour se montrer discret et, même au Caire, elle imaginait qu'un ravisseur aurait à cœur de passer inaperçu ; il ne se présenterait pas à l'accueil d'un grand hôtel, de surcroît muni d'une invitation officielle. Elle comptait donc se montrer digne de son héroïne Millicent Forester et profiter à plein de l'aventure.

En un rien de temps, ils atteignirent une des portes qui séparaient les différents quartiers. Son escorte – un certain M. Gamal, si elle avait bien compris son nom – l'aida à descendre et l'accompagna non loin de là jusqu'à l'entrée d'une ruelle étroite et sombre où se trouvait une porte anodine. La situation aurait pu commencer à inquiéter Sidney si M. Gamal n'avait pas continué à ronchonner entre ses dents, à l'évidence excédé par le désagrément qu'elle lui avait causé. Il frappa d'un geste vif et on vint ouvrir presque aussitôt. La jeune femme fut conduite dans d'interminables couloirs aux multiples bifurcations, un dédale qui ne facilitait guère la mémorisation si le besoin s'en faisait sentir plus tard. Malgré les appliques à huile, il faisait bien trop sombre pour y voir grand-chose, à part de longs murs de pierre ponctués de hautes ouvertures finement ajourées et des carrelages à motifs au sol. Dans pareille situation, même l'intrépide Millicent aurait pu se laisser gagner par une pointe d'appréhension, tenta de se rassurer Sidney qui s'efforçait de demeurer imperturbable.

Ils atteignirent enfin une autre porte, celle-ci richement gravée et décorée d'ornementations en laiton. M. Gamal tambourina sur le battant et, quelques minutes plus tard, la porte s'ouvrit. Une jolie femme, un peu plus jeune que Sidney, vêtue d'une robe en soie vaporeuse sur un élégant pantalon bouffant, regarda les visiteurs tour à tour, en proie à une indéniable perplexité. Avant qu'elle ait le temps de prononcer un mot, M. Gamal se lança dans une diatribe échevelée en arabe, accompagnée de gestes frénétiques pour la plupart dirigés vers Sidney. À l'évidence, tout cela trahissait une profonde indignation ; nul besoin de connaître la langue pour le deviner. Dès qu'il reprit son souffle, la femme s'engouffra dans la brèche sur le même ton. À force de vociférations et de gesticulations, ils finirent selon toute vraisemblance par arriver à contrecœur à une sorte de compromis. M. Gamal s'inclina devant Sidney et rebroussa chemin sans demander son reste, manifestement soulagé d'être débarrassé d'elle.

— Mes excuses les plus sincères, madame Gordon. Je vous en prie, entrez, dit la jeune femme d'une voix raffinée et dans un anglais presque parfait.

Elle s'effaça, fit signe à Sidney d'avancer, puis referma la porte.

— Cette aile du palais est réservée au harem, expliqua-t-elle.

— Au harem ? répéta Sidney en faisant quelques pas timides.

La femme jeta un coup d'œil aux pieds de la jeune Anglaise.

— Vos chaussures, madame Gordon.

— Oui, bien sûr, murmura-t-elle en ôtant ses escarpins.

Une galerie bordée de colonnes s'ouvrait sur une vaste cour intérieure aux hauts plafonds voûtés, éclairée par la lumière tamisée d'appliquées fixées aux murs. En son centre, les jets d'eaux d'une fontaine faisaient entendre leurs doux bruissements mélodieux. Une multitude de divans, ottomanes et autres méridiennes meublaient l'espace, tendus d'étoffes décorées de motifs traditionnels égyptiens aux teintes vives.

— C'est ici que résident les femmes et les enfants de la maison, ainsi que leurs serviteurs. C'est loin d'être le repaire d'immoralité et de perversion que les Occidentaux ont été amenés à croire. Mais vous le saviez déjà, je suppose, madame Gordon.

— J'ai entendu toutes sortes de choses sur les harems, mais je n'ai jamais eu l'occasion d'en visiter un. Et pas davantage une résidence royale.

— Je crains que ce ne soit beaucoup plus ordinaire que vous ne l'imaginez, fit remarquer la jeune femme avec un sourire. Je suis dame Hattice, une cousine éloignée de la famille royale. Vous m'en voyez navrée, mais j'ai peur qu'il n'y ait eu un affreux malentendu.

— Vraiment ?

— Gamal s'est rendu tôt à votre hôtel avec notre invitation. Malheureusement, j'ai commis l'erreur de lui demander de vous escorter jusqu'ici sans préciser l'heure, et n'avais pas l'intention de le faire attendre toute la nuit. Certains hommes ne sont guère plus intelligents que les ânes qu'ils montent, soupira-t-elle en levant les yeux au ciel. J'ai même connu bon nombre d'ânes beaucoup plus intelligents que bien des hommes.

— J'avais un engagement ce soir et n'ai trouvé votre lettre qu'en regagnant ma chambre, expliqua Sidney. Et puis M. Gamal s'est montré intraitable : il ne m'a pas laissé le choix.

Dame Hattice dodelina du chef, incrédule.
— Encore une fois, toutes mes excuses, madame Gordon. Presque tout le monde est couché. Vu cette heure tardive, nous serions honorés que vous acceptiez de passer la nuit ici. De la sorte, vous pourriez rendre visite à la princesse Naile demain matin.
Sidney hésita.
— Il vaudrait mieux que je rentre.
— Vous disiez n'avoir encore jamais vu de harem, insista dame Hattice avec un sourire. Si je vous révèle tous nos secrets, ils se retrouveront peut-être dans l'une de vos histoires.
Sidney se mit à rire.
— Très bien, alors je reste.
D'ailleurs, si sa mémoire était bonne, elle avait lu qu'il était d'une grande impolitesse de refuser l'hospitalité en Égypte, surtout dans une maison royale.
— Mais je dois absolument prévenir mes amis à l'hôtel. Je détesterais qu'ils s'inquiètent.
— Bien sûr, approuva la jeune femme. Je vais vous faire apporter immédiatement le matériel de correspondance nécessaire. Et maintenant, permettez-moi de vous montrer votre chambre.
Elle l'invita à quitter la cour intérieure et la conduisit dans un autre couloir, s'arrêtant devant la première porte.
— J'espère qu'elle vous conviendra.
Une lampe à gaz brûlait sur une table basse à côté d'un lit de même hauteur sur lequel étaient empilés de nombreux édredons moelleux et couvertures douillettes. C'était tentant, presque irrésistible. Sidney réprima un bâillement.
— C'est parfait, merci.
Deux jeunes servantes apparurent sur le seuil.
— Asim et Fenuku vont vous aider à vous changer et vous apporteront des vêtements de nuit.

Par chance, Sidney avait pensé à dissimuler le médaillon dans sa chambre avant d'aller voir M. Gamal. Sinon, comment aurait-elle expliqué la présence du bijou dans son corset ?

— J'envoie tout de suite quelqu'un avec un stylo et du papier à lettres. Dès que vous aurez terminé, Asim m'apportera votre message et je veillerai à ce qu'il soit transmis au plus vite à l'hôtel.

— Merci.

— Je vois que vous êtes fatiguée, et vous souhaite donc bonne nuit, dit dame Hattice en se tournant vers la porte.

— Puis-je vous poser une question avant que vous partiez ?

— Je vous en prie, répondit la jeune femme en pivotant vers elle avec un sourire avenant. Autant que vous le souhaitez.

— Je m'interrogeais sur votre anglais. Il est presque parfait.

Les yeux de dame Hattice étincelèrent de fierté.

— Quel aimable compliment de votre part. Une gouvernante anglaise m'a élevée et j'ai passé trois ans dans un pensionnat pour jeunes filles en Angleterre. Mon père pensait qu'avec la présence britannique en Égypte, ses enfants devaient apprendre la langue, ainsi que les us et coutumes du pays.

— Et qu'avez-vous appris sur les Anglais ?

Dame Hattice réfléchit.

— Comme dans tous les pays, ils se préoccupent de leur statut et de leur rang. Et ceux qu'ils ne connaissent pas, ils... Quelle est l'expression, déjà ? Ah oui, ils leur collent des étiquettes sur le dos. Nous faisons la même chose ici, les étrangers sont toujours regardés bizarrement. J'ai apprécié mon séjour en Angleterre, conclut-elle avec un haussement d'épaules, mais je ne regrette pas d'être rentrée.

— Je vois.

Sidney ne savait trop quoi dire. Elle ne pouvait guère contester le jugement de dame Hattice, quand bien même elle en avait envie. N'avait-elle pas elle-même une belle grosse étiquette collée dans le dos ?

— Avez-vous une autre question ?

— Un certain nombre, en fait.

Dame Hattice haussa les sourcils.

— Sur les harems, sans doute.

— Je me demande juste comment on en arrive à vivre dans un harem.

— Ce n'est pas si différent de n'importe quelle grande famille qui partage la même maison. Pour nous, il n'y a rien de plus important que la famille. Et comme vous, je suis veuve : après le décès de mon époux, je suis venue vivre ici avec mes enfants. Lorsque je me remarierai, ce que j'espère, nous partirons.

— Cela ne vous dérange pas de vivre ici ?

— Je n'ai rien d'une prisonnière, madame Gordon. Contrairement à ce que vous avez peut-être entendu, nous pouvons aller et venir à notre guise, expliqua dame Hattice, le regard pétillant d'amusement. J'imagine que vous aurez d'autres questions demain matin, mais si vous souhaitez d'autres réponses dès maintenant…

— Pas forcément. Mais je dois avouer que je n'ai jamais rencontré de princesse et que je n'ai aucune idée de l'étiquette en vigueur en Égypte. J'ignore comment je suis censée me comporter.

— Vous la saluerez comme vous salueriez une princesse en Angleterre : en vous inclinant légèrement avec courtoisie. Le respect, madame Gordon, est tout ce qui importe.

— Très bien, dit Sidney d'une petite voix impressionnée.

— Je puis vous assurer que la princesse Naile et tout son entourage seront sous le charme.

— Vraiment ? fit Sidney, sceptique.

— Bien sûr. Oh...

Le déclic se fit dans l'esprit de dame Hattice.

— Je suis désolée, je pensais que vous aviez compris. La princesse Naile et son entourage adorent Millicent Forester, Richard Weatherly et toutes les *Chroniques d'une aventurière en Égypte*.

*

* *

... et au cri de : « Allons sauver Mme Gordon ! », nous nous précipitâmes à la rescousse de la Reine du Désert en péril, peut-être condamnée à passer le restant de ses jours derrière les murs d'un harem, sans nul doute à la merci de...

« Le retour de la Reine du Désert »,
Daniel Corbin, correspondant à l'étranger

16

— Sidney est dans un harem ?

Mme Higginbotham lisait par-dessus son épaule. Pour une vieille dame, elle avait des yeux de lynx.

— Mme Gordon ? Dans un harem ? s'exclama Corbin derrière eux.

Il était temps que le journaliste daigne enfin faire son apparition.

— Que venez-vous faire ici ? lui demanda Harry d'un ton peu aimable.

— Vous demander pourquoi je n'ai pas été informé de l'enlèvement de Mme Gordon.

Mme Fitzhew-Wellmore fit une grimace.

— Il se peut que je lui en aie parlé, car je le croyais déjà au courant.

— Il n'y a pas eu d'enlèvement, bougonna Harry en reportant son attention sur le message de Nazzal.

— Alors, expliquez-nous, le pressa lady Blodgett. Pourquoi diable Sidney se trouve-t-elle dans un harem ? Y est-elle allée de son plein gré ?

Mme Higginbotham redressa les épaules, tel un militaire au garde-à-vous.

— Où se trouve ce harem ? Nous allons devoir la libérer nous-mêmes.

— Je suis prêt à vous apporter mon aide pour sauver Mme Gordon, assura Corbin d'un ton résolu. Voilà qui fera un excellent article, se réjouit-il à voix basse.

Mme Fitzhew-Wellmore lui décocha un regard noir.

— Notre priorité est de récupérer Sidney, pas votre article.

Le reporter tiqua, et la vieille dame leva le menton avec dignité.

— De toute façon, nous n'avons pas besoin de vous pour la secourir.

— Je n'ai pas l'intention d'être tenu à l'écart, prévint Corbin.

Harry sentait la moutarde lui monter au nez.

— Déjà, on ne sait pas si quelqu'un a besoin d'être secouru. Si vous voulez bien vous tenir tranquilles et me laisser un moment pour lire ceci, nous déciderons ensuite quoi faire.

— Bien sûr, dit lady Blodgett qui agita la main en direction du message, mais si vous pouviez faire vite, nous apprécierions.

— Peut-être devrions-nous choisir un endroit plus discret, suggéra Mme Higginbotham en jetant un coup d'œil à la ronde dans le hall d'entrée.

Le thé attirait toujours du monde au Shepheard, surtout en semaine, lorsqu'une fanfare militaire jouait.

— Votre suite peut-être, Harry ? proposa lady Blodgett.

— Excellente idée.

Quelques minutes plus tard, le petit groupe avait pris place dans le salon de Harry au premier étage.

— Selon Nazzal, commença-t-il, Mme Gordon se trouve dans le harem d'une des résidences royales de petite importance, non loin d'ici.

— Puis-je voir ce mot ?

Lady Blodgett tendit la main et Harry obtempéra.

— Est-elle retenue contre son gré ? s'enquit Corbin avec un peu trop d'enthousiasme.

— Il ne le précise pas, mais j'en doute, répondit Harry que le journaliste irritait de plus en plus. Avez-vous la moindre connaissance sur l'Égypte ?

— Seulement ce que j'ai lu dans les chroniques de Mme Gordon, lâcha l'intéressé, piqué au vif. À vous de me dire si elles sont fidèles ou non à la réalité.

Le défi dans sa voix était indéniable.

— Je ne crois pas que Sidney ait jamais écrit quoi que ce soit sur les harems, glissa Mme Fitzhew-Wellmore à lady Blodgett assise à côté d'elle.

— Nous avons, je crois, des problèmes bien plus importants à régler en ce moment que la véracité des histoires de Sidney, intervint Mme Higginbotham avec un regard acéré à Corbin.

— Vous avez tout à fait raison, approuva celui-ci en redressant les épaules comme s'il s'apprêtait à affronter le danger tel un héros de roman. Mille fois plus importants !

Quel idiot.

— Les harems, monsieur Corbin, ne sont pas des bastions de débauche et de dépravation. C'est une fausse image véhiculée par la fiction chez nous, en Europe. Il s'agit simplement du lieu de résidence des membres féminins d'une famille, ainsi que de leurs enfants et de leurs domestiques. Les épouses du foyer, limitées à quatre, sont libres d'aller et venir comme bon leur semble, une liberté dont ne jouissent pas les serviteurs et les esclaves.

Mme Fitzhew-Wellmore retint un petit cri.

— Croyez-vous qu'ils se soient emparés de Sidney pour en faire une esclave ?

— Non, assura Harry avec fermeté. Et je ne crois pas davantage qu'elle ait été enlevée. Sincèrement, si tel était le cas, Nazzal lui-même n'aurait pas été capable de la localiser aussi vite. Elle serait introuvable. À ce qu'il a écrit...

— Comment se fait-il qu'il ne soit pas là ? s'étonna Mme Higginbotham, les bras croisés sur la poitrine. Son aide nous serait très utile en ce moment.

Les mâchoires de Harry se crispèrent. C'était aussi son avis.

— Malheureusement, ses obligations professionnelles l'ont contraint à quitter Le Caire, mais il devrait être de retour d'ici un jour ou deux.

— Alors le sort de Sidney est entre vos mains, dit lady Blodgett en l'encourageant d'un sourire.

— Vous y arriverez, Harry, lui assura Mme Higginbotham comme s'il n'y avait pas l'ombre d'un doute dans son esprit.

Une confiance des plus gratifiantes.

— Sinon je suis là, prêt à intervenir. Vous pouvez compter sur moi, se crut obligé de préciser le reporter.

— Personne n'a à intervenir, le rabroua Harry. L'absence de Sidney peut être due à toutes sortes de raisons qui nous échappent. Je suggère d'attendre jusqu'à ce soir. Si elle n'est pas rentrée d'ici là, la réaction la plus raisonnable serait de prévenir le consulat britannique. Comme elle se trouve dans une résidence royale, mieux vaut tenter de régler cette affaire par les voies diplomatiques.

Les trois femmes et Corbin le dévisagèrent avec incrédulité.

— C'est tout ? faillit s'étrangler Mme Higginbotham. Voilà à quoi se résume votre plan ?

— Nous espérions mieux de votre part, Harry, ronchonna lady Blodgett.

— Richard Weatherly se montrerait assurément plus efficace, marmonna Mme Fitzhew-Wellmore.

— Pourquoi attendre ? objecta Corbin qui défiait son rival sans vergogne. Je pense qu'il faut partir sur-le-champ à sa recherche et la sauver.

Mme Higginbotham renifla avec dédain.

— N'est-ce pas exactement ce que je viens de dire ?

— C'est une excellente idée. Peu importe qui l'a dite en premier, la tempéra Mme Fitzhew-Wellmore.

— Non, pas du tout, s'opposa Harry.

— Si vous ne voulez pas y aller, je peux me passer de vous, le nargua le journaliste avec un petit sourire en coin.

— J'en doute, Corbin.

— Au moins, je suis prêt à essayer.

— Nous aussi, affirma Mme Higginbotham avec autorité.

La détermination qui se lisait sur chaque visage ébranla la conviction de Harry. Et si Sidney avait eu des ennuis et était retenue contre son gré ? Le risque était infime, mais pas non plus inexistant. Il n'y croyait pas, et Nazzal non plus. Toutefois, cette pesanteur désagréable au creux de son estomac ne l'avait jamais trompé, même si les sentiments que Sidney lui inspirait pour la première fois de sa vie brouillaient franchement les cartes.

Selon lui, la chose à faire était de contacter le consulat. Voilà l'attitude raisonnable qu'adopterait le comte de Brenton.

S'élancer à la rescousse de Sidney serait sans doute une grossière erreur, une réaction aussi imprudente qu'irrationnelle qui aurait toutes les chances de finir en catastrophe. Le genre de rodomontade stupide dont était capable Harry Armstrong, ou le ridicule Richard Weatherly dont les élans bravaches de chevalier servant de pacotille faisaient chavirer Millicent Forester. Sidney Gordon y succomberait-elle aussi ?

— Bon, d'accord, soupira-t-il avec résignation. Allons sauver Mme Gordon.

*

* *

Harry et Corbin se retrouvèrent dans une étroite ruelle, devant ce que le premier pensait être la porte de l'aile ouest du palais. Par chance, cette résidence royale n'était pas très éloignée de l'hôtel. Mieux encore, la nuit était tombée. Dans l'après-midi, il avait envoyé des garçons de courses se renseigner auprès de plusieurs connaissances égyptiennes qui, comme Nazzal, savaient en général ce qui se passait en ville. Il avait obtenu l'itinéraire jusqu'à la résidence et quelques informations sur la disposition des lieux. Il avait aussi reçu la visite de deux créanciers – sans doute parmi ceux prévenus par Nazzal de sa présence dans la capitale. N'ayant pas le temps de négocier, il avait payé rubis sur l'ongle les sommes dont ils le prétendaient redevable. En contrepartie, ils lui avaient généreusement offert toute l'aide dont il pourrait avoir besoin dans ses futurs projets. Et un nouveau crédit. Ces péripéties, cumulées avec l'acquisition de quelques accessoires indispensables, prirent plus de temps qu'il ne l'aurait voulu, le jeune homme étant davantage mû par l'impatience que par un réel sentiment d'urgence. Toutefois, ce retard tourna à leur avantage : plus il ferait sombre, moins ils croiseraient de gens dans les rues. Et plus le temps passait, plus il y avait de chances que Sidney rentre par ses propres moyens, rendant inutile cette hasardeuse opération de sauvetage. Harry ressentait également le besoin d'occuper Corbin : qui sait dans quel guêpier ce dernier serait capable de se fourrer en essayant de sauver Sidney tout seul.

Harry avait loué des chevaux, au grand dam du journaliste. Corbin avait eu beau insister sur le fait que Sidney préférerait un taxi, il avait été obligé de céder lorsque Harry avait invoqué l'étroitesse des rues autour de la résidence royale. Une fois hors de vue de l'hôtel, ils revêtirent galabeya et turban pour se fondre dans la masse. Les vêtements avaient été dissimulés avec les autres achats de Harry dans des sacs qu'ils portaient en bandoulière : en plein jour, jamais le jeune homme ne se ferait passer pour un Égyptien, mais de nuit, ses cheveux blond foncé cachés sous un turban, il savait d'expérience que personne ne le remarquerait. Ils avaient laissé les chevaux au coin de la rue, à l'entrée du quartier, sous l'œil vigilant d'un jeune homme qui avait accepté de les surveiller en échange de quelques pièces.

La ruelle était faiblement éclairée par des lanternes, les rares taches lumineuses menaçant néanmoins d'être englouties par des poches d'ombre peu rassurantes. La porte était simple et traditionnelle : en bois avec une serrure fait dans le même matériau et un heurtoir en fer. Juste au-dessus, une fenêtre carrée – appelée moucharabieh – s'avançait en saillie, soutenue par des corbeaux ouvragés.

— Cet endroit ne ressemble pas vraiment à un palais, fit remarquer Corbin, sceptique.

— C'est justement le but.

Au cours de sa vie, Harry s'était lancé dans un certain nombre de plans dont il ne comprenait la stupidité qu'une fois trop tard pour revenir en arrière. Cette fois, il l'avait compris dès le début : sans doute était-ce une façon de remettre ce nigaud de Corbin à sa place, ce qui était une idée stupide.

— Il ne s'agit pas de l'entrée principale. C'est juste une porte de service discrète.

— Je comprends, mais le bâtiment en lui-même n'a rien d'une résidence royale.

— Dans les rues du Caire, on ne sait jamais ce qui se cache derrière les murs, surtout dans les quartiers les plus anciens. La maçonnerie est identique, les portes dépourvues d'ornements se ressemblent, ce qui est un concept architectural brillant. Mais si on observe le quartier depuis les toits, on découvre des trésors insoupçonnés.

Harry étudia la configuration d'ensemble.

— D'après mes informations, si nous montons sur le toit, nous pourrons identifier l'aile ouest qui abrite le harem. Il y a une grande cour qui devrait être assez facile à repérer. En général, ces endroits sont percés de larges moucharabiehs. C'est sans doute le moyen d'accès le plus facile.

Corbin le fixait avec affolement.

— Vous êtes fou ? J'ai lu des articles sur ce genre d'endroit. Savez-vous ce qu'on fait aux hommes qui profanent un sanctuaire tel qu'un harem ?

Corbin aurait peut-être dû réfléchir avant d'insister pour se lancer dans cette expédition.

Imperturbable, Harry soutint son regard.

— Oui.

— Rassurez-moi, vous allez me dire qu'il s'agit d'une fable ?

Harry n'avait nulle intention d'apaiser ses craintes. Il sortit de son sac un crochet métallique et un rouleau de corde.

— Non.

— Vous vous rendez compte qu'il y a trois étages.

— Le toit sera plat.

Corbin regarda la corde avec horreur.

— Il faudrait d'abord réussir à l'atteindre.

— Ce n'est pas si difficile, dit Harry, glacial. Vous avez une meilleure idée ?

— Non. Enfin... si.

Harry serra les dents.

— Alors ce serait peut-être le moment de la partager.

Le reporter étudia le bâtiment.

— Eh bien... si nous grimpons sur cette drôle de fenêtre pleine de trous...

— Cette drôle de fenêtre, comme vous dites, s'appelle un moucharabieh.

— Nous pourrions sans doute entrer par là.

— C'est ça, pour ensuite progresser de l'intérieur jusqu'au quartier des femmes, ce qui accroîtra le risque d'être découverts.

Très mauvaise idée. Briser le panneau ajouré ferait du bruit et risquerait d'attirer l'attention. Non, il importait de l'ouvrir avec la plus grande discrétion possible. Il y avait de fortes chances que la fenêtre ne soit pas fermée à clé – vu leur hauteur, les moucharabiehs l'étaient rarement. Mais pour y parvenir, il leur faudrait se suspendre la tête en bas. Harry s'imagina tenant Corbin par les pieds et l'idée lui plut davantage. Dès que le journaliste réaliserait le scénario qui se profilait, nul doute qu'il reverrait sa copie !

Harry haussa les épaules avec une indifférence feinte.

— Après tout, pourquoi pas ?

Des voix approchant du bout de la ruelle, le jeune homme s'empressa de fourrer la corde et le crochet dans son sac, murmurant à Corbin de l'imiter. Penchés l'un vers l'autre, les deux hommes feignirent d'être engagés dans une quelconque transaction financière.

Dès que les passants eurent disparu, Harry ressortit la corde à laquelle il entreprit de faire des nœuds tous les mètres environ.

— Que fabriquez-vous ? s'étonna le journaliste.

— Des prises pour les mains.

Quand il y eut assez de nœuds, il attacha le crochet à une extrémité de la corde, s'écarta du mur et évalua la hauteur de la fenêtre. Cela ne serait pas facile. Mais s'il visait bien et avec beaucoup de chance, le crochet se coincerait sur le rebord du toit qui la protégeait, de préférence à l'endroit où elle saillait du mur. Il prit une profonde inspiration et tenta un premier lancer. Le crochet manqua sa cible de quelques centimètres, puis tomba sur la chaussée pavée dans un fracas de métal.

— Chut ! s'agaça Corbin. Vous voulez réveiller tout le quartier !

Harry résista à l'envie de lui faire remarquer qu'il était à peine plus de huit heures et qu'il y avait peu de risques de réveiller quelqu'un, même si le bruit risquait d'attirer l'attention.

— Faites-le donc à ma place, si vous voulez.

— Désolé, marmonna le journaliste.

La deuxième tentative échoua, elle aussi. Prudent, Corbin s'abstint de tout commentaire. Le lancer suivant fut le bon. Le crochet se prit dans le rebord du moucharabieh. Harry le fit glisser en douceur vers le mur jusqu'à ce qu'il soit solidement arrimé à l'endroit voulu. Il tira sur la corde, afin de s'assurer qu'elle supporterait son poids, puis jeta un coup d'œil à Corbin.

— Vous voulez passer en premier ou j'y vais ?

— Je vous en prie, allez-y.

Harry s'enroula la corde autour d'une main, prit appui d'un pied sur le mur et entama son escalade. Les premiers mètres étaient toujours les plus difficiles. Il grimpa lentement jusqu'à la fenêtre, puis s'agrippa aux solives soutenues par les corbeaux sculptés qui constituaient d'excellents points d'appui. De là, il n'eut plus qu'à se hisser sur le toit du moucharabieh.

— À votre tour, souffla-t-il à Corbin.

— Je n'ai jamais pratiqué l'escalade, s'inquiéta celui-ci.

— Il y a toujours une première fois. Dépêchez-vous de monter, tout de suite, lui ordonna Harry qui réprima son envie de hausser le ton.

Malgré son apparente forme physique, Corbin n'avait rien d'un athlète : il lui fallut plus d'une tentative et bien plus de temps que Harry pour le rejoindre au-dessus de la fenêtre. Celui-ci remonta la corde derrière lui.

— Que faites-vous donc ? s'étrangla le journaliste, horrifié. Comment allons-nous redescendre ?

— Comme nous sommes montés, rétorqua sèchement Harry. Mais si nous laissons la corde pendre et que quelqu'un passe ou, pire, sorte par cette porte, il y aura des questions, c'est sûr.

— D'accord. Oui. Désolé, s'excusa le reporter, penaud. Je n'ai pas l'habitude de ce genre d'équipée.

— Apparemment.

Corbin l'observa avec une soudaine curiosité.

— Vous, si, on dirait.

— Dans une vie antérieure, murmura Harry. Maintenant, tout ce qu'il nous reste à faire...

Un grincement se fit entendre au-dessous.

Corbin se figea.

— Qu'est-ce que c'est ?

— La porte. Pas un bruit !

Harry se plaqua contre le mur et, à sa grande surprise, le journaliste l'imita sans récriminer.

Sous le moucharabieh, la porte s'ouvrit lentement dans un long grincement. Harry remercia le ciel pour l'ancienneté des gonds et la négligence du domestique chargé de les huiler. Plusieurs voix féminines se firent clairement entendre. Un instant plus tard, quatre, puis cinq silhouettes apparurent au-dessous d'eux : un homme plutôt courtaud, portant un gros baluchon, accompagné d'une femme vêtue d'une cape et de trois autres personnes habillées à l'européenne. Bien qu'il ne puisse voir grand-chose de l'endroit où il se tenait, un soupçon désagréable étreignit Harry – il se trompait forcément. Dès l'instant d'après néanmoins, la désagréable vérité s'imposa à lui.

— C'était terriblement intéressant !

Il reconnut aussitôt la voix de lady Blodgett.

— Quelle aventure captivante, je n'en reviens pas ! s'extasia une autre qui ne pouvait être que Mme Higginbotham.

— J'ai tellement de choses à vous raconter !

Il s'agissait sans nul doute de Sidney, la voix vibrante d'excitation.

Le soulagement submergea Harry. Sidney était saine et sauve ! Il l'avait toujours su, même si quelque part au fond de lui, il réalisait maintenant ne pas avoir été tranquillisé à cent pour cent. Comme il s'en rendait brusquement compte, la situation aurait pu déraper et mettre la vie de la jeune femme en péril. Il s'était refusé à envisager le pire, de peur qu'il ne survienne.

J'aurais pu la perdre. Son cœur se serra à cette pensée.

Le murmure pressant de Corbin le ramena à l'instant présent :

— Armstrong, vous m'écoutez ? Pouvons-nous descendre maintenant ? Elles sont parties.

Sapristi ! Il était *amoureux* de cette femme ! Comment pareille aberration avait-elle pu arriver ? À lui entre tous, quelle ironie ! Il avait l'impression de vivre une catastrophe et pourtant c'était l'évidence même ! Comment diable allait-il gérer la situation ?

— Attendons encore une minute, répondit-il, distrait.

Quand l'inconcevable métamorphose s'était-elle produite ? Certainement pas lors de leur première rencontre, non. S'il avait été surpris par son jeune âge et l'avait trouvée plutôt jolie, surtout quand elle souriait, ce n'était pas à ce moment-là qu'il avait commencé à éprouver des sentiments. Lorsqu'elle avait nié s'extasier avec son enthousiasme délirant sur tout ce qu'elle voyait, peut-être ? Impossible, cette manie l'agaçait vraiment trop. Quand il avait compris qu'il avait raison à son sujet, sinon ? Cela n'avait pas été difficile : dès le début, elle s'était révélée piètre menteuse. Non, même si ce trait lui plaisait. Lorsqu'il avait eu envie de l'embrasser pour la première fois… ?

— Armstrong ?

Corbin agita une main devant son visage. Harry en sursauta.

— Quoi ? Ah, oui, c'est vrai. Bon, je descends le premier.

Il aurait le temps plus tard de penser à Sidney et aux sentiments qu'elle lui inspirait.

Il déroula la corde jusqu'à la chaussée et se retrouva dans la rue en un rien de temps. Corbin fut un peu plus lent, mais il commençait à prendre ses marques. Les deux hommes retournèrent à leurs montures et reprirent la direction du Shepheard, s'arrêtant en chemin pour ôter leurs déguisements. Ils ouvrirent à peine la bouche, mais le trajet était court et Harry avait l'esprit ailleurs. À leur arrivée, le réceptionniste lui tendit un message des vieilles dames avec quelques détails succincts sur l'invitation de Sidney par une princesse et son retour à l'hôtel moins d'une heure plus tôt. Aucune mention de leur propre rôle dans cette histoire : en dépit de leurs assurances, ces gredines n'en avaient fait qu'à leur tête, comme à leur habitude. Ce genre de grand n'importe quoi devait cesser. Harry tendit le mot à Corbin qui le parcourut d'un air excédé.

— Alors comme ça, cette enquiquineuse était dans un harem à raconter ses histoires. Non mais, je rêve ! Savez-vous à quel genre d'histoires passionnantes je suis condamné depuis notre arrivée ici ?

— Non.

Harry s'en souciait comme d'une guigne.

— J'aurais pu tout aussi bien rendre compte de la réunion annuelle de la Guilde coopérative des femmes. Ou de la dernière soirée mondaine en date. Nous sommes en Égypte, bon sang ! Et aucune découverte à l'horizon ! Pas un seul tombeau ou artefact antique, pas le moindre trésor perdu !

— C'est ce que vous espériez ? lui demanda Harry d'un ton badin.

— Pas vous ?

— À vrai dire, je ne sais pas trop à quoi je m'attendais.

— Franchement, j'espérais mieux de la part de la Reine du satané Désert. L'événement le plus intéressant jusqu'à présent, c'est la fois où les trois vieilles se sont perdues dans le souk, un épisode d'une insignifiance totale ! Les chroniques de Mme Gordon regorgent d'aventures excitantes, mais là on se croirait dans un voyage organisé pour une maison de retraite. Son retour en Égypte est banal au possible. À moins bien sûr...

Le visage du journaliste s'éclaira soudain.

— Avez-vous trouvé la preuve que cette femme est une mystificatrice ?

— J'ai bien peur que non, mentit Harry.

Il n'avait nullement l'intention de lui confier les petites libertés que Sidney prenait avec la vérité. De toute façon, s'il l'aimait, il n'avait pas le choix.

— Je n'y crois pas moi-même, lâcha Corbin en agitant la feuille qu'il tenait entre les doigts. Lire des passages de son livre dans un harem et répondre à des questions. Comment appelez-vous cela, Armstrong ?

— Une histoire plutôt charmante, je dirais.

Ou terrifiante, selon qu'on prenait joyeusement le thé avec une princesse égyptienne ou qu'on essayait de ne pas penser au sort funeste réservé aux personnes disparues.

Corbin renifla avec dédain.

— Charmante ? Les lecteurs n'ont que faire des histoires charmantes, même exotiques. Ils veulent du mystère, du suspense. Une histoire charmante ne fait pas vendre les journaux et n'aide pas à l'avancement d'une carrière. Enfin, bref, conclut-il, je suppose que je peux quand même en tirer quelque chose en forçant le trait sur l'angle du harem.

— La vérité est en général une bonne idée.

— La vérité est toute relative, Armstrong. Je crois que je vais m'arrêter au bar avant de monter dans ma chambre, dit le reporter avec un regard vers la porte du Long Bar. Les femmes n'y sont pas admises, n'est-ce pas ?

— L'ultime bastion, mon vieux. Un jour, vous verrez qu'elles auront le droit de vote.

— Ne parlez pas de malheur, bougonna Corbin qui traversa le lobby en direction du bar.

Malgré la tentation de lui emboîter le pas, Harry n'avait envie que d'une chose : voir Sidney et s'assurer de ses propres yeux qu'elle allait bien.

Et après ?

Lui déclarerait-il sa flamme ? La renverserait-il sur le lit ? Lui ferait-il sa demande en mariage ?

L'idée ne lui semblait pas si mauvaise. Mine de rien, elle savait tout ce qu'il y avait à savoir sur l'Égypte et s'y entendait à raconter les histoires. Sans compter que c'était une femme intelligente, pleine d'humour, avec des yeux bleus sublimes et que lorsqu'il l'embrassait, ses sens en étaient tout chamboulés.

Bref, il était tout à fait possible qu'il ne puisse plus vivre sans elle.

Cependant, le temps qu'il se dirige vers sa chambre, son soulagement avait cédé la place à un franc agacement face à son attitude irresponsable. Quant à celle de ses amies, il préférait ne même pas y penser : qu'avaient-elles donc dans le crâne ? Il n'y en avait pas une pour sauver l'autre. Qu'il le veuille ou non, il se sentait responsable de ces mamies grisonnantes et ne se le pardonnerait jamais s'il leur arrivait quelque chose. C'était à cause de lui qu'elles se trouvaient ici.

Quant à Sidney, non content de la protéger des ambitions de Corbin, il devait en prime la préserver d'elle-même.

17

— ... et comme la princesse ne parlait pas anglais, figurez-vous que dame Hattice lui a traduit mon livre à voix haute, ainsi qu'aux autres femmes du harem – qui est loin d'être le genre de lieu qu'on imagine.

Sidney profita de la fin de sa phrase pour reprendre son souffle. Elle avait parlé presque sans interruption depuis leur départ de la résidence royale, tant il y avait à raconter. La journée avait été très agréable et elle ne voulait oublier aucun détail : il y avait de quoi écrire une formidable nouvelle aventure.

Effie balaya son dernier commentaire d'un revers de main.

— Nous savons déjà tout sur les harems, tu sais.

— Grâce à Harry, précisa Poppy.

— Où est-il, à ce propos ?

Sidney n'était pas tout à fait sûre d'être prête à le revoir. Elle ne lui avait pas parlé depuis la veille dans la salle de bal, où elle n'avait trop su quoi dire, tant les mots qu'elle aurait pu prononcer semblaient d'une prodigieuse importance. Car le miracle s'était produit. Il l'avait enfin embrassée ! Certes, ce n'était qu'un baiser contraint par les circonstances, mais quand même... Rien que d'y penser, elle en avait des papillons au creux du ventre et le cœur qui fondait sous le coup de l'émotion. En dépit de son manque d'expérience, ce baiser lui semblait exceptionnel et précieux. D'un autre côté, il y avait cette histoire de visite dans un harem, et son petit doigt lui soufflait qu'il ne verrait pas cette dernière du même œil qu'elle. Il y avait du grabuge en perspective.

Ses trois amies échangèrent des regards coupables.

— Il s'est précipité à votre secours, finit par avouer Gwen.

— C'est Corbin qui a insisté, s'empressa d'ajouter Poppy. Nous avons eu beau essayer de lui faire comprendre que vous étiez parfaitement capable de vous débrouiller, il n'a pas voulu en démordre.

— Harry avait confiance en tes capacités, mais il ne pouvait pas laisser Corbin partir seul, dit Effie avec un haussement d'épaules. Qui sait dans quel guêpier le pauvre aurait été capable de se fourrer.

— Je n'avais pas besoin d'aide, soupira Sidney.

Lorsqu'elle avait accepté de passer la nuit à la résidence royale, elle avait anticipé cette réaction mais ne pouvait laisser passer une occasion aussi extraordinaire. Voilà pourquoi elle avait fait parvenir un message à l'hôtel la veille et un autre dans la journée. Avec ces précautions, elle avait supposé que tout allait bien.

— Nous en aurions été certaines si nous avions eu de vos nouvelles aujourd'hui, souligna Poppy.

Apparemment, il y avait eu une certaine confusion au sujet de son second message : le réceptionniste avait pensé qu'elle en était la destinataire et non l'expéditrice. L'erreur n'avait été découverte qu'au retour de Sidney à l'hôtel. Dans l'espoir d'éviter tout imbroglio supplémentaire, elles avaient laissé un mot à Harry.

— Harry n'était pas inquiet, alors ? s'enquit Sidney avec désinvolture.

Non que la chose eût vraiment de l'importance. Mais si un homme embrassait une femme, même par simple nécessité, avec une fougue aussi passionnée – elle ne voyait pas d'autre qualificatif pour la décrire –, alors la logique aurait voulu qu'il se soucie au plus haut point de ce qui lui arrivait.

— Bien sûr que si, ma chère. Il était préoccupé, assura Gwen avec autorité. Il tentait bien de le cacher, mais c'était une évidence pour nous toutes qu'il cherchait juste à nous rassurer. Même s'il affirmait que, d'après les informations dont il disposait, il ne semblait pas nécessaire de partir à votre rescousse.

Sidney fit une moue perplexe.

— Un raisonnement pour le moins déroutant, je dois dire.

— En effet, soupira Effie, approuvée par Gwen et Poppy.

— Ah, les hommes, soupira cette dernière. Ils sont bien souvent incohérents.

— D'après mon expérience, je dirais plutôt « toujours », renchérit Gwen. Et si vous voulez mon avis, mesdames, cela ne risque pas de changer.

Perchées côte à côte sur le sofa, les trois amies hochèrent la tête dans un bel ensemble.

Soudain, on frappa un coup sec à la porte. Comme elle était la plus proche de l'entrée, Poppy alla ouvrir. Elle referma aussitôt le battant, affolée.

— C'est lui ! souffla-t-elle, plaquée contre la porte.

Sidney l'observa avec perplexité.

— Alors, laissez-le entrer.

Gwen plissa le nez.

— Il n'est sans doute pas très content.

— Il s'est montré plutôt catégorique sur le fait que nous ne devions pas quitter l'hôtel. Et il a peut-être supposé que nous lui avions donné notre parole, expliqua Effie avec une grimace.

— Ce qui n'était pas le cas, s'empressa de préciser Poppy. Bien qu'il ait pu le croire.

— Une question d'inflexion, j'imagine, hasarda Gwen en faisant un geste dans le vide. Ou peut-être de sémantique.

— Si ça se trouve, il ne sait même pas que nous sommes sorties, fit remarquer Effie, songeuse.

Gwen approuva du chef.

— Dans ce cas, nous devrions nous comporter comme si de rien n'était. Inutile de lui apprendre ce qu'il préférerait sans doute ignorer.

— Par simple bonté d'âme, murmura Poppy.

Les coups reprirent, plus impatients. N'était-il pas intéressant de voir combien la façon qu'avait un homme de frapper à une porte était révélatrice de son humeur du moment ? Peut-être aurait-il mieux valu le laisser dehors, après tout.

— C'est idiot, bougonna Sidney en faisant signe à Poppy d'ouvrir.

Celle-ci hésita de longues secondes, puis afficha son sourire le plus innocent et obtempéra.

— Harry ! C'est vous !

— C'était déjà moi il y a deux minutes, quand vous m'avez claqué la porte au nez.

Il entra dans la suite d'un pas décidé.

— Je ne vous avais pas reconnu, j'en ai peur, mentit Poppy avec un soupir mélodramatique. Ma vue n'est plus ce qu'elle était.

— Balivernes, madame Fitzhew-Wellmore, rétorqua-t-il, le regard dur. Je parie que vous êtes capable de lire un journal à cinquante pas.

— C'est flatteur, répondit Poppy, radieuse.

— Bon, une conversation s'impose avec vous trois, dit Harry dont le regard passa d'un visage à l'autre pour s'arrêter sur celui de Sidney. Et avec vous aussi.

— Vous devriez d'abord écouter Sidney raconter sa visite, suggéra Gwen avec enthousiasme. C'est tout à fait fascinant.

Le regard de Harry se durcit.

— Je n'en doute pas une seconde. Cependant...

— Saviez-vous que ces gens mangent avec leurs doigts ? le coupa Effie. Sidney affirme que ce n'est pas du tout salissant. Au contraire, c'est très raffiné.

— Oui, je sais. Mais revenons à...

— Et elle a rencontré une vraie princesse qui, apparemment, apprécie beaucoup ses histoires, enchaîna Gwen, rayonnante de fierté. Une princesse égyptienne, n'est-ce pas remarquable ?

— En effet, mais...

— Tout le monde apprécie les histoires de Sidney, sauf vous, murmura Gwen.

— On lui a même offert des vêtements au palais : Sidney ne pouvait pas décemment garder sa robe du soir, surtout pour retourner à l'hôtel. Cela aurait été très embarrassant, vous imaginez ? dit Poppy en riant. Je la trouve magnifique dans cette tenue, pas vous ?

Elle interrogea Harry du regard en toute innocence.

— Oui, bien sûr.

Harry jeta un vague coup d'œil vers Sidney avant de braquer de nouveau son regard sur elle, comme s'il n'avait pas remarqué sa nouvelle apparence jusque-là – ce qui était sans doute le cas. Il la toisa de la tête aux pieds. Était-ce de la consternation ou de la fascination qu'elle lisait dans ses yeux ? Peu importait, les deux possibilités étaient gratifiantes à égale mesure.

Jamais Sidney n'aurait imaginé porter pareilles merveilles de sa vie. À bien des égards, ces vêtements égyptiens, tissés dans diverses nuances de vert et brodés de fil d'or, étaient tout aussi sophistiqués que les belles toilettes occidentales, mais beaucoup plus confortables. D'autant qu'elle n'avait pas besoin de corset. Le pantalon ample et chatoyant s'évasait à partir de la taille et tombait sur ses chevilles de manière à la fois simple et élégante. Venait ensuite une chemise satinée qui lui arrivait juste au-dessus des genoux, serrée à la taille par une large ceinture. Par-dessus s'ajoutait une tunique vaporeuse boutonnée jusqu'aux hanches et fendue sur les côtés du haut des jambes jusqu'aux chevilles ou presque. Dame Hattice lui avait aussi remis une coiffe scintillante ornée de perles et de pierreries – cadeau de la princesse – qui maintenait en place un voile de mousseline transparente. L'ensemble était tout bonnement divin et Sidney, tout comme ses amies, se trouvait plutôt ravissante. En revanche, difficile de savoir précisément ce qu'en pensait Harry.

— Très seyant, murmura-t-il, incapable de détacher son regard de la jeune femme.

— Vous trouvez ? minauda-t-elle avec un peu trop d'innocence en inspectant sa toilette. En tout cas, c'est très confortable. Nous disions justement que ce serait une bonne idée d'acheter plusieurs tenues complètes pour les porter à la maison.

— À Londres ? fit-il, sceptique.

— Voyons, Harry, ce n'est pas comme si nous allions nous promener dans les rues de Bloomsbury habillées à l'égyptienne.

— Mais imaginez un peu l'impression que nous ferions à la prochaine réunion de la Société des Voyageuses, dit Gwen, pensive.

— Brillante idée ! approuva Poppy.

— Au souk, nous avons vu plusieurs échoppes qui vendaient des vêtements féminins, dit Effie. Il ne devrait pas être bien compliqué de retourner y faire quelques emplettes avant de quitter Le Caire.

Elle regretta aussitôt ses paroles en voyant Harry se rembrunir.

— Vous comptez retourner au souk par vos propres moyens ?

— Nous agirons comme vous jugerez bon, Harry, tenta-t-elle de l'endormir avec un sourire penaud.

Il ricana, incrédule.

— Et vous imaginez que je vais gober vos fariboles, mesdames ? Vous aviez déjà promis de ne pas quitter l'hôtel.

— Nous ? Quitter l'hôtel ? glissa Poppy à Effie.

Cette dernière afficha un air perplexe qui ne convainquit personne.

Le regard de Harry se durcit.

— N'essayez pas de nier. Je vous ai vues ! Vous m'aviez donné votre parole.

— Pour tout vous dire, nous vous avons trouvé un peu arrogant, lui reprocha Effie. Vous n'êtes pas un parent ; vous n'avez pas le droit de nous donner des ordres.

— Nous n'avons jamais promis de rester au Shepheard, objecta Gwen. Nous avons juste fait remarquer que nous n'étions pas stupides.

— Et vous l'avez prouvé en sortant ? Pourquoi ?

La frustration perçait dans la voix de Harry.

— Parce que vous ne pensiez pas qu'il était nécessaire de sauver Sidney, répondit Effie comme s'il s'agissait d'une évidence. Après réflexion, nous avons décidé que vous aviez probablement raison. Et qu'il serait absurde de vous précipiter à sa rescousse, Corbin et vous, si elle n'avait pas besoin de votre aide. Il y avait aussi le risque de provoquer un incident diplomatique embarrassant au niveau international, ajouta-t-elle, une remarque qui fit frémir les trois femmes. Après tout, nous représentons l'Angleterre à l'étranger. Pas officiellement, bien sûr, mais en tant que sujets de Sa Majesté, nos actions rejaillissent sur elle.

— Nous devrions rédiger une brochure sur les responsabilités de nos voyageuses envers la reine et le pays, suggéra Poppy.

— Nous avons confiance en vous, Harry, et en votre jugement. Si vous ne redoutiez pas un enlèvement, il y avait de bonnes chances qu'il n'ait pas eu lieu, déclara Gwen avec un sourire.

— Pourtant, nous étions quand même inquiètes, ajouta Poppy.

— Nous avons juste pensé que ce serait une excellente idée de nous rendre au palais pour voir si Sidney s'y trouvait. Ainsi, nous vous avons épargné une éventuelle situation délicate, murmura Gwen à Harry sur le ton de la confidence. Permettez-moi un petit conseil : vous devriez vraiment vous efforcer davantage de rester fidèle à vos convictions.

— Mes convictions ?

L'intéressé faillit s'étrangler et sa mâchoire se crispa. Il ferma les yeux et Sidney supposa qu'il comptait jusqu'à dix, car il luttait visiblement pour se contenir. Quand il les rouvrit, elle résista à l'envie de reculer d'un pas, tant ses yeux lançaient des éclairs.

— Je ne suis pas d'accord avec vous sur la question de la stupidité, lady Blodgett, dit-il entre ses dents. Vos amies et vous prétendez ne pas être stupides et ne jamais l'avoir été : pourtant votre équipée de ce soir est l'exemple même de la stupidité. Avez-vous idée de ce qui aurait pu vous arriver dans les rues du Caire ? Seules ? La nuit ?

— Ne dites donc pas de bêtises, ricana Gwen. C'était tout près d'ici. À peine parties, nous étions déjà rentrées.

— M. Chalmers nous a été d'une grande aide ; il a mis une voiture et un cocher à notre disposition, ainsi qu'un interprète plutôt costaud en guise d'escorte, expliqua Effie. Un homme vraiment charmant.

— Nous avons simplement frappé à la porte de l'endroit indiqué – qu'aucune de nous n'aurait jamais pris pour une résidence royale. À l'intérieur, par contre, c'était d'une opulence incroyable. Quelques minutes plus tard, nous avons été conduites jusqu'au quartier des femmes où Sidney s'apprêtait à partir. Vous voyez, conclut Poppy avec un sourire apaisant, il n'y avait pas de quoi s'inquiéter.

— On ne débarque pas chez une princesse comme chez des amis pour le thé ! maugréa Harry, à la fois furieux et frustré.

— On ne se présente jamais chez quiconque à l'improviste pour le thé, murmura Gwen. Ce serait très inconvenant.

Harry l'ignora.

— Avez-vous ne serait-ce qu'une vague idée de ce qui aurait pu vous arriver ? Aucune de vous ne parle la langue, ni ne connaît les coutumes. Et même si je plains ceux qui tenteraient de vous séquestrer, que se serait-il passé si j'avais eu tort ?

— Ne dites donc pas de sottises, s'exclama gaiement Poppy. Vous croyez toujours avoir raison.

— Harry, intervint Sidney, je pense vraiment que…

— Je m'occuperai de votre cas plus tard, la coupa-t-il avec raideur, reportant son attention sur le trio. Vous auriez pu vous faire enlever. Ou pire, tuer.

— Nous apprécions votre sollicitude, dit Gwen. Mais vous n'êtes pas responsable de nous. Nous sommes adversaires, l'avez-vous oublié ?

— Peu importe, mon devoir est de vous protéger. Toutes les quatre.

— En quel honneur ? voulut savoir Poppy. Nous n'avons jamais demandé votre protection.

— Parce que c'est de ma faute si vous êtes ici.

— Nous avions toujours voulu faire un voyage en Égypte, glissa Gwen en aparté à Poppy. Ou n'importe où, d'ailleurs.

Il crispa les mâchoires.

— C'est l'attitude qu'on attend d'un gentleman digne de ce nom.

— Allons, Harry, se moqua Sidney, même moi, je sais que ce sont des fadaises.

Ce fut la goutte d'eau qui fit déborder le vase : au bord de l'explosion, Harry se redressa avec une gravité presque martiale et plongea un regard furibond dans celui de Sidney.

— Eh bien, sachez qu'un dépit de mes meilleures intentions, j'ai pour ces dames une certaine affection. Même pour Mme Higginbotham !

— Dites-moi, Harry, ironisa Effie, voilà un aimable compliment qui me va droit au cœur.

— Je m'emploie de mon mieux à vous protéger, dit-il, les regardant tour à tour pour finir par Sidney. Vous toutes.

Celle-ci en resta sidérée. Elle ne s'attendait pas à une déclaration aussi sincère de sa part. Et il venait de marquer un point.

— Vous avez raison. Elles n'auraient pas dû sortir seules. Mesdames, la prochaine fois que M. Armstrong vous demandera votre parole, vous la lui donnerez en toute honnêteté.

— Quant à vous…, enchaîna-t-il, le regard noir.

— Quant à moi ?

— Un homme que vous ne connaissez ni d'Ève ni d'Adam vous remet une invitation d'une prétendue princesse et vous y allez dans la joie et la bonne humeur ! Au beau milieu de la nuit, qui plus est !

— Ce n'était pas vraiment dans la joie et la bonne humeur.

— Avez-vous perdu la tête ? s'égosilla-t-il, effaré. Il n'y avait aucune raison de croire que cet homme était celui qu'il prétendait être !

— L'invitation était écrite sur un papier à en-tête d'excellente qualité frappé des armoiries royales. Ce n'est pas le genre de document qui se contrefait aisément.

— Non, mais qu'on peut aisément dérober, rétorqua Harry en secouant la tête, atterré. Vous avez accordé votre confiance à un parfait inconnu, je n'en reviens pas.

— Je suis très douée pour juger les gens, assura-t-elle avec une pointe de suffisance.

— Ah bon ? Je ne l'avais pas remarqué.

— J'aime bien vos amis, M. Chalmers et M. Nazzal.

Elle faillit ajouter qu'elle apprécierait sans doute aussi M. Deane, mais cela lui rappellerait le regretté M. Pickering, ce qui ne semblait pas franchement judicieux en cet instant.

— Vous ne pouviez pas mieux illustrer mon point de vue ! s'exclama Harry.

— Nous les aimons bien aussi, murmura Poppy.

Il lui lança un regard excédé, puis reporta son attention sur Sidney.

— Vous êtes une énigme vivante. D'un instant sur l'autre, j'ignore si vous allez être rationnelle, impulsive ou déterminée. Vous êtes la femme la plus agaçante que j'aie jamais rencontrée ! Saviez-vous que vos yeux se mettent à pétiller dès qu'un truc louche se trame ?

— Vraiment ?

Elle sourit, consciente cependant qu'il ne considérait pas cela comme un compliment, et s'avança vers lui.

— Et à la place de « truc louche », j'emploierais plutôt le terme d'« aventure ».

— Uniquement dans vos histoires à dormir debout ! Serait-il possible par ailleurs d'aller vous changer ? Je trouve cette tenue pour le moins... perturbante.

— N'importe quoi, elle n'a rien de suggestif, protesta Sidney en croisant les bras sur sa poitrine. Et puis vous avez vu dans toute l'Égypte des femmes vêtues de cette façon.

— En effet, mais il ne s'agissait pas de vous !

— Les autres ont le droit de s'habiller ainsi et pas moi ?

— Exactement.

— Vous tenez des propos irrationnels, Harry.

— J'ai cette tendance quand je m'inquiète et je n'aime pas m'inquiéter, madame Gordon.

— Personne n'aime ça, monsieur Armstrong.

Il s'était fait du souci pour elle ? Le Harry Armstrong dont elle attendait si peu au départ ? Tout portait désormais à croire qu'il tenait à elle. À cette pensée, son cœur fit un bond.

— Je m'efforcerai de ne plus vous causer de sueurs froides, promit-elle.

Harry coula un bref regard aux dames perchées sur le sofa qui ne perdaient pas une miette de leur conversation sans même prendre la peine d'être discrètes. Puis toute son attention se concentra de nouveau sur Sidney.

— Oui, veillez-y, par pitié.

Elle leva les yeux vers lui.

— Vous êtes à deux doigts d'évoquer quelque chose qui ressemble dangereusement à des sentiments, fit-elle remarquer.

Il l'observa un instant sans un mot.

— Non, pas du tout.

Il se tourna vers la porte, puis revint sur ses pas.

— Je vais récupérer l'objet, si vous n'y voyez pas d'inconvénient.

Elle fronça les sourcils.

— Quel objet ?

— Le médaillon, ma chère, dit Effie.

— Ah oui, le médaillon, répéta Sidney avec un hochement de tête. M. Nazzal est-il là pour le réclamer ?

— Non. J'espère le voir demain.

— Alors vous l'aurez demain, dit-elle avec un large sourire en retenant son souffle. Je souhaiterais avoir un peu de temps pour l'étudier.

— Pourquoi ?

— Simple curiosité, rien de plus.

Un détail dans les inscriptions au dos lui avait paru vaguement familier.

— Je préfère le garder là où je le sais en sécurité.

— Il est en sécurité avec moi.

— Oui, mais tant qu'il est en votre possession, il est possible que vous ne le soyez pas.

— C'est ridicule, protesta-t-elle d'un ton posé. Je crois savoir que M. Wallace a quitté Le Caire, je suis donc en parfaite sécurité. Et dans la cachette que je lui ai trouvée, le médaillon l'est tout autant.

Harry jeta un coup d'œil à la commode.

— Vous pensez sérieusement que je le mettrais là ? soupira-t-elle d'un air navré. Allez-y, je vous en prie, regardez si vous voulez.

Le rouge lui monta aux joues, mais elle se refusait à céder. Apparemment, c'était une chose d'encourager un homme à fouiller dans les caleçons d'un autre, mais quand il s'agissait de ses propres sous-vêtements...

Harry revint à la charge.

— Pourquoi tenez-vous tant à l'étudier ?

Elle hésita.

— Je préfère ne rien dire pour l'instant.

Il se pencha vers elle et baissa la voix.

— Me faites-vous confiance, Sidney ?

— Je crois que oui, Harry.

— Tant mieux. Pas moi, en revanche, dit-il en se redressant. Et je ne me fie pas davantage à vous autres, mesdames. Nous reprendrons cette conversation demain matin. Un dernier conseil : à votre place, je cacherais aussi cette coiffe.

Sidney l'ajusta sur sa tête.

— Elle est très jolie, n'est-ce pas ?

— En effet. Et sauf erreur de ma part, ce sont de vrais diamants.

Il salua la petite assemblée d'un bref signe de tête et prit congé.

Sidérée, Sidney ôta la coiffe et l'étudia de plus près. Des diamants ? Elle n'avait jamais rien possédé d'aussi beau et précieux. Quel cadeau extraordinaire ! Elle le chérirait toujours de tout son cœur.

Ses amies mirent presque une minute entière à retrouver la parole.

— Eh bien, ce n'était pas si terrible, au final, dit Poppy gaiement.

— J'ai presque des scrupules d'avoir berné ce pauvre homme, soupira Gwen. Mais nous n'avions pas le choix, je suppose.

— Suis-je la seule à voir l'évidence ici ? s'impatienta Effie en interrogeant les deux autres du regard. Outre le fait qu'il s'est pris d'affection pour nous, un petit miracle sur lequel je n'aurais pas parié un sou, il est manifestement amoureux.

— Qu'est-ce que tu racontes ? Cet homme ne peut pas être amoureux de nous, voyons, objecta Poppy. Il éprouve sans doute juste le genre d'affection qu'on témoigne à une parente âgée.

Gwen tapota la main de son amie.

— Elle ne parlait pas de nous, ma chère.

Poppy regarda Sidney avec de grands yeux.

— Oh, je vois...

— Je ne pense pas, non. Et je ne pense pas qu'il s'agisse d'amour, s'empressa de les détromper celle-ci, même si elle n'était pas tout à fait sûre de croire ses propres paroles.

Ou peut-être préférait-elle ne pas y croire. Après tout, c'était une perspective merveilleuse.

— Il nous considère toutes comme étant sous sa responsabilité, rien de plus, ajouta-t-elle.

— Et vous, que ressentez-vous pour lui ? voulut savoir Gwen.

— Je ne sais pas trop.

Un instant, Sidney réfléchit à tout ce qui lui plaisait chez Harry. Il possédait un grand sens de l'humour et une immense intelligence ; il était incroyablement fringant, toujours partant pour l'aventure ; il avait rampé dans les étroits boyaux de la pyramide de Khéops, puis était monté au sommet sans le moindre effort. Il était bien plus gentil avec ses amies qu'elles ne le méritaient la plupart du temps. Lorsqu'il la regardait au fond des yeux, elle avait l'impression qu'il déchiffrait son âme et quand il l'avait embrassée... La perspective de ne plus jamais le revoir après la fin de ce voyage lui serrait le cœur et la gorge.

— Je crois qu'il est possible que je tienne à lui. Beaucoup, même, avoua-t-elle.

— Comme c'est émouvant, s'extasia Poppy.

— En effet, nous ne pourrions être plus heureuses. Cependant...

Gwen se tut et les trois femmes échangèrent un regard.

— Nous ne savons pas trop comment l'exprimer, reprit-elle, mais nous en avons discuté et nous pensons qu'il en va de notre devoir de dire quelque chose.

— Avec toute la délicatesse nécessaire, bien sûr, ajouta Poppy.

Effie poussa un soupir agacé.

— Le moment n'est peut-être plus à la délicatesse. Il l'a déjà embrassée. N'est-ce pas, Sidney ?

Les joues de Sidney s'empourprèrent.

— Eh bien... oui.

— C'est bien ce que je pensais, se félicita Effie avec un hochement de tête. Et il la croit veuve.

Poppy fit une grimace.

— J'avais oublié.

— De quoi parlez-vous donc, toutes les trois ? demanda Sidney, perplexe.

— S'il est normal d'attendre le mariage, à partir d'un certain âge, eh bien, il est inévitable que certaines choses se précipitent un peu, tenta d'expliquer Effie. La nature humaine étant ce qu'elle est, surtout sous les tropiques…

Poppy acquiesça.

— Et on ne peut s'empêcher de remarquer comment vous vous dévorez mutuellement des yeux.

— Moi ? Le dévorer…

Sidney ne voyait toujours pas trop où elles voulaient en venir.

— Sidney, savez-vous comment cela se passe entre un homme et une femme ? intervint Gwen d'un ton qu'elle voulait léger.

— Pardon ? fit Sidney, les yeux écarquillés.

— Les relations intimes. Vous savez, là-dedans, fit Poppy avec un geste de la main vers la chambre. Enfin… dans toutes sortes d'autres endroits, selon l'humeur, les occasions et le goût du risque de chacun…

— Poppy ! la réprimanda Gwen.

Sidney n'était pas sûre de vouloir écouter ce qu'elles tenaient tant à lui dire.

— Je lis beaucoup, répondit-elle.

— Nous voulons juste nous assurer que tu es prête, dit tante Effie.

— Oh, j'en suis certaine.

Elle avait lu quelques romans assez explicites, mais elle doutait que tous les hommes aient envie d'allonger une femme en travers de leurs genoux pour lui donner la fessée. Et elle n'ignorait pas les sensations que procuraient les caresses intimes dans la solitude de son lit, même si on lui avait dit qu'il s'agissait d'un péché. L'idée qu'un homme lui donne du plaisir ainsi était à la fois excitante et un peu troublante.

— Avez-vous eu une discussion avec votre mère à ce sujet ? s'enquit Gwen, pleine d'espoir.

— Non, mais…

— Voyons si nous pouvons lui expliquer, suggéra tante Effie.

— Par pitié, non.

Sidney se tordit les mains. Certes, Harry était le premier homme à l'avoir embrassée et elle n'avait encore jamais eu de relations intimes, mais elle pensait avoir une compréhension basique du processus.

Effie se lança.

— Comme vous le savez, l'homme possède un… pour les besoins de notre démonstration, appelons-le un « glaive ». Et la femme a, disons…

— Un « fourreau » ? proposa Poppy.

— Excellente idée, approuva Effie. Alors, il importe de savoir que ce n'est pas toujours merveilleux la première fois qu'on essaie de placer le glaive dans le fourreau. Parfois, le fourreau est un peu étroit et pas du tout habitué à recevoir le glaive et ça peut être embarrassant.

— Un peu désagréable, ajouta Poppy avec une grimace. Peut-être même douloureux.

— Mais pas toujours et pas pour tout le monde, se hâta de rectifier Effie. Et ensuite, la chose devient vraiment agréable.

— Ah, fit Sidney, bien embêtée pour répondre.

— Très agréable, acquiesça Poppy. Forcément. Si ce n'était pas le cas, les gens ne le feraient pas aussi souvent.

— Franchement, je ne pense pas…

— En général, c'est très amusant, commenta Gwen qui sourit d'un air entendu.

— Mesdames ! les fit taire Sidney, une pointe de désespoir dans la voix.

Trois paires d'yeux se tournèrent vers elle, attendant la suite avec impatience.

Sidney poussa un profond soupir.

— Maintenant, ça suffit. J'apprécie sincèrement vos instructifs et précieux conseils, mais la journée a été très longue, alors si vous permettez...

— Oui, bien sûr, approuva Gwen, compatissante. Même les plus belles aventures finissent par laisser des traces.

— Nous sommes désolées, ma chère Sidney, s'excusa Effie en se levant, imitée par Gwen et Poppy. Nous aurions dû nous rendre compte que tu étais fatiguée. Mais nous ne voulions pas que tu aies un choc au cas où... enfin, tu comprends.

— Nous n'encourageons bien sûr nullement les comportements immoraux, déclara Poppy avec fermeté. Mais nous sommes réalistes. Les sentiments que vous éprouvez l'un pour l'autre sont évidents, du moins à nos yeux. Je ne suis pas sûre que vous l'ayez encore réalisé, tous les deux. La vie est plus courte qu'on ne l'imagine, Sidney. Et parfois, quand la chance frappe à votre porte...

— Il faut savoir la saisir, termina Gwen. Vous êtes une jeune femme ravissante, libérée des règles strictes de la bienséance qui s'imposent aux débutantes, et Harry possède un charme fou, un peu canaille, qu'aucune d'entre nous n'aurait jamais soupçonné lors de notre première rencontre.

— Oui, c'est un homme bien et nous l'apprécions beaucoup.

— Dans un environnement urbanisé des plus banals, l'amour est déjà un cocktail détonant, alors imaginez un peu dans un pays étranger romantique comme l'Égypte, avec ce bel homme à l'allure d'aventurier qui ne demande qu'à vous protéger. Vous voilà devenue l'héroïne de vos propres histoires, Sidney. Et comme vous l'écrivez dans vos chroniques, on ne sait jamais ce qui peut arriver, conclut Poppy avec un petit sourire malicieux.

18

Harry se jura que s'il rencontrait un jour un poète euphorique sur les joies de l'amour, il lui donnerait la correction de sa vie : jusqu'à présent, selon lui, l'amour n'avait rien à voir avec des pépiements d'oiseaux sous un beau ciel azuré ou des cœurs joyeux battant la chamade à l'unisson. Non. C'était agaçant, frustrant et même un peu effrayant. Surtout quand on était amoureux d'une femme qui refusait catégoriquement de comprendre que les réalités de l'existence étaient bien différentes des histoires qu'elle inventait. Pour couronner le tout, il ignorait si ses sentiments étaient partagés.

Le jeune homme faisait les cent pas dans le salon de sa suite et réfléchissait aux options qui s'offraient à lui. Rien que cette nouvelle manie l'irritait prodigieusement : il avait toujours été un homme d'action, pas quelqu'un qui se contente de ruminer en tournant comme un lion en cage, du moins jusqu'à ce que Sidney Gordon vienne bouleverser son existence. Bien sûr, il n'avait jamais eu à se soucier de forts tempéraments ingérables comme ses amies et elle. Comment diable était-il censé les garder à l'abri du danger si elles s'obstinaient à n'en faire qu'à leur tête ?

Ni Sidney ni ses amies n'avaient le moindre bon sens. Si leurs petites aventures ne s'étaient pas soldées par un désastre, c'était uniquement grâce à la chance. Aucune d'elles ne semblait le réaliser, sans nul doute parce qu'elles ne visitaient pas l'Égypte, la vraie, avec ses dangers, ses secrets et ses intrigues, mais le pays de conte de fées que Sidney avait créé de toutes pièces dans ses histoires ridicules.

Il pouvait poursuivre ses efforts pour empêcher Corbin de découvrir la vérité à son sujet et de la dénoncer dans ses articles, mais le journaliste n'était pas complètement idiot. S'il avait fait un travail d'observateur sérieux au lieu de cavaler après chaque jolie femme qui passait à sa portée, il se serait déjà rendu compte qu'elle n'avait jamais mis les pieds en Égypte auparavant. Ce n'était qu'une question de temps avant que le pot aux roses soit révélé. De plus, Corbin avait un faible évident pour Sidney, mais pas au point de sacrifier ses grandes ambitions pour elle, ce que Harry n'aimait pas du tout.

Harry s'interrompit au milieu de sa déambulation, ne voyant soudainement qu'un seul moyen de protéger Sidney et ses amies – de Corbin et d'elles-mêmes. Cela impliquerait un changement dans ses plans, mais il n'avait pas le choix.

Il s'assit au bureau et prit un formulaire de télégramme dans l'écritoire où était rangé le matériel de papeterie fourni par l'hôtel. Il n'hésita pas plus d'une minute et choisit ses mots avec soin, afin d'éviter tout malentendu. Quand il eut fini de le rédiger, il se cala contre son dossier et poussa un long soupir de satisfaction. Pour la première fois depuis ce qui lui semblait une éternité, Harry Armstrong avait repris la situation en main.

Il relut le télégramme et décida de ne l'envoyer que le lendemain matin à la première heure, même si le groom lui avait dit que le bureau du télégraphe était ouvert toute la nuit. Avec un peu de chance, les quatre femmes repartiraient pour l'Angleterre le surlendemain. Plus tôt aurait été préférable, mais il ne pouvait rien y faire. Dans l'intervalle, même s'il ne pensait pas que le médaillon mettait Sidney sérieusement en danger, il ne comptait pas prendre de risques. Harry prit un oreiller sur son lit et alla frapper à la porte de sa chambre. Quelques instants plus tard, il entendit du mouvement à l'intérieur.

— Qui est-ce ? demanda Sidney à voix basse.

— C'est moi.

— Harry ?

— Oui, vous attendiez quelqu'un d'autre ?

— Non, mais je ne vous attendais pas non plus.

— Puis-je entrer ?

— Que voulez-vous ?

— Vous préférez qu'on en discute à travers la porte ou avez-vous l'intention de me laisser entrer ?

Elle ouvrit et il entra.

Sidney portait une tenue d'une bienséance à toute épreuve : une longue chemise de nuit presque entièrement dissimulée par un épais peignoir. Elle lui fit penser à un cadeau emballé avec soin sous le sapin, le matin de Noël.

— Que venez-vous faire ? Et pourquoi avez-vous un oreiller sous le bras ?

— Parce que je vais dormir ici.

Il passa devant elle et jeta l'oreiller sur le sofa.

— Pas question.

— Oh que si.

Il se laissa choir sur le sofa, testa le confort discutable de l'assise à deux reprises et hocha la tête.

— Cet endroit fera l'affaire.

— Si vous ne partez pas tout de suite, j'appelle à l'aide.

Harry fit une grimace.

— Ce serait embarrassant.

Il s'allongea sur le sofa ; ses pieds dépassaient largement au bout. Il croisa les mains derrière sa tête et lui décocha un sourire de défi.

— Je peux chanter quelque chose, si vous voulez, même si on me complimente davantage sur mon coffre que sur la qualité de ma voix. Bien entendu, si vous me remettiez le médaillon, je partirais volontiers.

— Je vous ai dit que je voulais l'examiner de plus près.

— Et moi, que j'avais l'intention de vous protéger.

Sidney fronça les sourcils.

— Vous pensez vraiment qu'il y a un danger quelconque ? M. Wallace est parti, pourtant.

— Je l'ignore, d'où ma présence ici. Tout ce que nous savons, c'est que le bijou a été volé au moins deux fois et qu'il pourrait bien provenir du tombeau d'une reine.

— C'est quand même beaucoup, vous ne trouvez pas ?

Harry l'observa avec curiosité.

— C'est votre avis ?

— Peut-être, répondit-elle, énigmatique.

— La journée a été bien trop longue pour jouer aux devinettes, Sidney.

La nuit précédente, il n'avait pas fermé l'œil et il n'était pas sûr que celle-ci serait plus reposante.

— Soit vous me dites le fond de votre pensée, soit vous allez vous coucher.

— Ce que je pense, c'est que vous êtes ridicule. Vous ne pouvez pas dormir sur ce sofa.

— Oh si, je peux.

Il ferma les yeux.

— Je n'ai pas besoin d'un garde du corps. Je sais me débrouiller, je vous assure.

— Parce que vous êtes la Reine du Désert ?

— Eh bien... oui. Ce sofa est extrêmement inconfortable, vous savez, fit-elle remarquer après un temps d'arrêt.

— J'ai dormi sur bien pire.

— C'est terriblement déplacé. Comment puis-je savoir si vous intentions sont honorables ?

L'irritation perçait dans sa voix. Parfait.

— Vous me faites confiance, disiez-vous.

— En effet, dans la plupart des situations. Mais là, c'est différent.

— Je vous assure que vous êtes en parfaite sécurité avec moi.

Elle garda le silence un long moment.

— Êtes-vous sûr de l'être avec moi ?

Harry rouvrit les yeux avec un sourire narquois.

— Par pitié, Harry. Apparemment, il est inutile d'essayer d'argumenter avec vous sur la question. Très bien, dit-elle avec un soupir de frustration.

Elle tourna les talons et passa dans la chambre d'un pas furibond.

— Dormez bien. Si vous le pouvez, ajouta-t-elle en tirant d'un coup sec les rideaux de l'arche voûtée.

Harry pouffa. Il y avait quelque chose de vraiment plaisant à asticoter Sidney. Il s'assit, enleva son veston et sa cravate et fit glisser ses chaussures. Puis il éteignit la lampe et essaya de se mettre à l'aise. Elle avait raison : ce sofa donnait l'impression d'être rembourré de noyaux de pêches et était beaucoup trop court. Une vraie torture pour quelqu'un qui depuis près d'un an avait pris l'habitude de dormir dans le plus grand confort.

Les rideaux qui séparaient le salon de la chambre à coucher étaient d'une transparence presque choquante lorsque la lumière était allumée, et la silhouette de Sidney se dessinait parfaitement à contre-jour, aguicheuse et charmante. Détourner le regard, voilà la réaction qu'il aurait dû avoir – celle d'un gentleman. À l'évidence, il n'était pas aussi gentleman qu'il voulait le faire croire.

Quel bonheur que la femme dont il était éperdument amoureux possède des formes aussi affriolantes. Les courbes de ses hanches, le renflement de ses seins... Sapristi, s'il ne mettait pas le holà, il ne dormirait pas de la nuit. Il se tourna à contrecœur vers le dossier et se força à ne plus penser à ce qui se trouvait juste derrière le rideau.

Les ressorts grincèrent lorsqu'elle se mit au lit et il jugea qu'il pouvait se retourner sans risque. Le sofa n'était pas très large et, même recru de fatigue, il ne trouvait pas le sommeil. Les grincements du lit de Sidney à chaque fois qu'elle bougeait n'arrangeaient rien – la jeune femme n'arrêtait pas de tourner et virer avec des soupirs de frustration indiquant qu'elle ne dormait pas plus que lui.

— Vous dormez ? demanda-t-elle à mi-voix.

Harry joua avec l'idée de faire semblant.

— Harry ? Vous dormez ? insista-t-elle, plus fort.

Il réprima un sourire.

— Si j'avais été endormi, ce ne serait plus le cas maintenant.

— Oh, désolée. Bonne nuit, alors.

— Tout va bien ?

— Oui, c'est juste que je n'arrive pas à dormir. Je me disais que nous pourrions peut-être bavarder. À moins, bien sûr, que je ne vous aie réveillé, auquel cas je devrais probablement...

— Je ne dormais pas non plus. Vous aviez raison pour le sofa.

— Je vous avais prévenu.

Il y eut un silence.

— Je crains de ne pas avoir été très aimable face à votre insistance à rester dans ma suite. Je comprends qu'il s'agit de ma sécurité et j'apprécie votre sollicitude.

— Et ?

— Et à l'avenir, j'essaierai de réfléchir à mes actes avant de foncer tête baissée.

— Bien.

Ce n'était pas vraiment la promesse qu'il avait espérée, mais c'était mieux que rien. La tête calée sur son coude, il regarda en direction de la chambre, même si, dans le noir, on n'y voyait goutte.

— C'est une leçon difficile à apprendre – réfléchir avant d'agir.

— Je n'ai pourtant jamais été quelqu'un d'imprudent, vous savez. Au contraire, j'ai toujours été plutôt pondérée dans tout ce que j'ai entrepris. Mais je n'ai pas entrepris grand-chose, conclut-elle.

L'occasion était trop belle.

— Et ces aventures sur lesquelles vous basez vos chroniques ?

— Oh oui, bien sûr. Mais c'était il y a si longtemps. À part les études et les recherches, je n'ai rien fait qui soit le fruit de mon propre esprit depuis une éternité, Parfois, c'est comme si ces aventures semblaient appartenir à quelqu'un d'autre.

Il devinait le regret dans sa voix. Était-elle sur le point d'avouer ? Cela n'avait guère plus d'importance désormais, même si c'était une de ces choses sur lesquelles on ne pouvait tout à fait tirer un trait. Après tout, s'il devait l'épouser – et apparemment, sa décision était prise –, ne devrait-elle pas lui confier ses secrets ? Il avait connu des femmes à l'honnêteté douteuse et Sidney n'en faisait pas partie. Elle avait assurément une excellente raison pour tromper son monde.

Et ne devrait-il pas, lui aussi, lui confier ses secrets ? Bien évidemment, et ceux-ci étaient bien plus insignifiants que les siens : oui, il était comte ; oui, c'était lui qui avait critiqué ses chroniques ; et non, il n'avait mentionné ni l'un, ni l'autre. Mais ce dernier point pouvait être pardonné et il agissait déjà en ce sens.

Quant au premier, il ne poserait certainement aucun problème. Après tout, quelle femme refuserait un aristocrate pour époux ?

— Parlez-moi de votre mari.

— Mon mari ? répéta Sidney avec une soudaine circonspection. Pourquoi ?

— Simple curiosité. Vous n'en parlez jamais.

— C'est vrai. Cela semble terrible à admettre, reprit-elle après une pause mais, pour être honnête, je me souviens à peine de lui. Nous n'avons pas été ensemble très longtemps. Nous venions de nous marier à notre arrivée en Égypte. Puis il est mort. Noyé, s'empressa-t-elle d'ajouter. Dans le Nil.

— Mes condoléances.

— Il n'a pas été dévoré par les crocodiles.

— C'est déjà ça.

Si Sidney n'avait jamais mis les pieds en Égypte, comment son mari avait-il pu se noyer dans le Nil ? Certains éléments de ces récits étaient-ils véridiques ? Harry en venait à se demander si elle avait vraiment été mariée, mais une femme n'inventerait tout de même pas une histoire aussi dramatique. Cependant, le doute était permis. À sa connaissance, les femmes mentaient sur des sujets bien plus futiles que celui-là.

Si elle n'était pas veuve mais avait eu des « expériences malencontreuses », comme on disait, il pourrait passer outre. En réalité, cela signifierait juste qu'elle était au même niveau que lui. Des expériences, il en avait eu un certain nombre, dont aucune n'avait été « malencontreuse » dans son souvenir, mais la société jugeait les femmes différemment des hommes. Il n'avait jamais réfléchi sérieusement à ce qu'il attendait d'une épouse – il n'avait même jamais envisagé d'en avoir une avant d'hériter de son titre. Et maintenant il était trop tard : Sidney était la seule femme au monde qu'il désirait aujourd'hui et pour le restant de sa vie. Il était déterminé à ne tenir aucun compte de son passé et espérait qu'elle serait prête à en faire de même, tant rien datant d'avant leur rencontre n'avait d'importance.

À part une petite chose qui lui tenait à cœur : il avait vu juste, il le savait, et il voulait qu'elle l'admette.

— Comme je l'ai dit, c'était il y a longtemps.

Elle laissa passer un nouveau silence.

— Je suis désolée pour votre ami.

— Mon ami ?

— Celui qui est mort ici. M. Pickering.

— Walter, dit Harry avec un soupir résigné. Comment avez-vous entendu parler de lui ?

— Par M. Nazzal. Je l'ai un peu questionné sur vous.

Si Nazzal avait évoqué son titre de noblesse, Sidney en aurait déjà parlé. S'il lui avait appris qu'il n'était pas le neveu de l'homme déterminé à ruiner sa carrière, mais le coupable en personne, elle lui aurait demandé des comptes. Malgré cette certitude, il retint son souffle.

— Je vois. Et vous avez appris quelque chose d'intéressant ?

— Selon ses propres mots, rien qui ne soit de notoriété publique, si cela peut vous rassurer. Il m'a dit que votre père était un érudit, expert en égyptologie. J'ai découvert que vous connaissiez beaucoup mieux l'Égypte que ce qu'on m'avait laissé entendre et que vos amis et vous y aviez passé près de vingt ans.

— Il n'a pas menti dit Harry en riant. Ces maigres informations sont connues de tous.

— Il a également dit plusieurs choses très gentilles.

— À votre place, je ne les croirais pas.

— Je vous les raconterais bien, mais ces compliments vous monteraient à la tête, le taquina-t-elle.

Leur échange en resta là un moment. Il pensait que Sidney s'était endormie et lui-même sentait la somnolence le gagner.

— Je comprends pourquoi vous ne voulez pas parler de votre ami, dit-elle à brûle-pourpoint.

Encore un autre secret. Harry inspira un grand coup.

— Walter Pickering, Benjamin Deane et moi avions quitté Cambridge avec l'espoir de conquérir l'Égypte et d'y faire fortune il y a maintenant près de vingt ans. Nous avons assez bien réussi, même si notre objectif a évolué au fil des ans. Disons que la récompense financière a perdu en importance par rapport à la sauvegarde du passé. Nous nous sommes mis en tête de le préserver de gens au final très semblables à nous, j'imagine. C'était ainsi que nous entendions laisser notre empreinte. Il y a deux ans, nous étions à la recherche d'un tombeau censé se trouver dans le désert occidental lorsque Walter a contracté une fièvre ; son état s'est aggravé rapidement.

Aujourd'hui encore, il se souvenait des détails comme si c'était hier : la chaleur implacable, le sable brûlant, la lutte sans fin contre les piqûres d'insectes. Le visage écarlate de Walter et la résignation dans les yeux des locaux qu'ils avaient engagés, comme s'ils savaient déjà que tous leurs efforts pour le sauver étaient voués à l'échec.

— Nous étions loin du Caire – loin de tout en réalité. Walter délirait. Nous avons tout tenté pour faire baisser sa fièvre et pensions y être à peu près parvenus car il avait fini par s'endormir : apparemment, le pire était passé. Nous étions tous épuisés.

À l'exception de son père, Harry n'avait jamais confié cette histoire à personne. Pourquoi maintenant ? Il n'en savait trop rien. Ben et lui n'en avaient jamais vraiment parlé. Qu'y avait-il à dire ?

— À notre réveil, il n'était plus là. Dans son délire, il avait dû s'égarer dans le désert.

Dans sa chambre, Sidney en eut le souffle coupé.

Même aujourd'hui, Harry avait du mal à se pardonner cet échec, et il savait que Ben n'y avait pas réussi non plus.

— Nous l'avons cherché pendant des mois sans jamais retrouver son corps. C'est la nature même du désert : il engloutit tout ce qui ose le défier. Après la perte de Walter, le pays n'avait plus le même attrait pour nous, et peu après nous avons décidé de regagner définitivement l'Angleterre. Je ne pensais pas revenir un jour en Égypte.

— Malgré les circonstances, je suis contente que vous l'ayez fait.

— Malgré les circonstances, moi aussi.

Harry ne l'avait pas réalisé jusqu'à présent, mais ce retour était sans doute une bonne chose. Il était grand temps de tirer un trait sur le passé, et de dire adieu à Walter.

— Pourquoi avez-vous tant insisté pour rester dans ma chambre cette nuit, Harry ? demanda Sidney à voix basse.

— Parce que s'il vous arrivait quelque chose, je ne serais pas sûr de pouvoir me le pardonner.

Il retint son souffle. Jamais il ne s'était livré ainsi.

Elle garda le silence si longtemps qu'il ne sut que penser. Elle ne s'était quand même pas endormie ? Ou peut-être trouvait-elle inutile de répondre. Avait-il dépassé les bornes en en disant trop ?

— Bonne nuit, Harry, finit-elle par dire avec douceur.

Il devina son sourire.

— Bonne nuit, Sidney.

Le cœur de Harry s'était brusquement réchauffé à l'idée que la voix de Sidney serait la dernière chose qu'il entendrait ce soir. Et, avec un peu de chance, tous les soirs jusqu'à la fin de sa vie.

*
* *

— Harry, lui souffla la voix de Sidney près de l'oreille, il faut vous lever. Nous avons rendez-vous avec les autres dans moins d'une heure.

Il ouvrit les paupières à contrecœur. La jeune femme était déjà habillée pour la journée.

Il n'avait pas souvenir d'avoir passé une nuit aussi épouvantable que celle-ci. Entre l'inconfort du sofa, les grincements du sommier et les rares moments de sommeil agité où il avait sans cesse rêvé d'elle, il n'avait guère trouvé le repos. Sidney en Reine du Désert, vêtue d'un peignoir très couvrant dont elle se débarrassait pour apparaître dans une tenue qui rappelait vaguement les costumes traditionnels égyptiens, mais en beaucoup plus érotique. Dans un autre rêve, à peine couverte de voiles transparents et vaporeux, elle exécutait une danse orientale très sensuelle qu'il lui serait difficile d'oublier – ce qu'il n'était pas certain de vouloir, d'ailleurs. Il y avait aussi eu celui où il croyait s'être réveillé au milieu de la nuit, tandis qu'elle parcourait un livre ancien, le médaillon à la main, assise au petit bureau du salon. Il avait bien vite abandonné cette scène un peu trop sage à son goût pour retrouver l'élue de son cœur sur une chaise à porteurs, exacte réplique de Cléopâtre qui lui faisait signe d'approcher.

C'était un miracle qu'il ait survécu à cette nuit.

Il jeta un coup d'œil au bureau : aucune trace de livre ou de notes, et encore moins de médaillon.

— Vous devez partir tout de suite, le pressa Sidney. Je préférerais que personne ne sache que vous avez passé la nuit ici.

— D'accord, marmonna-t-il en se dépliant péniblement de la position fœtale que l'avait forcé à prendre le sofa riquiqui.

Il avait dormi sous des tentes, à même le sol dans des grottes et même dans des antichambres de tombeaux – rien à voir avec ce satané instrument de torture.

— Quel est le programme du jour ? s'enquit-il en sautant d'un pied sur l'autre pour tenter d'enfiler ses chaussures.

— Aujourd'hui, nous prenons un vapeur pour une croisière d'une journée sur le Nil.

Elle lui tendit son veston et il se leva.

— Encore une excursion ?

Il enfila son veston et noua sa cravate.

— Nous n'avons pas le temps d'aller à Louxor, à la Vallée des Rois ou à Karnak. Je regrette de ne pouvoir visiter de nouveau tous ces lieux si chers à mon cœur, soupira-t-elle tristement. Mes amies tenaient tant à naviguer sur le Nil... J'ai bien peur qu'il ne faille s'en contenter. Vous ne voudriez quand même pas les priver de ce plaisir ?

— Bien sûr que non.

C'était absurde. Corbin avait raison : ce séjour n'était rien de plus que du tourisme. Il ne prouvait nullement l'authenticité des récits de Sidney, loin de là.

Il lui prit les mains et plongea son regard dans le sien.

— Sidney, ne pensez-vous pas qu'il est temps de mettre fin à cette farce ?

Elle ouvrit de grands yeux innocents.

— Pardon ? Je ne vois pas de quoi vous parlez.

Il aurait parié jusqu'à son dernier penny qu'elle savait précisément à quoi il faisait allusion. Libre à elle de continuer cette mascarade.

— Très bien, céda-t-il en lui lâchant les mains. Va pour la croisière sur le Nil.

Elle le gratifia d'un sourire satisfait.

— Essayez de ne pas être en retard, on m'a dit que le vapeur part toujours à l'heure.

— Je ne voudrais manquer cette aventure pour rien au monde.

Il en riait encore lorsqu'il quitta la chambre. Une chose était sûre à propos de l'amour de sa vie : elle ne s'avouait pas facilement vaincue. Cette opiniâtreté lui plaisait bien. Et il devait avouer qu'il appréciait leur petit jeu, même s'il avait l'intention d'y mettre fin.

Il se changea, s'arrêta au bureau du télégraphe, puis rejoignit le reste du groupe devant l'hôtel. L'air passablement renfrogné, Daniel Corbin aidait les dames à monter dans une voiture.

Harry jeta un coup d'œil à la ronde.

— Où est Mme Gordon ?

— La pauvre petite s'est réveillée avec une migraine carabinée, expliqua Mme Higginbotham, navrée. Elle a demandé à la réception de nous prévenir qu'elle garderait la chambre aujourd'hui.

— Ah oui ?

Bizarre, elle paraissait en pleine forme à peine une heure plus tôt. Qu'est-ce qu'elle mijotait encore ?

— Quel dommage, soupira lady Blodgett. Nous savons que Sidney attendait cette journée avec grande impatience. Elle n'avait pas fait de croisière sur le Nil depuis une éternité.

— Elle évoque toujours cette époque avec beaucoup de plaisir, ajouta Mme Fitzhew-Wellmore en esquissant un sourire ému.

— Si Mme Gordon ne vient pas, quelqu'un devrait peut-être rester ici au cas où elle aurait besoin de quelque chose, suggéra Corbin.

— Quelle idée ridicule, protesta lady Blodgett qui lui fit signe de monter, le journaliste obtempérant avec une réticence à peine dissimulée. Les femmes n'ont pas envie d'un homme à leurs côtés quand elles sont souffrantes.

— Elle ne se sent pas bien, vous êtes sûres ? insista Harry qui monta à son tour.

— Pas bien du tout, vous pouvez me croire, lui assura Mme Higginbotham avec autorité. Elle avait l'air mal en point quand je suis passée dans sa chambre avant de descendre.

— Je croyais qu'elle avait prévenu la réception ?

— Oui, par mon intermédiaire, mentit-elle éhontément en le regardant droit dans les yeux avec un sourire suffisant, comme si elle le défiait d'oser mettre sa déclaration en doute.

Harry jugea préférable de ne pas insister.

— Avec un peu de chance, elle se sentira mieux à notre retour, dit-il, conciliant.

— Je n'en doute pas.

Il crut voir s'allumer une petite lueur de triomphe dans les yeux de la vieille dame.

Quel que soit le plan de Sidney, Mme Higginbotham, était dans le coup – tout comme les deux autres. La boule familière s'installa au creux de son estomac. Le temps qu'ils atteignent le débarcadère de Boulaq, d'où partaient les croisières, Harry avait compris que le rêve du médaillon était bien réel. La nouvelle combine que Sidney manigançait avait sans nul doute un rapport avec l'artefact : pas question de la laisser agir seule.

Ils montèrent à bord du bateau et il guetta le moment où les matelots enlèveraient la passerelle.

— Catastrophe ! s'exclama-t-il soudain en fouillant les poches de son gilet. Je n'ai pas ma montre.

— Vous l'avez sûrement laissée dans votre chambre, dit Mme Fitzhew-Wellmore avec un sourire compatissant. Moi aussi, j'oublie toujours des choses.

— Vous ne comprenez pas ! s'emporta Harry qui feignit la panique. Cette montre est mon talisman, mon porte-bonheur. Je ne vais jamais nulle part sans elle. J'en ai absolument besoin !

Il se précipita vers la passerelle.

— Vous allez rater le départ, Harry ! l'interpella une des dames.

La passerelle venait d'être tirée sur le pont. Bon sang ! Il avait visé trop juste et n'avait désormais plus le choix : il prit son élan, sauta sur le quai par-dessus le vide qui s'élargissait rapidement, sans être à cent pour cent confiant quant à l'issue de l'opération… et atterrit sur les planches du ponton avec quelques centimètres de marge. Au soulagement se mêla une certaine fierté. Après tout, cela faisait un certain temps qu'il ne s'était plus livré à ce genre d'exercice.

Sur le vapeur, les trois vieilles dames contemplaient la scène avec incrédulité. Il souleva son chapeau et les salua avec un geste exagéré qui n'aurait pas déparé sur une scène de théâtre. Elles lui rendirent son salut sans grande conviction. Sans doute leur mission du jour consistait-elle à les tenir à l'écart de leur protégée, Corbin et lui. Il sourit et se dirigea vers les cabs garés en file indienne en haut de l'embarcadère.

Sidney l'avait sous-estimé. Il lui avait dit son intention de la protéger et il la protégerait, qu'elle le veuille ou non.

19

À son retour au Shepheard, Harry apprit d'une femme de chambre serviable que Sidney était remontée dans sa suite. Il attrapa la *Gazette* du jour et s'installa dans un coin du grand hall, avec une vue imprenable sur les ascenseurs, les escaliers et les sorties. Il n'eut pas longtemps à attendre.

À peine trois quarts d'heure plus tard, la jeune femme redescendit par l'ascenseur, une grande enveloppe à la main. Elle s'engouffra dans le bureau de poste dont elle ressortit sans l'enveloppe, puis se dirigea vers la sortie de l'hôtel, aussi détendue et sereine que si elle se rendait à un pique-nique au palais du khédive. Harry doutait qu'elle ait déjà reçu une nouvelle invitation royale. Comment savoir néanmoins qui avait pu lire et aimer son maudit bouquin ? Si une princesse amatrice de ses écrits lui avait offert des diamants, tout était possible. Récits inventés de toutes pièces ou pas, il fallait reconnaître que Sidney Gordon avait du succès et qu'à l'évidence, les gens aimaient sa prose. Dès qu'elle eut franchi la porte, il se leva et la prit en filature.

Harry n'eut aucun mal à la suivre sans la perdre de vue, mais elle n'avait, à vrai dire, aucune raison de se croire surveillée, et ne prenait en tout cas aucune précaution pour s'en assurer. Il serra les dents devant tant d'insouciance, une attitude à la fois charmante et extrêmement horripilante. Une femme ne se promenait pas seule au Caire, même en pleine journée ; c'était une mauvaise idée qui ne lui plaisait pas du tout.

Au moment où il jugeait qu'il en avait assez et décidait de la rejoindre pour son propre bien, elle tourna et pénétra dans l'Hôtel d'Angleterre. Quelques mètres à peine derrière elle, il entra à son tour et la vit disparaître dans la salle à manger. Elle ne venait quand même pas déjeuner ? À moins qu'ils n'aient engagé un nouveau chef, la nourriture dans cet établissement était tout juste acceptable. Il se glissa dans la salle à manger et prit position derrière une jardinière imposante garnie de frondes de palmier placée devant une colonne. Les serveurs ne lui prêtèrent aucune attention, sans doute habitués à des comportements bien plus singuliers.

Harry balaya la salle du regard, plus qu'à moitié remplie de convives. Il aperçut Sidney qui lui tournait le dos, en grande conversation avec... Sapristi, elle rencontrait Nazzal ! Voilà qui était intéressant. Ils parlèrent quelques instants, puis Sidney sortit discrètement de son sac quelque chose qu'elle tendit à l'Égyptien dans le creux de sa paume. Bien joué, il n'y avait vu que du feu. Nazzal, lui, fut moins prudent et Harry constata qu'il s'agissait du médaillon : de toute évidence, l'examen de l'objet par Sidney n'avait pas été si anodin qu'elle l'avait laissé entendre. À un moment donné, elle passa au fonctionnaire un morceau de papier dont ils semblèrent discuter quelques minutes avant qu'il le plie et le glisse dans sa poche. Nazzal lui rendit alors la relique, ce qui n'avait aucun sens.

Harry croisa le regard de l'Égyptien lorsque Sidney se leva pour partir, environ une demi-heure plus tard. L'homme trahit une légère surprise, mais n'en laissa rien paraître, hormis un large sourire. Harry suivit Sidney jusqu'au Shepheard, attendit qu'elle regagne sa chambre et chargea un groom de le prévenir de ses moindres faits et gestes, même si elle passait juste la tête à la porte.

Puis il prit la direction du bar.

Cette fois, Nazzal avait choisi une autre table, dans un coin à l'écart où ils étaient moins susceptibles d'être écoutés.

— Asseyez-vous, mon ami, lui dit-il en désignant le siège vide. J'ai pris la liberté de commander pour vous.

— Vous saviez que j'en aurais besoin, c'est ça ?

Harry s'installa dans le fauteuil et avala une longue gorgée de gin tonic.

— Quand je vous ai vu, j'ai su que vous auriez envie de me parler, vous aussi, s'amusa l'Égyptien avec un petit rire. Vous voyez, j'avais raison depuis le début au sujet d'une certaine jeune femme qui prendrait le dessus sur vous.

— N'exagérez pas. Alors, de quoi s'agit-il ?

— Indépendamment de son talent pour les récits de fiction, Mme Gordon est très versée dans l'étude de l'Égypte. Saviez-vous qu'elle lit les hiéroglyphes ?

— Moi aussi, je les lis.

— Tout comme moi ; mais il s'agit de ma culture et, pour vous, cela a été une question de nécessité. Même s'il vous a fallu du temps, je dois dire.

Harry haussa les épaules.

— Elle m'a convaincu de lui laisser le médaillon pour l'instant.

— Pourquoi ?

— Elle pense qu'il s'intègre dans un artefact plus grand, rectangulaire peut-être. Le médaillon comporte quatre encoches, régulièrement espacées, et Mme Gordon pense que c'est ce qui l'y maintenait en place.

— Hypothèse intéressante, commenta Harry qui réfléchit un instant. A-t-elle d'autres éléments pour l'étayer ?

— Une face comporte un dessin complet, alors que sur l'autre, les gravures semblent faire partie d'un tout plus grand. Elle pense également que la perspective indique une forme à quatre côtés.

Il scruta le visage de Nazzal d'un air soupçonneux.

— C'est tout ? Il y a autre chose, n'est-ce pas ? Quoi donc ?

— Selon Mme Gordon, une fois réuni à l'ensemble auquel il appartient, peut-être un pectoral, ce médaillon révélera un secret très important.

— À savoir ?

— L'emplacement d'Itjtawy.

Nazzal avait répondu d'un ton neutre, comme s'il s'agissait d'une banalité insignifiante.

— Itjtawy, répéta Harry avec fascination en assimilant progressivement ce que venait de dire l'Égyptien. La capitale de l'Égypte durant le Moyen Empire, disparue depuis des milliers d'années ? Ce serait la découverte du siècle.

— Ce serait amusant, n'est-ce pas, si celle que vous prétendez être une mystificatrice nous amenait à localiser un trésor aussi remarquable ?

— « Amusant » n'est pas le qualificatif que j'emploierais, bougonna Harry.

Était-il possible qu'il se soit trompé sur toute la ligne au sujet de Sidney ? Non, impossible. Il devait y avoir une autre explication.

— Peut-être pas pour vous, j'en conviens, fit Nazzal en se penchant vers lui et en baissant la voix. Mme Gordon m'a demandé de l'aider à retrouver un homme qui travaillait avec ses grands-parents.

— Ses grands-parents ?

— Apparemment, ils ont passé beaucoup de temps en Égypte. Il y a trop longtemps pour que je puisse en témoigner personnellement, bien sûr, mais ils avaient une excellente réputation et sont à l'origine de quelques découvertes significatives.

Harry n'en croyait pas ses oreilles.

— Je n'en avais aucune idée.

Nazzal haussa un sourcil narquois.

— Vous n'avez pas fait de recherches sur elle avant de vous lancer dans cette entreprise ?

— J'ai bien peur que non.

Il n'y avait même pas songé et réalisait maintenant qu'il aurait dû prendre cette précaution. Mais non, il avait été bien trop occupé à jouer au vertueux indigné.

— Je vois. Dites-moi, quand on reçoit un titre de noblesse et la fortune qui va avec, devient-on idiot en Angleterre ?

— Il faut croire que oui.

— Je ne vous ai pas encore tout dit, mais il vaut mieux, je crois, qu'elle vous le raconte elle-même. Je dois avouer être très impressionné par votre Mme Gordon. Elle a fait une remarque qui vous intéressa peut-être, reprit Nazzal après un silence. Elle a dit, je la cite, qu'elle n'était pas du tout celle que les gens pensaient qu'elle était, mais qu'elle avait l'intention de l'être.

— Et que suis-je censé comprendre à ce charabia ?

Encore une pièce du puzzle qu'était Sidney Gordon.

— Mme Gordon n'est peut-être pas la Reine du Désert, Harry, mais elle pourrait se révéler bien plus intéressante.

— Ça, au moins, mon ami, répondit le jeune homme en levant son verre, je le savais déjà.

*

* *

Les yeux de Sidney s'illuminèrent.

— Harry ! Vous êtes de retour. Et bien plus tôt que je ne vous attendais. Je ne pensais pas vous revoir avant ce soir.

— J'ai raté le bateau.

Il entra dans sa chambre et elle referma la porte derrière lui.

— Vraiment ? Alors, où étiez-vous passé tout ce temps ?

— À mon avis, il serait plus pertinent de vous retourner la question.

Elle se rapprocha de lui et le regarda au fond des yeux d'un air résolument aguicheur.

— Voyons, Harry, je crois que vous le savez fort bien.

— Que voulez-vous dire ? demanda-t-il avec circonspection.

Le regard de Sidney se durcit et elle recula d'un pas.

— Je veux dire que je vous ai vu, voilà tout !

— Vous m'avez vu ?

— Oui, dans le grand hall, ainsi que dans la rue, et à l'Hôtel d'Angleterre. Je n'aime pas être espionnée, râla-t-elle, et je n'ai pas besoin de votre protection. Je ne suis pas une créature faible et insipide qui se pâme au moindre souci ; je sais me débrouiller toute seule depuis très longtemps.

Harry voulut protester, mais Sidney l'arrêta d'un geste.

— Toutefois, je dois avouer qu'il était rassurant de vous savoir dans les parages au cas où j'aurais eu besoin de vous. Alors, merci.

— Euh... de rien, répondit-il, un peu déboussolé.

— De plus, cela tombe bien que vous ne soyez pas en croisière sur le Nil, car j'apprécierais votre aide.

— Pour trouver une cité disparue ?

Elle haussa un sourcil.

— Je vois que vous avez déjà bavardé avec M. Nazzal.

— En effet.

— Parfait, se réjouit-elle, le regard pétillant. Ce sera toujours ça de moins à vous expliquer, même si nous avons du temps devant nous. Je tiens à être là quand les autres reviendront, expliqua-t-elle, soudain pensive. Moins il y aura de gens au courant, mieux ce sera :

mieux vaut pécher par excès de prudence, comme on dit, n'est-ce pas ?

— Cette maxime ne m'est pas inconnue.

Sidney alla prendre le médaillon sur le bureau et le lui tendit.

— Pour commencer, jetez un coup d'œil à ceci.

— Comme je n'en ai pas eu l'occasion avant que vous mettiez la main dessus, avec grand plaisir.

— Inutile de monter sur vos grands chevaux, le taquina-t-elle. Ah oui, j'oubliais que vous ne me faites pas confiance.

— Il va vous falloir faire quelques progrès, marmonna-t-il en étudiant les gravures du bijou sur ses deux faces.

L'objet était vraiment magnifique et d'une finesse extraordinaire ; difficile de croire qu'il avait sans doute plusieurs milliers d'années. Sidney avait raison : alors que le motif d'une face était parfaitement centré, celui de l'autre semblait ne représenter qu'une partie d'un dessin plus grand.

— Asseyez-vous, lui dit-elle en désignant le sofa d'un signe de tête. C'est assez compliqué.

Il jeta un regard sceptique à l'instrument de torture.

— Je vous assure qu'il est beaucoup plus confortable de s'y asseoir que de dormir dessus.

— Permettez-moi d'avoir quelques doutes..., ronchonna-t-il tout en obtempérant.

— Comme tout cela est excitant ! s'enflamma Sidney. Mais dites-moi d'abord pour gagner du temps ce que vous a raconté M. Nazzal.

Harry étudia le médaillon quelques instants.

— Il a dit qu'à cause des encoches, vous supposiez qu'il était encastré dans un artefact plus grand, ce que j'ai tendance à croire maintenant que je l'ai sous les yeux : leur unique but est de maintenir le médaillon en place.

Elle hocha la tête.

— Il a également dit qu'une fois complet, l'artefact, sans doute un pectoral de forme carrée, pourrait révéler l'emplacement d'Itjtawy.

— N'est-ce pas captivant ? s'exclama Sidney en s'asseyant à côté de lui.

— Très. Mais certaines de vos hypothèses ne sont peut-être pas vérifiées.

— Vraiment ? Oh, je ne crois pas, non, répondit-elle avec un sourire supérieur.

Elle prit le médaillon dans sa paume.

— Sur cette face, nous avons des hiéroglyphes qui semblent indiquer le nom de la reine consort d'Amenemhat II, ou du moins une partie de son nom. Juste ici, dit-elle en montrant un symbole, on peut plus ou moins lire « grande épouse royale ». Il est toujours difficile de déchiffrer les hiéroglyphes avec précision et, comme vous le savez, ce roi en particulier est plutôt obscur...

Harry n'en savait rien, mais il ne releva pas.

— ... et aucune découverte n'a permis jusqu'à présent d'identifier l'une ou l'autre de ses épouses, car il en aurait eu plusieurs.

— Mais si c'est le nom d'une reine, ne devrait-il pas figurer dans un cartouche ?

À chaque fois qu'il avait vu des hiéroglyphes ceints d'une bordure oblongue avec une barre à l'une des extrémités indiquant la façon de les lire, il s'agissait de personnages royaux.

Sidney fit non de la tête.

— C'est vrai pour les noms des rois, mais ceux des reines n'ont été inscrits dans des cartouches qu'un ou deux siècles après Amenemhat II.

— Continuez.

— Si cette face révèle effectivement le nom de la reine d'Amenemhat II, dit-elle en retournant le médaillon, l'autre pourrait bien indiquer la localisation de la cité d'où régnait son époux.

Le raisonnement était logique, quoique un peu tiré par les cheveux.

— Alors ? Qu'en dites-vous ? Vous êtes bien silencieux.

Il choisit ses mots avec soin.

— Je pense que vous tirez peut-être des conclusions hâtives.

— Et vous n'auriez pas tort. Toutefois… ce n'est pas tout.

Avec un sourire satisfait, elle lâcha le médaillon dans la paume de Harry, bondit presque du sofa, traversa le salon jusqu'au bureau et revint avec un vieux livre.

— C'est le journal de ma grand-mère ; le dernier tome, plus précisément.

Elle se rassit et l'ouvrit.

— Mon grand-père et elle ont passé la majeure partie de leur vie en Égypte, à la recherche de tombeaux, d'antiquités et, bien entendu, de connaissances. Je crois savoir qu'ils ont engrangé quelques réussites, certes modestes, et étaient très respectés par leurs pairs.

— Nazzal m'a parlé de vos grands-parents, mais n'a pas mentionné le journal.

— Je ne les ai pas connus. Ils sont morts quand j'étais très jeune lors d'un naufrage en route vers l'Égypte.

— Mes condoléances.

— Merci, même si je les ai à peine connus. En fait, je ne savais rien d'eux jusqu'à ma rencontre avec tante Effie, une amie très chère de ma grand-mère. À chaque fois que mes grands-parents partaient en expédition, ma grand-mère confiait ses journaux à Effie au cas où un malheur arriverait, ce qui a fini par se produire malheureusement, ajouta-t-elle avec une grimace.

— Encore une fois, je suis…

— Tout va bien, vraiment. Inutile de me présenter vos condoléances à tout bout de champ, même si c'est gentil de votre part, dit Sidney en lui tapotant la main d'un geste de réconfort. Dans le dernier tome, elle parle d'une petite cache d'artefacts, pas plus de deux douzaines d'objets, sur laquelle ils sont tombés près de Dahchour.

Harry haussa les sourcils avec intérêt.

— Un tombeau ?

— Non, une simple grotte dans laquelle les objets semblaient être dissimulés depuis une éternité, sans doute par des pilleurs de tombes qui, curieusement, ne sont jamais revenus.

— Ces objets sont donc restés là des siècles, voire des millénaires, dit-il, pensif.

Elle acquiesça.

— Pour une raison ou une autre - le journal reste malheureusement vague à ce sujet -, mes grands-parents ont remis les objets où ils les avaient trouvés, avec l'intention, j'imagine, de revenir lors de leur prochain voyage.

— Voyage qui n'a donc jamais eu lieu.

— Non, et quand j'ai vu le médaillon l'autre soir, j'ai été frappée par sa ressemblance avec l'une des reliques dont grand-mère avait parlé. Elle a établi une liste très détaillée de tous les artefacts et même fait des croquis de ceux qu'elle considérait comme les plus importants, pensant qu'ils provenaient du tombeau de la reine d'Amenemhat II.

Elle ouvrit le journal à l'une des dernières pages.

— C'est le croquis d'un bijou rectangulaire, un pectoral, je crois, une sorte de collier ou de plastron...

— Je sais ce qu'est un pectoral.

— Évidemment. Désolée, s'excusa-t-elle distraitement. Vous voyez cette partie circulaire ? Elle n'est pas très détaillée et le dessin s'est un peu effacé, mais elle ressemble beaucoup à notre médaillon.

Harry plaça l'objet sur la page, près du dessin.

— Il semble correspondre, en effet.

Sidney tourna la page.

— Il y a un autre dessin ici qui correspond à celui du dos, bien que l'encre soit trop délavée et tachée pour apporter une information fiable.

— Malgré tout, il y a une ressemblance.

— Exactement, approuva-t-elle en passant à la page suivante.

— Et voici un dessin de la grotte elle-même. Cet affleurement rocheux évoque un peu un chameau assis, qu'en pensez-vous ?

Il se pencha sur la feuille, le front plissé.

— Pas vraiment. Enfin, peut-être.

— Maintenant, il ne nous reste plus qu'à trouver le reste de la relique, ce qui pourrait nous conduire jusqu'au site d'Itjtawy, conclut-elle avec enthousiasme en refermant le journal d'un claquement sec.

— Peut-être, concéda-t-il en tendant la main. Puis-je y jeter un coup d'œil ?

— Certainement.

Elle lui donna le journal qu'il feuilleta. Était-il possible que le journal de sa grand-mère soit la source d'inspiration des histoires de Sidney ?

— C'est une des dernières entrées, le pressa celle-ci d'un ton impatient. Imaginez un peu, nous allons pouvoir marcher sur les traces de ma grand-mère.

— Et pas de votre grand-père ?

Sidney balaya la question d'un revers de main.

— À part quelques commentaires occasionnels – le genre de choses qu'on raconte à propos d'un mari, je suppose –, grand-mère ne le mentionnait que rarement. Ses journaux sont sa propre histoire, pas celle de son époux. À ce qu'elle écrit – et Effie l'a confirmé –, elle n'était pas le genre de femme à tourner de l'œil au premier signe de danger. Même si elle avait peur des serpents, précisa-t-elle après réflexion.

— Comme beaucoup d'entre nous. Et il y a pire exemple à suivre, je suppose.

Il trouva la bonne page et examina les croquis, s'efforçant d'ignorer cette excitation croissante qui ne manquait jamais de l'envahir autrefois lorsqu'il était sur la piste d'une découverte capitale : cette époque était révolue.

— Peut-être serait-il préférable de confier tout ceci à Nazzal.

L'incrédulité se peignit sur le visage de Sidney.

— Vous êtes fou ? C'est l'occasion rêvée de faire progresser l'égyptologie !

Elle se leva d'un bond, lui arracha le journal des mains et le brandit devant lui.

— En souvenir de ma grand-mère, pour célébrer sa mémoire et clore le dernier chapitre de son histoire. Et quel meilleur moyen de vous prouver que je ne suis pas une mystificatrice que de retrouver une cité disparue ?

Peut-être devrait-il lui dire maintenant que ce n'était plus nécessaire. Mais aurait-elle alors envie de continuer ? Certes, l'idée d'une découverte aussi sensationnelle était presque irrésistible. L'ancien Harry Armstrong n'aurait pas hésité en tout cas. Il se leva.

— Sidney...

— Et puis il me semble que vous avez aussi quelque chose à prouver.

Il plissa les yeux.

— Je n'ai rien à prouver.

— Vraiment ? insista-t-elle, les bras croisés sur la poitrine.

— Daniel Corbin nous a dit que vous étiez bien connu dans le milieu des égyptologues - ce qui n'est pas la même chose que d'en être un.

— Je ne me suis jamais soucié des titres.

— Je suis très au fait des expositions et conférences et de presque tout ce qui a trait à l'étude de l'Égypte d'hier et d'aujourd'hui, y compris les fouilles et les découvertes. Pourtant, pas une seule fois je n'ai entendu votre nom.

— Je ne vois pas en quoi c'est important.

— Ça ne l'est peut-être pas, mais vous avez passé des années ici, vous y avez perdu un ami cher et, pour autant que je sache, vous n'avez reçu aucune reconnaissance pour votre travail. Vous n'avez même jamais été invité à devenir membre de la Société des Antiquités égyptiennes.

Il se raidit.

— Qu'en savez-vous ?

— Avant de quitter Londres, j'ai vérifié la liste des membres, et ni votre nom ni celui de votre oncle n'y figurent. Ce qui soulève un autre point : avant que votre oncle écrive ses lettres odieuses au *Times*, je n'avais jamais entendu parler du comte de Brenton. Et si je ne les connais pas personnellement, les noms de la plupart de ceux qui soutiennent les expéditions ou des passionnés d'histoire ou d'archéologie égyptiennes me sont familiers. Ce qui m'amène à penser qu'il a écrit ses lettres à votre instigation et que la seule raison pour laquelle il tente de discréditer mon travail est de favoriser le vôtre.

Harry n'était pas certain de vouloir en entendre davantage.

— À propos de mon oncle...

— Il est évident que vous vous sentez responsable de la mort de votre ami. Ces aventures en Égypte que vous ambitionnez d'écrire - j'ai lu les pages que vous m'avez laissées - seraient une façon de perpétuer sa mémoire et de lui apporter, ainsi qu'à vous-même, la reconnaissance qui vous a été refusée, mais que vous méritez sans doute.

— Vous y avez beaucoup réfléchi, ma foi.

— Je serais inconsciente de ne pas le faire. Votre oncle et vous essayez de me ruiner.

— Je n'ai nullement l'intention de vous ruiner, dit-il avec gravité, les yeux plongés au fond des siens. Pour être franc, il n'était même pas question de vous quand tout ce gâchis a commencé. Vous avez raison, je me sens responsable de la mort de Walter : tous les trois, nous avons apporté une contribution ici et je voulais qu'elle soit reconnue, pas vraiment pour moi, enfin si, un peu quand même, bafouilla-t-il, peinant à trouver ses mots. Je ne voulais pas que la vie de Walter n'ait servi à rien ; il n'avait pas de famille à proprement parler et plus personne pour se souvenir de lui. Je ne voulais pas qu'il disparaisse de cette terre comme s'il n'avait jamais existé.

Sidney le fixa un long moment.

— C'est plutôt noble de votre part.

— Il m'arrive de l'être.

— Je me suis prise d'une certaine affection pour vous, Harry Armstrong, en dépit de votre oncle. Pensez-vous qu'il s'agisse d'une erreur ?

Il lui sourit.

— Probablement. Mais j'ai commis cette erreur moi aussi, en plus grave même, car ce que j'éprouve pour vous dépasse l'affection.

Il lui prit le journal des mains et alla le poser sur le bureau.

— Oh ? fit-elle, ses grands yeux innocents rivés sur lui. Comment cela ?

Il revint vers elle et l'attira dans ses bras.

— C'est beaucoup, beaucoup plus que de l'affection.

Elle noua les bras autour de son cou.

— Alors, Harry Armstrong, allez-vous enfin m'embrasser autrement que par pure nécessité ?

— Ma chère madame Gordon, je crains que vous ne fassiez erreur : il n'a jamais été question de pure nécessité.

En guise de démonstration, il pressa ses lèvres contre les siennes.

Un étrange sentiment d'inévitabilité et d'acceptation envahit alors Harry tandis que la douceur satinée de la bouche pulpeuse de Sidney et les senteurs enivrantes de son parfum saturaient ses sens et enveloppaient son âme. Un baiser ne suffirait pas ; un jour, un an, une vie entière ne suffiraient pas : il voulait cette femme dans son lit, dans sa vie, à ses côtés pour le restant de ses jours. Elle entrouvrit les lèvres sous sa douce insistance et il savoura le goût de leur baiser, celui de riches épices inconnues et de merveilleuses aventures à venir. Elle pressa son corps contre le sien et il sentit le sang pulser dans ses veines.

— Harry, souffla-t-elle contre sa bouche.

— Sidney, murmura-t-il, presque dans un soupir.

Il libéra ses lèvres et déposa une traînée de petits baisers le long de sa mâchoire.

— Harry ! Il y a quelqu'un qui frappe à la porte !

— Ignorez-le.

Il embrassa le creux de son cou, juste sous son oreille, la faisant frissonner entre ses bras.

— J'en serais ravie, répondit-elle, la voix délicieusement haletante. Mais c'est impossible.

— Pourquoi ? grogna-t-il.

— Parce qu'il pourrait s'agir d'une autre pièce de notre puzzle.

Harry releva la tête, perplexe.

— Maintenant ?

— À ce qu'il semble, oui, répondit-elle, les yeux brillants.

— Je serais prêt à renoncer à une cité disparue juste pour rester là, avec vous.

— Par pitié, Harry, soyez donc raisonnable, le réprimanda-t-elle gentiment en lui mordillant le lobe de l'oreille, nous pourrions avoir les deux.

20

— Re-bonjour, monsieur Nazzal.

Sidney fit entrer l'Égyptien dans sa suite ; sa voix était posée, son attitude sereine, et aucun signe extérieur ne trahissait, selon elle, le baiser que Harry et elle venaient d'échanger. Rien n'indiquait que ses entrailles frémissaient encore d'un désir si sauvage que si Nazzal n'était pas arrivé à ce moment-là, Harry aurait pu lui faire l'amour, là, sur le tapis... à moins qu'il ne se fût agi du contraire : pour une femme qui n'avait pas encore perdu sa virginité, elle semblait drôlement pressée de franchir le cap. Il avait juste fallu l'homme – et le baiser – idéal pour métamorphoser une célibataire endurcie qui n'avait jamais beaucoup réfléchi aux plaisirs de la chair en un être ne pensant pas à grand-chose d'autre. Indéniablement, le désir était un philtre très puissant. Peut-être n'était-ce qu'une toquade passagère, mais elle en doutait. Dommage, il y avait d'autres affaires urgentes à régler d'abord.

— Je ne vous attendais pas si tôt, dit-elle au visiteur.

— Re-bonjour, madame Gordon, Harry, dit M. Nazzal qui salua le jeune homme d'un signe de tête avant de s'adresser à Sidney. J'ai trouvé notre proie beaucoup plus rapidement que prévu et je savais que vous étiez impatiente d'avancer.

— Merveilleux ! Je ne sais comment vous remercier, répondit-elle, radieuse.

M. Nazzal lui sourit.

— Oh si, vous savez. Vous êtes prête ?

— Je dois juste prendre mon chapeau et mes gants.

— Je vous demande pardon, intervint Harry, visiblement mécontent.

Peut-être était-ce la réaction à attendre quand un désir indéniable était brusquement frustré. Sidney réprima un sourire.

— Qu'est-ce qu'il veut dire ? Vous savez comment le remercier ? Et où allez-vous ? N'espérez pas une seule seconde aller où que ce soit sans moi.

— Par pitié, Harry, nous n'avions pas prévu que vous seriez là, n'est-ce pas, monsieur Nazzal ?

— En fait, je m'en doutais un peu, confessa celui-ci.

— Ah oui, c'est vrai, vous avez eu une petite discussion dans mon dos, dit-elle en les regardant tour à tour.

— Je vous assure, madame Gordon...

— Sidney, ce n'était vraiment pas...

Elle leur fit signe de se taire.

— C'est sans importance. Harry, je n'ai jamais eu l'intention d'agir sans vous. Enfin si, jusqu'à ce que je vous voie rôder dans les rues au lieu de profiter d'une journée de croisière sur le Nil.

M. Nazzal s'efforça de dissimuler son hilarité derrière une quinte de toux mal imitée.

— Oui, eh bien, je suis dans le coup maintenant et je n'ai pas l'intention d'être laissé de côté, déclara Harry avec fermeté. Bon, où allons-nous ?

— À chaque expédition de mes grands-parents en Égypte, ils employaient le même homme, M. Bichara, qui leur servait de guide, d'interprète et de directeur technique.

Sidney prit son chapeau et s'approcha du miroir mural pour l'ajuster. Hormis une légère rougeur aux joues – plutôt seyante, d'ailleurs –, rien n'indiquait que quelques minutes plus tôt elle mourait d'envie de faire des galipettes avec Harry Armstrong. Ce n'était que partie remise, espérait-elle.

— Il gérait toute la logistique de leurs voyages, expéditions et fouilles, organisait les transports et engageait les ouvriers, le tout avec l'entière confiance de mes grands-parents. Leur collaboration pendant presque un quart de siècle a été longue et bénéfique.

Elle se tourna vers les deux hommes et enfila ses gants.

— D'après le journal de ma grand-mère, il était avec eux quand ils ont découvert la cache, et c'est lui qui a dessiné la carte avec les itinéraires et indications utiles pour retrouver la grotte. Le genre de mission dont il était chargé régulièrement.

Harry regarda M. Nazzal.

— Vous ne voyez pas les éventuels problèmes ?

L'Égyptien haussa les épaules.

— Je suis un éternel optimiste.

— Alors laissez-moi vous les énumérer, commença Harry en comptant sur ses doigts. D'abord, cette histoire de cache remonte à une trentaine d'années : vous ne savez même pas si ce M. Bichara est encore en vie.

— Si, c'est le cas, répondit M. Nazzal. Il est vieux, mais respire encore.

— Et nous allons lui rendre visite de ce pas, l'informa Sidney.

— Alors permettez-moi de reprendre : vous ignorez s'il sera capable de se souvenir de cette époque en détail.

— L'hypothèse inverse est tout aussi valable. C'est un risque qui vaut la peine d'être couru, je dirais. Franchement, Harry, soupira Sidney, êtes-vous obligé de chercher la petite bête ainsi ?

— Oui.

— Eh bien, continuez alors, râla-t-elle avec un geste d'impatience. Je suppose que vous avez encore des remarques en réserve.

— Vous supposez bien. Comme je l'ai dit, cette histoire remonte à trente ans : cette cache a peut-être disparu depuis longtemps.

— Elle aurait pu disparaître bien des siècles plus tôt et pourtant personne ne l'avait jamais trouvée jusque-là. Bon, vous avez fini, maintenant ?

Il y avait quelque chose de malicieusement plaisant à contrer les arguments trop rationnels de Harry.

— Non : même si nous parvenons à trouver cette grotte en plein désert, après trente années de tempêtes de sable et je ne sais quoi d'autre, que la cache soit encore là, que nous récupérions le pectoral et y emboîtions le médaillon, cela ne signifie pas pour autant qu'il nous donnera l'emplacement d'une cité disparue depuis plus de trois mille ans.

— Oui, mais cela reste quand même possible. Comme vous êtes fataliste, Harry ! L'inconnu ne fait-il pas partie de l'aventure ? Ne pas savoir, c'est justement ce qui la rend si distrayante, non ?

Harry la fixa un long moment en silence, l'air d'un homme qui essayait de se réconcilier avec lui-même, ou peut-être avec le passé. À moins qu'il ne tente enfin de se décider à aller de l'avant.

— Alors, vous venez ?

Qu'il se joigne à elle ou non, Sidney, elle, était partante. Par réflexe, elle redressa les épaules. Millicent agirait seule s'il le fallait et elle était prête à l'imiter. L'idée de se lancer à l'aventure avec Harry rendait cependant la chose beaucoup moins terrifiante. Millicent elle-même serait quelque peu impressionnée par la tâche qui l'attendait.

Un lent sourire se dessina sur le visage de Harry.

— Très bien, céda-t-il. Partons à la recherche de votre cité disparue.

Excellente initiative ! Sidney n'en attendait pas moins de l'homme qu'elle aimait. Richard Weatherly n'aurait pu faire mieux, et elle savait depuis le début que Harry...

L'homme qu'elle aimait ?

Oui, bon, inutile de le nier. Depuis quand savait-elle qu'elle était tombée follement, passionnément amoureuse de ce rabat-joie arrogant qui ne manquait jamais de la faire rire et qui, au fond, était un homme bien ? Depuis qu'il l'avait embrassée juste parce qu'il en avait envie ? Dès l'instant où il l'avait confondue avec ses amies sur les docks à Londres ? Peut-être l'avait-elle en effet toujours su.

Harry lança un regard soupçonneux à M. Nazzal.

— Et vous, qu'avez-vous à gagner dans cette histoire ?

— Hormis assister à la résolution d'une énigme vieille de plusieurs siècles ? Tous les vestiges exhumés resteront bien sûr en Égypte – ce qui n'a fait l'objet d'aucune discussion, par ailleurs. Mme Gordon a gracieusement renoncé à toute revendication qui s'appuierait sur la découverte originelle de ses grands-parents et je l'en remercie.

— Il n'y a pas de quoi, répondit-elle.

Il ne lui serait jamais venu à l'idée de faire pareille réclamation, mais les remerciements étaient agréables.

— Si le pectoral révèle effectivement l'emplacement d'Itjtawy, les fouilles se feront entièrement sous la supervision d'archéologues égyptiens, poursuivit M. Nazzal. Mme Gordon y participera si elle le souhaite, tout comme vous.

— Voilà qui ressemble de plus en plus à une aventure, plaisanta Harry.

Un sourire radieux illumina le visage de Sidney.

— Alors, allons-y !

*
* *

S'il l'avait demandé, Sidney aurait assuré Harry de sa conviction qu'elle et lui réussiraient à localiser le domicile de la famille d'Ahmed Bichara sans aucune aide et qu'il n'était donc pas nécessaire que M. Nazzal les accompagne. Par chance, il n'en fit rien et la jeune femme fut reconnaissante à ce dernier de les guider dans les ruelles étroites et sinueuses d'un des plus vieux quartiers de la capitale. Très vite, ils se retrouvèrent assis avec M. Bichara dans la maison de son fils.

Le vieil homme devait avoir à peu près l'âge de ses amies – pas loin de quatre-vingts ans, estima-t-elle –, mais il donnait l'impression d'être né il y a plusieurs siècles. Le seul qualificatif qui vint à l'esprit de Sidney pour le décrire était « momifié », comme si les années passées dans le désert avaient aspiré toute l'humidité de son corps. Il portait un bandeau sur un œil et avait tendance à glousser plus qu'à rire. Elle aurait aimé parler un peu mieux l'arabe, au-delà de *salam aleykoum*, « bonjour », et de *choukran*, « merci ». Il était très frustrant d'écouter M. Nazzal parler avec M. Bichara sans savoir exactement ce qui se disait. Harry paraissait comprendre la plus grande partie de la conversation – du moins, il hochait la tête et posait parfois une question. De toute évidence, il parlait plus couramment l'arabe qu'il ne l'avait laissé entendre auparavant. Ils étaient convenus de laisser M. Nazzal diriger la discussion, pensant que M. Bichara se montrerait peut-être plus coopératif avec un compatriote. Sidney en était réduite à siroter le café parfumé qu'elle avait appris à apprécier pendant son séjour et à faire semblant de suivre les propos échangés.

M. Nazzal finit par se tourner vers elle.

— Je vous prie de m'excuser, madame Gordon. M. Bichara, qui a eu une vie longue et intéressante, semble heureux d'avoir un auditoire à qui raconter ses histoires.

— C'est compréhensible, répondit Sidney en souriant au vieil homme. Se souvient-il de mes grands-parents ?

— Avec beaucoup d'affection, semble-t-il. Lors de leur dernière expédition, celle où ils ont découvert la cache dans la grotte, un malencontreux accident est survenu. Un des ouvriers a été gravement blessé. Bichara n'a pas précisé dans quelles circonstances, expliqua M. Nazzal avec un regard à l'homme qui lui adressa un sourire édenté. Quoi qu'il en soit, la rumeur s'est répandue que les reliques étaient maudites à cause des pilleurs de tombes qui les avaient dérobées. C'était absurde, bien sûr, mais les ouvriers ont refusé du jour au lendemain de travailler pour vos grands-parents.

— Voilà sans doute pourquoi ceux-ci ont remis ces objets dans leur cachette, avec l'intention de revenir lors de leur prochain voyage, ajouta Harry.

Sidney acquiesça.

— Cependant, M. Bichara, qui est un homme sensé, poursuivit M. Nazzal, pensait qu'il était bien imprudent de les laisser ainsi et, après le départ de vos grands-parents, il est retourné récupérer les objets.

Sidney haussa un sourcil.

— Vraiment ?

— Il faut le comprendre, madame Gordon. Il était tout à fait conscient que s'il ne le faisait pas, d'autres membres de l'équipe s'en chargeraient. De plus, il avait une famille à nourrir et il n'était plus tout jeune, comme vos grands-parents. Il ne pouvait être certain qu'ils reviendraient ou continueraient à l'employer.

— Ensuite, il a vendu les artefacts un par un, afin de ne pas éveiller les soupçons, enchaîna Harry. Il a séparé le médaillon du pectoral dans l'espoir d'un plus gros bénéfice.

— Logique, murmura Sidney.

— Après la vente du médaillon, il a connu une série de malheurs. Entre autres, il s'est cassé la jambe et a perdu son œil, reprit M. Nazzal qui se tourna vers le vieil homme et lui dit quelques mots.

Celui-ci répondit avec animation, puis releva le cache noir, afin de montrer l'œil manquant.

Devant l'orbite vide, Sidney s'efforça de ne pas faire une grimace, mais son estomac ne fut pas aussi coopératif. Le vieux monsieur replaça le cache-œil avec un petit sourire narquois, comme s'il s'amusait de sa réaction à ce sinistre tour de passe-passe.

— Il en a déduit que le pectoral était bel et bien maudit. Tout le reste avait déjà été vendu, mais il a rapporté cet objet-là à la grotte.

— Je comprends qu'il en soit venu à cette conclusion, dit Sidney d'une voix timide, soulagée qu'ils n'aient pas apporté le médaillon.

M. Nazzal s'adressa de nouveau au vieil homme qui haussa les épaules et ordonna quelque chose à l'une des femmes qui s'attardaient dans un coin mal éclairé de la pièce. Cette dernière sortit aussitôt et revint un instant plus tard avec un bout de papier jauni qu'elle tendit à M. Bichara, qui le passa à M. Nazzal.

— Par chance, Bichara a l'esprit pratique, expliqua celui-ci. Il a gardé trace de l'itinéraire jusqu'à la grotte.

Il donna le papier à Sidney qui, d'un bref coup d'œil, constata qu'il s'agissait bien d'une carte, grossièrement dessinée et usée.

La carte finit entre les mains de Harry, qui examina un instant le fragile morceau de papier, puis le plia et le glissa dans sa poche. Il échangea ensuite quelques mots avec M. Bichara qui, de temps à autre, faisait un geste vers Sidney. Harry adressa ensuite quelques commentaires à M. Nazzal qui ressemblaient fort à une mise en garde : inutile de parler la langue pour comprendre que le vieil homme croyait dur comme fer à cette histoire de malédiction. Mieux valait lui cacher qu'ils avaient le médaillon en leur possession – elle était presque certaine que M. Nazzal était parvenu à la même conclusion. Quelques minutes plus tard, tous trois prirent congé.

Harry suggéra qu'il était préférable de ne pas aborder le sujet avant leur retour en sécurité au Shepheard. Il pouvait y avoir des oreilles indiscrètes, expliqua-t-il avec un regard appuyé à Sidney qui répondit par un sourire innocent. Bien que court, le trajet lui parut interminable tant elle peinait à contenir son excitation face à cette quête qui pourrait les mener à l'ancienne capitale de l'Égypte : elle qui se croyait patiente ne tenait plus en place.

— Alors, sera-t-il possible de retrouver cette grotte, oui ou non ? demanda-t-elle dès qu'elle eut refermé la porte de sa suite, interrogeant les deux hommes du regard.

— Peut-être, répondit Harry, circonspect.

Il déplia la carte et l'étala sur le bureau.

Sidney n'en avait jamais vu de semblable. C'était un ensemble désordonné de gribouillages, de lignes et de flèches avec, dans un angle, un cadran d'horloge. Fort heureusement, Harry et M. Nazzal semblaient y trouver un sens. Et le dessin de sa grand-mère les aidait également.

— Cette carte contient suffisamment d'informations pour qu'on puisse tenter notre chance, finit par dire Harry.

— Excellent ! s'exclama-t-elle, résistant à l'envie de bondir sur place telle une gamine surexcitée. Quand ?

— Nous devons l'étudier d'abord de plus près, et la comparer avec les cartes de la région les plus récentes. Puis réfléchir au meilleur moyen de s'y rendre et d'en revenir, et enfin acheter un peu d'équipement. Ce n'est pas si loin du Caire, quelque part entre Dahchour et le site antique de Memphis.

— Quand, Harry ?

— Qu'en pensez-vous, Nazzal ? Pouvons-nous espérer être prêts d'ici, disons… demain ?

Il sourit de voir l'émerveillement poindre dans les sublimes prunelles bleues de Sidney.

— Demain ? C'est parfait !

— Vous pouvez compter sur mon aide pour la logistique, déclara M. Nazzal.

— Vous ne venez pas ? lui demanda Sidney.

— Ce n'est pas vraiment dans mes compétences, répondit l'Égyptien en se tournant vers Harry. Je vous conseille de partir au plus tard dès l'aube. Pensez-vous avoir besoin d'un campement ?

— Mieux vaut parer à toute éventualité, je suppose.

Les deux hommes se lancèrent dans une discussion détaillée sur ce qui pourrait être nécessaire. M. Nazzal sortit un calepin, fit une copie rapide de la carte et prit des notes au fur et à mesure des desiderata énoncés.

Sidney se montrait aussi attentive que le lui permettait son enthousiasme effréné. Demain, avec beaucoup de chance, elle retrouverait au moins l'autre partie du pectoral exhumé par sa grand-mère. Il lui semblait pertinent que la grande aventure qu'elle était en train de vivre soit une sorte d'hommage à la femme qui lui avait montré la voie.

— Je crois qu'on a fait le tour, dit Harry qui replia la carte, inspira un grand coup et lui adressa un sourire taquin. Demain, nous saurons peut-être si nous cherchons dans le vide ou si c'est du sérieux.

— Je me charge de prendre les dispositions nécessaires, promit M. Nazzal en se préparant à s'en aller. De votre côté, vous devriez réfléchir à ce que vous allez dire à vos amies. Vous ne tenez pas à ce qu'elles vous accompagnent, je suppose.

— Non, je ne crois pas, confirma Sidney.

— Et pas question d'avoir Corbin sur notre dos, ajouta Harry avec fermeté.

M. Nazzal ouvrit la porte et se retourna sur le seuil.

— J'ai failli oublier. Vous pourriez être intéressée par une remarque de Bichara sur vos grands-parents.

— Oui, bien sûr.

— Il a dit que votre grand-père, bien que très compétent et reconnu comme directeur des fouilles, n'était à l'origine d'aucune de leurs découvertes. Votre grand-mère en a tout le crédit.

Il sourit à Sidney et prit congé.

— Je n'en suis pas surpris, commenta Harry, une fois la porte refermée.

— N'est-ce pas merveilleux ? s'extasia Sidney qui, sans réfléchir, se jeta dans ses bras en riant. Oh si, bien sûr que si ! C'est tout à fait merveilleux ! Qu'en dites-vous, Harry ?

Il éclata de rire et glissa les bras autour de sa taille.

— Eh bien, oui, je crois que « merveilleux » est le mot qui convient.

En cet instant, pourtant, Sidney ne connaissait pas de plus grand bonheur au monde que la chaleur des bras de Harry Armstrong. Même la quête d'une cité disparue depuis des millénaires ne faisait pas le poids.

— Vous réalisez que ce n'est pas gagné, loin de là, et même avec cette carte ? Les grottes ne manquent pas dans le désert égyptien : nos chances de tomber sur la bonne sont vraiment minces.

— Il faut savoir rester optimiste.

— Et même si nous avons de la chance, il est peu probable qu'au bout de trente ans, le pectoral soit toujours dans la grotte.

— Pour l'amour du ciel, Harry, voilà que vous recommencez avec votre défaitisme. Parfois, la quête se suffit à elle-même. Ne dit-on pas que le voyage importe davantage que la destination ?

— Je ne voudrais pas que vous soyez trop déçue si nos recherches n'aboutissent pas, c'est tout.

— Je serais terriblement déçue si tous nos efforts n'avaient servi à rien, mais le jeu en vaut la chandelle, n'est-ce pas ? Dans la vie, il faut savoir prendre des risques.

— Cela dépend, je suppose, du risque que vous êtes prête à prendre, fit-il remarquer d'un ton qui s'était fait soudain grave.

— Ce ne serait certainement pas un grand risque si...

Soudain aussi sombres que des nuages avant l'orage, les yeux gris de Harry fouillaient les siens avec une intensité qui la laissa pantoise, au point qu'elle en bafouilla :

— ... si enfin, je veux dire... si le risque encouru...

— Qu'êtes-vous prête à risquer, Sidney ?

— Tout, lâcha-t-elle dans un souffle en attirant son visage vers le sien.

Lorsqu'il unit ses lèvres aux siennes, Sidney sentit ses genoux flageoler ; elle accueillit son baiser avec abandon et leurs langues se mêlèrent en une danse sensuelle qui ne manqua pas de lui échauffer les sens. Elle voulait se délecter de ses baisers, mais aussi de ses caresses, réalisa-t-elle, un peu troublée de tant d'audace.

Ses bras se resserrèrent autour de lui et elle se pressa un peu plus contre le corps du jeune homme dont elle sentait la chaleur à travers leurs vêtements. Harry en oublia le peu de retenue qu'il pouvait encore avoir et l'embrassa avec une fougue redoublée qui l'encouragea à s'enhardir, elle aussi.

Le monde de Sidney chavira, métamorphosé en un brouillard de sensations inconnues et de désir dévorant, si dévorant qu'à un moment, au milieu de leur emballement fébrile, elle crut entendre le craquement reconnaissable d'un tissu qui se déchirait. En quelques instants, elle ne portait plus sur elle que son corset et sa camisole : le reste gisait en désordre dans le salon, jeté au petit bonheur sur les fauteuils, le tapis ou ailleurs. Elle ne savait trop comment ce désordre digne d'un ouragan s'était produit mais, pour être franche, elle n'en avait cure – à l'exception d'un bref tressaillement d'angoisse lorsqu'elle réalisa que Harry n'avait plus ni sa veste ni sa chemise. Elle se retrouva le dos appuyé contre le mur et au moment où ses seins s'écrasèrent contre son torse nu et musclé, elle s'émerveilla de la vigueur qui se dégageait de lui. Lorsqu'elle sentit sa virilité durcie se presser entre ses cuisses, un nouveau sursaut de panique la prit au dépourvu. Quand diable s'était-il débarrassé de son pantalon ? C'était bien joli de faire semblant d'être incollable sur les relations intimes, mais là, elle faisait déjà moins la fière.

Harry mit fin à leur baiser enfiévré et sa bouche poursuivit son exploration par le creux sensible de son cou, descendant toujours plus bas et avivant son désir au point qu'elle laissa échapper un gémissement. Une petite voix rationnelle dans un recoin reculé de sa tête lui murmurait qu'elle pouvait encore dire stop si elle le souhaitait mais il s'agenouilla devant elle et emprisonna ses seins dans ses larges paumes, multipliant caresses et autres petits jeux. Lorsqu'il referma la bouche avec gourmandise sur un sein, puis l'autre, titillant longuement les pointes tendues avec la langue, Sidney crut défaillir. Les mains crispées sur les épaules de Harry, elle s'étonna de ne pas glisser le long du mur pour s'étaler à ses pieds en une flaque de divines sensations.

Et elle pressentait que ce n'était là qu'un prélude promettant bien davantage encore.

Le temps semblait s'étirer, se ralentir, se brouiller : rien d'autre n'existait plus que les baisers de Harry, ses caresses et le contact de sa peau sous ses doigts. Avec une lenteur calculée, il lui embrassa le ventre, descendant plus bas, toujours plus bas. Lorsqu'il glissa la main entre ses cuisses, à l'endroit le plus secret de son intimité, elle laissa échapper un petit cri et sa respiration se fit plus saccadée, au rythme des caresses audacieuses qu'il lui prodiguait. Les sensations étaient si intenses qu'elle redouta presque de succomber sous la force de son désir enivrant.

Harry se releva, glissant son corps contre le sien. Avec délectation, elle promena les mains sur les crêtes et vallées de son dos, les tendons de son cou, les muscles de ses bras et s'émerveilla de la chaleur sensuelle qu'il dégageait, embrasant ses sens et son âme.

Sidney enroula une jambe autour de la sienne et son membre vigoureux s'introduisit entre ses cuisses. Lorsqu'elle sentit ce puissant et fier obélisque glisser contre sa peau moite, elle en éprouva une étrange satisfaction : c'était elle qui était à l'origine de ce débordement de passion. L'ultime voile de doute qui aurait pu persister dans son esprit s'évanouit alors comme par enchantement.

Harry glissa les mains sous ses fesses et la souleva tandis qu'elle enroulait les jambes autour de ses hanches et l'attirait plus près. Puis il s'insinua en elle avec une infinie précaution : la sensation était bizarre, mais pas désagréable, et elle l'encouragea à continuer. Très vite, un désir presque frénétique s'empara de Sidney. Elle le voulait en elle tout entier, et maintenant, afin que leurs deux corps s'unissent complètement et qu'ils ne fassent plus qu'un. Pressant les talons contre ses reins, elle l'incita à s'enhardir davantage. Ce qu'il fit avec obligeance, avant de s'arrêter soudain, surpris.

— Sidney, est-il possible que vous n'ayez jamais...

— Avez-vous vraiment envie d'aborder le sujet maintenant ? l'interrompit-elle, le souffle court.

— Le moment me semble opportun.

— Pas à moi !

Qu'il continue, bon sang, c'était si extraordinaire.

— Sidney, s'il y a quelque chose que vous...

— Par pitié, taisez-vous, Harry !

Elle captura ses lèvres avec fougue dans l'espoir de le faire taire et plaqua les talons avec plus de vigueur encore contre ses reins. *Aïe.* Elle réprima un gémissement de douleur contre la bouche de Harry. Ses amies avaient raison – ça piquait un peu. Et cette invasion inédite de son intimité provoquait des élancements dont elle se serait bien passée.

Il s'interrompit et le cœur de Sidney enfla de gratitude. Le cher homme avait compris sans qu'il y ait besoin de mots qu'elle avait besoin d'une pause. Au bout d'un moment, il reprit ses va-et-vient avec une lenteur précautionneuse. Peu à peu, l'inconfort s'apaisa, puis se mua en une sensation beaucoup plus agréable. Les allers-retours s'accélérèrent, gagnant en vigueur et à chaque coup de reins, un désir insoupçonné s'emparait un peu plus de ses sens en une vrille inexorable. Les doigts enfoncés dans son dos, elle encourageait Harry : « Encore, plus vite... » Sidney nota distraitement d'étranges gémissements plaintifs et comprit qu'ils montaient de sa propre gorge. Quelque part, au plus profond d'elle-même, un ressort était en train de se tendre et elle redoutait l'instant où la force de ce désir à l'état brut se relâcherait brutalement. Elle le redoutait et, en même temps, l'appelait de ses vœux. La frénésie de leurs ébats s'emballa encore un peu plus, toujours plus ardents, toujours plus impétueux.

Elle accueillait chacun de ses assauts en se tendant vers lui, mue par cette passion insatiable qui avait pris possession de ses sens et de son âme. Soudain, alors qu'elle se croyait sur le point de succomber à la divine tension qui s'était accumulée en elle, celle-ci atteignit son point de rupture et se libéra d'un coup, tandis que Harry s'enfonçait en elle une dernière fois avec un râle de jouissance. Elle se cambra alors contre lui et s'abandonna au plaisir inouï qui la submergea en une succession de vagues bienfaisantes. Sidney s'émerveilla presque d'avoir survécu à cette explosion de bonheur pur et intense, et encore plus de l'avoir trouvé dans les bras de cet homme qu'elle croyait pourtant détester et s'était mise à aimer d'un amour sincère au fur et à mesure qu'elle apprenait à le connaître.

Elle comprit alors que retrouver une cité disparue n'était peut-être pas la plus grande aventure qui l'attendait.

21

— Il faut qu'on parle, dit Harry, à peine l'eut-il déposée sur le lit.

C'était très attentionné de sa part de la porter jusque-là. Rester avachie et échevelée contre le mur ne l'aurait pas dérangée plus que cela. Savait-elle encore marcher ? Elle avait l'impression que tous les os de son corps s'étaient dissous dans une sorte d'extase cotonneuse qui l'avait laissée frémissante et comblée.

— Vraiment ?

Son unique désir en cet instant était de se pelotonner avec délice comme un chat au soleil, de préférence dans les bras de Harry.

— Oui, vraiment.

— Bon, d'accord.

Avec un soupir de frustration, elle posa les pieds au sol et se leva.

— Qu'est-ce qui vous prend ?

— Au ton de votre voix, je devine que nous sommes sur le point d'avoir une conversation sérieuse. À moins que je ne me trompe ? ajouta-t-elle, pleine d'espoir.

— Je dirais que c'est assez exact.

— Alors je ne tiens pas à avoir cette discussion avec pour tous vêtements ma camisole et mon corset. Ce serait… indigne.

— Et nous nous en voudrions d'être indignes, se moqua Harry avec un sourire en coin.

Elle entreprit de dégrafer le devant de son corset, puis s'interrompit.

— Tournez-vous, je vous prie.

— C'est ridicule, voyons. Ce machin cache le peu que je n'ai pas encore vu. Et vous réalisez que je suis nu comme un ver, n'est-ce pas ?

— En effet.

Sidney laissa son regard se promener langoureusement sur son corps bien découplé. Elle avait beau être inexpérimentée, Harry Armstrong lui paraissait franchement bel homme.

Il se racla la gorge et elle sortit de sa transe avec un sursaut.

— Peut-être pourriez-vous me passer mon pantalon ?

— Je suppose que oui, mais d'abord...

Elle lui fit signe de se tourner.

— C'est absurde, râla-t-il pour la forme avant d'obtempérer.

De dos, ce monsieur était taillé comme une statue de marbre. Grecque ou romaine, elle n'arrivait pas à se décider ; elle mourait d'envie de passer la main sur son postérieur parfait, mais il risquait de ne pas bien prendre cette initiative, puisqu'il avait prévu une conversation sérieuse.

— Je m'en moque.

Sidney finit de défaire son corset et retira sa camisole. La fine batiste était craquée à plusieurs endroits, et la jeune femme réprima un sourire empreint de fierté. La camisole de Mlle Honeywell déchirée dans un élan de passion ! Qui aurait pu l'imaginer ? Elle trouva son peignoir au pied du lit et l'enfila.

— Vous voulez toujours votre pantalon ?

— Ce serait bien, oui.

— D'accord.

Elle balaya la chambre du regard. Des vêtements étaient éparpillés un peu partout. Bigre, on aurait dit le décor d'une pièce de boulevard. Elle repéra le pantalon sous un guéridon et alla le ramasser.

— Maintenant, ce serait à votre tour de vous retourner, suggéra Harry.

— Je ne pense pas, non. J'apprécie beaucoup la vue.

— Moi aussi, je l'appréciais jusqu'à ce que vous me demandiez de faire un demi-tour.

Il enfila son pantalon, et Sidney ne put détacher les yeux de son superbe dos musclé.

— Je sais. C'est affreusement injuste de ma part, dit-elle en s'asseyant au bord du lit.

Il boutonna sa braguette et pivota vers elle.

— Dites-m'en davantage sur votre défunt mari, lui demanda-t-il à brûle-pourpoint.

— Maintenant ?

Flûte, quelle déveine. Elle espérait au moins qu'il ne se croyait pas malin. Ou subtil.

— Oui, maintenant.

— Le sujet me paraît plutôt inapproprié.

Harry haussa les épaules.

— Votre mari est mort. J'imagine qu'il n'y verra pas d'inconvénient.

— Pourtant, je ne crois pas...

Sidney se leva et il se planta devant elle, les yeux plissés. Elle se rassit à contrecœur avec un soupir résigné.

— Que voulez-vous savoir ?

— Où vous êtes-vous rencontrés ?

— Dehors, quelque part, répondit-elle avec un vague signe de la main. Je me promène, vous savez. Qui se souvient de ce genre de détail insignifiant ?

Admettre la vérité sur son prétendu veuvage reviendrait presque à admettre la vérité sur ses histoires. Or, elle n'était pas encore prête pour cet aveu.

— Toutes les femmes de ma connaissance se souviennent de ce détail insignifiant, comme vous dites.

— C'est donc que je suis unique, rétorqua-t-elle avec son plus beau sourire. C'est fantastique.

— Combien de temps avez-vous été fiancés ?

— Très peu de temps.

Bigre, c'était un véritable interrogatoire.

— Où vous êtes-vous mariés ?

— À Londres.

Se croyait-il encore à l'époque de l'Inquisition ?

— Quel était son prénom ?

— Charles, répondit-elle sans hésitation, envoyant une petite prière de remerciement à ses amies, car elle aurait été bien incapable d'en trouver un autre sous ce feu roulant de questions.

— Où avez-vous vécu ?

— À Londres.

Elle disait la première chose qui lui venait à l'esprit, mais jusqu'à présent, elle ne s'en sortait pas trop mal.

— Quand a eu lieu le mariage ?

— Je n'ai jamais été douée pour les dates.

Le rythme des questions s'accélérait. Elle commençait à avoir du mal à inventer des réponses acceptables.

— Quel âge avait-il ?

— Plus vieux que moi.

— Comment est-il mort ?

— Dévoré par les crocodiles, lâcha-t-elle sans réfléchir.

Elle fit une grimace.

— Hier soir, vous m'avez dit qu'il n'avait pas été dévoré par les crocodiles.

— Vraiment ? fit-elle mine de s'étonner d'un air innocent. C'est une situation tellement déroutante...

— Vous avez dit qu'il s'était noyé.

— Eh bien, oui, bredouilla-t-elle, cherchant en vain une réponse intelligente. Pendant qu'il se faisait dévorer.

— Cela a dû être très pénible pour vous.

Sidney enfouit son visage entre ses mains.

— Vous n'avez pas idée. C'est un événement de ma vie que je préfère ne pas évoquer.

Durant un long moment, Harry resta silencieux et elle crut qu'il avait jeté l'éponge.

— Vous n'avez jamais été mariée, n'est-ce pas, *madame* Gordon ?

— Comment osez-vous calomnier ce pauvre Charles, mon regretté époux, et insinuer que mon mariage n'a jamais eu lieu ?

Elle s'arracha un sanglot qui ressemblait affreusement à un hoquet.

— Sidney.

Elle perçut une mise en garde dans la voix de Harry. Le matelas s'enfonça de part et d'autre de ses jambes : si elle relevait la tête, elle plongerait droit dans ses yeux gris. Elle était consciente qu'il était grand temps d'avouer ce qu'il avait manifestement deviné.

— Sidney ?

— Oui ?

— C'était votre première fois, n'est-ce pas ?

— Je vous demande pardon ?

Elle n'allait pas lui faciliter la tâche pour autant. Elle releva la tête et plongea son regard droit dans le sien.

— Vous ne l'aviez jamais fait.

— Jamais fait quoi ?

— Un homme remarque ce genre de chose, vous savez.

— Quel genre de chose ?

— À l'évidence, vous n'aviez jamais couché avec un homme et je doute que vous ayez été mariée. Je me demande même si vous vous appelez vraiment Gordon.

— Évidemment, voyons. Enfin... en partie, reconnut-elle avec un soupir résigné. Mon nom complet est Sidney Althéa Gordon Honeywell.

— Enchanté, mademoiselle Sidney Honeywell, dit Harry avec un sourire. Joli nom, il me plaît. Oserai-je vous demander pourquoi vous faites semblant d'être veuve ?

— M. Cadwallender trouvait que c'était mieux.

— Imaginez ma surprise tout à l'heure.

Elle noua les bras autour de son cou et l'attira sur le lit.

— Maintenant que c'est réglé...

— Rien n'est réglé, loin de là, maugréa-t-il sans néanmoins résister.

— Vraiment, Harry ?

Elle lui caressa la nuque et il poussa un petit grognement qui la fit sourire.

— Il y a d'autres choses dont nous devons discuter, dit-il, la voix un peu rauque.

— Oh, je ne pense pas.

— N'avez-vous rien d'autre à m'avouer ?

Elle lui mordilla le lobe de l'oreille et le corps de Harry se tendit contre le sien.

— Pas vraiment. En ce moment, j'ai des activités plus agréables en tête, lui susurra-t-elle.

Il roula sur le lit jusqu'à recouvrir son corps du sien.

— Je pense...

Elle passa une jambe contre la sienne.

— Oui, Harry ? Que pensez-vous donc ? demanda-t-elle d'une voix qu'elle espérait sensuelle.

Ce n'était pas difficile. Elle se consumait à nouveau de désir pour lui, tout autant qu'il avait envie d'elle. Du moins, à en juger par la preuve flagrante qui se dressait contre sa cuisse. Et ce serait sans nul doute plaisant d'essayer en position allongée.

— Mademoiselle Honeywell, comment vous résister ?

Il était fascinant de voir un homme jeter sa résolution aux orties avec autant de facilité et la passion voiler son regard.

Elle pouffa.
— Merci du compliment, monsieur Armstrong.
Il hésita soudain.
— À ce propos...
— Quoi donc ? Harry Armstrong n'est pas votre vrai nom ?
— Si, bien sûr, mais...
— Je vous ai dit le mien. Si vous en avez un autre, j'aimerais beaucoup le connaître.
On frappa à la porte.
— Sidney, es-tu là ?
C'était la voix de tante Effie.
— Mon Dieu ! murmura la jeune femme, prise de panique. Elles sont déjà de retour. Je ne les attendais pas si tôt. Quelle heure est-il ?
— Je n'en ai aucune idée, lui souffla Harry qui jeta un regard à la ronde. Ma montre doit être quelque part dans cette chambre.
— Il n'est pas possible qu'elles vous trouvent ici !
Il plissa le front.
— Il n'y a pas d'autre issue que la fenêtre.
— Dans ce cas...
Sans une hésitation, elle désigna la fenêtre de la main. Harry la dévisagea avec incrédulité.
— Pas question de m'enfuir par la fenêtre comme un voleur.
Elle le poussa et se leva d'un bond.
— Alors cachez-vous !
— Sidney ? appela Gwen. Comment vous sentez-vous ?
— Je suis en plein cauchemar, grommela Harry. Elles sont là toutes les trois, n'est-ce pas ?
— Évidemment. Elles se déplacent toujours en meute. Désolée, un instant, s'il vous plaît ! répondit Sidney à Gwen en se démenant à droite et à gauche dans le salon pour ramasser divers effets.

Harry restait planté là avec un air d'impuissance stupide.

— Où suis-je censé me cacher ?

Elle lui tendit le tas de vêtements.

— Sous le lit.

Il secoua la tête avec vigueur.

— Je ne me cache pas sous le lit..

— Vous avez beaucoup d'objections pour quelqu'un qui n'a pas d'idées !

Sidney scruta frénétiquement la pièce.

— Dans la chambre, alors. Je vais fermer le rideau.

Elle le poussa vers l'alcôve et tira les pans avec autorité.

— Ne faites pas un bruit, ni un geste. Je vais essayer de faire en sorte que leur visite soit la plus brève possible.

Derrière la porte, Poppy prit la relève.

— Sidney ? Vous allez bien ?

— Parfaitement bien.

Elle s'élança vers la porte, jeta un dernier coup d'œil autour d'elle – il faudrait s'en contenter – et ouvrit après une grande inspiration.

— Alors, comment c'était, le Nil ? s'enquit-elle, tout sourire.

— Vous savez ce qu'on en dit. Sans fin, éternel, sacré, ce genre de choses, bougonna Gwen qui se hâta d'entrer, les deux autres sur ses talons.

Le trio s'installa aussitôt sur le sofa, bien décidé à s'y attarder.

Effie observa Sidney avec attention.

— Tu dormais ?

— Pas vraiment, répondit Sidney d'une petite voix en prenant place dans un fauteuil. Je me reposais juste un peu.

— Elle a les joues un peu empourprées, non ? s'inquiéta Poppy avec un froncement de sourcils. J'espère que vous ne couvez pas une maladie rare. On ne sait jamais comment peut tourner un mal de tête.

Effie dévisagea son amie.

— Que racontes-tu donc ? Elle n'est pas du tout malade. Elle voulait juste que nous tenions Harry et Corbin à l'écart.

— Ah oui, c'est vrai... Il n'empêche qu'elle a les joues rouges.

— Ce n'est pas faux, approuva Gwen qui observa Sidney d'un air pensif. Nous sommes désolées, mais Harry a réussi à nous échapper. Il sait se montrer futé quand il s'y met. Êtes-vous quand même parvenue à faire ce que vous aviez prévu ?

— Oui, acquiesça Sidney.

— Et ? s'enquit Effie.

— Et...

Elle ne savait trop jusqu'où pousser ses confidences : elle faisait implicitement confiance aux trois femmes, mais ces dernières avaient une fâcheuse tendance à jacasser sans réfléchir.

— Et... j'aurai encore besoin de votre aide demain.

Les yeux de Gwen se mirent à pétiller.

— Que voulez-vous que nous fassions ?

— Je ne le saurai pas précisément avant d'avoir des nouvelles de M. Nazzal, mais j'imagine que vous devrez occuper Corbin.

— Très bien. C'est toujours amusant, se réjouit Poppy. Cet homme est toujours incommodé par tout.

— Que comptez-vous faire, Harry et vous ? voulut savoir Effie.

Inutile de nier l'implication de ce dernier. Ses amies savaient qu'il n'était pas sur le bateau aujourd'hui. Sans elles, Sidney n'aurait jamais mis les pieds en Égypte, ne serait pas en train de vivre la plus grande aventure de son existence... et n'aurait jamais rencontré Harry :

elles méritaient de tout savoir. Du coin de l'œil, elle perçut un léger battement du rideau. Enfin, pas tout.

— Il va sans dire que pas un mot de ce que je vais vous raconter ne doit sortir de cette pièce, prévint-elle avec gravité en guise de préambule.

Avec un bel ensemble, Effie et Gwen lancèrent à Poppy un regard de mise en garde.

— Pas la peine de me dévisager comme ça, protesta celle-ci avec indignation. Je ne suis pas la seule à parler à tort et à travers. Je pourrais citer des tas de fois où...

— Nous n'en doutons pas, ma chère, mais ce n'est peut-être pas le moment le plus opportun, l'interrompit Gwen avec un sourire conciliant. Sidney a quelque chose à nous dire.

Après une pause, elle haussa la voix.

— Harry, voulez-vous vous joindre à nous ou êtes-vous content là où vous êtes ?

Sidney se mordit la lèvre, ne sachant si elle devait rire ou pleurer.

— Je suis bien là où je suis, merci, répondit l'intéressé. Faites comme si je n'étais pas là.

Effie se pencha vers ses deux acolytes.

— Ce n'est pas évident avec ses pieds nus qui dépassent du rideau et sa silhouette qui se dessine à contre-jour devant la fenêtre.

— Sans parler de la chaussette pendue à l'applique, ajouta Poppy.

— Bon, vous voulez bien m'écouter, oui ou non ? intervint Sidney d'un ton sévère.

Les trois femmes affichèrent une mine studieuse.

Sidney leur présenta un rapide compte rendu sur le médaillon et le pectoral, M. Bichara et le journal de sa grand-mère. Elles en restèrent bouche bée.

— Incroyable, Sidney, dit Gwen. C'est une aventure digne de Millicent Forester en personne.

— Et vous avez tout compris. Très brillant de votre part, s'extasia Poppy.

Effie se pencha en avant et tapota la main de Sidney.

— Ta grand-mère serait si fière de toi, ma chère enfant.

Sidney aurait juré voir ses yeux s'embuer. Elle-même était très émue et refoula les larmes qu'elle sentait monter en reniflant.

— Merci, tante Effie.

Elle prit un instant pour se ressaisir.

— Vous réalisez que tout cela n'est encore que pure spéculation. Il se peut que nous ne trouvions jamais la grotte ou que le pectoral ait disparu. Des tas de choses pourraient mal tourner.

— Vous avez l'intention d'essayer et c'est tout ce qui compte, l'encouragea Gwen en se levant, imitée par ses amies. Et maintenant, allons nous rafraîchir et nous changer pour le dîner.

— Oui, c'est ça, nous nous reverrons au dîner, dit Sidney avec soulagement avant de les pousser gentiment vers la sortie.

Gwen se retourna sur le seuil.

— Vous comprenez que ce genre de batifolage appelle un mariage, n'est-ce pas, Harry ? Vous ne vous en sortirez pas à moins.

— Je suis conscient de mes obligations.

— Bien qu'il n'y ait pas de lien de parenté officiel, gardez à l'esprit que nous considérons Sidney comme un membre de la famille, enchaîna Effie avec sévérité. Nous ne verrions pas d'un bon œil quiconque ne se comporterait pas comme il faut avec elle.

Sidney réprima un soupir excédé.

— Mesdames, il est vraiment temps que...

— N'y voyez pas une menace, Harry, intervint Poppy. Nous ne menacerions jamais personne. Plutôt une promesse.

— Je comprends, mesdames.

Ce n'était quand même pas de l'amusement que Sidney percevait dans sa voix. Il était sûrement trop intelligent pour se le permettre.

— Veillez-y, compris ? dit Effie en guise de point final.

Elle adressa un sourire complice à Sidney et le trio s'envola enfin.

La porte se referma.

— Elles sont parties ? demanda Harry derrière son rideau.

— Oui.

Il émergea de sa cachette, tout sourire.

— Je pensais qu'elles ne s'en iraient jamais.

— Moi aussi, dit Sidney, l'esprit ailleurs.

Maintenant qu'elle avait le temps d'y songer plus calmement, elle n'était pas du tout sûre d'aimer ce qu'elle avait entendu.

— Vous devriez y aller, vous aussi. Je dois m'habiller pour le dîner.

— Quelque chose ne va pas ? s'enquit-il, marchant sur des œufs.

— Qu'est-ce qui n'irait pas ?

— Je n'en ai aucune idée.

Elle se détourna de lui, autant pour se donner la possibilité de réfléchir sans être distraite que pour lui laisser un peu d'intimité, le temps qu'il se rhabille.

Quelques minutes plus tard, Harry s'approcha d'elle par-derrière, posa les mains sur ses épaules et déposa un baiser dans le creux de son cou.

— À tout à l'heure au dîner, alors.

Elle hocha la tête.

Dans son dos, elle le sentit hésiter, puis, décidant sans doute que prudence était mère de sûreté, il prit congé.

Comment tout pouvait-il être si merveilleux puis si épouvantable quelques instants plus tard ? Ce n'était sans doute pas juste de sa part, mais elle n'avait cure de la protection de Harry Armstrong et pas la moindre envie d'être l'obligée de quiconque.

*
* *

— Qu'est-ce qui vous prend ? Je pensais que vous partiez.

Harry avait fermé la porte de la suite à clé et commençait à défaire sa cravate. En cet instant, sa présence était la dernière chose que Sidney souhaitait : durant tout le dîner elle avait essayé de ne pas lui adresser inutilement la parole, ce qui s'était révélé presque impossible, car ils étaient tous assis à la même table. Juste après le repas, M. Nazzal était arrivé pour les dernières dispositions à prendre et ils étaient montés à trois dans sa suite par souci de discrétion. L'Égyptien avait pris congé quelques instants plus tôt.

— J'ignore ce qui vous a mis cette idée en tête. Je vais sacrifier une nouvelle nuit de sommeil sur le sofa de la torture, comme je le ferai jusqu'à ce que le médaillon ne soit plus entre vos mains. D'ailleurs, où l'avez-vous caché ? s'enquit-il avec un regard à la ronde.

D'un signe de tête, elle désigna la commode.

— Vous m'aviez affirmé qu'il n'était pas là, fit-il remarquer avec un sourire en coin.

— Il n'y était pas. Maintenant, si.

Il ôta ses boutons de manchette et les posa sur le guéridon.

— J'espérais ne pas avoir à dormir sur ce maudit sofa ce soir, dit-il en jetant un regard éloquent vers le lit.

— Demain nous attend une journée cruciale qui sera sûrement éprouvante et j'aimerais dormir cette nuit.

Sidney le salua d'un bref signe de tête et disparut dans la chambre, tirant le rideau au passage. Elle n'avait aucune envie de lui parler pour l'instant. En vérité, elle n'était pas du tout certaine de ce qu'elle ressentait, ou plutôt de comment elle devait réagir, ce qui était très déroutant. Elle était sans nul doute contrariée, un peu blessée, et visiblement en colère.

— C'est tout ce que vous allez dire ? demanda Harry du salon.

— Je n'ai vraiment rien à dire.

— Vous n'avez pas ouvert la bouche de toute la soirée, insista-t-il, en proie à une frustration qui perçait dans sa voix. Je sais que vous êtes fâchée contre moi, ainsi que tous les autres ont pu s'en rendre compte ce soir, mais je ne peux pas régler le problème tant que j'ignore sa nature. Dites-moi au moins ce que j'ai fait !

— Bonne nuit, Harry.

— Je ne trouve pas cette situation le moins du monde amusante, Sidney.

— Alors nous sommes deux.

Sidney se débattit avec sa robe de soirée, préférant ne pas faire appel à une femme de chambre en présence de Harry. En d'autres circonstances, elle lui aurait demandé son aide, mais elle savait qu'une chose en entraînerait une autre. À cette seule idée, elle eut des frissons. Comment pouvait-elle désirer cet homme à ce point alors que son cœur était lourd comme le plomb ? Alors comme ça, monsieur était conscient de ses obligations envers elle ? Elle qui avait pris soin de sa mère, géré leur foyer, étudié toute la littérature disponible sur l'Égypte et avait fini par devenir une romancière au succès fulgurant. Elle n'était pas du genre à être l'obligée de quiconque. Que Harry Armstrong aille au diable, elle était la Reine du Désert, bon sang de bonsoir ! Elle enfila sa chemise de nuit, éteignit la lumière et se laissa choir sur le lit.

— Ce n'est pas drôle de ruminer seul dans son coin, vous savez, dit Harry au bout de quelques minutes de silence.

Elle refusa de répondre. Peut-être la penserait-il endormie, même si elle n'y croyait pas trop. De toute façon, elle ne savait pas quoi lui dire. D'une part, il semblait plutôt injuste de reprocher à Harry de faire ce que la société attendait de lui. D'autre part, elle ne voulait pas être considérée comme une obligée, redevable de ses sentiments, par l'homme dont elle était tombée amoureuse.

— Pourrons-nous au moins parler demain matin ? suggéra-t-il.

Certes, il n'avait encore rien fait en ce sens : il ne lui avait pas proposé de faire d'elle une honnête femme et il n'avait pas été question de mariage. Mais il y avait certains mots qu'on se refusait à entendre.

« Conscient de mes obligations » ? C'était encore pire que de l'embrasser par nécessité !

Sidney tourna et vira pendant ce qui lui parut une éternité – en réalité, sans doute pas plus d'une heure. Impossible de dormir dans cet état d'agitation. Il n'aurait plus manqué que la cause de ladite agitation soit bien tranquillement assoupie dans les bras de Morphée ! Quel culot ! Elle souleva rageusement les couvertures et, d'un pas furibond, alla ouvrir le rideau.

— Comment osez-vous me considérer comme votre obligée ?

— Pardon ? ânonna Harry d'une voix pâteuse.

— Vous dormiez ? Sérieusement ?

Comment osait-il alors qu'elle était si contrariée ? Quel manque de considération !

— Quoi ?

Sans crier gare, elle alluma le plafonnier et se délecta de sa grimace sous l'agression de la lumière.

— Je ne veux pas vous être redevable, Harry. Je veux... eh bien, je ne suis pas sûre de ce que je veux, mais ce n'est sûrement pas être avec vous par devoir ou obligation. Et je n'en ai pas besoin, ajouta-t-elle avec fierté.

Il s'extirpa tant bien que mal du sofa, tout ankylosé, et Sidney en éprouva un pincement de culpabilité qu'elle choisit d'ignorer.

— Qu'est-ce que vous racontez ? marmonna-t-il.

— Ici même, tout à l'heure, vous avez assuré, je vous cite, que vous étiez conscient de vos obligations.

Il la dévisagea avec perplexité.

— C'est pour cette raison que vous êtes en colère ?

— Je ne veux être l'obligée de personne et surtout pas de vous, lança-t-elle, un peu agacée de se répéter, mais à ses yeux ce point était fondamental. J'ai fait mon propre chemin dans le monde et pour la première fois de ma vie je n'ai plus à me soucier de l'argent, que je gagne par mes propres moyens, ce dont je suis très fière. Tout le monde n'a pas de fortune ou des oncles riches, vous savez.

— Vous n'avez pas toute votre raison, vous vous en rendez compte ?

Il se rapprocha, son regard paraissant un peu trop fiévreux au goût de la jeune femme. Elle recula d'un pas.

— Par chance pour vous, poursuivit-il en la soulevant dans ses bras avant de se diriger vers le lit, je ne suis pas contre un grain de folie chez les femmes que j'aime.

— Je suis tout à fait rationnelle, je vous assure !

— Vous êtes démente, Sidney Honeywell.

Il la lâcha sur le lit et elle se réfugia en hâte sous les draps : de toute évidence, elle l'avait poussé un peu trop à bout. Il enleva sa chemise et la jeta par terre.

— Pour votre gouverne, les déclarations d'un homme à une vieille dame exigeant de lui qu'il fasse de l'élue de son cœur une honnête femme, alors qu'il se cache derrière un rideau à moitié déshabillé, doivent être prises avec des pincettes, et plutôt cent fois qu'une ! Vous n'êtes en rien mon obligée, Sidney, mais ma responsabilité, oui. Vous l'êtes devenue dès que j'ai compris que je ne pouvais pas vivre sans vous. Et je refuse de dormir une nuit de plus sur ce fichu sofa !

Sidney en resta bouche bée tandis qu'il s'asseyait sur le lit et retirait ses chaussettes. Elle sentit sa colère s'envoler et son cœur se réchauffa pendant qu'elle retenait son souffle.

— Pourriez-vous répéter le meilleur passage ? dit-elle alors qu'il se levait et déboutonnait son pantalon.

— Lequel ? Celui où je vous avoue que je ne peux pas vivre sans vous ?

Il se glissa dans le lit et attira Sidney dans ses bras. Elle songea à résister, mais l'idée lui parut aussi vaine que stupide.

— C'était bien, murmura-t-elle, mais non, pas celui-là.

— Alors peut-être celui où je dis qu'un homme ne peut être tenu pour responsable des commentaires qu'il fait à moitié déshabillé derrière un rideau ?

— Cessez donc de plaisanter.

— Je n'en vois pas d'autre...

Elle s'arracha à son étreinte et s'assit dans le lit.

— Sapristi, Harry, vous essayez de me rendre vraiment folle. Vous savez exactement de quel passage je parle.

— Je vous ai dit que j'aimais bien un grain de folie...

Il l'attira de nouveau dans ses bras avec un sourire malicieux.

— ... chez les femmes que j'aime. Même si ce n'était pas tout à fait vrai, ajouta-t-il après réflexion.

Le cœur de Sidney se figea.

— Ah ?

Harry choisit ses mots avec soin.

— J'ai utilisé le mot au pluriel, ce qui était fautif. Je n'ai jamais dit ce mot-là à aucune femme.

— Lequel ? « Femmes » ? demanda-t-elle innocemment.

— Non. Vous savez très bien lequel.

— Dites-le, Harry.
— Je l'ai déjà dit une fois.
— Pas à moi.
— À votre sujet.
Elle secoua la tête.
— Ce n'est pas pareil.
Il la fixa un long moment.
— Vous me taquinez, mademoiselle Honeywell.
— En effet, ce qui est très amusant.
— J'ai encore plus amusant en tête.
Il descendit les mains le long de ses flancs et essaya de remonter du bout des doigts sa longue chemise de nuit.

— Toutefois, si vous n'enlevez pas ces mètres de tissu qui vous emberlificotent tel le linceul d'une momie, je vais devoir les arracher.

— Harry ! s'exclama-t-elle, ne sachant si elle devait s'en épouvanter ou s'en réjouir – peut-être un peu des deux. Vous n'oseriez pas, roucoula-t-elle avec un sourire de défi.

Il s'esclaffa et leurs efforts combinés firent disparaître la chemise de nuit sans déchirer la moindre couture, mais avec beaucoup de rires, de caresses et bien d'autres choses qu'ils n'avaient pas encore expérimentées et qui se révélèrent tout à fait délicieuses.

Plus tard, alors que le sommeil la gagnait dans les bras de l'homme qu'elle aimait, Sidney comprit qu'il restait encore un détail mineur à éclaircir entre eux. En réalité, elle l'avait déjà réglé, mais il ne le savait tout simplement pas encore.

Harry Armstrong avait perdu la partie et elle se demandait si elle voulait être présente quand il s'en rendrait compte. Ou alors très, très loin.

22

— Je vous jure, Sidney, bougonna Harry, incrédule face à la scène qui se déroulait devant lui, je me suis aventuré dans le désert un nombre incalculable de fois pour des expéditions périlleuses avec à peine plus qu'un guide et quelques ouvriers. Et franchement, ce n'était pas aussi difficile à gérer que ces trois vieilles dames et un journaliste contrarié, loin s'en faut.

Ils avaient pris le premier train pour Badrashin, la gare la plus proche des vestiges de la cité antique de Memphis. Corbin avait rouspété à la perspective de ce départ matinal, mais le trio avait insisté sur le fait qu'il serait beaucoup plus aisé de voir tout ce qu'il y avait à visiter avant que les hordes de touristes s'abattent sur le site. De Badrashin, ils parcourraient par leurs propres moyens la petite demi-heure de trajet jusqu'aux ruines. Enfin, une partie d'entre eux.

Le groupe fut accueilli par un représentant de M. Nazzal qui avait prévu un guide et des chameaux. Malheureusement, il n'y avait assez de montures que pour Corbin et ces dames – exactement selon le plan. Harry insista pour que tous les quatre partent devant, le temps de prendre des dispositions pour obtenir des chameaux supplémentaires. Sidney et lui auraient tôt fait de les rattraper, assura-t-il. L'excursion, qui leur prendrait toute la journée, comprenait la visite de la nécropole à l'ouest de Memphis, des statues colossales de Ramsès II, puis des pyramides de Saqqarah et de Dahchour. Les trois amies affichaient un enthousiasme un peu trop exagéré à l'idée de découvrir ces magnifiques ruines, ces extraordinaires pyramides et ces superbes tombeaux, mais le journaliste était si occupé à contenir son agacement de se coltiner une fois de plus les aînées du groupe qu'il ne s'aperçut pas de leur impatience excessive.

Pour l'heure, celles-ci se disputaient la répartition des chameaux, Effie insistant sur le fait que l'un d'eux l'avait d'emblée prise en grippe, à en juger par son faciès dédaigneux. Sidney, elle, trouvait plutôt qu'ils avaient tous la même tête.

— Harry, si vous pouviez éviter de traiter mes amies de « vieilles », ce qui n'est guère sympathique, elles vous considéreraient peut-être avec davantage de gentillesse.

— Quel que soit le qualificatif qu'on leur donne – et je ne manque pas de suggestions fleuries, si vous tenez à le savoir –, elles mettent un temps fou à s'installer. Beaucoup plus que je ne l'aurais imaginé.

— C'est vrai, approuva Sidney, tout aussi impatiente que lui de se mettre en route.

Il leur fallut encore un long quart d'heure avant d'être enfin prêtes au départ, dûment équipées de leurs casques coloniaux et de leurs lunettes fumées. Lorsque la petite caravane s'éloigna, Sidney salua ses amies d'un grand geste. Leur mission consistait uniquement à occuper le journaliste, mais elle ne tenait pas non plus à les avoir dans les jambes : elle n'imaginait pas une équipée dans les sables brûlants du désert en leur compagnie, d'autant que Harry et elle partaient à cheval. Un bon quart d'heure plus tard, le temps que la caravane soit hors de vue, l'homme de M. Nazzal revint avec deux montures, des provisions, des outils et des sacs de couchage attachés à leurs selles. Ils n'avaient pas l'intention d'utiliser ces derniers, mais on n'était jamais trop prudent.

— Harry, pourriez-vous passer une minute de l'autre côté des chevaux, je vous prie, et veiller à ce qu'ils ne bougent pas ?

Sidney jeta un regard à la ronde. Le moment semblait opportun pour ce qu'elle avait à faire.

— D'accord. Pourquoi ? voulut-il savoir tout en obéissant.

— Je vais me changer.

— Ici ?

— Cet endroit en vaut bien un autre.

Elle dégrafa sa jupe et l'enleva, puis déboutonna sa veste et le haut de son chemisier, juste assez pour être à l'aise. Jamais elle ne se serait permis cette négligence vestimentaire en Angleterre, mais ici, tout était différent. Et elle aussi. Une femme qui s'apprêtait à monter à cheval pour la première fois, de surcroît sur une selle d'homme au lieu d'une amazone, ne pouvait avoir à se soucier de sa tenue, même si elle avait quand même renoncé à enlever son corset, jugeant l'idée à la fois inconvenante et peu pratique.

Elle plia sa jupe, contourna les chevaux et la tendit à Harry.

— Voilà, je suis prête. Pourriez-vous la ranger à l'abri quelque part ?

Il ouvrit de grands yeux incrédules.

— Pour l'amour du ciel, à quoi rime cet... accoutrement ?

— C'est un pantalon d'équitation. Je l'avais enfilé sous ma jupe. Il est assez progressiste, je l'avoue.

Sidney baissa les yeux sur le vêtement qu'elle avait acheté avant de quitter l'Angleterre : elle n'avait jamais rien porté d'aussi osé et elle était plutôt fière d'avoir trouvé le courage de le faire maintenant. Elle l'aimait bien, du reste, et on ne pouvait nier qu'il était confortable.

— Il vous plaît ?

— C'est bien loin d'une tenue correcte, non ?

— Eh bien, oui, je suppose.

— J'aime bien, mais pas forcément sur vous. Je le trouve beaucoup trop... audacieux.

Elle lui décocha un sourire ravi.

— Merci, Harry. C'est un beau compliment.

Il fourra la jupe dans une des sacoches en cuir.

— Nous ferions mieux de partir. Il nous faudra au moins une heure pour arriver dans la zone à explorer.

— Parfait.

Sidney s'efforça de sourire, puis se retourna et entreprit d'enfourcher sa monture, aidée par l'homme de M. Nazzal. Bigre, elle n'avait jamais réalisé combien les chevaux étaient grands. Bon, de toute façon, elle n'avait plus le choix. Elle passa une jambe par-dessus la selle et parvint à s'y installer plus ou moins confortablement, puis elle glissa les pieds dans les étriers.

C'était une chose de prétendre être tout à fait à l'aise en amazone sur un âne, à quelques pieds du sol ; c'en était une autre de trôner à califourchon sur un cheval, à ce qui lui semblait plusieurs mètres d'altitude.

Harry amena sa monture à sa hauteur.

— Nous partons vers le sud-est. Je suis prêt si vous l'êtes.

Elle afficha un sourire qu'elle espérait confiant.

— Je suis prête et pressée d'y aller.

Il hocha la tête et partit dans la direction indiquée. Sidney ne voyait pas pourquoi ce serait difficile ; elle avait bien réussi à maîtriser l'âne. Enfin, avec l'aide de l'ânier. Elle serra les genoux sur les flancs de sa monture qui se mit à avancer. *Bonne bête !* Elle lui flatta l'encolure, mais quelques pas plus tard, ce maudit cheval s'arrêta. Elle l'incita à repartir, ce qu'il fit, un court instant néanmoins. Et le petit manège recommença encore et encore.

— Vous réalisez que vous prenez la mauvaise direction ?

Au son de la voix de Harry, Sidney sursauta. Cette secousse inattendue parut indiquer au cheval que c'était le moment de faire une ruade terrifiante avec sa malheureuse cavalière sur le dos. Harry rattrapa les rênes avant qu'elle ait le temps de hurler. Ce qu'elle n'aurait pas fait, bien sûr.

Il la dévisagea d'un œil soupçonneux.

— Vous ne savez pas monter à cheval, n'est-ce pas ?

— Je n'ai pas monté depuis longtemps, c'est tout. Je vous assure que...

Au regard noir dont il la gratifia, elle jugea préférable de se taire.

— Sidney, dit-il avec autorité, ce n'est pas le moment de vous dérober et d'essayer de m'embobiner avec une nouvelle faribole dont vous avez le secret. Savez-vous monter à cheval ou non ?

Elle fit une grimace.

— À cheval ? Pas exactement. Dans mes chroniques, j'ai décrit des scènes où des gens sont à cheval, tenta-t-elle avec un timide sourire.

— Je vois.

Harry réfléchit un instant. N'allait-il pas dire que c'était une preuve de plus de sa mystification ? Après tout, Millicent Forester se déplaçait souvent à cheval. Ou à dos de chameau. Heureusement, le tour qu'avait pris leur relation avait changé la donne et l'envie de ruiner sa carrière, comme sa réputation, semblait lui être passée.

— Je n'ai pas le temps de vous enseigner les rudiments les plus élémentaires. Je vais essayer de vous conseiller au fur et à mesure. Pour l'instant, c'est moi qui vous guide. Donnez-moi vos rênes.

— À quoi suis-je censée m'accrocher ?

Un léger soupçon de panique pointait dans la voix de Sidney.

— Faites pour le mieux, je ne vois pas quoi vous dire d'autre.

Il tira en douceur sur les rênes et le cheval avança docilement. Penchée en avant, Sidney glissa les doigts sous le bord de la selle égyptienne : à l'évidence, elle avait tout intérêt à apprendre vite.

Une heure plus tard, ils atteignirent une zone de grottes indiquée sur la carte. Désormais, Sidney tenait les rênes comme une connaisseuse : elle se disputait encore un peu avec le cheval pour savoir qui commandait, mais ils étaient parvenus à une sorte de compromis qui lui permettait de se détendre assez pour observer leur environnement. Jamais elle n'avait évolué dans un espace aussi vaste, qui paraissait infini et presque désert. De temps à autre, ils apercevaient un cavalier ou des chameaux dans le lointain, mais à part cette rare présence humaine, ils étaient livrés à eux-mêmes. Pour une Londonienne pur jus comme elle, c'était quelque peu alarmant, cependant Millicent s'en serait accommodée et elle ferait de même. De plus, elle avait Harry à ses côtés. Lui, par contre, était tout à fait à son aise, comme s'il s'agissait d'une banale promenade dans Hyde Park. Son cœur s'emballait à la vue de celui qui devenait de plus en plus à ses yeux un héros.

Elle s'attendait à ce que le paysage relativement plat des environs de Badrashin se poursuive, mais ils se retrouvèrent bientôt dans un décor de collines et de crêtes, de plateaux et de falaises calcaires criblées de cavernes et de corniches rocheuses. Et le sable était omniprésent. Par chance, c'était une belle journée et il ne faisait pas trop chaud. Elle se réjouissait néanmoins de l'ombre, même limitée, que lui procurait son casque et de la protection de ses lunettes contre la luminosité intense.

Si la carte de M. Bichara lui avait donné confiance, elle se demandait toutefois si celle-ci n'était pas quelque peu exagérée : comment diable espéraient-ils trouver une grotte précise – même en forme de chameau assis – dans un univers où il semblait y en avoir des centaines au milieu des rochers et du sable ?

Il leur fallut encore trois heures avant d'en localiser une au pied d'une falaise qui, à leur avis, correspondait à la carte et au croquis de sa grand-mère. La carte de M. Bichara s'était révélée d'une précision surprenante, et le moral en berne de Sidney remonta aussitôt. Malheureusement, l'entrée était en grande partie obstruée par le sable. L'intérieur en était-il lui aussi rempli ? La question avait de quoi inquiéter.

— Vous comprenez ce que cela signifie ? demanda Harry qui mit pied à terre et vint l'aider à descendre de sa monture.

— Je crains que oui, répondit-elle avec agacement.

— Je me réjouis qu'au moins un de nous deux soit impatient de s'y mettre.

Harry détacha de la selle un sac de toile roulée qui renfermait des gants de travail en cuir, des tubes métalliques et une tête de pelle. Il lui tendit une paire de gants et, en moins d'une minute, assembla les différentes parties d'une première pelle. Il la lui donna.

— Savez-vous comment utiliser une pelle ou avez-vous besoin d'instructions là aussi ?

— Je ne sais pas, Harry. Suis-je censée creuser ou simplement vous flanquer un coup sur le crâne pour m'épargner le travail ? rétorqua-t-elle avec un sourire étincelant.

Il s'esclaffa et déroula le deuxième sac en toile.

— On pratique le sarcasme, Sidney ?

— Pas vraiment. J'en pense chaque mot.

Évidemment, elle savait se servir d'une pelle. À Londres, elle n'était pas de ces gens qui avaient un jardinier, et elle entretenait elle-même le petit jardin derrière sa maison. Enfin, quand elle y pensait. Elle planta sa pelle dans le sable.

Hilare, il vissa la sienne et la rejoignit.

Elle enleva une pelletée de sable et le trou se reboucha immédiatement. À la troisième, seul un tout petit creux demeura visible : voilà qui n'était guère encourageant.

— Il y a une quantité incroyable de sable, bougonna-t-elle, davantage pour elle-même que pour Harry.

— Oui, c'est curieux dans le désert.

Il entreprit de pelleter avec vigueur.

— Vous avez bien fait d'acheter ce pantalon d'équitation. À mon avis, c'est une bonne protection contre les puces de sable. Mais vous le savez bien.

Des puces de sable ?

— Bien sûr, répondit-elle. De vilaines petites bêtes.

— Une des pires plaies du désert. Avec les serpents, les scorpions, les lézards, les rongeurs, ajouta-t-il, ponctuant son énumération de coups de pelle. J'ai noté que vous évitez toujours de mentionner ces désagréments dans vos chroniques.

— Parce que je n'apprécie guère les puces, serpents, scorpions et autres bestioles du même acabit, répliqua-t-elle, repoussant une mèche qui s'obstinait à lui coller au visage.

— Pourtant, ce sont ces petits détails factuels qui enrichissent une histoire.

— Ou lui nuisent, objecta Sidney en se remettant à creuser avec une détermination renouvelée.

Pendant un certain temps, ils travaillèrent en silence. Elle ne se considérait pas comme une petite fleur fragile, loin de là, mais la tâche était plus pénible qu'elle ne l'aurait cru. Si Harry était un gentleman, il se proposerait de creuser seul. Ce qu'elle n'accepterait pas, bien entendu ; elle ne voulait pas démériter. Toutefois, il faisait déjà le plus gros du travail, soulevant trois fois plus de sable à chaque pelletée. De toute évidence, bêcher quelques massifs dans un jardinet londonien ne préparait pas à déblayer tout le sable d'Égypte.

— Vous savez qu'il ne reste que peu de crocodiles dans le Nil, voire plus du tout ? fit-il remarquer sans avoir l'air d'y toucher.

— Eh bien, il y en avait au moins un, riposta-t-elle d'un ton cassant. Voilà sans doute pourquoi il avait faim.

N'était-ce pas la chose la plus stupide qui soit jamais sortie de sa bouche ?

Harry faillit s'étrangler de rire.

— Ça expliquerait tout.

— En effet, marmonna-t-elle, un peu vexée.

Force était de reconnaître que c'était amusant. Et puisqu'elle avait déjà avoué son mensonge sur son veuvage, cette loufoquerie n'avait plus guère d'importance.

Quelques minutes plus tard, Sidney se redressa et massa ses reins endoloris.

— Il faut encore creuser beaucoup, vous croyez ?

— Je n'en sais rien.

Il examina l'ouverture. S'ils avaient réussi à agrandir l'entrée, rien ne permettait de savoir jusqu'où le sable la bouchait. Avec un peu de chance, il ne s'agissait que de quelques mètres. Si c'était la bonne grotte, elle était plutôt grande d'après le journal de sa grand-mère. Une fois l'ouverture percée, il devrait donc être assez facile de la dégager suffisamment pour y pénétrer. Si c'était bien la bonne grotte.

— C'est tout pour l'instant.

Harry planta sa pelle dans le sable et se dirigea vers les chevaux.

— Comment ça, c'est tout ? lui demanda Sidney qui posa la sienne contre le rocher et se hâta à sa suite.

— Après toutes ces histoires de crocodiles affamés, j'ai un petit creux, moi aussi.

Il ouvrit une des sacoches, en sortit une orange et la lui lança.

— Nous avons des oranges, des figues, du fromage, du pain...

— Et de l'eau ?

Il hocha la tête.

— Et de l'eau.

Ils étendirent en guise de nappe sur un rocher le tissu dans lequel le pain et le fromage étaient enveloppés, puis se perchèrent à côté. Sidney n'avait jamais rien mangé d'aussi délicieux de sa vie. Mais c'était également la première fois qu'elle faisait un tel effort physique.

— Pourquoi avez-vous initialement choisi l'Égypte ? demanda-t-elle entre deux bouchées.

— À l'époque, ce choix semblait s'imposer, répondit Harry avec un haussement d'épaules. Vous savez comment ces choses se passent. Un jour, on est coincé dans une salle de classe et le lendemain, on s'en échappe et on part à la découverte du monde.

— Je vois. C'était le hasard, alors, comme quand on lance une fléchette sur une carte et qu'on va à l'endroit où elle se plante.

Il se mit à rire.

— Il faudra que je me souvienne de cette technique si jamais je décide de repartir explorer le monde. Mais non, cette décision n'était pas tout à fait le fruit du hasard. En y réfléchissant, je m'étonne même qu'elle n'ait pas été davantage anticipée.

— Ah bon ?

— Mon père est un universitaire diplômé de civilisations anciennes, et l'Égypte est sa spécialité. Ma mère est morte quand j'étais encore très jeune et nous avons vécu seuls, tous les deux. Les autres enfants grandissent en entendant des contes de fées ou des histoires de chevaliers et de dragons. Moi, c'étaient les légendes d'Osiris et d'Isis, d'Horus et de Seth, d'Anubis et de Râ, dit-il avec un sourire.

— Et vous avez donc naturellement voulu voir où tout avait commencé.

— Oui, et c'était l'endroit idéal pour trois jeunes prétentieux désireux de faire fortune.

Son regard se perdit dans la contemplation du désert, comme s'il remontait les années.

— Vous disiez pourtant que vous n'aviez pas fait fortune en Égypte.

— C'est la vérité. Par contre, poursuivit-il après un silence, le visage grave, j'y ai trouvé le respect du passé. De toutes ces beautés que l'homme a créées et laissées en héritage pour nous tous, et pas juste pour ceux qui ont les moyens.

— Quelle noblesse d'âme, dites donc, le taquina-t-elle, touchée cependant par cette bonté foncière qu'elle découvrait en lui un peu plus chaque jour.

— Eh oui, cela m'arrive, dit-il avec un sourire avant de boire une longue gorgée de l'outre qui contenait leur réserve d'eau. Bon, remettons-nous au travail : l'après-midi est déjà bien avancé.

Il se leva, tendit la main à Sidney pour l'aider, puis il l'attira dans ses bras. Elle eut le souffle coupé par l'intensité de son regard et espéra qu'il la couverait toujours des yeux ainsi.

— À quoi pensez-vous donc, Harry ?

— À la nuit dernière, répondit-il avec un sourire un peu canaille qui lui donna des papillons dans le ventre. Et à ce soir.

Elle se blottit dans ses bras et lui mordilla la lèvre inférieure.

— Ce soir ? Pas plus tôt ?

Une surprise amusée éclaira le visage de Harry.

— Dites-moi, mademoiselle Honeywell, j'ai l'impression de vous avoir corrompue jusqu'à la moelle.

— En plus de vouloir ma ruine.

— Sachez que c'est seulement à cause du sable qu'en ce moment, vous et moi ne sommes pas en train de...

— Allons, Harry, un peu de sable ne peut pas faire de mal.

— Au contraire. J'ai des principes très stricts à ce sujet.

Il claqua sur ses lèvres un baiser rapide, possessif en diable, qui donna à Sidney de délicieux frissons dans le dos, puis se dirigea vers la grotte.

— Au travail.

— Oui, c'est sûr, je préfère ça de loin, grommela-t-elle, tandis qu'au fond de sa tête, une petite voix à la santé mentale incertaine s'interrogeait sur cette ridicule histoire de sable.

Incroyable comme une courte pause, un léger en-cas et une petite dose de badinage facilitèrent son retour à l'effort. Interrompant sa tâche un instant, elle laissa son regard se promener sur l'extraordinaire panorama qu'offrait cette terre ancienne. Même si ce n'était pas la bonne grotte et qu'ils ne trouvaient pas le pectoral, elle n'oublierait jamais cette journée, qu'elle passe le restant de ses jours avec Harry ou non. Le balancier pouvait osciller dans un sens comme dans l'autre : si elle avait une certitude à propos de cet homme, c'était qu'il aimait gagner. Et même s'il lui avait fallu ce voyage pour le réaliser, apparemment, elle aussi. Mais à quel prix ?

— Ça y est ! s'écria Harry avec enthousiasme. Nous avons réussi !

L'attention de Sidney se porta de nouveau vers l'entrée de la grotte. Ils avaient creusé à près d'un mètre cinquante et le sable s'écoulait désormais vers l'intérieur, tel celui d'un sablier.

— Je n'en ai jamais douté. Malgré nos différends, je crois que nous formons une équipe très impressionnante, Harry.

Il eut l'air plus sceptique.

— Vous ne savez pas monter à cheval, vous maniez la pelle comme un petit enfant au bord de la mer et votre sens de l'orientation me semble plutôt déficient. Mais je suis d'accord, conclut-il, le sourire aux lèvres. Et maintenant, je crois qu'il sera plus pratique qu'un seul termine.

— Je vous en prie, si vous pensez que c'est mieux ainsi, approuva-t-elle en s'efforçant de cacher sa joie. Je ne voudrais pas vous gêner.

Harry se remit à pelleter avec ardeur et le travail avança vite. Une fois le plus gros du sable débarrassé, le reste n'était plus qu'un jeu d'enfant, ou du moins, c'était l'impression qu'en avait Sidney. Elle alla chercher les bougies et les allumettes rangées dans les sacoches, ainsi que l'outre. En un rien de temps, l'ouverture était assez large pour permettre l'entrée.

Sidney alluma les bougies et en tendit une à Harry.

— Prêt ?

— Vous réalisez que si vous vous attribuez le mérite de cette découverte, votre Reine du Désert deviendra invincible, souligna-t-il avec un sourire. Ceux qui vous critiquent seront réduits au silence.

— Même vous ?

— Surtout moi.

— Quant à vous, une trouvaille aussi extraordinaire vous offrirait la reconnaissance que vous méritez.

De son côté, elle n'en avait plus besoin.

— Cruel dilemme, dit Harry. Je suggère que nous attendions d'avoir trouvé quelque chose avant d'en discuter. Je passe en premier.

La bougie tendue devant lui, il pénétra dans la caverne, Sidney sur ses talons. Le sol sablonneux s'égalisait après les premiers mètres, et la grotte était bien plus vaste que ce à quoi elle s'attendait : le dôme qu'elle formait était large d'une vingtaine de pieds, peut-être le double en longueur. Impossible d'en estimer la hauteur, la voûte disparaissant dans l'ombre.

— D'après le journal de votre grand-mère, les reliques étaient dissimulées dans une niche près du sol, recouverte de pierres. Les pierres ne manquent pas ici, fit remarquer Harry.

Le déclic se fit dans le cerveau de Sidney.

— L'horloge sur la carte ! Elle sert à indiquer son emplacement ! Il n'y a qu'une aiguille pointée sur le 10.

— Brillante idée, la félicita-t-il avec un sourire admiratif. Si nous nous plaçons dos à l'entrée...

— Alors, c'est quelque part... par là ! s'exclama-t-elle, l'index tendu légèrement sur sa gauche.

Elle se précipita vers l'endroit supposé de la cachette, ne sachant trop à quoi s'attendre.

Avec les années, de nombreuses pierres s'étaient détachées de la voûte et de la paroi, dont les plus grosses faisaient la taille de sa tête. Les amas de roches sur le sol étaient sans doute naturels, mais certains auraient pu tout aussi bien avoir été entassés là par une main d'homme. Impossible, dès lors, de localiser la niche avec facilité.

— J'espérais que l'emplacement serait évident, maugréa-t-elle avec un soupir contrarié.

— En Égypte, rien n'est jamais évident, dit Harry qui réfléchit aux possibilités. Je vais chercher les pelles.

Avec sa seule bougie comme source de lumière, les ombres semblèrent se refermer sur Sidney. Un instant, elle se laissa emporter vers le passé. Avec une netteté sidérante, elle visualisa ses grands-parents, le jour où ils avaient exhumé le trésor, fous de joie à l'idée d'avoir peut-être retrouvé les reliques d'une reine oubliée. Elle vit aussi les pilleurs de tombes qui avaient saccagé la sépulture de cette dernière et caché là les objets censés accompagner la souveraine dans l'au-delà. Des rapaces qui n'hésitaient pas à fouler aux pieds les traditions et superstitions de leur monde par appât du gain. Puis ce fut la reine en personne qui lui apparut : peut-être avait-elle choisi elle-même le pectoral et les autres bijoux qu'elle porterait pour l'éternité, sans jamais imaginer que son repos serait troublé, et que ses précieux biens seraient volés et dispersés. Seul l'un d'eux avait traversé les siècles pour enfin révéler son nom et l'endroit où elle avait vécu.

— Vous êtes bien songeuse, dit Harry qui arriva derrière elle. À quoi pensez-vous donc ?

— À notre reine anonyme, répondit-elle en secouant la tête comme pour chasser ces images. Dans l'Antiquité, les Égyptiens croyaient que l'oubli d'un nom empêchait le passage du défunt vers l'immortalité. Il aurait tout aussi bien pu ne jamais exister, dit-elle, avec une boule dans la gorge. Le destin de cette reine perdue me désole. J'espère qu'elle repose en paix.

— Vous savez qu'elle n'est pas ici et qu'il ne s'agit pas de son tombeau. Tenez.

Il lui tendit une pelle, puis se dirigea vers l'endroit le plus probable selon la carte. Elle le suivit.

— Vous n'avez pas de cœur, Harry Armstrong.

— Les pelles nous serviront pour les plus petites roches, mais nous devrons déplacer les grosses à la main.

— C'est bien ce que je craignais, marmonna-t-elle.

— Donnez-moi votre chandelle.

Il étudia la paroi rocheuse, trouva un rebord pour les bougies et entreprit de déblayer les pierres.

Sidney exhala un profond soupir, puis se mit à l'ouvrage. Malgré la fatigue, chaque pierre retirée faisait grandir en elle un sentiment d'excitation : avec beaucoup, beaucoup de chance, ils étaient peut-être sur le point de résoudre l'énigme qui marquerait la fin de l'histoire de sa grand-mère et le début de la sienne. Elle espérait de toute son âme que Harry ferait partie de cette dernière – elle aurait le cœur brisé sinon, même si elle survivrait. Elle avait ses amies, son travail – mais le chemin qu'elle prendrait à l'avenir serait résolument différent. Elle n'était plus la même femme qu'au début de ce voyage, car celle qu'elle était devenue aujourd'hui avait compris que Millicent Forester n'était qu'une partie d'elle-même, le fruit de son imagination, et être Sidney Honeywell se révélait bien plus passionnant.

— Sidney ? fit Harry d'une voix circonspecte. Voyez-vous ce que je vois ?

— Non, quoi ?

Elle posa sa pelle et attrapa une bougie.

Harry s'agenouilla et elle l'imita, rapprochant la lumière du mur. Il écarta une poignée de cailloux et révéla un paquet enveloppé d'un tissu qui semblait ancien. N'importe où ailleurs dans le monde, le tissu aurait moisi et se serait décomposé. Ici, dans l'air sec du désert, il était encore intact.

Harry glissa un regard à Sidney.

— Qu'en pensez-vous ?

— J'en pense que si vous ne l'ouvrez pas tout de suite, je vais vraiment vous assommer d'un coup de pelle.

Il sourit en entreprenant de déballer le paquet avec soin : il y avait là, couvrant sa paume entière, le pectoral en or d'une reine d'Égypte. Des faucons ornaient chaque côté du bijou rectangulaire et un scarabée encadrait le trou central où devait se trouver le médaillon ; et la relique était recouverte d'incrustations élaborées de pierreries – lapis-lazuli, turquoise et cornaline, entre autres, parmi celles qu'identifia Sidney.

Harry poussa un long sifflement.
— Eh bien, l'effort en valait la peine.
— Attendez.
Elle plongea la main dans l'encolure de sa chemise, et sortit le médaillon avec un sourire.
— Maintenant, nous pouvons l'apprécier à sa juste valeur.
Harry la regarda avec incrédulité.
— Vous l'avez apporté ?
— Évidemment. Je tenais à m'assurer que les deux parties s'emboîtaient, et je voulais qu'elles soient réunies au plus vite.
— C'est un peu irresponsable, non ? Vous auriez pu le perdre.
— Oui, je suppose, mais ce n'est pas arrivé. D'ailleurs, je l'aurais remarqué. Croyez-moi, le médaillon était en parfaite sécurité sur moi.
Le regard de Harry s'égara dans le sillon entre les seins de la jeune femme.
— Vous semblez cacher des tas de trucs là-dedans.
— C'est très pratique, vous n'imaginez pas. Et maintenant, voyons si le médaillon s'encastre.
Sidney aligna les encoches sur les dents au bord de l'orifice du pectoral et pressa fermement le disque. Elle aurait juré que le bijou prenait une lueur surnaturelle : une absurdité, bien sûr, c'était juste la lueur dansante des bougies. Il n'empêche que l'effet produit était pour le moins déconcertant.
— N'est-ce pas extraordinaire ? murmura-t-elle. Si nous ne retrouvons pas la ville, au moins nous lui aurons rendu son nom. Elle croyait à ce genre de superstitions, vous savez.
— Ensuite, vous allez me jurer entendre la reine vous dire merci dans un souffle, telle une brise caressant les sables du désert.

— Harry, votre cas n'est peut-être pas désespéré, au bout du compte, le taquina-t-elle.

— J'en doute.

— C'est vrai, dites donc, j'entends les chuchotements de la reine. Pas vous ?

Harry leva les yeux au ciel.

Sidney étudia les deux faces du bijou.

— Je ne sais pas si j'ai envie que ce pectoral nous mène à Itjtawy.

— Vous délirez.

— J'aime simplement l'idée d'une ville perdue à jamais.

— Eh bien, moi, j'espère que les chercheurs égyptiens parviendront à déchiffrer tout ceci. D'ici là... Je n'aurais jamais pensé revenir en Égypte, confessa-t-il avec un haussement d'épaules, mais je ne le regrette pas. Cela m'a permis de tourner la page, dans une certaine mesure, en tout cas. Maintenant, j'ai envie de rentrer chez moi, du moins dans l'immédiat : j'ai passé trop d'années à l'étranger.

Sidney ne sut trop quoi répondre, ignorant si elle avait sa place dans ses projets ou non. Le moment était venu d'en avoir le cœur net, et de lui avouer toute la vérité.

Il soutint son regard avec gravité.

— Nous avons à parler.

Elle hocha la tête.

— C'est aussi mon avis.

Il se releva et l'aida à se redresser.

— Alors, mettons-nous en route.

Une silhouette se dessina soudain à contre-jour dans l'entrée de la caverne.

— Quelle chance, je craignais de vous avoir manqués.

23

— Corbin ? s'écria Sidney, sous le choc, quand ce dernier s'avança dans la lumière.

Harry plissa les yeux.

— Que faites-vous ici ? Et comment êtes-vous arrivé jusqu'ici ?

— Et plus important, dit lentement Sidney, pourquoi avez-vous une arme ?

— Je n'ai pas l'habitude de porter une arme à feu, mais M. Cadwallender me l'a remise le jour du départ, m'expliquant que, selon lui, un journaliste dans un pays étranger devrait toujours en avoir une, expliqua le reporter en jetant un coup d'œil au pistolet dans sa main. Je n'avais pas prévu de m'en servir, n'ayant jamais trop aimé les armes en général, même si je vois leur utilité.

Sidney le foudroya du regard.

— Répondez : que venez-vous faire ici ?

— D'ordinaire, c'est moi qui pose les questions, mais voyons si je peux répondre aux vôtres. Tout d'abord, je suis ici pour cette relique inestimable en or massif que vous tenez dans la main.

— Eh bien, vous ne pouvez pas l'avoir, protesta-t-elle en serrant le pectoral contre sa poitrine. Il ne vous appartient pas.

— À vous non plus, fit-il remarquer d'un ton posé.

Elle ne releva pas.

— Vous voulez le vendre, n'est-ce pas ? Le sortir clandestinement du pays et le vendre au plus offrant. Comment osez-vous ? Vous êtes de mèche avec cet affreux M. Wallace, c'est ça ? C'est sans doute lui l'Américain que vous deviez interviewer : de toute évidence, vous avez trouvé un meilleur moyen d'avancer dans la vie que le journalisme.

Corbin jeta un regard perplexe à Harry.

— Qui ?

— Un collectionneur d'antiquités.

Il n'avait jamais apprécié qu'on pointe un pistolet dans sa direction, mais pour l'instant, jouer le jeu de Corbin lui semblait l'attitude la plus judicieuse. Au moins jusqu'à ce qu'il trouve un moyen de le désarmer, le plus vite possible. Qui savait comment cet homme pourrait réagir s'il se sentait menacé...

— Vous avez vraiment une imagination débordante, se moqua le reporter. Désolé, je n'ai jamais entendu parler de cet Américain, et n'ai rien d'une fripouille non civilisée, madame Gordon. Je n'ai nullement l'intention de vendre cette relique : bien au contraire, je vais la remettre aux autorités compétentes, expliqua-t-il avec suffisance, mon unique but étant de m'attribuer tout le mérite de cette extraordinaire trouvaille.

— Pourquoi ? demanda Sidney, perplexe.

— Pour le scoop, évidemment. Si c'est Mme Gordon qui découvre un artefact précieux, c'est déjà une belle histoire. Si c'est moi, c'est la célébrité assurée. Imaginez un peu les gros titres : « Un reporter intrépide résout une énigme millénaire » ou quelque chose du genre. Le public adore les journalistes aventuriers et tout ce qui touche à l'Égypte, vous êtes bien placée pour le savoir ; avec une histoire aussi sensationnelle, ma carrière va enfin décoller.

— Vous avez une bien étrange conception de votre métier, monsieur Corbin, lâcha Sidney. Vous étiez censé rédiger des articles sur notre voyage.

— Et vous, prouver que vous saviez de quoi vous parlez. Tout ce que vous avez démontré, c'est que vous ne valez guère mieux qu'un guide touristique médiocre, riposta-t-il.

Elle haussa les épaules, piquée au vif.

Corbin reporta son attention sur Harry.

— Pour ce qui est de la façon dont je suis venu ici, après avoir échangé ce satané chameau contre un cheval…

— Qu'avez-vous fait de mes amies ? s'écria Sidney, alarmée. Si vous leur avez fait du mal…

Elle voulut fondre sur Corbin, mais Harry la retint par la veste : cette femme était vraiment d'une témérité effrayante.

— Vos amies vont très bien, rassurez-vous. À vrai dire, ce sont plutôt elles qui m'ont laissé tomber, précisa-t-il après réflexion. Quelques minutes après vous avoir quittés, nous avons rencontré un grand groupe de touristes à dos de chameau, prêt à partir, lui aussi, et composé en majorité d'Anglaises d'un certain âge. Vos amies ont pensé que ce serait une excellente idée de les accompagner, et vous pensez bien que je n'avais pas la moindre envie de me coltiner ces mamies toute la journée.

Il leva les yeux au ciel.

— Je le comprends mieux que quiconque, murmura Harry.

— Bref, au milieu d'un moment de confusion – et laissez-moi vous dire qu'il y en aurait eu une tripotée durant cette excursion –, je me suis éclipsé sur mon chameau avec l'intention de vous rejoindre. Imaginez ma stupéfaction lorsque je vous ai vus vous éloigner à cheval : j'ai aussitôt changé de monture et me suis lancé à votre poursuite. Les balades à dos de chameau ne sont peut-être pas ma tasse de thé, mais je suis bon cavalier. Et j'avais une idée assez précise de ce que vous maniganciez, tous les deux.

— Ah oui ? fit Harry d'un ton glacial.

— Je me suis vite rendu compte qu'il y avait un peu trop de conspirations et de cachotteries dans ce groupe. De toute évidence, il se tramait des choses dont je n'étais pas au courant. Les journalistes détestent les secrets, car notre mission consiste justement à les divulguer. Alors, quand j'ai constaté que vos amies ne me révéleraient rien, j'ai dû opter pour d'autres méthodes.

— Des femmes de chambre ? Des grooms ?

Harry s'appliquait à le faire parler, le temps de trouver un moyen de le neutraliser : il devait bien y en avoir un.

— Exactement. C'est stupéfiant le nombre de gens prêts à écouter aux portes pour quelques piastres. Même si j'admets n'avoir pas vu venir votre petite aventure du jour. J'étais persuadé que vous n'aviez rien prévu d'autre qu'une nouvelle journée interminable à visiter de vieux tombeaux poussiéreux.

Corbin en frémit de dégoût, puis étudia Harry avec curiosité.

— Avant même d'embarquer pour l'Égypte, figurez-vous que j'ai fait quelques recherches sur les participants à ce voyage. Vous avez eu une vie intéressante, dites-moi.

Sidney balaya ces propos d'un revers de main.

— Pour l'amour du ciel, Corbin, vous nous menacez avec une arme à feu. Pensez-vous sérieusement que le reste soit important ?

Il agita le pistolet en direction du pectoral.

— Oui, cette chose-là.

Elle serra le bijou contre sa poitrine.

— Vous n'avez vraiment aucune morale.

Moralité mise à part, Harry ne pensait pas que Corbin soit dangereux. Du moins, pas encore. Cependant, mieux valait prendre des précautions.

— C'est l'hôpital qui se moque de la charité, n'est-ce pas, madame Gordon ? Vous et vos petites histoires idiotes avec ces inepties sur la Reine du Désert, même si je dois admettre que vous avez une bonne plume. Nous aurions fait un couple du tonnerre.

— Vous et moi ? Vous rigolez ? Même pas en rêve !

Harry se crispa. Il y avait sûrement pire comme repartie, mais quand même...

Sidney redressa les épaules.

— Je suppose que vous avez l'intention de nous tuer maintenant.

Voilà. Cette fois, elle avait décroché le pompon.

— À mon avis, il n'a pas besoin de suggestions, lui souffla-t-il.

— Vous me blessez au plus profond, madame Gordon, dit Corbin avec un soupir mélodramatique. Je n'ai pas l'intention de vous tuer, et vais simplement me contenter de repartir avec vos chevaux, rentrer au Caire et prendre le bateau pour l'Angleterre. J'ai remarqué que vous êtes bien équipés, alors je vous laisserai vos provisions, et quand je serai hors de portée, j'enverrai quelqu'un vous chercher. Cela ne devrait pas prendre plus d'un jour ou deux, et vous vous en sortirez sains et saufs. Enfin, sans doute.

— Vous ne vous en tirerez pas de cette façon, le mit en garde Harry. Si, comme vous l'affirmez, vous envoyez quelqu'un, qu'est-ce qui nous empêchera de tout révéler ?

— Comment espérez-vous vous attribuer le mérite de cette découverte ? renchérit Sidney. Vous n'êtes pas sérieux !

— C'est pourtant mon intention : vous lirez toute l'histoire dans le journal à votre retour à Londres.

Elle le fusilla du regard.

— Espèce de menteur !

— Nous mentons tous dans une certaine mesure, répondit Corbin, les yeux rivés sur Harry. N'est-ce pas, milord ?

Sidney tourna la tête vers celui-ci, en proie à une soudaine perplexité.

— Milord ?

— Plus tard, Sidney.

— Quant à vous, la célèbre Mme Gordon, continua Corbin d'un air navré, vous trompez vos lecteurs depuis bien longtemps.

— Pas délibérément, se défendit-elle avant de faire une grimace en comprenant qu'elle venait d'avouer.

Un sourire suffisant se dessina sur le visage du journaliste.

— Merci pour la confirmation : une belle histoire de plus pour mes lecteurs si j'avais l'intention de l'écrire, ce qui n'est pas le cas. Revenons-en plutôt à nos petits secrets, les miens, mais surtout les vôtres. Voyez-vous, ma chère madame Gordon, si milord et vous...

Elle fronça les sourcils.

— Pourquoi persiste-t-il à vous appeler ainsi ?

— Je n'en ai aucune idée, mentit Harry.

Le visage de Corbin s'éclaira.

— Elle n'est pas au courant, n'est-ce pas ?

— Corbin...

S'il était intelligent, l'homme comprendrait la menace.

Le journaliste s'esclaffa.

— Oh, c'est sensationnel. Je pensais qu'après hier...

Harry voulut lui sauter dessus, mais Sidney lui attrapa le bras.

— Allons, allons, Armstrong. Je n'aimerais pas avoir à appuyer sur la détente.

Il resta songeur un instant.

— Réflexion faite, je trouve qu'il serait terriblement satisfaisant de vous abattre. Mais je serais aussi obligé de tuer Mme Gordon, ce qui serait très regrettable. Pourtant, ce serait pratique, ajouta-t-il en jetant un regard à la ronde. Personne ne vous trouverait jamais dans ce trou à rat.

— Je préférerais que vous ne nous abattiez ni l'un ni l'autre, s'empressa d'intervenir Sidney.

— Je ne suis pas un assassin, à moins que l'un de vous deux ne commette une bêtise : hâtons-nous donc de conclure notre affaire et je partirai. Si vous vous taisez sur la découverte de la relique, je ne révélerai pas ce que je sais sur la Reine du Désert.

— Comment vous croire ? objecta Sidney, les yeux noirs. Même si vous prétendez vouloir remettre le pectoral aux autorités compétentes, nous serions fous de vous faire confiance. Quant à votre intention de nous abandonner à un sort incertain, elle ne nous rassure pas beaucoup plus.

Il ricana.

— Vous ne me faites pas confiance ? C'est plutôt amusant, tout compte fait, vous ne trouvez pas ? Vous mentez sans vergogne à vos lecteurs et milord vous ment aussi. Je suis le seul ici à avoir la conscience tranquille – enfin, jusqu'à présent.

— Réalisez-vous que n'importe quoi peut nous arriver ici ? souligna Harry qui peinait à contenir son exaspération.

— Vous m'en voyez confus, mais que faire ? répliqua le journaliste avec un large sourire. Pourtant, à ce que j'ai entendu, Harry Armstrong ne craint pas d'affronter durant quelques jours les rigueurs du désert. Vous a-t-il parlé de son passé mouvementé en Égypte, ma chère madame Gordon, ou est-ce encore un secret ?

— Je sais des tas de choses à ce sujet, figurez-vous, répondit-elle avec aplomb.

— Taisez-vous, Sidney...

Elle ignora Harry.

— Certes, il ne m'a pas raconté tous les détails de sa vie, mais j'en ai assez appris pour savoir que Harry Armstrong est quelqu'un de bien, et même un homme honnête et respectable.

— Sérieusement ? ironisa Corbin en fixant Harry. Vous savez, plus j'y pense, plus je me dis que je cours peut-être après la mauvaise intrigue.

Une déplaisante sensation d'impuissance tordit l'estomac de Harry, qui comprenait ce qui se préparait et n'avait aucun moyen de l'empêcher.

— Après tout, qui n'aime pas une bonne histoire d'amour ?

— Je ne suis pas amoureuse, objecta Sidney d'un ton cassant.

— L'illustre Mme Gordon, adorée de tous, tombe sous le charme d'un homme au passé trouble dont l'unique but était de prouver qu'elle était une mystificatrice.

— Corbin, à votre place, je choisirais mes mots avec prudence.

— Bon conseil, Armstrong, que je suivrais assurément si je n'avais... cette arme à la main, ironisa le journaliste, les traits déformés par un rictus inquiétant.

Sidney leva le menton avec défi.

— En fait, je trouve moi aussi que c'est une histoire merveilleuse.

— Parfait. Je n'étais pas certain qu'elle vous plaise, mais je parie que les lecteurs en redemanderont. Ils adorent ces sujets scabreux : tromperie, duplicité, scandale, énuméra-t-il, hilare. La Reine du Désert tombant...

Harry serra les poings.

— Attention, Corbin.

— ... dans les bras de son ennemi juré. L'homme qui s'est moqué à profusion dans la presse non seulement du manque de substance de ses chroniques, mais aussi de ses piètres talents d'écrivain. J'ai toujours pensé que la vie réelle était bien plus riche que la fiction. Qui vous aurait imaginés ensemble, la Reine du Désert et le comte de Brenton ?

— De quoi parle-t-il donc ? demanda Sidney avec un regard sidéré à Harry.

— C'est sans importance, marmonna celui-ci.

— Au contraire, c'est d'une importance capitale ! s'emporta-t-elle. *Vous* êtes le comte de Brenton ?

— Je peux vous expliquer.

— Ah oui ? J'en doute fort.

— J'aurais dû vous l'avouer dès le début, je l'admets. C'était une erreur de jugement de ma part.

— C'est peu de le dire !

— Mais je l'ai réparée.

— Pardon ?

— Hier, j'ai envoyé un télégramme à Cadwallender pour l'informer que j'avais toutes les preuves dont j'avais besoin, et que vous m'aviez convaincue de votre bonne foi. Bref, j'ai concédé ma défaite : vous avez gagné la partie.

Le choc se lisait dans les yeux de Sidney.

— Mais pourquoi ?

— Oui, pourquoi ? murmura Corbin.

— Je craignais que, en restant en Égypte, le risque soit grand pour vous et les vieilles dames...

Le journaliste ricana.

— ... d'avoir de sérieux ennuis, termina Harry. Vous êtes toutes bien trop têtues pour votre propre bien et incapables d'évaluer le danger. Il n'y en a pas une pour rattraper l'autre. Plus vous tentiez de prouver votre légitimité, plus vous vous mettiez en péril. Bon Dieu, Sidney, vous ne savez même pas monter à cheval !

— Maintenant, si, répondit-elle avec désinvolture. Ce n'était pas si compliqué.

— Qu'est-ce qu'il ne faut pas entendre ! L'équitation, à vos yeux, consiste à s'agripper comme une acharnée à votre monture en espérant ne pas vous faire éjecter de votre selle ! Non, croyez-moi, j'ai pris la décision la plus raisonnable et j'espère vous mettre toutes les quatre dans un bateau pour l'Angleterre le plus tôt possible.

Sidney en resta interloquée.

— Franchement, je ne sais comment qualifier votre attitude ! Vous êtes... vous êtes...

— Prévenant ? Attentionné ? Généreux ? suggéra Harry.

— Vous plaisantez ! Je dirais plutôt arrogant, prétentieux et manipulateur !

— Pas vraiment ce que vous espériez, Armstrong ? s'esclaffa le reporter.

— La ferme, Corbin, lui lança Sidney.

Celui-ci eut le culot de prendre un air offensé.

— N'oubliez pas lequel de nous trois est armé.

— Je m'en moque ! l'envoya paître Sidney qui dirigea à nouveau sa rage sur Harry. Voilà exactement l'attitude arrogante qu'aurait un comte. Vous ne valez pas mieux que votre oncle !

— Pas vraiment, car je n'ai pas d'oncle en réalité.

— De mieux en mieux !

— Je ne comprends pas votre irritation : je m'efforçais juste de vous sauver de vous-même.

La voix de Sidney grimpa dans les aigus.

— Me sauver de moi-même ?

— Je suis touché que vous me permettiez d'assister à cette scène grandiose, intervint Corbin, mais il se fait tard et j'aimerais prendre le chemin du retour.

Harry adopta un ton apaisant.

— Vous êtes déraisonnable, Sidney, ce qui peut se justifier dans une certaine mesure, mais il n'y a pas lieu d'être autant en colère. Peut-être que dans votre manque de rationalité...

— Mon manque de rationalité ?

Les yeux de Sidney lancèrent des éclairs.

— Oups, fit Corbin d'un air faussement navré. Mauvais choix, Armstrong.

— … il vous a échappé que vous avez gagné.

— C'est *vous* qui m'avez laissée gagner !

Harry fit la grimace. C'était une erreur et il en avait conscience.

— Je ne sais pas si je pourrai jamais vous pardonner cette trahison, siffla Sidney entre ses dents, folle de rage.

— Je vous ferai remarquer que ce pistolet est plus lourd qu'il n'y paraît, souligna le journaliste.

Une trahison ? Quelle trahison ? Cela devient absurde, se dit Harry.

— Me pardonner de quoi ? De vouloir vous protéger ? De sauver votre réputation en assumant une défaite qui, au passage, me fait passer pour un idiot ? D'avoir une fortune et un titre ?

— Oui ! Vous m'aviez dit que votre père était un érudit.

— En réalité, c'est mon beau-père, mais je n'ai jamais connu d'autre père que lui.

— Il aurait pu mieux vous éduquer ! Si nous en sommes là aujourd'hui, c'est uniquement à cause de vos lettres abjectes.

— Vous n'étiez pas obligée d'y répondre !

— Je ne l'ai pas fait !

— Eh bien, à l'évidence, quelqu'un s'en est chargé !

La vérité le frappa avec la force d'un coup de poing au creux de l'estomac.

Corbin éclata de rire.

— En voilà, un rebondissement !

— Vous m'avez menti ! fulmina Sidney, de plus en plus furieuse. Vous me mentez depuis le début !

— Et vous, alors ? Vous avez menti à tout le monde !

— C'était tout à fait différent. Je n'ai jamais eu l'intention de mentir, ni à vous ni à quiconque. De toute façon, vous ne m'avez pas crue un seul instant. Je le voyais bien, vous savez.

— Bon, ça suffit, les tourtereaux, intervint le reporter d'un ton sec. Vous aurez tout le temps de vous crêper le chignon au sujet de vos torts respectifs – et je vous souhaite bonne chance, Armstrong. Aussi divertissant que soit ce spectacle, je commence quand même à me lasser. Donnez-moi la relique, qu'on en finisse, ordonna-t-il à Sidney qui serrait toujours le plastron contre son buste.

— Pas question, protesta-t-elle en le protégeant de son mieux. C'était la dernière découverte de ma grand-mère. Elle aurait voulu que ce pectoral aille dans un musée ou à la Société des Antiquités...

Son regard se braqua de nouveau sur Harry, flamboyant de plus belle.

— Vous vouliez me faire radier de la Société des Antiquités ! Comment avez-vous osé ?

— J'admets que ce n'était pas mon moment le plus glorieux.

— Mes grands-parents faisaient partie des membres fondateurs ! Ma grand-mère... ma pauvre grand-mère ! Elle en aurait été épouvantée !

Elle écarquillait les yeux comme si elle avait vu un spectre et une note de panique fit vibrer sa voix. Qu'est-ce qui lui arrivait ? Cet affolement ne lui ressemblait pas.

— Il n'y a pas lieu de s'alarmer, voulut la calmer Harry qui s'approcha d'elle. Tout ira bien.

— Non ! Tout n'ira pas bien ! s'écria-t-elle entre deux hoquets.

Une main plaquée sur les yeux, elle se mit à sangloter bruyamment.

— Qu'est-ce qui lui prend ? s'enquit Corbin à mi-voix.

— À l'évidence, elle est bouleversée, s'énerva Harry. Comment lui en vouloir ? Après tout, vous pointez une arme à feu sur elle.

— Je suis terrifiée ! s'époumona-t-elle. Il va nous laisser mourir ici ! Avec les lézards, la vermine et les serpents !

Ses hoquets redoublèrent.

— Mais non, nous ne mourrons pas, tenta de la rassurer Harry.

Même si ce traître de Corbin n'envoyait personne à leur rescousse, Nazzal avait une copie de la carte : au pire, ils tiendraient quelques jours sans problème. Mais il préférait ne pas en arriver là et sauver Sidney tout de suite. Il avait juste besoin d'une diversion qui lui permettrait de s'emparer du pistolet.

— Rien que de penser qu'il y a des serpents... Seigneur, des serpents ! Vous imaginez, Harry ? Des serpents !

Son regard croisa le sien, empli de détermination.

— Oh, mon Dieu, qu'est-ce qui m'arrive ? J'ai la tête qui tourne... Je... je...

Elle croisa les mains sur le pectoral contre sa poitrine dans une pose digne d'Ophélie dans *Hamlet*, papillota des yeux et s'affaissa avec grâce sur le sol, évanouie. Du moins, c'était l'impression qu'elle donnait : Harry venait de comprendre qu'elle faisait semblant, auquel cas cette femme était soit folle, soit un génie. Il n'hésita pas longtemps entre lui venir en aide – il n'était pas non plus tout à fait impossible qu'elle ait réellement perdu connaissance – et s'attaquer à Corbin. Bon sang, elle ne risquait rien par terre.

À la seconde où il sautait sur leur agresseur, Sidney projeta le pectoral d'un habile coup de poignet vers le journaliste avec une bonne poignée de sable. L'artefact manqua sa cible, mais Corbin se couvrit les yeux en hurlant, tandis que Harry plongeait sur ses genoux et le renversait. Dans leur chute, l'arme vola à plusieurs mètres et Sidney rampa tant bien que mal pour la récupérer. Trop occupé à geindre, le reporter ne chercha pas à résister. *Quelle mauviette*, se dit Harry, un peu déçu, en se relevant : il aurait pris un malin plaisir à lui flanquer son poing dans la figure.

— Mon piège a bien fonctionné, se félicita Sidney qui tenait Corbin en respect. Même si je pensais l'assommer avec le pectoral ; je ne m'attendais pas à ce que le sable ait raison de lui.

— Vous aviez plus de chance de l'aveugler que de l'assommer, vu comment vous visez.

Harry saisit Corbin par le col et le releva sans ménagement.

— N'empêche, ça a marché, se réjouit-elle, butée.

Sidney agita le pistolet en direction de l'ouverture avec un grand geste qui n'inspirait guère confiance.

— L'outre est posée à l'entrée. Vous devriez aller la lui chercher. Vous pouvez le lâcher maintenant. Je ne pense pas qu'il irait bien loin de toute façon.

— Je suis aveugle ! se lamenta Corbin.

Harry le lâcha.

— Vous ne pouvez pas avoir beaucoup de sable dans les yeux. J'ai presque tout pris dans l'oreille, bougonna-t-il.

— Apparemment, une petite quantité suffisait.

Avec sa chemise en désordre sur son pantalon d'équitation, ses boucles blondes qui s'échappaient de son casque colonial, ses joues rosies et le pistolet à la main, Sidney donnait l'impression d'être une guerrière presque invincible. Voilà le genre de femme à laquelle il aimerait passer la bague au doigt. Dans une des histoires de Millicent Forester, ce serait le moment où cet horripilant Richard Weatherly prendrait l'héroïne dans ses bras et l'embrasserait à pleine bouche. Ce dernier avait peut-être raison : cependant, même lui n'avait jamais été confronté à une Sidney Honeywell hors de ses gonds. Pour l'instant, la prudence était sans doute de mise.

Harry alla chercher l'eau et aida Corbin à se rincer les yeux.

— Et alors ? On ne dit même pas merci ?

— Vous avez mon infinie gratitude, marmonna le journaliste en se tapotant les yeux.

— Très futé, votre plan. Mais je crois que je vais prendre ceci, dit Harry en récupérant le pistolet dans la main de Sidney. Comment l'idée vous est-elle venue ?

Elle haussa les épaules.

— J'ai inventé un stratagème similaire dans une de mes chroniques.

— Une fois que j'ai compris ce que vous aviez derrière la tête...

— Oui, oui, notre coopération a bien fonctionné, le coupa Sidney avec un geste de la main un peu dédaigneux. Mais n'allez pas vous imaginer pour autant qu'il s'agissait d'autre chose que d'une question de vie ou de mort.

— Non, bien sûr. Jamais je n'imaginerais une chose pareille, lui assura-t-il, même s'il l'espérait.

— Je n'ai rien oublié, ni pardonné. Je suis toujours extrêmement en colère, *milord* !

Il acquiesça.

— Je comprends. Mais j'avais l'intention de tout vous révéler.

— Quand ?

— Dès notre retour au Caire. Il me semble l'avoir mentionné plus tôt dans la journée.

— Je ne m'en souviens pas, répondit Sidney qui alla ramasser le pectoral où il avait atterri. Quoi qu'il en soit, j'ai besoin de beaucoup réfléchir et de prendre des décisions que je n'ai aucune envie d'évoquer avec vous pour l'instant.

— Ça aussi, c'est compréhensible. Comme vous êtes en pleine réflexion, reprit-il après un silence, il faut que vous sachiez que je me sens très mal depuis le début de cette affaire.

Elle soutint son regard avec sévérité.

— C'est l'effet de la culpabilité. Très franchement, Harry, j'ignore ce que je ressens. Ce que je sais, par contre, c'est que j'ai envie de rentrer tout de suite profiter du confort de l'hôtel et prendre un long bain. Et je ne veux pas vous voir.

Elle pivota sur ses talons et sortit de la grotte à grands pas rageurs.

Corbin se tamponna les yeux avec un mouchoir.

— Vous n'êtes pas très doué avec les femmes, pas vrai ?

— À votre place, je m'abstiendrais de tout commentaire. C'est moi qui ai le pistolet maintenant.

Corbin haussa les épaules.

— Il n'est pas chargé.

Harry s'empressa d'ouvrir l'arme et fit tourner le barillet qui ne contenait en effet pas de balles.

— Quelle mouche vous a piqué ?

— Me balader avec une arme chargée ne me semblait pas une idée très judicieuse.

— Vous vous êtes battu pour le récupérer.

— Vous ignoriez qu'il n'était pas chargé, rétorqua Corbin avec un sourire en coin. Il servait le même objectif, qu'il soit chargé ou non. Je n'avais aucune envie de vous tirer dessus par accident, même si je vous trouve très agaçant : au final, il n'y a pas eu de mal.

Harry plissa les yeux.

— Avez-vous l'intention de dénoncer Sidney ?

— Oh, ça, fit le journaliste, songeur. Eh bien, réflexion faite, il y a peut-être un autre marché à conclure ici.

Sidney revint presque en courant et foudroya Corbin du regard.

— Qu'avez-vous fait ?

— Ce que *moi*, j'ai fait ? C'est contre lui que vous êtes fâchée, lui rappela-t-il en agitant le mouchoir en direction de Harry. Et à juste titre, d'ailleurs.

Elle était furieuse en quittant la grotte : maintenant, elle bouillonnait littéralement de rage. Harry recula d'un pas.

Sans prêter attention à lui, elle avança sur Corbin telle une déesse de la mort éprise de vengeance et se planta devant lui.

— Qu'avez-vous fait des chevaux ?

— Rien. J'ai juste renoué leurs rênes, afin qu'elles soient plus rapides à défaire le moment venu, expliqua-t-il, réalisant soudain avec horreur son énorme bourde. Les nœuds étaient peut-être un peu trop lâches.

— À l'heure qu'il est, ils doivent être à mi-chemin de leur enclos. À quoi pensiez-vous donc ? grommela Harry, le regard dur.

Le visage du reporter s'éclaira.

— Il reste mon cheval.

— Une seule monture ne suffira pas pour trois.

Le visage de Sidney se décomposa.

— Votre cheval se trouvait avec les autres ?

— En effet, répondit Corbin qui craignait de voir où elle voulait en venir.

— Eh bien, il n'est plus là non plus. Les trois sont partis, avec tout l'équipement et les provisions que nous avions apportés.

Le journaliste fit une grimace.

— Voilà qui est un peu embêtant.

— Un peu embêtant ? s'énerva Sidney qui fit signe à Harry. S'il vous plaît, abattez-le.

— Aussi tentant que ce soit, je ne peux pas.

— Je m'en doutais, soupira-t-elle, résignée. À cause de votre maudite noblesse d'âme.

— Et aussi à cause de l'absence de balles. Figurez-vous que l'arme n'est pas chargée.

Corbin esquissa un sourire penaud et Sidney le gratifia en retour d'un regard dégoûté.

— Vous n'êtes qu'un idiot. N'avez-vous donc rien appris en lisant mes chroniques ? Lorsqu'on a la prétention d'être le méchant de l'histoire, on doit faire en sorte de se montrer à la hauteur. Quant à vous, *milord*, j'espère que vous avez une idée brillante pour nous sortir de ce guêpier.

— Pas encore, mais je vais trouver. Si vous pouviez juste cesser de me donner du « milord » à tout bout de champ, je vous en serais reconnaissant : c'est inutilement méprisant.

— Si vous n'aviez pas écrit ces fichues lettres, nous n'en serions pas là. Tout ça parce que votre orgueil de mâle arrogant a été blessé.

— Ce n'était pas de l'orgueil, enfin, pas complètement. Oui, c'est vrai, je trouvais horripilant que des récits qui me paraissaient frivoles et inexacts...

— Misère, quand je pense que c'est moi qu'elle prend pour un idiot, maugréa Corbin.

— ... mais agréables à lire reçoivent autant de considération, alors que mes propres écrits étaient...

— Atroces ? suggéra Sidney.

— J'allais dire « injustement décriés », mais oui, atroces, si vous voulez. Mais je n'ai pas fait tout cela pour moi.

— Oui, oui, je sais. Encore cette noblesse naturelle qui vous habite ; vous ne vouliez pas que votre ami soit oublié, dit-elle avec un long soupir. Eh bien, puisque nous allons sans doute le rencontrer d'ici peu dans l'au-delà, vous devriez réfléchir à la façon dont vous comptez lui expliquer les extrémités auxquelles vous vous êtes abaissé sous prétexte d'honorer sa mémoire. Je ne l'ai pas connu, bien sûr, mais j'imagine que quiconque étant digne de votre souvenir dirait quel monstre d'arrogance moralisatrice vous avez été, et votre Walter n'y fera sans doute pas exception.

Soudain, une ombre vint obscurcir l'entrée de la grotte.

24

— Ne me jetez pas la pierre, fit une voix d'homme amusée.

L'étranger s'avança dans la lumière, grand et habillé comme un Bédouin avec de longues robes amples qui lui descendaient jusqu'aux pieds et le traditionnel keffieh lui enroulant la tête. Pourtant, il s'exprimait dans un anglais irréprochable et il n'était, de toute évidence, pas égyptien.

Harry blêmit comme s'il venait de voir un fantôme.

— Walter ? bredouilla-t-il, incrédule.

Il avait bel et bien vu un fantôme.

— Vous disiez que Walter était mort, lui souffla Sidney, les yeux rivés sur le nouvel arrivant.

L'homme semblait tout droit sorti d'une de ses histoires : beau comme un dieu, un physique d'athlète... L'archétype de l'aventurier dans toute sa splendeur.

— C'était ce que je croyais, répondit Harry, pétrifié.

— Qui est Walter ? voulut savoir le reporter.

L'étranger ôta son keffieh, dévoilant le bleu transparent de ses yeux qui contrastaient avec sa peau tannée par le soleil ainsi que des cheveux plus clairs que ceux de Harry.

— Plus maintenant, dit l'homme avec un sourire chaleureux. Comment vas-tu, mon vieux Harry ?

Celui-ci continuait de le dévisager sans un mot, en proie à une myriade d'émotions.

Sidney lui donna un coup de coude.

— C'est peut-être le moment de dire quelque chose.

Walter s'esclaffa.

— Il semble un peu trop médusé pour dire quoi que ce soit.

— Moi non, dit Sidney qui s'avança et lui tendit la main. Mlle Sidney Honeywell. C'est un plaisir de vous voir en vie et en bonne santé, monsieur Pickering.

Il lui serra la main.

— Appelez-moi Walter. Tout le plaisir est pour moi, à la fois de vous rencontrer et d'être remis sur pied. Je dois dire que les goûts de Harry en matière de femmes ont assurément...

— Tu es censé être mort ! s'exclama soudain celui-ci d'un ton qui frôlait l'indignation. Nous t'avons cherché pendant des mois ! Nous t'avons pleuré, et nous te pleurons encore. Que t'est-il arrivé, pour l'amour du ciel ?

Walter observa son ami un long moment en silence.

— C'est une longue histoire.

— Elle a intérêt à être bonne, maugréa Harry.

— Je parie qu'elle l'est, murmura Corbin.

Walter glissa un regard à Sidney.

— Je pensais que les explications pouvaient attendre.

— Pas question, objecta-t-elle. Elles n'ont peut-être déjà que trop attendu ; mieux vaudrait tout dire maintenant.

— Très bien, dit Walter en réfléchissant un instant. Il y a beaucoup de choses au début dont je n'ai que de vagues souvenirs : tout ce dont je me souviens, c'est qu'une tribu m'a trouvé et recueilli. Ces gens m'ont sauvé la vie. Il m'a fallu beaucoup de temps pour me rétablir, et plus longtemps encore pour retrouver mes forces. Je n'ai appris qu'il y a quelques mois que Ben et toi me croyiez mort.

— Pourquoi n'as-tu pas cherché à nous prévenir que tu étais vivant ?

— J'en avais l'intention. L'occasion ne s'est pas présentée, voilà tout. C'est difficile à expliquer, mais ici les jours s'écoulent différemment et filent sans qu'on y prête attention. Il est facile de perdre la notion du temps, et puis la vie dans le désert me plaît, pour l'instant en tout cas.

— Bon sang, Walter.

Harry avait l'air d'un homme qui ne savait pas s'il voulait frapper son ami ressuscité ou le serrer dans ses bras. Sidney retint son souffle. Au bout d'un moment, Harry s'approcha de Walter et lui saisit les épaules, les yeux au fond des siens.

— Je n'ai jamais été aussi heureux de toute ma vie de revoir quelqu'un. Jamais je n'aurais imaginé...

La voix étranglée par l'émotion, il ne put continuer.

— Moi non plus, dit Walter avec un étrange sourire.

Les yeux de Sidney s'embuèrent et elle retint une larme.

Le visage de Harry s'illumina enfin.

— Bon sang, Walter, que c'est bon de te voir.

Sidney s'efforça de réprimer un sourire de satisfaction : cet homme avait bel et bien un cœur, elle s'en doutait depuis le début.

— Voilà, dit Walter à Sidney. Pouvons-nous partir maintenant ?

— Oui, je pense.

Sans l'avoir remarqué, elle serrait toujours le pectoral entre ses mains.

— Comment nous avez-vous trouvés ? lui demanda-t-elle.

— Je vous expliquerai tout quand nous serons arrivés au campement, mais vous pouvez remercier Nazzal. Il se fait tard, dit-il à Harry, vous allez devoir passer la nuit ici. Le temps d'arriver à Badrashin, le dernier train sera parti et il n'y aura pas de vapeur avant demain matin.

— Euh, si vous n'y voyez pas d'inconvénient, intervint Corbin, je préférerais vraiment rentrer ce soir. On peut sûrement trouver un arrangement.

— Nous restons, Corbin, lui répondit Sidney. Si vous décidez de rentrer dans le noir et à pied, libre à vous : je ne risque pas d'oublier que vous vouliez nous abandonner ici, et je suis certaine que M. Pickering est de mon avis, n'est-ce pas ?

Walter interrogea Harry du regard, puis hocha la tête.

— Apparemment, je le suis, mademoiselle Honeywell.

— Y a-t-il un moyen de prévenir nos amies ?

— Peut-être. Je vais voir ce que je peux faire.

Elle lui décocha le plus étincelant des sourires.

— Merci.

Harry exhala un long soupir.

— Nous avons beaucoup de choses à nous raconter. Il y a eu des tas de changements.

Walter acquiesça.

— Pour moi aussi.

Le blâme ou le mérite de tout ce qui leur était arrivé durant ce voyage revenait à Harry. Pour le meilleur ou pour le pire, c'était lui qui avait tout déclenché. Cet homme avait bouleversé à jamais la vie de Sidney – leurs vies à tous. Il ne fallait pas l'oublier.

*

* *

Sidney n'avait pas réalisé qu'il était aussi tard : les hommes de Walter avaient récupéré leurs chevaux et le soleil était bas sur l'horizon lorsqu'ils atteignirent le campement bédouin – un village de tentes en peaux tannées dressées en plein désert qui abritaient les familles nomades, enfants et aînés compris. Walter fut accueilli comme l'un d'entre eux. Normal, pensa-t-elle, il faisait désormais partie de la tribu.

Même dans les plus grands hôtels, Sidney n'aurait pu imaginer un tel accueil : après les présentations, on leur servit du café, puis un savoureux ragoût dont elle n'identifia pas tous les ingrédients. Daniel Corbin fut consigné dans une tente. *Bien fait pour lui*, se dit-elle en s'efforçant de ne pas laisser paraître sa fierté. Il avait mérité son sort. Sidney ne savait pas encore trop ce qu'ils feraient de lui, mais le châtiment devrait être à la hauteur du crime.

— Nazzal sait-il que tu es vivant ? demanda Harry à Walter alors qu'ils discutaient à une heure avancée de la nuit, assis autour d'un feu de camp.

— Il avait entendu des rumeurs, mais ne s'y s'intéresse que depuis quelques jours. Tu connais Nazzal : jusqu'à ton retour ici, il n'avait rien à y gagner.

Harry opina du chef, pensif.

— Ce matin, il m'a fait parvenir un message suggérant de garder un œil sur toi, et m'a même envoyé des indications sur l'endroit où il pensait que vous seriez. Quand nous avons trouvé les chevaux, il n'a pas été difficile de comprendre qu'il s'agissait des vôtres, et nous avons simplement remonté la piste jusqu'à la grotte.

— Nous vous en sommes infiniment reconnaissants, le remercia Sidney, radieuse.

Walter lui rendit son sourire, puis regarda son ami de toujours.

— Avais-tu envisagé de revenir en Égypte ?

— Il ne semblait pas y avoir de raison d'y revenir et, franchement, je n'en avais pas envie ; Ben et moi te pensions mort et nous étions, je ne sais pas, désenchantés, je suppose. Mais je suis heureux de l'avoir fait, conclut Harry après un long moment de réflexion.

Sidney se leva. De toute évidence, Harry et Walter avaient beaucoup à se dire en tête-à-tête, et par souci de discrétion, il était mieux de les laisser seuls.

— Si vous voulez bien m'excuser, messieurs, je vais me retirer pour la nuit.

Harry se leva à son tour.

— Je vous accompagne à votre tente.

Il était prévu que Sidney dorme dans une tente toute proche que se partageaient les femmes de la tribu, mais Harry l'emmena vers le désert.

— Qu'est-ce qui vous prend ?

— Il y a quelque chose que je voudrais vous montrer.

Ils gravirent une petite hauteur qui dominait le campement.

— Regardez, Sidney. Avez-vous déjà vu des étoiles si brillantes dans une nuit aussi profonde et infinie ?

— En mer, oui, mais ici...

Sidney leva les yeux vers le ciel nocturne et en eut le souffle coupé. Elle n'avait jamais été une amatrice d'astronomie et, entre le ciel bâché, le brouillard et les lumières de la ville, les nuits londoniennes n'y étaient pas propices. Si elle savait que la position des corps célestes vus d'Égypte serait différente de celle de l'Angleterre, elle ne s'attendait pas à voir le ciel si rempli d'étoiles qu'on pouvait presque lire sous leur lumière, voire ressentir la magie laissée par les Anciens.

— C'est magnifique, Harry. Merci, dit-elle avec douceur.

— Je m'en attribuerais volontiers le mérite, mais je n'ai rien à voir avec la disposition des étoiles. Êtes-vous toujours fâchée contre moi ? lui demanda-t-il après un silence.

— J'essaie très fort de l'être. Ce serait beaucoup plus facile si vous n'étiez pas aussi contrit.

Il afficha un sourire victorieux.

— Alors mon plan fonctionne.

Elle soupira de frustration.

— J'ai du mal à ne pas me sentir trahie, ce qui n'est peut-être pas juste, mais c'est ainsi.

Il resta silencieux un long moment.

— Le comte de Brenton n'est pas l'homme qui a passé des années en Égypte et y a perdu un ami – c'était Harry Armstrong. Il m'a paru approprié de laisser le titre derrière moi, et puis, je ne voulais pas vous intimider, ajouta-t-il avec un petit rire.

— C'est... très prévenant de votre part.

— Bien sûr, c'était encore à l'époque où je croyais avoir affaire à une vieille dame.

— Je retire mes remerciements.

Cachant son amusement, elle glissa un bras sous le sien et il l'escorta jusqu'à sa tente.

Harry lui prit les mains et les porta à ses lèvres.

— Dormez bien, Sidney.

— Bonne nuit.

Dès qu'il s'éloigna, elle réalisa à quel point elle serait anéantie s'il sortait de sa vie pour toujours.

— Harry ?

Il se retourna et, avant qu'il puisse dire un mot, avant qu'elle change d'avis ou se persuade de la folie de son acte, elle l'attrapa par le col de sa veste et pressa les lèvres sur les siennes avec moins de retenue et bien plus longtemps qu'elle ne l'avait prévu, jusqu'à ce qu'il l'entoure de ses bras et l'attire contre lui.

Lorsqu'elle mit fin à leur fougueux baiser, elle prit une profonde inspiration.

— N'allez pas vous imaginer que je vous ai pardonné quoi que ce soit. J'ai beaucoup à réfléchir.

Il lui sourit.

— Je peux attendre.

Elle se dégagea de ses bras.

— Bonne nuit, Harry.

Sidney se tourna vers la tente, écarta le rabat et disparut à l'intérieur. Dehors, une exclamation de victoire retentit dans le silence de la nuit.

Même si ses pensées avaient été tout à fait sereines, Sidney doutait de pouvoir fermer l'œil. Elle n'avait pas l'habitude de dormir à même le sol, et comme elle ne parvenait pas à oublier les puces de sable, qu'il y en ait ou pas, elle commençait à avoir des démangeaisons.

Ce matin encore, tout était si clair. Plus clair que maintenant, en tout cas : Harry ne lui avait pas directement déclaré sa flamme, mais il avait parlé d'amour. C'était avant qu'elle apprenne qu'il était en personne à l'origine de cette rocambolesque histoire. Comment avait-il pu vouloir détruire son gagne-pain ? C'était quand même impardonnable.

D'un autre côté, sans lui, elle ne se serait jamais retrouvée là, à vivre le genre de grande aventure qu'elle n'avait jamais cru possible ; elle n'aurait jamais mis le point final à l'ultime fouille de sa grand-mère ; et elle ne serait pas tombée amoureuse.

Peu avant l'aube, Sidney avait fini par sombrer dans un sommeil agité, après avoir réussi à résumer son dilemme en deux questions. Voulait-elle vivre pour le restant de ses jours sans Harry Armstrong ?

Et que ferait Millicent à sa place ?

*

* *

Au petit matin, si Sidney savait quel sort réserver à Daniel Corbin, celui de Harry demeurait en suspens.

Elle se rendit aussi présentable que possible avant de rejoindre les autres pour le petit déjeuner.

— Bonjour, messieurs. Il m'est venu une idée qui, je pense, servira nos intérêts à tous.

Elle posa un regard acéré sur le journaliste, présent lui aussi.

— De mon point de vue, vous seriez tout à fait capable de dénoncer ma prétendue mystification dans vos articles et de ruiner ma carrière. Une excellente histoire, pour vous. Ou alors nous pourrions raconter aux autorités que vous aviez l'intention de nous laisser mourir dans le désert...

— Je ne présenterais pas les choses sous cet angle, protesta-t-il.

Elle l'ignora.

— ... après avoir tenté de voler un artefact millénaire. Si je subodore que les autorités égyptiennes ne seront guère contrariées du sort que vous nous réserviez, elles le seront beaucoup plus en apprenant que vous vous en êtes pris à leur patrimoine.

Sidney plongea un regard dur dans le sien.

— Avez-vous déjà croupi dans une geôle égyptienne, Corbin ?

Harry s'en étrangla presque. Le reporter blêmit.

— Je sais de source sûre que ce n'est pas très agréable, répondit-il avec une grimace. Alors en échange de mon silence, vous me promettriez de tirer un trait sur hier ? suggéra-t-il, plein d'espoir. C'est une solution qui paraît raisonnable.

— Pour vous, peut-être. Qu'imaginiez-vous donc, mon pauvre monsieur ? Que je vous proposais un marché ? Pas du tout, le détrompa-t-elle avec un sourire avant de se tourner vers Harry. Êtes-vous un homme moral, Harry ?

— Cela dépend ce que vous entendez par « moral », répondit celui-ci, un peu perplexe. Parlez-vous de meurtre ? Hier, vous m'avez quand même demandé de le tuer.

Elle balaya la remarque avec désinvolture.

— C'était justifié : j'étais très contrariée à ce moment-là, et je savais que vous ne passeriez pas à l'acte, même s'il était sur le point de nous faire subir le même sort. Enfin, pas nous abattre, bien sûr, mais nous abandonner à un avenir des plus précaires.

— Je ne suis pas non plus prédisposé au meurtre, prit soin de préciser Walter.

Sidney dévisagea les deux amis tour à tour.

— Sérieusement, me croyez-vous capable de préconiser d'ôter la vie à quelqu'un ? Même la sienne ?

— Pas moi, s'empressa de faire savoir Daniel Corbin. J'ai confiance en vous.

Sidney croisa les bras sur sa poitrine.

— Je suis à la fois offensée et consternée.

— Nous vous présentons toutes nos excuses, déclara Walter.

— Nos plus plates excuses, ajouta Harry.

— Elles sont acceptées. Bon, revenons à nos moutons. Puisque M. Corbin voulait une bonne histoire pour son journal, je me disais que nous pourrions lui en fournir une. Qui, bien entendu, ne concerne ni mes récits, ni mes relations avec milord ici présent, ni la survie miraculeuse de M. Pickering.

— Excellente histoire à laquelle je n'avais pas songé, approuva le reporter en se renfrognant soudain. Mais si on élimine toutes ces possibilités, il ne reste plus rien.

— Au contraire, je pense qu'un mois dans le désert avec une tribu bédouine - allez, disons six - vous donnerait matière à écrire des tas d'articles. Peut-être finiriez-vous même par être appelé le Roi du Désert. Si, bien sûr, M. Pickering est d'accord.

— Je pourrais le vendre ? demanda Walter en aparté à Harry.

Celui-ci haussa les épaules.

— Pas de problème pour moi.

— Je n'ai pas le choix, n'est-ce pas ?

La résignation perçait dans la voix du reporter.

— Oh, mais si, lui assura Sidney d'un ton faussement aimable. Le choix entre une grande aventure qui pourrait propulser votre carrière au sommet ou une prison égyptienne.

— Vous parlez d'un choix, bougonna-t-il.

Sidney lui sourit.

— Je n'ai jamais dit que c'était un choix agréable à faire.

— Brillante idée, mademoiselle Honeywell, dit Walter. Corbin, mes hommes vont vous raccompagner à vos quartiers et ensuite nous aurons une longue conversation.

Le journaliste maugréa entre ses dents, puis soupira avant de se tourner vers Sidney.

— Bon, eh bien, je ne dirais pas que ce fut un plaisir et la suite ne sera sans doute pas de tout repos, mais j'espère en tirer de bons papiers. Madame Gordon, Armstrong.

Il les salua d'un signe de tête et suivit les Bédouins qui l'attendaient.

— Je craignais que vous ne lui proposiez l'histoire de Walter, murmura Harry à Sidney.

— Pas question qu'il soit récompensé : désormais, s'il veut avoir une bonne histoire, il devra mettre la main à la pâte. Et puis, je pense que si quelqu'un est en droit d'écrire celle de Walter, c'est vous.

— L'idée est intéressante, dit Harry, songeur.

Une demi-heure plus tard, tous deux étaient prêts à partir.

— Merci d'être venu à notre rescousse, dit Sidney à leur sauveur avec son plus beau sourire. J'espère bien vous revoir un jour.

— Ce serait avec grand plaisir, répondit Walter qui se tourna vers Harry. Je suppose que tu vas prévenir Ben.

Harry hocha la tête.

— J'ai l'intention de lui envoyer un télégramme dès notre retour au Caire. Te reverrai-je ? demanda-t-il après une hésitation.

Walter haussa les épaules.

— Qui sait ce que la vie nous réserve, mon vieux. Un jour, ton majordome pourrait t'annoncer la venue d'un visiteur inattendu.

— Ou je pourrais revenir à ton campement, dit Harry en souriant avec une pointe de regret. Prends soin de toi, Walter.

— Bon retour, mon ami.

On aida Sidney à se mettre en selle. Harry enfourcha sa monture à son tour et ils prirent la direction de Badrashin où ils arrivèrent juste à temps pour le prochain train. Le comte resta étonnamment silencieux durant tout le trajet jusqu'au Caire, et la jeune femme ne fut guère plus loquace. À l'évidence, il avait beaucoup de choses en tête : après tout, ce n'était pas tous les jours que votre meilleur ami ressuscitait, faisant s'envoler comme par enchantement la terrible culpabilité qui vous rongeait depuis deux ans.

À peine avaient-ils franchi le seuil de l'Hôtel Shepheard que M. Nazzal apparut pour récupérer le pectoral. Il présenta ses excuses à Harry de ne l'avoir pas prévenu au sujet de Walter, mais ajouta qu'à sa décharge, la nouvelle lui avait été confirmée quelques jours plus tôt seulement. Il informa Sidney que ses amies avaient été rassurées sur son sort et qu'il la tiendrait au courant si le pectoral se révélait aussi prometteur qu'ils l'espéraient tous. Elle fut soulagée de ne pas avoir de comité d'accueil dans le grand hall : son unique souhait pour l'instant, c'était un bon bain chaud et des vêtements propres.

— Vous n'avez presque pas ouvert la bouche durant tout le trajet, fit-elle remarquer à Harry alors qu'ils se dirigeaient vers l'ascenseur.

— Je pensais que c'était à votre tour, répondit-il avec un haussement d'épaules.

— Hier, vous disiez que nous devions parler. Bien sûr, c'était avant que Corbin dévoile ses mauvaises intentions, en gros goujat qu'il est, et que votre ami ne revienne d'entre les morts.

— C'est ce que j'ai dit, oui, mais maintenant vous savez tout.

— Pas vous.

Il haussa un sourcil amusé.

— Comptez-vous faire des aveux complets ?

— Plus que vous ne le soupçonnez.

Elle inspira un grand coup et prit son courage à deux mains.

— Ah, vous voilà enfin ! s'exclama Effie, suivie de ses deux acolytes.

— Je crois que les aveux devront attendre, murmura Harry à l'oreille de Sidney. Je suis très impatient.

— Je n'en doute pas, répondit-elle sur le même ton avec un pâle sourire.

Les trois vieilles dames étreignirent Sidney avec effusion. Durant plusieurs minutes, elles la bombardèrent de questions et de commentaires. Tout le monde parlait et riait en même temps, provoquant un brouhaha joyeux au milieu du lobby du grand hôtel, d'ordinaire si feutré.

— Nous étions si inquiètes pour toi !

Tante Effie refoula une larme.

— Mais le gentil M. Nazzal nous a assuré que tout allait bien, ajouta Poppy. Avez-vous trouvé ce que vous cherchiez ?

— Malheureusement, il semble que nous ayons perdu Corbin en route, intervint Gwen avec une moue. Nous sommes convaincues qu'il sait se débrouiller seul, mais il est toujours dommage d'égarer un membre du groupe.

— Nous avons beaucoup de choses à vous raconter, dit Sidney en jetant un regard étonné à la ronde. Où est passé Harry ?

— Il a marmonné quelques vagues propos sur ces voyageuses qui ne savent pas respecter la vie privée des autres, puis il est parti, répondit tante Effie. Il se peut qu'il ait parlé d'un bain.

Poppy renifla délicatement.

— Il ne serait sans doute pas inutile que vous en preniez un aussi, ma chère.

— J'en ai bien l'intention, approuva Sidney.

Le moment était venu de crever l'abcès et de clarifier la situation une bonne fois pour toutes, qu'elle le veuille ou non.

25

Sidney eut à peine une heure de tranquillité pour se laver et s'habiller avant que le trio se présente à sa porte. Et encore, elle s'estimait heureuse, car ses amies se disaient mortes de curiosité. Elle s'empressa de tout leur raconter, de la découverte du pectoral à l'odieuse trahison de Corbin – à qui tante Effie aurait volontiers tordu le cou de ses mains en y prenant grand plaisir, comme elle l'affirma haut et fort –, sans oublier l'énorme mensonge par omission de Harry et l'incroyable résurrection de son meilleur ami.

Les trois femmes étaient perchées sur le sofa, tel un improbable jury. Elles ne l'avaient pas interrompue une seule fois, ce qui ne leur ressemblait pas du tout et était plutôt inquiétant.

Sidney les observa de plus près.

— Vous ne dites rien ?

— Mon Dieu, quelle aventure ! dit Poppy avec un petit sourire peu convaincant. Millicent Forester n'aurait pu mieux faire.

— Un détail me turlupine, souligna Gwen qui réfléchit un instant. Corrigez-moi si je me trompe, mais n'avez-vous pas dit que Harry avait envoyé un télégramme à M. Cadwallender concédant sa défaite ?

Sidney confirma d'un signe de tête.

— La victoire te revient donc, se réjouit tante Effie, radieuse. Bien joué, Sidney.

— Je n'ai aucun mérite. Il m'a laissée gagner.

— Comme c'est aimable de sa part, s'extasia Poppy.

— Aimable ? s'emporta Sidney. Il l'a fait dans le seul but de nous pousser à quitter l'Égypte !

— C'était pour nous protéger d'un éventuel danger, argumenta Gwen. Une initiative injustifiée, je vous l'accorde, mais tellement prévenante de sa part.

— Je ne parlerais pas de prévenance, objecta Sidney qui les fixa tour à tour. Plutôt de ruse, de sournoiserie et de manipulation.

— Ma chère enfant, tu peux appeler cela comme tu veux, soupira tante Effie. Mais tu aurais tort.

Sidney fit non de la tête.

— Oh, je ne pense pas...

— Alors il serait grand temps de commencer à le faire, la coupa Gwen de ce ton sentencieux qui ne tolérait aucune contradiction. Cet homme a mis sa fierté dans sa poche - une fierté à laquelle il doit d'avoir déclenché cet imbroglio - et n'a pas hésité à agir de la façon qu'il jugeait nécessaire pour votre sécurité. Ce n'était peut-être pas la plus judicieuse des décisions, mais on ne peut pas lui reprocher d'être idiot.

— Tous les hommes sont un peu idiots, ajouta Poppy. Un homme qui ne le serait pas n'aurait rien d'amusant, cela nous donne vraiment un avantage qu'ils ne soupçonnent pas.

— Et un homme qui accepte de perdre pour sauver une femme, que ses actes soient malavisés ou non, est, nous semble-t-il, un homme qui mérite d'être gardé près de soi.

— Mais il m'a menti.

Les trois vieilles dames gratifièrent Sidney du même regard réprobateur.

— Oui, oui, je sais. Mais moi, j'ai menti à tout le monde, pas seulement à lui, il n'y avait donc rien de personnel. De plus, je n'avais pas l'intention de mentir : c'est une sacrée différence.

— On devrait sans doute aussi considérer la différence entre un homme titré et fortuné qui le cache et un homme qui prétend l'être et ne l'est pas, souligna Poppy avec une grimace. Dans l'ordre des choses, l'un est parfaitement pardonnable et l'autre, non.

Sidney ouvrit de grands yeux incrédules.

— Vous êtes de son côté, toutes autant que vous êtes.

— Non, Sidney, protesta Effie avec fermeté. Nous sommes de ton côté, toujours.

— Aussi étrange que cela puisse paraître, nous sommes simplement parvenues à la conclusion que Harry et vous êtes désormais du même côté, ce qui arrive souvent quand on tombe amoureux, expliqua Gwen en étudiant Sidney avec curiosité. Et franchement, nous serions sous le choc si vous ne vous en étiez pas encore rendu compte.

— C'est possible, je suppose.

Elles avaient raison et Sidney le savait.

— Dites-nous, Sidney, la pressa Poppy avec animation. Qu'allez-vous faire maintenant ?

— Il y a encore des choses qu'il ignore.

— Alors vous devriez foncer droit jusqu'à sa chambre et vider votre sac, suggéra Gwen. Le plus tôt serait le mieux.

— C'est ce que Millicent ferait, acquiesça Poppy.

— Millicent Forester est un personnage fictif, ma chère, soupira Effie. Il est peut-être temps de cesser d'imaginer ce qu'elle ferait…

Sidney voulut intervenir, puis se ravisa devant la mine sévère de sa tante de cœur.

— Ou Mme Gordon, d'ailleurs, poursuivit celle-ci. Le moment est venu d'envisager comment réagirait Sidney Honeywell.

— Sidney Honeywell n'a jamais rien fait, décréta la jeune femme d'un ton cassant.

— Sidney Honeywell a créé Millicent et Mme Gordon, énuméra Gwen en comptant sur ses doigts. Elle s'est occupée avec dévouement de sa mère malade, est devenue une experte de l'Égypte, ainsi qu'une romancière à succès, et a parachevé l'œuvre de sa grand-mère.

— Ce n'était pas le but de ce séjour ici, objecta Sidney d'un air buté.

— Ce qui compte, c'est le résultat final, fit remarquer Poppy avec un sourire bienveillant.

— La Sidney Honeywell que nous connaissons a eu le courage de quitter le cocon rassurant des livres pour venir en Égypte, enchaîna Effie d'une voix radoucie. Il nous semble qu'elle devrait aussi avoir le courage d'accorder sa confiance à l'homme tout à fait merveilleux qui est à l'évidence amoureux d'elle.

Sidney fixa le trio un long moment en silence. Il était facile de parler de courage, mais réussir à le rassembler était une autre paire de manches. Aurait-elle la force de tout avouer à Harry, quelles que soient les conséquences ? Avait-elle le choix ?

— Mesdames, si vous voulez bien m'excuser...

Elle les abandonna dans la suite avant que sa détermination s'évanouisse et, d'un pas martial, alla frapper à la porte de Harry.

Celui-ci ouvrit aussitôt et elle eut la nette impression qu'il était sur le point de sortir. Ses cheveux étaient encore humides du bain qu'il venait de prendre et, l'espace d'un instant, le désir menaça de l'emporter sur l'appréhension.

Elle entra d'autorité.

— Harry, il est temps de parler. Plus que temps, même.

— Je pensais très précisément la même chose, dit-il sans s'avancer en refermant la porte derrière lui.

— Préférez-vous vous asseoir ?

— Pas spécialement.

Il croisa les bras sur son torse et s'adossa négligemment à la porte.

— Allez-y, je vous écoute.

— Très bien, dit-elle avec une assurance qu'elle était loin d'éprouver, joignant les mains, dont elle ne savait que faire, avant d'inspirer un grand coup. Il m'est apparu qu'à force de chercher à vous cacher la vérité sur mes chroniques, je ne vous ai pas raconté grand-chose sur moi-même.

— Je n'ai pas besoin de savoir, dit-il d'un ton froid. Tout ce qui s'est passé dans votre vie avant notre rencontre ne me concerne nullement.

— Très noble. Néanmoins, je ne veux plus de secrets entre nous : vous méritez de connaître la vérité.

— La vérité ? Voilà qui va nous changer.

Il se retint de sourire. Sage de sa part.

— Il n'y a pas grand-chose d'intéressant à raconter. J'ai fréquenté une prestigieuse école de jeunes filles. À la mort de mon père, je me suis occupée de ma mère jusqu'à son décès, il y a maintenant quatre ans. J'ai une passion pour l'Égypte depuis ma rencontre avec tante Effie qui m'a beaucoup appris sur mes grands-parents. Après la disparition de ma mère, je me suis mise à l'écriture. Je pensais avoir été assez claire en me contentant de déclarer que mes récits se basaient sur des événements réels – je n'ai jamais prétendu qu'il s'agissait de mes propres expériences, mais c'est pourtant ce que mes lecteurs ont décidé de croire.

— Les gens ne croient que ce qu'ils veulent croire, ou ont besoin de croire. C'est tout ?

— Vous aviez raison depuis le début à mon sujet.

Harry esquissa un petit sourire satisfait.

— Oh, je le savais : il est très rare que je me trompe.

Elle jugea préférable de ne pas relever.

— Je n'avais jamais remarqué à quel point j'avais l'esprit de compétition, mais c'est apparemment le cas. Ou peut-être est-ce parce que, lorsque j'étais dans la peau de Millicent, j'avais la liberté d'aller partout et d'agir à ma guise, ce dont je n'étais pas disposée à laisser quiconque me priver.

Il hocha la tête.

— C'est compréhensible.

— Vous êtes un homme très intelligent, Harry Armstrong, et j'avais conscience que c'était une simple question de temps avant que vous me dénonciez. Alors j'ai choisi de prendre les devants.

Il fronça les sourcils.

— Comment ça ?

— Il y a quelques jours, j'ai envoyé à M. Cadwallender l'épisode final de mes *Chroniques d'une aventurière en Égypte*. Millicent Forester a enfin décidé d'accepter la demande en mariage de Richard Weatherly et les voilà partis pour vivre de nouvelles aventures ensemble, qui ne sont pas destinées à être publiées. Je ne pouvais accepter de vous laisser gagner et me priver de mes histoires, poursuivit-elle avec gravité. J'ai donc décidé d'y mettre fin.

— Cette confrontation entre nous se termine donc par un match nul ?

— Exactement. Enfin, c'est un peu plus une victoire pour moi, mais oui, je pense qu'on peut considérer qu'il s'agit d'un match nul.

— Et vous pensiez que je serais en colère ?

— Vous êtes un homme terriblement arrogant, Harry, pas du tout du genre à aimer perdre.

— Personne n'aime perdre. De mon point de vue, dit-il après réflexion, il s'agirait davantage d'un compromis.

Non que j'aie une affection particulière pour les compromis, plaisanta-t-il.

— Vous n'êtes donc pas trop contrarié d'avoir été battu à votre propre jeu ? hasarda Sidney avec circonspection.

— Présenté en ces termes..., répondit-il en haussant les épaules. Non, pas vraiment. Je n'ai pas perdu après tout. Autre chose ?

— Rien d'important déclara-t-elle.

Puis elle se ravisa : il valait sans doute mieux tout lui dire.

— Désolée de ma franchise, mais vous écrivez vraiment comme un pied.

— J'aurais pu me passer d'une franchise aussi brutale, mais merci quand même.

— Il y a beaucoup trop de puces de sable et de vermine dans vos pages.

— Vous me l'avez déjà fait remarquer.

— Cependant, pour le peu que vous m'en avez donné à lire, je devine que vous avez de merveilleuses histoires à raconter. Des histoires que j'ai l'intention d'écrire, avec votre collaboration, bien entendu.

— C'est sans importance maintenant. Walter est vivant et, apparemment, heureux. Avec un peu de chance, une longue et belle existence l'attend. Des gens se souviendront de lui. Il n'a plus besoin de mon soutien, et je n'ai donc plus besoin de raconter nos histoires.

Son regard rencontra le sien.

— Ce miracle, c'est à vous que je le dois, Sidney. Vous m'avez ramené en Égypte et vous m'avez apporté le salut.

Elle haussa un sourcil étonné.

— Mes propos doivent vous paraître stupides avec ce sentimentalisme dégoulinant, s'excusa-t-il, les mains levées en signe de capitulation. C'est l'effet que vous me faites et, je l'avoue, cette métamorphose me reste en travers de la gorge. Mais en même temps, j'en suis heureux, ajouta-t-il, dodelinant du chef comme s'il ne parvenait pas à y croire lui-même.

— Je préfère vous prévenir que j'ai l'intention de continuer à écrire, vos histoires et d'autres aussi, ainsi que de garder les revenus que je tire de l'écriture. Je tiens à ce que cette volonté soit couchée noir sur blanc.

— Noir sur blanc ? répéta-t-il, perplexe.

— Si j'acceptais de vous épouser - enfin, vous ne me l'avez pas demandé, mais je suppose que c'est dans l'air...

Il l'arrêta d'un geste de la main.

— Il y a quelque chose que vous devez savoir : vous n'êtes pas ma première visite inattendue depuis notre retour. Il y a moins d'une heure, j'ai eu une conversation intéressante avec lady Blodgett, qui voulait savoir si je comptais assumer mes obligations envers vous après avoir, selon ses mots, « abusé des circonstances », raconta-t-il en s'efforçant visiblement, mais sans grand succès, de ne pas rire. Je lui ai répondu que la question était de savoir qui avait profité de qui.

— Vous n'avez pas osé ? s'indigna Sidney.

— Ensuite, j'ai eu droit à la visite de Mme Fitzhew-Wellmore qui souhaitait également connaître mes intentions de mariage et vanter vos vertus. À en croire ses éloges, vous seriez un être exceptionnel en tous points, dit-il en l'étudiant avec curiosité.

Les joues de Sidney s'échauffèrent.

— Vous savez bien qu'elles ont toutes les trois une fâcheuse tendance à l'exagération.

Il décolla son dos de la porte et s'avança vers elle.

— Au contraire, je suis tout à fait d'accord avec vos amies.

— Ah ?

Le regard de braise dont il la couva lui noua la gorge et elle résista à l'envie de reculer d'un pas.

— Et bien entendu, Mme Higginbotham n'a pas été en reste.

— Elle vous trouve merveilleux, vous savez.

— Et elle a bien raison. Elle aussi voulait savoir si j'avais l'intention de faire de vous une honnête femme.

La voyant sur le point de récriminer, il posa l'index sur la bouche de Sidney.

— La suite vous intéresse-t-elle ?

Elle hocha la tête et il ôta son doigt.

— Elle m'a fait remarquer combien il serait stupide, après avoir enfin trouvé la seule femme au monde qui me soit destinée, l'élue de mon cœur qui éveille en moi des sentiments que jamais je n'aurais soupçonnés, de laisser passer cette chance unique. Car sans nul doute quelqu'un d'autre pourrait se présenter à ma place.

Elle leva vers lui un regard ému.

— Il n'y a personne d'autre.

Il lui sourit, tout aussi touché.

— Parfait. Un contrat, alors ?

Elle hocha la tête.

— Je dois être devenu fou. D'accord pour le contrat.

Il lui prit les mains et inspira à pleins poumons, les yeux rivés aux siens.

— Je vous aime, Sidney Honeywell. Par pitié, ne me laissez pas à la merci de ces gredines. Faites-moi l'immense honneur de passer le reste de votre vie à me rendre fou et devenez ma femme.

— Moi aussi, je vous aime, Harry Armstrong. Et tout comme vous, j'aimerais autant leur échapper, car si je refusais votre demande, je peux vous garantir qu'elles m'en feraient voir de toutes les couleurs ; elles me traiteraient d'idiote et elles auraient bien raison. Rien ne me ferait plus plaisir au monde que de vous rendre fou jusqu'à la fin de mes jours.

Harry l'attira dans ses bras.

— Vous aviez raison, nous formons vraiment une équipe très impressionnante. Vous voyez, j'ai quand même un peu gagné, au bout du compte.

Le cœur de Sidney caracolait dans sa poitrine.

— Je préfère aussi vous prévenir que la première histoire que j'ai l'intention d'écrire sera la nôtre.

— Une histoire d'amour, alors ? demanda-t-il avec un sourire enjôleur.

Elle hocha la tête.

— Intéressant, sauf que la nôtre ne prendra jamais fin, murmura-t-il en abaissant ses lèvres jusqu'aux siennes.

— Je pensais que vous le saviez, Harry, répliqua-t-elle, le souffle un peu court, toute retournée par l'effet que cet homme lui faisait. Les plus belles histoires d'amour ne se terminent jamais.

*
* *

Le comte de Brenton et Mlle Sidney Honeywell, tous deux de Londres, se sont dit oui mercredi dernier à la cathédrale anglicane de Tous-les-Saints au Caire. Les jeunes mariés prévoient de poursuivre leur voyage en Égypte avant de rentrer s'installer dans la capitale britannique.

La Gazette égyptienne

La prochaine série de conférences données par nos honorables fondatrices sera programmée au printemps. Lady Blodgett, Mme Fitzhew-Wellmore et Mme Higginbotham se trouvent actuellement en Égypte, où elles ont décidé de prolonger leur séjour.

Annonce placardée sur le panneau d'affichage
de la Société des Voyageuses

Mme Gordon remercie ses lecteurs de l'accueil chaleureux réservé aux Chroniques d'une aventurière en Égypte *et espère qu'ils apprécieront ses nouvelles aventures littéraires, écrites désormais sous le nom de plume de Mme Armstrong.*

Rubrique littéraire du *Daily Messenger*

Le Daily Messenger *a le plaisir de vous annoncer la promotion de Daniel Corbin au poste de correspondant en Égypte. Nous prévoyons la publication de ses* Chroniques d'un aventurier en Égypte *dans le courant de l'année prochaine. Nous croyons savoir qu'il a d'ores et déjà commencé à compiler ses aventures, même si nous ignorons sa localisation à l'heure actuelle.*

La direction du *Daily Messenger*

Épilogue

Six semaines plus tard

— Je suppose que nous aurons une foule de choses à raconter à notre retour à Londres, dit Gwen, confortablement installée sur sa chaise longue.

Difficile d'échapper à l'oisiveté sur le pont du bateau de tourisme à vapeur qui naviguait à vitesse réduite sur le Nil.

— Qui aurait pu imaginer que nous aurions l'occasion de visiter toutes les merveilles de l'Égypte ancienne ? s'extasia Poppy avec un soupir satisfait.

Jusqu'à présent, elles avaient vu des pyramides et des ruines, des temples et des tombeaux et voilà que maintenant, elles découvraient Karnak, Louxor et la Vallée des Rois. C'était d'autant plus extraordinaire qu'elles n'avaient jamais espéré mettre un jour les pieds en dehors de l'Angleterre.

— Et tout cela grâce à monsieur le comte, ajouta-t-elle.

— Ou par sa faute, selon le point de vue où l'on se place, plaisanta Effie. Après tout, c'est lui qui a lancé les hostilités. Quoi qu'il en soit, Harry a été très généreux de financer la suite de notre voyage en Égypte : il est vraiment merveilleux.

Si M. Cadwallender s'était réjoui de la victoire de Sidney, ce grippe-sou avait néanmoins jugé bon de leur couper les vivres – à l'exception de leurs billets de retour –, ne manquant pas de souligner que l'objectif du voyage avait été atteint. Cependant, il semblait dommage d'avoir fait tout ce chemin jusqu'en Égypte pour n'y passer qu'une semaine au bout du compte.

— Je me sens tout de même un peu coupable, confessa Poppy avec une petite moue.

— C'est absurde, se moqua Gwen. Cet homme possède plus d'argent qu'il ne pourra en dépenser de toute sa vie.

— Tu n'y es pas du tout.

— Ce pauvre Harry n'aurait jamais pensé passer sa lune de miel avec trois vieilles commères comme nous dans ses bagages, s'amusa Effie. Et je le soupçonne de ne s'être jamais imaginé marié non plus.

— Rien à voir, la détrompa Poppy. L'idée ne vient pas de nous, après tout. Non, si je me culpabilise un tantinet, c'est pour avoir caché à Sidney ce que nous savions.

— Ce n'était pas à nous d'en parler, fit remarquer gentiment Gwen.

— Je comprends ce que tu ressens, intervint Effie. Même si cette histoire se termine pour le mieux, Sidney serait drôlement remontée contre nous si elle découvrait un jour que nous étions au courant presque depuis le début du passé de Harry en Égypte et de son titre de noblesse. Son père est un homme tout à fait charmant, ajouta-t-elle après un silence songeur.

— C'est, me semble-t-il, un de ces secrets que nous devrions jurer toutes les trois d'emporter dans la tombe, déclara Gwen avec gravité avant de regarder ses amies tour à tour. Nous sommes bien d'accord ?

Poppy et Effie acquiescèrent vigoureusement.

— Je dois admettre que j'envie plutôt Sidney, dit Poppy, tout émue. Je crois que Harry est le début d'une magnifique aventure.

— Juste ciel, c'est ce qui s'appelle enfoncer une porte ouverte, la taquina Effie avec un sourire serein, avant de se caler de nouveau à son aise dans sa chaise longue et de reprendre sa contemplation de la campagne égyptienne et des felouques qui passaient devant le bateau. Quand on tire le bon numéro, c'est toujours le cas.

Note de l'autrice

Disparue depuis presque quatre millénaires, la cité royale d'Itjtawy a finalement été localisée au XXIe siècle grâce à l'utilisation de données topographiques et des technologies d'imagerie satellitaire de la NASA.

Le nom de la reine consort d'Amenemhat II demeure inconnu.

14465

Composition
FACOMPO

Achevé d'imprimer en Italie
par GRAFICA VENETA
le 3 août 2025

Dépôt légal : septembre 2025
EAN 9782290420676
OTP L21EPSN002703-650374

ÉDITIONS J'AI LU
82, rue Saint-Lazare, 75009 Paris

Diffusion France et étranger : Flammarion